Staread
星文文化

一世华裳 著

该我上场带飞了

完结篇

IT'S MY TURN TO DOMINATE

长江出版社
CHANGJIANGPRESS

前方人声鼎沸，星光灿烂。

冠军奖杯立在舞台中央，折射出淡淡的微光。

他们的荣耀，从这一步开始。

“走，”他说道，“带你飞。”

CONTENTS 目录

琉光河波光粼粼，静静听着玩家的欢笑，带着这份快乐流向了远方。

零点来临，玩家们停了手里的动作，开始倒计时：“五、四、三、二、一……新年快乐！”

无数烟花在天空炸开，漫天流火。

天空归于安静的那一刻，只听人群中传来一声大喊：“琉光碎星赏金墙！”

其余人不约而同一齐喊出声，接上了后半句——

“今生不悔来游梦！”

CHAPTER ONE

IT WAS AND IS YOU!

过去现在都是你

051.

“……整间卧室只亮着一盏灯，十方俱灭还没来得及细看，就被暗冥从身后抱住，湿透的衣服也挡不住他传过来的温度……

“窗外的雨淅淅沥沥，卧室仿佛是一个独立的小世界，两个人相互取暖，一直以来的压抑与苦涩全在这一刻释放……

“黑发发尾还能看到未干的水珠……

“……十方俱灭微微侧头，说，别这样。”

方景行笑道：“好像缺了语气词没念？”

姜辰停顿一秒，冷飕飕地念道：“嗯……别这样。”

他以前和队友们玩过这个，并不是第一次念。

只是他毕竟是队长，队友们的胆子没那么大，所以一般只会找几个苦情或辣眼睛的片段，不像某人，让他念这玩意。

“他的金框眼镜已经摘了，似乎是看不清，眼底有一层蒙蒙的水雾……

“暗冥额角的咒印红得滴血，眸色深不见底，目光紧紧地罩着眼前的人……”

姜辰盯着下面的词，卡住。

方景行也看到那一段，觉得不忍直视。

可作为胜利者，他一时心痒，便给了一句：“然后呢？”

姜辰抬头看他，想杀人。

方景行忍不住笑出声，终于不逗他了：“行了，到这里吧。”

姜辰立刻把这堆东西删了，开始和他打第三场。

由于憋着一口气，这一局姜辰打得特别狠，成功把方景行弄死了。

方景行站起来："我选真心话。"

姜辰想了想，觉得没什么能问的。

这位联盟男神在电竞圈火了八年，网上资料一堆，他曾经粗略地扫过几眼，大概情况都知道，于是问了一个比较正常的问题："谈过恋爱吗？"

方景行看着他："没有。"

姜辰点点头，和他继续打，可惜最后差点血量，这局输了，自动选择真心话。

方景行问："你呢？"

姜辰："没有。"

二人开始打第五局。

方景行运气不错，第一次连胜。

上一把是按照机制算的，这把便是新的开始，姜辰有了选择权。他看了看时间，说道："大冒险。"

方景行问得很诚恳："你是不是想等这局结束下把赢我，让我自动选大冒险，去发条喇叭说'病治好了'，然后刚好就到你下线的点了？"

姜辰一脸淡定："不是。"

方景行道："行吧，那你出去裸奔，绕着主城跑一圈。"

"……"姜辰道，"能不能要点脸？"

主城这么大，他跑到九点半都跑不完，也就没有下一轮了。

方景行笑道："综合时间及你的性格等因素，这对我最有利。别否认，换成是你，你也会这么干。"

姜辰不为所动："换，这个时间太长，不合理。"

方景行思考了下，决定为下一轮做些保障："那你发喇叭，就说'我是暗冥铁粉，一会儿他无论变成什么样，我都粉他，矢志不渝。'"

姜辰很无语，心想自己刚才到底为什么会同意和方景行玩这个？

方景行笑道："这个也不行？"

姜辰点开频道输了几个字就停住了，实在是写不下去。

方景行很体贴："我再给你换一个？"

姜辰持怀疑的态度："换什么？"

方景行说道："你切原声，给我唱首歌。"

姜辰心想他还算是个人，便给他唱了首老歌。

方景行嘴角勾着笑，安静地听着。

姜辰的声音冷冷淡淡的，音准还可以，并不跑调。

等到一首歌唱完，方景行捧场地鼓掌："不愧是大佬，干什么都厉害。"

姜辰道："继续。"

方景行和他打了最后一场，血线又是分毫之差，输了这一局。

姜辰一向吃软不吃硬。

他原本是想让方景行发喇叭的，但经过刚才的事，他觉得自己不能太不地道，便说道："也唱首歌得了。"

方景行微笑："好。"

两位大佬终于结束相互伤害，给今天的 PK 画上了圆满的句号。

[囚鸟] 的热度持续了好几天，论坛上都是相关的帖子。

玩家们被副本虐得死去活来，哀鸿遍野，特别想知道两位大佬是怎么打的。

两位通关的大佬两耳不闻窗外事，一心只想打游戏。

他们白天打赏金墙，晚上打竞技场，副本都很少打了，极其有规律。

一星期的时间眨眼过完。

姜辰和方景行把双人组队赏金墙打到了八级，进度在这些打赏金墙的玩家中一骑绝尘。同一天，官网终于放出了大小姐的完整资料。

以前的资料特别简单粗暴，就是荒漠中有一位骄奢的大小姐，所有路过的旅人都会被她抓住，关进精心打造的笼子里。

现在的扩充资料是曾经的大小姐热情好客，有只喜爱的金丝雀，可后来金丝雀被旅人杀了，连尸体都没见着，旅人也失去了踪影。大小姐受不了打击，此后便开始抓人。同时，因为以前的创伤，她心里渐渐滋生出了黑暗的一面，渐渐地，黑暗的那面越来越不受控制，便打造了一座花园牢笼，要把她看上的人全部关进去，供她差遣。

玩家们快速看完，纷纷发表看法。

8L：没有尸体，旅人也不见了，我怎么觉得疑点那么重呢？

14L：参考月辉，能讨大小姐的喜欢，那只金丝雀会不会也是妖族变的？

17L：我去，有可能，所以它不是死了，而是有人故意带走了它？

23L：这会不会是个隐藏剧情？

24L：搞不好的事，你看隐藏副本是新加的，万一策划意犹未尽，也关联了剧情呢？

31L：有道理！

帖子越盖越高，玩家们讨论到最后，已经在商量怎么能开这个剧情了。

目前唯一的线索就是金丝雀，于是从这天起，十个服的人开始一起找鸟。

姜辰不参与这个，仍是雷打不动地刷赏金墙和竞技场积分。不打游戏的时候，他就遛弯和喂小鸭崽，顺便观察七号的近况。

这天一早他吃完饭，溜达到七号的无菌病房，便见七号竟然能坐起来了。

里面的人很快发现了他，笑眯眯地向他挥了挥手。

姜辰也对他挥了一下，见他在吃饭，便走了。

三天后，姜辰再来时，见七号已经能下床走路了。

又过了五天，他溜达过来，见病床上空空如也——七号双手撑地，正在做俯卧撑。

姜辰："……"

他忍不住数了数，一直数到三十七才见对方结束，也不知一共做了多少个。

七号站起来，撩了一下汗湿的刘海，扭头看见姜辰，笑着一挥手。

姜辰绷着一张脸伸手挥了挥，然后转身走人。

特殊部门的人才，身体素质是真好，看这架势，不到一个月就能出来。

他想的没错，又过了几天，冰冻小组的人便来通知他，说上午要给七号做个全身检查，没问题的话，就能转到普通病房。

言外之意，他还能再玩一个上午。

姜辰点点头，戴着眼镜进入游戏，见方景行正在等他。

轰轰烈烈的找鸟活动持续了半个月，无疾而终，全服玩家都认命了，恢复到了以前的常态。

方景行陪着姜辰往赏金墙那边走："我下午和晚上就不来了。"

姜辰看向他。

方景行道："今天过生日，有安排。"

姜辰微微一怔，说道："生日快乐。"

方景行笑道："谢谢。"

姜辰："我今天只能玩一个上午，以后都不能来了。"

方景行也是一怔："不是说能玩两个月吗？"

姜辰："计划有变。"

方景行不好多问，忍着叹气的冲动："那以后什么时候能玩？"

姜辰："不清楚。"

方景行无奈，但为防止露馅，只能关心地问道："你身体没事吧？"

姜辰："没事。"

两个人都没什么心思玩游戏，便开始逛地图，不知不觉逛了一个上午。

姜辰下线的时候觉得有一点神奇——他不是个伤春悲秋的人，也不知道为什么，只是和方景行在一起散步聊天，竟能神不知鬼不觉地过去这么久。

方景行望着他："要走了？"

姜辰"嗯"了一声。

方景行忍着不舍的情绪，上前抱了他一下："保重身体，以后见。"

姜辰又"嗯"了一声，挥挥手，离开了游戏。

他把设备交给冰冻小组的人，吃完饭出门遛弯，站在鸭窝前盯着几只鸭子，知道以后又要和它们过日子了，便先和它们联络了一下感情。

秦组长中午路过时，正听见姜辰对着几只鸭子科普："鸭皮蘸白糖或蜂蜜，鸭肉蘸面酱，卷上饼，放葱和黄瓜条……"

秦组长："……"

姜辰说到一半扫见他，看了过去。

秦组长："不早了，午睡吧。"

姜辰："下午打麻将吗？还玩钱的。"

秦组长："……再说。"

姜辰一边想着下午把七号也拉上，一边回房午睡。

一觉睡到两点，他起床后就去找被放出来的七号，没见着人，估摸七号可能是下楼了，便进了电梯。

结果他刚出大楼，就见小院里停着一辆车，七号往车上一坐，门一关，走了。

秦组长几人都在院里，望着车子离开，集体转身，正和姜辰的目光对上了。

姜辰看着他们。

他们也看着他。

双方对视了好几秒，姜辰问道："说好的不让出门呢？"

秦组长其实也有点措手不及，说道："他们有文件。"他想想又补充道，"他过段时间就回来，你继续玩游戏吧。"

峰回路转，柳暗花明。

姜辰站着没动："我有个朋友今天过生日。"

秦组长看着他，等待下文。

姜辰："我想买件生日礼物让人送过去。"

秦组长："可以。"

姜辰："你说我送什么比较好？"

秦组长："……"

我怎么知道？

052.

秦组长对志愿者一向很有耐心，基本不会对他们冷脸。

虽然他确实不知道送什么，但仍然问道："男的女的？"

姜辰简单介绍："男的，二十五岁，富二代。"

秦组长知道姜辰的手机里就加了两个人，一个谢承颜，一个方景行。

他在姜诗兰那里了解过情况，一听便知那人有可能是方景行，不过还是确认了一下："方景行？"

姜辰应声。

秦组长立刻就有了主意："他打了好几年比赛，是不是腰和颈椎都不好？"

姜辰："……可能。"

"送个按摩仪，"秦组长道，"我知道一个药贴也挺好用的。"

姜辰想了想："他过生日，送这个好吗？"

陈组长在旁边插嘴："你们那个游戏不是有纪念周边吗？你送他一套。"

姜辰："他应该不缺周边。"

陈组长道："嗐，心意到了就行。"说着他想起了那五只活物，"哎，或者你可以送他两只鸭子？把兴文和兴武送过去。"

姜辰："……"

秦组长："……"

冰冻小组的人听不下去了。

"送什么鸭子，万一人家鸭毛过敏或不喜欢鸭子呢？"

"呃……送鸭过去，他会不会宰了？兴文兴武还那么小。"

"五只鸭子都有感情了，就别拆散它们了吧。"

"富二代什么都不缺，可以送点有意思的礼物。"

姜辰看过去："比如？"

冰冻小组的人思考了一会儿，点开手机翻出一家店："你看这个行吗？上次我朋友过生日，我就送的这个。"

姜辰上前看了看，发现是一家手工艺品店，里面的东西还挺漂亮。

冰冻小组的人说："这些都是老板和店员亲手雕的，每样只雕一件，是世界上独一无二的摆件。而且他们还把雕刻和多种元素结合，你看这几个就很贴合二次元，还带个画板，你可以让他们画个游戏角色上去。"

姜辰看了一遍："只有这几件？"

冰冻小组的人说："店里还有别的，其实你可以弄个定制款，但估计今天就赶不上了。"

姜辰看向秦组长。

秦组长道："想亲自过去挑？"

姜辰道："行吗？"

秦组长迟疑了一下，想想今天特殊情况，最终还是同意了，让姜辰戴上口罩，派了两个人跟着。

秦组长看着他们走远，带着人回会议室，门一关，脸色顿时有些沉。

陈组长知道他是因为文件的事。其实那头要是提早一两天通知，也没什么，可偏偏给他们来了一个突然袭击，老秦必然不高兴了。他劝道："他们都说了文件是才申请下来的，而且也是真挺急的，等等呗，又不是不回来了。"

秦组长压了压火，开始和他们分析资料。

这里有姜辰和七号各个阶段的数据图，如今七号痊愈后的体检报告也出来了，他们便把两个人放在一起做比对，再对比之前的几个人，想看看到底是哪儿的问题。

最近这段时间除了照顾七号，他们一直在干这个活。新的报告一出，他们把几份数据合在一起看完，得出一个结论，那就是没有结论，因为都是正常人的数据，看不出特别之处。

"会不会和意志力、精神力啥的有关？你们看姜辰这项就很显眼，"其中一个小组成员道，"再说姜辰一心想打比赛，做梦也是梦见站在赛场上，七号也是有放不下的事……吧？"

他说到最后，看向两位组长。

其余人一齐看了过去。

七号的资料太少，此前他们真的以为他是送快递的，后来才知道不是。

七号目前公开的身份资料极其简单，只有姓名、单位和职务。他究竟是干什么的，他们完全不清楚，至于他苏醒时梦见了什么，是两位组长亲自问的。

秦组长轻轻一点头，没有多说，翻出了姜辰做过的几项测试。

测试结果是记忆力好，注意力集中，精神力高。

不过这个“精神力”，也是早就开始研究却一直没有确切研究成果的东西，仍处于摸索阶段，他们用的测试方法到底对不对，根本说不好。原以为七号出来了也能给他测一下，结果人却被接走了。

秦组长想起这件事，脸色又不好了。

姜辰不清楚他们已经探讨到了他的精神力层面，他这时已经到了工艺品店，发现这里竟离研究院不远，只隔着三条街。

店铺不大，但装修很小清新。各种色彩的作品放在货架上，搭配得十分好看，随便拍一张就能发朋友圈的那种。

正是刚过午后的上班时间，店里没有其他客人，只有姜辰他们三个。

店员听说他是想给朋友买生日礼物，问道：“几点的聚会？”

姜辰：“我不参加，今天能送到就行。”

店员便推荐道：“这上面的画板能自己做，您要不要试试？下午就能烧好，烧完我画画涂漆，晚上八点前能完成，您可以考虑看看。”

姜辰有点感兴趣：“怎么做？”

店员走向工作台的仪器，为他简单示范了一下。

姜辰觉得可以，反正那就是一个盘子，也没有多难。于是他在店员的指导下盘了一个歪歪扭扭的盘子，然后店员帮着他修了修，这便完成了。

姜辰很有成就感，听见对方问自己要画什么，便让他搜游梦暗冥师的角色。

店员搜完后问道：“我听说游戏都是有套装的，它有没有稍微亮点的套装？您选的雕件整体偏亮，这个角色一身黑，看着可能有点不搭。”

姜辰想了想：“你搜搜有没有Q版的。”

店员又搜了一下，笑道：“有，您看这个行吗？”

姜辰点头同意，想想这摆件有点小，又问道：“那个游戏角色，如果单独雕一个，能做吗？”

店员：“能，但今天肯定做不完。”

姜辰："我知道，我让他自己来拿。"

店员道："不用，我们提供快递服务。"他指着一排货架，"那里都是人物雕像，您看看要什么风格的？"

姜辰走过去扫视一圈，发现了一个可能是动漫角色的雕像，手里扶着和人物等高的炮筒，筒身金色镂空雕花，很合他的眼缘。他忍不住拿了拿，发现炮筒能拿动。

店员解释道："那是个小望远镜。"

姜辰意外："望远镜？"

店员笑道："嗯，临时冒出来的想法，就加上了，但距离有限。"

姜辰觉得这想法挺好的，拿着玩了玩。

冰冻小组的人见状道："喜欢就买了吧，这几天预报说要下雨，你能从楼上看看你的小鸭子……哎，这雕像脚下刚好有两只小动物，是不是能换成鸭子？"

店员说："能，那几个都是雕的，不过也能换成捏的，您要再自己做吗？"

姜辰意犹未尽，便又同意了，去捏了五只小鸭崽。

冰冻小组的人忍了又忍，还是没忍住，问道："这是鸭子？"

姜辰："嗯。"

冰冻小组的人沉默了，心想你那双手还是打比赛用吧。

姜辰看着他们："有意见？"

冰冻小组的人一齐摇头："没有。"

你的鸭，你做主。

店员又帮着修了修，这才好看了一些。

姜辰又开始挑选雕像风格，觉得都还不错，顺便给大外甥和自己也雕了一个，地址写的是姜诗兰家。

店员拿着第一个暗冥师的雕像单子："那这个呢？"

姜辰不知道方景行住哪儿，说道："晚上他们来取东西，会告诉你。"

他付了钱，又在附近的小店买了张贺卡，写好之后便回去了。

姜辰想起上次的语音乌龙，说道："你们去找我姐问方景行的地址。"

冰冻小组的人："啊？"

姜辰："我得打游戏。"

行吧。

冰冻小组的人把"网瘾少年"送进电梯，便去找姜副院了。

姜辰回到房间时，全息设备已经摆在床头柜上了。

他拿起来戴上，进入游戏，习惯性地走到赏金墙，看向双人组队的任务栏，这才想起方景行不在线。他便接了一个单人的任务，看完线索，出发去打怪。

单人赏金墙也早已到了八级，而五级之后，系统就不会给具体的坐标了，需要玩家自己找。姜辰以前没打过这只怪，在线索给的野区里转悠了半天都没找到，便觉得有些烦躁、无聊。

之前那么长的一段时间，他和方景行都是一起玩的。平时不觉得，现在方景行没在线，莫名其妙的，他总感觉少了点什么似的，玩游戏也不顺。

他最后没办法，发喇叭询问怪的地址，得到确切位置后，这才去把怪打死，回去交完任务，就到快吃饭的点了。

他懒得再玩别的，挂机下线，等冰冻小组的人晚上把东西取回来，写好贺卡，这才重新回到游戏。他不知不觉走到竞技场，抬头看了一眼大门。

“哎大佬，就你自己啊，暗冥呢？”

姜辰闻言回头，发现是孤问和白龙骨，说道：“他今天有事。”

白龙骨问：“那要和我们组吗？”

姜辰：“你们想打什么？”

白龙骨：“看你吧。”

姜辰思考了一下。

游梦的竞技场有好几种模式，从单人对战到多人对战应有尽有。

不过对于比赛来说，就分那么几种。姜辰以前的比赛是打两局，一局擂台，一局团战推水晶。

大概是觉得不刺激，这几年联盟又新加了一局，是 3V3 的小团战。

小团战是十五分钟内无限复活，最后看哪个队拿的人头多，哪个队就胜利。他先前刷比赛视频就看见一场有意思的，双方恰好抽到了比较复杂的地图，有一队开局就击杀了对方一个人，然后就开始全员龟缩。他下的视频没弹幕，但想也知道，弹幕上怕是有一群人在骂街。

他说道：“打 3V3 小团吧。”

孤问和白龙骨都没意见，和他一起进了竞技场。

随机对手很快刷出来，是荧惑照梦的一队人，一个都不认识。但对面的人都听过他的大名，纷纷在公屏上打招呼。

[公屏]小吃货：哇，牛×，十方俱灭！

[公屏]温柔杀：大佬！

[公屏]总是睡不够：大佬求合影！

姜辰没有理会，等着地图载入完毕，推开面前的大门，紧接着眼前一花，到了一座雪山上。

3V3的小团战，进去的位置都是随机刷的，周围有谁全看运气。白龙骨的声音在频道里响起：“我在木屋附近，你们报坐标……孤问你怎么回事？”

姜辰看了一眼，发现孤问的血条在不停地下降。

孤问说：“碰见了他们三个人。”

姜辰和白龙骨都沉默了。

这个刷新概率，一口气碰见对方三个人，也是蛮不容易的。

白龙骨：“我们去接应你，你不能跑吗？”

孤问：“路被堵死了。”

白龙骨：“再坚持一下。”

孤问报完坐标，冷静判断：“不用救，他们水平都不错，我尽量耗他们的血条和技能，你们看有没有机会埋伏一波……”

白龙骨打断道：“你是在崖边，跳崖，别给他们送人头……等等，大佬你也在那附近，往前走点，去帮个忙。”

被点名的两个人同时开口。

孤问：“我在崖下。”

姜辰：“我在崖上。”

“……”白龙骨道，“得，算咱们倒霉。”

姜辰说话间来到崖边探头，见到了被围殴的孤问。

其实在竞技场里，跳崖砸人的办法不好使，因为玩家一直来回走动，砸不好就是自杀。他和方景行上次进的是1V1的竞技场，属于敌对势力，所以能砸掉对方的血。现在换成队友，也不知管不管用。

他说了一个坐标：“你站在那里别动。”

孤问：“怎么？”

姜辰：“听我的。”

他等待了两秒钟，见孤问迟疑了一下后开始往后挪，便跳了下去。

孤问刚好走到指定地点，没等询问，就见眼前一暗。

姜辰砸到他身上，两个人瞬间扑街，同时被系统复活，随机刷到了一个位置。

正奋力宰人的三人小队："……"什么情况!

孤问站在新的地点，有些沉默。

他知道这是死了又活了，但不认为自己还剩一小半的血会这么容易挂，看了看比分，发现还是 0 ： 0，便扭头望向莫名其妙和他刷到一起的大佬。

双方对视几秒。

孤问："怎么回事？"

姜辰一本正经："可能系统抽风了，走，去找白龙骨。"

孤问默默跟着他走了两步，后知后觉地翻看战斗信息。

[战斗] 孤问被十方俱灭残忍地砸死了。

[战斗] 十方俱灭坠崖身亡。

053.

孤问："……你解释一下。"

姜辰还没回答，同样看到战斗信息的白龙骨就开了口："我知道了！"

孤问："知道什么？"

白龙骨："知道 boss 是怎么死的了！"他简直服了，"这种办法你们也想得出来，怎么发现的？"

姜辰："偶然。"

十个服，玩家的基数太大，什么稀奇古怪的人和事都有，这设定早晚会被发现，所以他也就直接用了，顺便试出这招对队友也管用，挺好。

孤问没打过隐藏副本，但不是傻子，听他们一提就联想到了副本首杀，想想 boss 都能被他们砸死，便觉得自己死得不冤了。

他们快速集合，开始去找那三人小队。

片刻后，双方在树林里成功相遇。三人组不约而同地看向封印师，想到他刚才那个惊掉他们下巴的操作，一致决定先弄死他。

姜辰看了一眼他们这个配置。

战神、刺客、驱魔师……两攻击带个辅助。

于是他先定住快要冲到近前的战神，转身直奔脆皮的驱魔师，把对方的技能一封，就要一轮爆发将人带走。这时余光一扫，突然意识到后面没有熟悉的身影跟着了。

往常他和方景行组队打竞技场，基本不需要说什么，方景行就知道该怎么做，不知不觉地姜辰已经习惯了。不过到底是带过战队的人，他很快调整过来："先秒[1]驱魔师，孤问留下控制技能，无缝衔接。"

白龙骨和孤问闻言跟上他，朝着驱魔师就过去了，联手宰人。

五秒的封印效果结束，孤问紧随其后放技能，再次把人控住，三个人的大招一起往下砸，驱魔师立刻扑街。

姜辰的技能冷却好，再次定住血厚的战神，带着队友奔向刺客。

不出五分钟，他们干净利落地把这三人小队团灭，比分变成 3 ∶ 0。

白龙骨赞道："厉害！"

孤问也"嗯"了一声。

他们一直都知道两位大佬打副本和过剧情很牛，但毕竟人机对战和玩家间的PK不同，想一想，这好像还是他们第一次围观大佬 PK，也是第一次遇见高水平的攻击系封印师，简直是一封一个准。

几人又将对方杀了一次团灭，6 ∶ 0拿下这一局后，身为队长的白龙骨便没有继续排。他和孤问都更热衷于打竞技场，碰见高玩自然手痒，说道："大佬，PK 一把？"

姜辰："跟你们 PK，没成就感。"

孤问："……"

白龙骨："……"

话是如此，三人还是去开了一间房。

姜辰按着他们挨个摩擦了一顿，觉得没什么意思："走吧。"

白龙骨没过瘾："再打一局。"

姜辰便又挨个将他们摩擦了一顿，见他们还要打，这次没再客气，用了真实实力。

打完孤问和白龙骨都震惊了。

他们常年泡在竞技场里，是公认的高玩，但对上这封印师却被虐得找不着北，即使他手里有件神器，但这光竞技实力也太可怕了点！

白龙骨压着心里的震撼："大佬……为什么你还是七段？"

竞技场是有连胜机制的，连胜得越多，积分涨得越快。

依这封印师的实力，去 1V1 的战场一路连胜，很快就能升到十段天梯才对。

1　秒：秒杀，指游戏中以压倒性优势或在极短时间内致命。

他想起和大佬一起的暗冥师，问道："队友拖的后腿？"

姜辰："打得少。"

白龙骨："你们不是每天都打竞技场吗？"

姜辰纠正道："是每天都来。"

他和方景行组在一起根本就是虐菜[1]，打几局他就没兴趣了，便去和方景行开房PK。

孤问和白龙骨都懂了。

想想外界的猜测，再看这封印师恐怖的技术，他们估摸暗冥是方景行的可能性真的很大。

白龙骨好奇道："大佬是职业选手？"

姜辰："他们在打联赛，能像我这么有空？"

白龙骨问完也意识到了这事，点点头，很有自知之明，没再和他PK，而是又去了3V3的小团战。三个人打到八点半，白龙骨被帮会的人催着去打世界boss，临走前看了一眼队友："大佬去吗？"

姜辰想了想，拒绝了。

世界boss每次都得百十来号人打，乱哄哄的，他去了也没用。

他们目送白龙骨离开，之后对视一眼。

姜辰："你们帮会连世界boss也不打？"

孤问："嗯，换2V2？"

姜辰："懒得虐菜。"

有可能被归为"菜"的孤问看着他，沉默不语。

姜辰问："你对单人赏金熟吗？"

孤问："熟。"

于是，姜辰带着他来到赏金墙，接了最上面的单人任务，查看线索：在人迹罕至、鸟尽鱼绝的埋骨山，有一位偷偷修炼禁咒的魔族，鲁特。

姜辰问道："鲁特在哪儿？"

孤问有点想看他打赏金墙，便以"带路"为名跟着他一道去了，中途听他询问鲁特的特点，把攻略发给了他。

姜辰看了一路，觉得有谱了，等找到鲁特，就轻轻松松弄死了他。

1 虐菜：单方面碾压新手玩家。

孤问看得极其沉默，半天才开口："还往下打吗？"

姜辰："打。"

孤问和他往回走，准备接着看大佬秀操作。

二人都不是话多的人，一路安静，只能听见游戏的背景音乐。

姜辰突然道："你听。"

孤问："什么？"

姜辰："鸟叫。"

孤问看着他。

姜辰："这怪的线索写的是'人迹罕至，鸟尽鱼绝'。"

孤问："所以？"

姜辰："前段时间他们都在找鸟，你不知道？"

二人在这埋骨山上转了一圈，结果连根鸟毛都没见着，面面相觑。

姜辰拒不承认是自己没事找事，一脸淡定："我就是随口一猜，走吧。"

孤问："……"

这一耽误，剩余的时间便不够再打一个赏金任务了。

姜辰在主城转了转，还是觉得无聊，干脆提前下线，收拾一下睡觉了。

姜辰这边睡得踏实，方景行却还在外面。

他在家里吃了长寿面，晚上还有一拨朋友的聚会，此时他正和他们在一起玩。

只是往常都过得高高兴兴的生日会，这次却提不起兴致，方景行只勉强维持住了主角的姿态。

逸心人来到他身边坐下："我怎么感觉你今天心不在焉的？"

方景行的笑容无懈可击："有吗？"

逸心人充耳不闻："在想你家封印师？"

方景行承认了："嗯，他之后都玩不了了，不知道什么时候能回来。"

逸心人挑眉："理由？"

方景行不答。

逸心人便不问了，给他倒了杯酒："来，干了，一醉解千愁。"

方景行和他碰杯，仰头喝了。

不过他向来不会让自己喝得太醉，觉得差不多便收住了，和朋友玩到零点，把车调成自动驾驶，回到了住处。

单身狗机器人迎上来，手里抱着一个盒子："主人，有你的生日礼物。"

方景行不在意地"嗯"了声，越过它上楼："你拆吧。"

AI 听话地拆开，亦步亦趋地跟着他："是一件手工摆件，一位名叫十方俱灭的人送的。"

方景行一愣，还以为自己听错了。

他急忙转身，接过 AI 手里的贺卡，对上几个笔锋锐利的字。

TO 方景行：

祝生日快乐。

——十方俱灭

方景行："……"

他的酒瞬间醒了大半，看向盒子，发现里面还塞了张小纸条，便伸手打开，见上面写着：盒子是我亲手做的，还定做了一个雕像摆件，他们会寄给你，这是单子，记得查收。

AI 见他站着不动，喊道："主人？"

方景行回神，嘴角不由得勾起一个笑，第一次体会到如此巨大的惊喜。

他接过盒子，抱着回了卧室，转悠了两圈才找到一个稳妥的地方，放下摆好，之后点开手机发消息道了谢，想到姜辰不知能不能看见，愉悦中又透出了苦涩。

他在床上辗转反侧，半天才睡着，转天按照生物钟早早睁开了眼，见手机里没有某人的消息，无奈地叹了口气。他下楼吃完早饭，顺着盒子上的地址找了过去，想问问什么时候能做好。

结果到了地方，发现人家还没开门。

他真的难得干这么傻的事，扶额轻叹，眼见下起了小雨，便打算在车里等着。这时突然扫见一旁的路标，发现这里离研究院不远，便犹豫了一下，随即从车里拿出雨伞，往那边走了走。

他没敢去正门，也没敢靠得太近，而是站在斜对面看了看不远处的这几栋楼，不清楚姜辰在哪儿，感觉自己挺傻的，停留几分钟，装作散步的样子又回去了。

姜辰消完食，正要戴上眼镜进游戏，听见了外面的雨声，突然想起了炮筒望远镜。

他很满意今天就能派上用场，便拿着它出门，来到走廊尽头，调整角度看了看他的小鸭崽，见它们颠颠地跑回了窝里，顿时放心，又好奇地看了看周围的建筑，猛地对上一个熟悉的身影。

——是方景行。

他正望着这边，不知在看什么。

姜辰愣在窗前，怔怔地看着他转身离开了。

054.

姜辰回房坐在床上，慢慢转着金花镂空的望远镜，整理着脑子里难得有些杂乱的思绪。

方景行那张脸太出众，哪怕他们现实中没见过面，他应该也没认错人。

早晨八点四十多，下着雨。

方景行跑来附近看了看又回去，说是巧合或散步，姜辰死也不信，所以很可能是方景行猜出了他在研究院。毕竟他上次是断网又断联系，且过了这么久也没“买”新手机，普通的住院不会弄到这种程度。

而且方景行知道他和姜诗兰认识，姜诗兰又是研究院的副院长，方景行向来敏锐，或许上次有试着通过他姐姐联系他，却没能成功，便推导出了这一结论。

以防万一，姜辰还去问了问工作人员，想知道研究院里除他们以外有没有别的志愿者，天天不见人的那种，得知目前没有，便知道方景行在这儿应该没有别的熟人。

工作人员诧异：“怎么？”

姜辰张嘴就来：“好奇，昨晚梦见这里在研究异能人。”

工作人员哭笑不得：“想什么呢，真的有也不是我们这里能研究的。”

姜辰：“我想也是。”

他转身回屋，心想方景行八成是来看他的。

研究院除他们外没有别的志愿者，而他们这一批被冰冻的都是三十年前的人，那时方景行还没出生呢，能有什么牵扯？

即使有，也是作为后来知情的亲属。

如果是这样的话，那方景行很可能知道冰冻项目的存在，也早就怀疑他的身份了……姜辰把望远镜一放，为求稳妥，出门去找姜诗兰求证。

姜诗兰也是刚来，笑道：“早。”

姜辰道：“早。”他看着自家姐姐，直奔重点，“我上次失联，方景行是不是找过你？”

姜诗兰微微一怔：“嗯，找过。”

姜辰：“说的什么？”

姜诗兰道：“他说想来看你，我没同意。”她想起上次的事就忍不住叹气，“你知道吗，那是他懂事后第一次求我。”

姜辰点头，镇定地和她聊了几句，起身走人。

就目前已知的这些信息，在合理范围内猜测，方景行是冲着他来的，这应该不会有错。至于知不知道他的身份，还有待确认。反正姜诗兰和谢承颜肯定不会说，就算真的不小心说漏嘴，他们也会通知他一声。

姜辰回房关门，默默在床上坐了一会儿，拿起眼镜进了游戏。

工作日，上午九点，游戏里的人不多。

姜辰看了眼好友列表，发现一个熟人都没在线，目光下意识地在某个名字上转了转，随即关上界面，漫无目的地在主城散步。

打本，没熟人。

打赏金墙，不认路。

估计竞技场的人也很少，但总归是十个服的人在一起排……想到这里，他便去了竞技场，进了单人战场，一路往上打，升到了九段。

同段位是在一起排的，段位越高，人越少。

玩家们普遍喜欢玩团战推水晶，因此单人战场的人本来就不多，加之在这个时间点上，九段单人场的人更是少之又少。

姜辰一连打了十二局，与一个人碰见了三次，与另一个人碰见两次，此后他就再没见过他们。

他又不紧不慢地打了几局，直到九段位上的人都跑了，只剩一个爱钻牛角尖的和他死磕。又磕了三局后，对方的积分掉回八段，自此整个九段就剩他一个活人了。

他无趣地离开竞技场，不知不觉间竟到了下线的点，忍不住看了眼好友列表，见某人依旧没上线，干脆地挂机走了。

午休过后，游戏里渐渐热闹起来。

姜辰收起鱼竿，听见同样挂机回来的苟盛在喊人打本，便跟着他们去了，打了一下午，某人还是没上线。

再说方景行，他一直等到工艺品店开门，拿着小票问完，得知要一个礼拜才能取货，便开车回到了住处。他昨天喝了酒，又睡得晚，回到家就觉出了头疼，上楼睡了一个回笼觉，中午才醒。

姜辰不上线，他也懒得打游戏，于是回俱乐部看了看，和队员们聚完餐，晚上才回到家，开了直播。

按照惯例，他生日的第二天都会直播。

他这次又“鸽”了很久，加上有之前“被帮忙表白”的前车之鉴，所以打算趁着姜辰不在的这段时间，把时长全播完。

不过他没上先前直播时用的号，而是另买了一个满级号，又进了辰星映缘。

原因是昨天那几个特意赶来给他过生日的主播朋友喝醉了，对着他一顿痛心疾首地抱怨。他们当初一起来辰星映缘，就是想着以后一起玩，谁知他遇见了封印师，扔下他们就和封印师跑了。

“之……之前是谁说要组队打团战来着？”

“你知道我们有多……多惨吗？”

“你家封印师，游梦现在最火的人，就在如意！”

“你还记得我们是哪个帮会的吗？啊？！”

“粉丝都知道我们和他一个帮会，天天催着我们去找他玩，可我们哪儿敢啊！”

“这也就罢了，你们一会儿一个剧情通关，一会儿一个副本首杀，我们都要被粉丝逼……逼死了！早知道当初我们不如直接用烟花突突死你！”

方景行听得哭笑不得，心想也确实很久没顾上这帮兄弟了，便买了号，决定最近都陪他们玩。

粉丝们都在等他，见他开播，立刻沸腾了。

“啊啊啊啊我就知道你今天不会鸽！”

“男神我好想你呜呜呜……”

“方队生日快乐！”

“生日快乐！”

“大神，跪求打赏金墙，你那个服应该开到八级了吧，求打法！让我看看第一视角！”

方景行要和几个朋友组队，而竞技场里跨服组队和同服组队显示的图标是不一样的，这事根本瞒不住，他便直接说了实话：“我要和小天他们组队打竞技场，新买了一个号，现在在辰星映缘，你们别在频道上嚷嚷。”

粉丝静了一瞬，更加激动。

“你终于又回辰星映缘了！”

“我要去搜搜暗冥，看他在不在线！”

“你们给他点面子，男神说走了就是走了，不是暗冥。”

“十方俱灭在辰星映缘，你会去找他玩吗？”

“找吧找吧，让我们瞅瞅这位牛 × 的大佬！”

方景行就知道他们会提这事，脑海中闪过某位封印师的身影，笑道：“十方俱灭啊，我当然听过，那么有名。”

“所以你要去找他吗？”

“我听说他赏金墙很厉害，是个高玩，要不要去 PK 一把？”

“我不贪，我就只想听十方俱灭说一句话，说什么都行。”

“我也是！”

“去吧去吧。”

方景行比他们更想去，但人家根本不在线，他也无可奈何。

他压着心里的郁闷，装作很宠粉的样子，温柔道：“行，我搜搜他在不在线。”

他输入十方俱灭的名字，按下查找。

下一刻，一个透明框弹了出来。

ID：十方俱灭

职业：封印师

等级：99

是否在线：是

方景行盯着那个“是”，足足看了好几秒。

粉丝们集体亢奋。

“快快快，私聊他！”

“加他好友，就说你是方景行！”

“男神愣着干什么，不会不敢吧？”

“方队什么场面没见过，怎么可能不敢？”

“就是，男神搞快点！”

“要 PK 吗？”

方景行：“……”

055.

是本人，还是研究院的人在用他的号？

依封印师的性格，如果把账号给别人用，肯定会备注几句情况说明，解释一下自己和用他账号的人的关系。

方景行快速在脑海里分析了一遍，觉得直接联系应该没事。

不过这得有个大前提，因为他和封印师实在太火，总有人想加他们的好友，所以他们的好友申请时不时会关上，也不知封印师现在开没开。

他试着点击对方的ID添加好友，发现竟然是开着的，便在备注写道：你好，我是方景行。

粉丝们齐齐打起精神，等着男神和这位大佬对话。

姜辰此刻正是不爽的时候。

他傍晚回来没多久就被孤问找上了，听见孤问说想去埋骨山，问道："你要找鸟？"

孤问解释："我看了一下游梦官方关于隐藏剧情和副本的采访。"

他并不废话，把资料发给了姜辰。

姜辰简单扫了一遍。

采访是特意截取的，内容是策划团队叙述的几种开启隐藏的办法。

有些是全息模式才能办到的，有些则需要通过主线剧情或人物背景推理，还有极少数做得更贴近现实——他们给NPC写了语音识别和接收程序，只要在特定的地图上喊个话就能开启剧情。

这种语音开启的设定很有意思，如果玩家聊天时无意间说到了指定语句，就能获得一个意外的惊喜。

姜辰了然。

埋骨山人迹罕至、鸟尽鱼绝，却能传来鸟叫，如果不是他们寻找时遗漏了什么角落，那确实符合这个喊话逻辑。

姜辰问："你想去试试？"

孤问："有一试的必要。"

姜辰："怎么不找你们帮会的人？"

孤问答得很坦然："主要原因是想和你PK，打多人赏金墙；次要原因，和你们组队过隐藏剧情，通关效率高。"他说着一顿，"暗冥几点上线？"

姜辰瞥了他一眼："走吧。"

孤问不是个多事的人，见他没有回答也就不问了，和他一起到了埋骨山。

两个人一边搜山一边喊话，什么金丝雀、大小姐的名字、神沙荒漠、回茵庄园……但凡和副本有关的名词，他们全喊了一遍，没用。

二人站在山顶相互对视。

“……”孤问道，“可能是我猜错了。”

姜辰想想两人刚才犯的这一圈二，忍着开仇杀的冲动，保持静默。

孤问：“PK？”

姜辰：“不P。”

孤问：“赏金墙？”

姜辰：“不打。”

孤问：“那你想干什么？”

姜辰：“想静静。”

孤问难得见到大佬被弄得无语，一时间竟有点想笑。

他忍住了，安静地退队离开，让大佬自己一个人待着。

姜辰走到旁边的山崖，望着下方的风景，打算静一静。

方景行的“好友申请”就是在这个时候发过来的。

姜辰看着备注内容，心想方景行就算换号也不可能发这个玩意，估摸是冒充的，便直接回了过去。

几秒后，方景行那边收到了系统消息。

玩家十方俱灭拒绝了您的好友申请。

拒绝理由：哦，我是你爸爸。

方景行：“……”

粉丝们：“……”

方景行暗道妥了，大概率是本人。

他不知道姜辰是又能玩了，还是只能玩这最后一天，顿时就坐不住了。

但他已经和朋友说好要组队打竞技场，也已经开了播，总不好出尔反尔。他扫了一眼不断刷屏的弹幕，装模作样地按了私聊，说道：“大佬没开陌生人聊天，他不理我，我也没办法。”

粉丝们自然不干。

“怎么没办法，你去找他啊！”

“你再解释解释，搞快点！快去！”

“我不管，你今天好不容易来辰星映缘，我想听大佬说话！”

“就是，让我们看看大佬，你最好了[飞吻]”

“没有男神办不到的事！”

方景行道：“那一会儿再说。”

他和几位朋友在竞技场会合，示意他们先打几局，他晚饭没吃饱，要去吃点东西。

然后他进入观众席，找地方一坐：“你们先看着，我吃完饭马上回来。”

粉丝们自然是没有意见的，纷纷表示让他吃饱点。

方景行闭了麦，摘下眼镜挂机，翻出另一套设备，登录了暗冥的账号。

同一时间，姜辰收到了某人粉丝的私聊。

当初他加过爱的123，但基本没聊几句，现在对方主动联系了他。

[私聊]爱的one：大佬，“这是小号”真的是方队！

[私聊]爱的one：他在直播，新买了一个号来辰星映缘和小天他们打竞技场。

[私聊]爱的one：不信你可以看看直播[可怜]

Ok,Fine.

姜辰扔过去一个“嗯”，转身往山下走，听着依然没消停的鸟叫，烦道：“别叫了！”

声音戛然而止，紧接着一只金丝雀的虚影飞过来停在了他的肩上，怯生生地看着他：“啾……”

熟悉的金色公告瞬间传遍全服：恭喜玩家十方俱灭发现隐藏剧情[繁花]！

姜辰：“……”

快走到山下的孤问：“……”

刚切换账号的方景行：“……”

全服玩家：“？？？”

[世界]名字好难取：他来了，他来了，他带着隐藏剧情又来了！

[世界]消炎药：这么久没动静，我还以为他隐退了。

[世界]藏书：史上最短全服公告，这次就一个人啊。

[世界]镜中人：大佬有兴趣组个队吗？

[世界]负一米：大佬看看我们，会卖萌会唱歌会跳舞会讲故事，啥都会[挥手绢]

[世界]生死与共：他们会的我们也会。

[世界]眼泪不值钱：抢人吗？我也来，大佬考虑一下我吗？

[世界]恰瓜：哦嚯，大佬最近天天打赏金墙和竞技场，我还以为他是觉得隐藏剧情和副本难度太低，没意思了呢。

逸心人这时也刚上线，见到公告愣了一下，扫见院子里突然出现的暗冥师，上前道：“你不是说你家封印师不上线吗？”

方景行道："我也不清楚。"

他马上联系姜辰询问地址，得知在埋骨山，便赶了过去，见旁边还站着一个孤问。

二人以"有事说"为由扔下孤问，往旁边走了走，几乎同时开口。

方景行道："你不是不上线吗？"

姜辰道："你不是在直播吗？"

方景行挑眉："你知道？"

姜辰道："刚知道，你粉丝私聊我。"

方景行了然，简单解释了下自己直播是为了刷时长，并再次问了关心的问题。当听姜辰说起计划有变，还能再玩一段时间时，他只觉郁闷了一整天的心情顿时缓解了，笑道："生日礼物我看见了，非常喜欢，谢谢。"

姜辰"嗯"了一声。

方景行问："我今晚得直播，你要不要和我们一起玩？"

姜辰："不。"

方景行看了一眼他肩上的鸟："大小姐那个剧情？"

姜辰："有可能。"

方景行："第一个任务是什么？"

姜辰："还没和它对话。"

方景行："组队过一下。"

姜辰："你不直播？"

方景行："不急，我陪你玩一会儿再走。"

姜辰便把他和孤问组进来，和金丝雀对话。

金丝雀扇着翅膀飞起来，飞出一段距离后看了看他们。三个人跟着它一路走到一棵枯树前，眼看着它的虚影飞进了树下的土里。

方景行挖了一下，挖出一个金丝雀的石像。

石像底座有几个小字：贝尔石雕店。

任务同时刷新：找贝尔。

妥了。

隐藏剧情一贯的风格，找人。

方景行看了眼时间，把石像交给他："我得走了。"

姜辰道："再见。"

方景行心情好，没忍住摸了把他的头，直接回城，去切账号。

姜辰望着方景行的身影消失，转身看向孤问，说要去打竞技场，等人找齐了再过剧情。

孤问当然没意见，跟着他往山下走，觉得大佬今晚似乎有些心不在焉，想想他刚刚目送暗冥离开的样子，问道："你们……没出什么事吧？"

姜辰反问："你也八卦？"

孤问沉默。

他不八卦，只是当初打赌，他赌的是十方俱灭和青盐在一起绑定，输了得裸奔。

他说道："我随便问问。"

姜辰道："没出事。"

孤问道："这次隐藏剧情，青盐还是不跟着？"

姜辰道："他在忙。"

孤问沉默，总觉得这次裸奔跑不了了。

另一边，方景行切回小号，见几位朋友刚开了一局，便心安理得地坐在观众席，看见粉丝们再次提起十方俱灭，便忍不住又发了一条好友申请，写道：大佬，我真是方景行。

姜辰不知道他想干什么，这次通过了。

方景行不理会粉丝们的叫唤，勾着笑，主动打招呼。

[私聊] 这是小号：大佬好。

[私聊] 十方俱灭：有事？

[私聊] 这是小号：久仰大名，特来拜会，大佬要不要打竞技场？

[私聊] 十方俱灭：你几段？

[私聊] 这是小号：二段

[私聊] 十方俱灭：呵。

方景行："……"

粉丝们都笑疯了，等着看男神的乐子。

方景行也失笑一声，愉悦地发消息。

[私聊] 这是小号：要不大佬带我吧？

[私聊] 十方俱灭：不带。

[私聊] 这是小号：那我去围观你打竞技场，给你打 call[1]？

[私聊] 十方俱灭：不用。

1　打 call：加油。

[私聊]这是小号：用的。

[私聊]十方俱灭：？

[私聊]这是小号：因为喜欢你啊。

056.

弹幕立刻炸开了。

“为了让我们看大佬，你这么豁得出去？”

“我竟然觉得这话很甜！”

“我也是，代入一下男神的声音，疯了啊啊啊！”

“我不管，我就当这句话是对我说的了！”

“听说十方俱灭脾气不好，哥们儿别玩得太过，保重。”

“应该还好？他这算是站在粉丝的立场上说的。”

方景行没理会弹幕，静静等待回复，见那边半天都没吭声，显然是不准备搭理他，于是又主动发了一句。

[私聊]这是小号：大佬在做什么？

[私聊]十方俱灭：竞技场。

[私聊]这是小号：我刚才那句话是真心的，让我去给你打个 call 吧？

[私聊]十方俱灭：滚。

[私聊]这是小号：好多人都夸过我的声音好听，你要不要听听看？顺便证明我确实是方景行。

粉丝们再次炸锅。

“这啥意思，你要切原声吗？”

“切切切，不切不是人！”

“你的声音好听吗？我们咋不知道，让我们听听。”

“啊啊啊求求你切吧，好久没听过你说话了。”

“感谢十方俱灭大佬！”

“姐妹们都把感谢打在公屏上！”

姜辰发完那个“滚”便专心和孤问 PK，打了三局，见那边又有消息了。

[私聊]这是小号：大佬你理理我。

[私聊]十方俱灭：不是本人。

方景行忍俊不禁，想想封印师的脾气，没敢逗得太过。

这时几位朋友打完了一局，他便下场和他们组队，开始打排位。

粉丝们不干了。

"就这？就这？"

"人家说不是本人你就信啊？"

"你不能把我们的好奇心撩起来就扔下不管了[大哭][大哭][大哭]"

"我要见大佬！"

"不见大佬也行，补偿我们，你把声音换了！"

"大神我想看你和他 PK，听你评价一下十方俱灭的水平。"

方景行笑道："急什么，我又不是不直播了。"他等着系统随机匹配对手，跟着朋友迈进地图，"一步步来，我今天加上了好友，改天兴许就能见上面，再过几天……我就能给他打 call 了。"

几位朋友一齐沉默。

方景行今天终于良心发现想起了他们，他们刚觉得他还算个人，结果这货扭头就跑去撩大佬了。他们的粉丝得知方队在和大佬聊天，又快把他们给逼死了，什么"希望某些人学习一下""明明和大佬一个帮会，至今竟没说过话""一直不聊一直不熟"等等，说得他们无地自容。

此刻见方景行还在拿大佬说事，他们一时间恶向胆边生，问道："把大佬喊来一起排吗？"

方景行道："他说不是本人。"

这话你也说得出口？

几人道："没事，喊过来可能就是了。"

方景行："别了吧，人家忙。"

几人："……"

"很忙"的大佬放慢节奏，又和孤问 PK 了七八局，见大外甥突然上线了。

谢承颜最近每天拍戏都拍到很晚，经纪人怕他贪玩，把他的全息设备收了。今天好不容易有了喘息的工夫，他猛地发现错过了自家发小的生日，便要回设备上了线。

刚上线，他就看见了坐在帮会小湖钓鱼的发小，走过去打了声招呼，没得到回应，知道是在挂机，便给小舅舅发了消息，和他一起去了竞技场。

孤问见到青盐就是一怔。

帮会的人刚刚一直在喊他打团，他和大佬 PK 的这几把够他消化的了，想想赌局，便说道："你们聊，我先走了。"

谢承颜目送他离开，看向小舅舅："景行挂机呢，他在直播？"

姜辰道："嗯，他买了一个小号，在这个服播的。"

谢承颜心想自己送点花，景行应该能看见。

于是他席地而坐，一边和小舅舅聊天一边送花。

[系统]玩家青盐向玩家暗冥赠送 99 朵玫瑰，两情若是久长时，又岂在朝朝暮暮。

[系统]玩家青盐向玩家暗冥赠送 99 朵玫瑰，相思相见知何日？此时此夜难为情。

[系统]玩家青盐……

谢承颜连续送了好几次，感觉太麻烦，直接来了个大的。

游梦也给了土豪足够的排面，是金色的系统公告：玩家青盐向玩家暗冥赠送 999 朵玫瑰，世间繁华，唯你所爱。

刚出房间的孤问："……"

看来青盐和十方俱灭是彻底凉了……不对，暗冥有可能是方景行，那青盐是影帝谢承颜?

孤问沉默地往前走，总觉得自己知道得太多了。

姜辰和正在打排位的方景行知道谢承颜送花是为了生日，都没理会一通乱猜的世界频道。

姜辰问大外甥："最近还忙吗？"

谢承颜道："忙，再过几天就要进山了。"

姜辰："注意安全。"

谢承颜："我知道，放心吧。"

姜辰犹豫了一下，问道："方景行有没有找你问过我的事？"

"问过，"谢承颜想起上次的事，主动交代，"我说见过你的照片，心疼你的脸，他说也想看，我就 P 了一张给他。"

姜辰心想这样的话，方景行应该是不知道他的身份，好奇道："长什么样？"

谢承颜道："你等等啊，我翻翻聊天记录。"

他说着找了找，给小舅舅发了过去。

姜辰打开聊天框一看，瞬间对上一张惨不忍睹的脸。他足足沉默了好几秒，问得很诚恳："他是怎么说的？"

谢承颜道："他说还行。"

姜辰："……"

这样都还行？

谢承颜老实地把当时的情况叙述了一遍："我也是脑抽，不知道怎么就聊到了那里，不过你放心，我说了你的脸能治，等你以后出院了，我再和他解释。"

姜辰一下下摸着大外甥的头，不知该不该打一顿。

他时间有限，陪着大外甥聊了一会儿，便下线睡觉了。

谢承颜最近拍戏很累，知道方景行得播到很晚，便没有等他，给他发了几条消息，也去睡了。

转天一早，姜辰和方景行上线集合，开始做隐藏剧情。

早晨人少，孤问也没在线。

这个隐藏剧情能开，有孤问的一部分功劳，毕竟如果不是他，姜辰也不会抽风地跑去埋骨山。如今孤问不在，小队成员也还没确定下来，他们闲着也是闲着，便想着先找找人。

线索给的范围里有四座城市，隐藏剧情的第一个关卡肯定不会直接让玩家找到人，但应该能找到那家雕像店。

金丝雀只会"啾"，根本没办法交流。

这关不像[伊林]那个剧情能推理，直接跑去打狼，而是看着和[灵槐]的剧情差不多，可当时[灵槐]有逸心人氪金[1]改命，省了他们不少麻烦，现在这个怕是得他们自己找。

姜辰有些不死心："埋骨山会不会还有线索？"

方景行道："那咱们去看看。"

两个人便又到了那棵枯树前，上下左右查看一圈，发现确实没什么特别之处，只好认命。方景行知道他不耐烦做这种找人的任务，安抚道："先去那几座城市转转，你觉得无聊了，我陪你打赏金墙。"

姜辰听出他话里的体贴，看了他一眼。

其实从今天一上线他就在忍，因为只要想到方景行每天对着自己，脑子里装的却是那张脸，就觉得太悲催，此刻是彻底忍不住了。

头可断，血可流，巅峰颜值不能丢。

他喊道："方景行。"

---

1 氪金：为游戏充值以达到更好的游戏体验。

方景行侧头："嗯？"

姜辰："昨晚承颜说给过你我的照片，我其实不长那样。"

方景行笑出声："我知道，我看出是P的了。"

姜辰一怔。

看出是PS的，但没找承颜对峙，难道是猜出了他的身份？

他向来喜欢干净利落，感觉试探太麻烦，就直接问了："那你知道我是谁吗？"

方景行心头微跳，收了收笑意，坦诚地看着他："知道。"

隔着网络，他不确定安全程度，便没提姓名，而是用半开玩笑的语气："你是黑色封印师。"

以前是你。

现在还是你。

057.

姜辰极轻地"嗯"了声。

方景行虽然有八九成把握，但亲耳听见这声"嗯"时，心跳还是快了几分。

当年传奇的黑色封印师，因为冰冻项目而跨越时间和生死，奇迹般地出现在这个时代，他每次想到他们能够相遇，就觉得很幸运。

姜辰问："什么时候知道的？"

方景行："那张假照片之后。"

姜辰："怎么知道的？"

方景行在网上不好多说，只道："根据蛛丝马迹猜的。"

姜辰心想方景行这个脑子是真可怕，问道："这你也敢猜？"

方景行笑道："我刚开始也不敢信，后来咱们PK，我翻了当年的视频对比，还和主席聊了聊。"

姜辰点头。

方景行道："我嘴很严，不会往外说的。"

姜辰沉默，思考着这事要不要告诉秦组长。

他这声"嗯"其实是有漏洞的。

因为老当益壮帮会的人和榨紫他们偶尔也会喊他"黑色封印师"，方景行那句话里提的也是这个，他的“嗯”完全可以理解为是在回应这个外号。

依秦组长那个性格，如果知道他在游戏里暴露了，还会让他继续玩吗？或者让方景行也签个保密协议？

但这是方景行自己猜出来的，又不是他主动说的。人家自己脑子好使，却要因此被一个协议约束，是不是有点不太好？

他想了又想，终究不愿意逃避，便提了一句：“我们有个保密协议。”

方景行闻弦音而知雅意：“我需要签吗？”

“不知道。”姜辰迟疑道，“承颜的事是我姐处理的，你要不问问她？她比较了解院里的各项制度。”

方景行笑道：“好。”

他心想哪怕不用签，也要磨着姜诗兰让他签。

签了，他就算是在研究院过了明路，被归到“亲友”的范畴里了。作为亲友，他决定争取自己定期探望的权利。

姜辰不清楚某人心里的弯弯绕绕，和他一起下了山。

杜飞舟早晨也没上线，方景行用手机发消息咨询了一下这位大佬，得知主席只关注故事和人物背景，一般不关注某家小店，便死心了，暗道还是得靠他们自己找。

二人来到线索里提到的其中一座小城，开始分头查看店铺，顺便在路上和碰见的NPC对话。

店铺是死物，目标也大，比找NPC轻松多了。

然而他们走完四座小城，却根本没看见什么贝尔石雕店。

方景行“唔”了声，回忆道：“我记得刚才在那个城市和一个NPC对话，他的系统设定语是‘新开的店铺很热闹’。”

姜辰一听就懂：“你觉得石雕店被卖掉了？”

方景行：“有这种可能。”

姜辰便跟着方景行折回到先前的小城，在方景行的带领下成功找到那个NPC，听NPC说完新开店铺的名字，在附近找到那家店，拿着金丝雀的雕像进去和老板对话。

老板果然被触发了剧情，“啊”了声：“石雕店早就不干了。”

姜辰这边是系统自动回复：“那你知道贝尔去哪儿了吗？”

老板摇头：“我没见过他，是他的店员帮忙处理的转让手续。”他倒着热茶，说道，“那个店员我认识，叫纳特。他回老家了，住在沙塔村。”

任务条同时更新：**找纳特询问贝尔的去向。**

二人暂时没有走，而是在这家店里仔细转了一圈，确认没有其他线索，这才离开，出城直奔沙塔村。

方景行笑着问："不夸我一下？"

如果不是他偶然碰见了NPC，并记住了对方说的话，这一关他们指不定要浪费多少时间。

姜辰看了他一眼："你聪明。"

方景行："没了？"

姜辰："不然？给你打个call？"

方景行笑道："不用，给我个亲笔签名。"

姜辰很痛快："行。"

方景行得寸进尺："我要签名照，不要角色的，要你本人的。"停顿一下，他笑着补充，"我拿我的换。"

"……"姜辰道，"谁稀罕？"

"那我再加点别的，"方景行道，"去年游梦世界嘉年华的纪念周边，我买了好几套留着送人，给你一套？"

姜辰觉得这个可以有，点了点头。

二人抵达沙塔村，发现这里的房子依山而建，且分得很开，整座村庄占了大半个山头。

姜辰一看这个布局就觉得麻烦，扫了一眼时间。

他们今天逛了埋骨山和四座城市，这会儿都快十一点了，他不想打了，准备去打个赏金墙。

方景行自然随他，和他接了一个双人赏金任务。

姜辰有方景行领着找野怪，这次终于不用问路了，因剧情而烦躁的情绪总算缓解了一点。

两个人打到十一点半，一起下线。

下线后方景行立刻联系姜诗兰，要约中午饭。

姜诗兰虽然有些诧异，但还是同意了，按照他发来的地址到了目的地。那是一家私密性比较好的餐厅，迈进包间，见方景行已经在里面等着她了。

她一看见他就想起了上次那个"亲爱的晚安"，忍不住想笑："怎么忽然找我吃饭？"

方景行起身为她拉开椅子，随即坐在她身边，压低声音："我知道姜辰的事了。"

姜诗兰一怔，瞬间镇定下来，不清楚他是不是在诈自己。

方景行不等她试探，主动把事情交代了一遍，表示要签保密协议。姜诗兰听完便知道他没骗人，沉思一阵后道："我需要回去反馈给管这个项目的组长。"

方景行："嗯，我希望能尽快签。"

姜诗兰："怎么？"

方景行微笑："签完我应该就能定期去探望了吧？"

姜诗兰："这得问他们组长。"

方景行应声，换了个话题，陪她吃完午饭，便回家静等消息。

下午两点，他回到游戏，和姜辰继续过任务。

孤问也抽空上线了，三个人碰头聊了聊组队的事。这次的隐藏剧情能加八个人，他们最后决定每家帮会各出一半。

孤问觉得两位大佬很够意思，值得深交。

毕竟他只是提供了开剧情的思路，并没真的成功开启，但大佬还是带上了他。

他说道："我现在点人。"

方景行这边也联系上了逸心人，让他喊人。

十分钟后，八人小队在主城集合，出发前往沙塔村。

几乎是出现在主路的一瞬间，他们就被发现了。

[喇叭]辰星观察缘：报——！大佬们又开始了[截图][截图][截图]

玩家们齐齐激动。

昨晚开启隐藏剧情时都八点多了，全服的人差不多都知道大佬的睡觉时间，因此推测可能今天才开始打，便一直在等消息，现在终于等到了。

[世界]恰瓜：来来来，押注了！

[世界]酒肉穿肠：我赌两天。

[世界]小竹峰：要赌就赌刺激的，我赌一天！

[世界]消炎药：别那么嚣张，我赌三天。

[世界]梅唐想吃糖：其实上午我就看见大佬了，只是就他们两个人。

[世界]渣男退散：上午人没齐，这是人齐了，记住他们的名字，很快就能在公告上看见他们了。

[世界]镜中人：那个时装……咋这么像孤问？

[世界]孤问：嗯。

[世界]镜中人：……

[世界]木枷锁：？

[世界]飞星重木：？？？

[世界]藏书：还有一个人的时装挺像金竞联盟的某位打赏金墙的大佬的。

[世界]枇杷蜜柑：所以这是金竞联盟和如意拼的队？

[世界]我的大小姐：哈哈哈求问其他几位帮主是什么心情。

几位帮主的心情如何不得而知，反正金竞联盟的人挺爽的。

他们抵达目的地，想着近距离观看两位大佬过剧情，结果只打了一个多小时，其中一位就有事下线了。

姜辰问："晚上回来吗？"

方景行："回来，你们先打。"

他对他们挥挥手，摘下眼镜直奔衣帽间，认真收拾了下，拿着车钥匙去了俱乐部。

俱乐部的人见他满面春风的样子，觉得从来没见他这么高兴过，都过去打招呼："方队来了？"

方景行笑道："嗯，我来拿点东西。"

他进了放周边的房间，在里面挑挑拣拣一番，扫见自己的公仔，顺便也带上了，随口问道："有好看一点的盒子吗？"

众人帮着翻了翻，找到一个储物盒，也是周边，颜色很小清新，完全能当作礼盒用。

方景行很满意，把东西全放了进去，抱着下楼，紧接着开车到了研究院。他被姜诗兰接了进去，把一箱子礼物交给工作人员检查，随即进了秦组长的办公室。他和秦组长谈了半天，然后仔细阅读了一遍保密条款，签了名。

做完这一切后，他查看了下时间，发现过了四点半。

这个点姜辰应该下线了，方景行起身道："我能去看看他吗？"

秦组长点了点头。

方景行在工作人员的带领下到了花园，远远地望见一个背影。

已是深秋，少年穿着件深色兜帽的外套，双手插着口袋站在那里不知在看什么，只露出一截洁白的脖颈。方景行不禁屏住呼吸，走了过去。

姜辰听见脚步声，微微侧头，看清来人后顿时一怔。

他这才知道方景行下午为什么下线，问道："你来签保密协议？"

方景行近距离看着他，只觉比照片上的冲击还大。

他努力维持镇定，端起平时的温文尔雅，柔声道："嗯，前辈好。"

姜辰道："……喊舅舅。"

方景行好看的双眼微微一弯，含笑望着他："舅舅。"

CHAPTER TWO

FLOWERS ALL THE WAY.

一路繁花

058.

方景行这次出门是精心打扮过的。

他长得本就出众，这样刻意收拾一番，更是魅力无穷。有那身温润的气质罩着，他精致的脸庞并不显得轻浮，整个人风度翩翩的。

只是姜辰知道方景行这货其实一肚子坏水，因此他总觉得这声“舅舅”里有一丝丝说不清道不明的耐人寻味，勉强应了：“嗯。”

方景行往他身边走了几步，两人之间的距离只有半米。

他垂眼看着面前的人，见姜辰气色不错，感到放心的同时蹦出一个念头：泪痣真好看。

原来现实中的姜辰是这种感觉的。

只简单地往这里一站，就能夺走人的全部视线。

他问道：“你刚才在看什么？”

姜辰对着前面抬了抬下巴。

方景行刚刚的注意力全在姜辰身上，除此之外根本看不见别的活物。

直到这时他才肯吝啬地分出一两分关注，看到不远处有一个小水池，池里有五只半大的鸭子，笑道：“研究院还养鸭子？”

姜辰：“我养的。”

五只鸭子似乎是看见了陌生人，好奇地游过来上了岸，姜辰也转身往前走。

方景行陪他走着，一回头见两个AI和小鸭子一字排开跟在后面，显然是养成了习惯，想想姜辰每天都这么遛鸭，他忍不住笑了一声。

姜辰：“怎么？”

方景行看着他：“觉得挺可爱的。”

姜辰掂量着这个语气，摸不准方景行是在说自己还是说鸭。

他怀疑大概率是在说自己，换了话题："你签完协议了？"

方景行："嗯，刚签完。"

姜辰："秦组长怎么说的？"

方景行微笑："他说让我有空就来陪你。"

姜辰道："……当我傻？"

方景行神情自若地改口："说让我好好遵守协议。"

姜辰盯着他静等下文，总觉得他刚才那句话不可能是随便说说。

果然，方景行继续道："是我说你总在这里待着，需要情投意合、有共同话题的朋友陪伴，应该一两个礼拜来看你一次。"

姜辰："他同意了？"

方景行愉悦地"嗯"了一声。

这是方景行自己猜的——秦组长他们不能强行按头让他签协议，自己主动上门配合，当然得争取点福利。而志愿者又不是犯人，亲属是能定期探望的，他得知姜老院长他们会定期来看姜辰，便要求把自己的名字也添进去。

方景行补充道："不过前提是你得点头。"他翻出温良乖巧的皮，毫无压力地往身上一披，"舅舅，你不会不同意吧？"

"……"姜辰一脸冷漠，"我会。"

方景行轻轻呵出一口气："这么无情？"

姜辰懒得搭理他，继续往前走。

方景行知道他是嘴硬心软，自动当作这事成了，便问起了隐藏剧情的进度，得知没有进展，问道："全搜完了？"

姜辰道："嗯，那个店员不在村子里。"他想到第一关的情况，补充了一句，"村外有个蓬头垢面的 NPC，说村子里的人都心肠歹毒，又蠢又贪婪。"

方景行懂了："你觉得店员其实没经过贝尔的同意，擅自把店卖给别人，拿着钱跑了？"

姜辰："或许。"

方景行心想这就难办了，谁知他会跑去哪里。

不对……店员既然在石雕店工作过，曾经待过的那座城市有可能会找到线索。换言之，还是得和城市里的 NPC 都对话一遍，姜辰怕是会不耐烦。

他思考了一阵："我有个想法。"

姜辰道："大小姐？"

方景行立刻笑了："嗯，心有灵犀。"

金丝雀如果真和大小姐有关，那大小姐就是金丝雀任务的关键 NPC，他们拿着石像去找大小姐，或许会有意外收获。

两个人边走边讨论，慢慢地在花园里转了一圈。

深秋时节，院里的银杏叶全黄了，落在地上，像铺了层薄薄的毯子。五只小鸭子一摇一晃，"嘎嘎嘎"地跟着他们，树叶被踩得沙沙作响。

方景行一开始没有注意，等商量完隐藏剧情，这才留意到身后的动静，一时忍俊不禁："你喜欢鸭子？"

姜辰说道："一般。"

方景行知道他说一般，那就是真一般，好奇道："那怎么会养这个？"

姜辰："机缘巧合。"

他也没想到自己随口一说，秦组长他们竟然当真了。

但自己挖的坑自己跳，他把五只鸭送回窝，给它们喂饭，还撕了点菜叶子。

方景行站在旁边看着，实在太想把这一幕拍下来了。

那么一个又冷又狂的人，蹲在这里给小鸭子喂菜，这就是网上常说的反差萌吧。

不过他刚签完协议，自然不能乱拍，便控制住自己的手，等着姜辰喂完，和他上楼回房。

普通的单人房，独立卫浴，有电视、小沙发和餐桌，看着还行。

装礼物的盒子已经被工作人员拿了过来，放在茶几上，姜辰不由得上前看了看，发现是一堆周边，了然："你带来的？"

方景行道："嗯，纪念周边和普通周边都有。"

姜辰从里面拎出一个联盟男神的 Q 版公仔："这也是周边？"

方景行笑道："我们俱乐部的周边，数量有限，只在周年庆抽奖的时候抽那么一下，我送你一个。"

谢谢你了。

姜辰把公仔放了回去。

正说着话，AI 端着餐盘进来了。

方景行扫了一眼。

有菜有肉有水果，挺好，营养均衡。

姜辰去洗了手，没等开口，就见方景行示意自己先吃，之后便转身出去了。

也不知他是怎么和工作人员说的，不到五分钟，他就端着同样的餐盘回来了，饭菜和姜辰的一样，而不是出自食堂的大锅饭。

姜辰：“……”真行。

方景行在他对面坐下，拿着筷子尝了口菜，觉得味道还行。

但这样的饭吃个大半年估计也会腻，他问道：“能吃外面的饭吗？”

姜辰道：“可以点外卖。”

美食行业在这三十年里也有了新的发展，他有些东西没吃过，便尝了尝。

彻底痊愈后，他平均一星期会点那么一两次外卖，只是垃圾食品之类的东西，冰冻小组的人都不赞成他吃，除非他坚持，比如前天他就吃了一顿汉堡。

方景行：“那我下次来看你，给你带好吃的。”

二人吃完一顿晚饭，坐着聊天消食。

天色已经暗了下来，方景行为了可持续发展，又坐了十分钟，不等工作人员轰，便识趣地告辞走人了。

姜辰把他送到电梯口，被他拦住了。

方景行道：“送到这里吧，你要是还想和我客气，就直接把我送到停车场，再给我开个车门，别只送到楼下。”

姜辰微不可察地笑了一下：“行，滚吧，路上小心。”

方景行听着电梯“叮”的一声打开，微笑道：“我走了，游戏里见。”

姜辰轻轻一点头，看着他进了电梯，望着门慢慢合上，才转身回房。

可能是姜诗兰或方景行和秦组长聊了什么，也可能是他只玩这一段时间，秦组长觉得没有必要管得太严，所以姜辰回到房间时他的全息设备还在。他很满意，拿起来戴上，进了游戏。

孤问他们已经在等他了，见状来找他，询问他该怎么办。

姜辰想了想，带着他们回到先前的城市，告诉他们和NPC对话，找店员的线索，说道：“不愿意对话就去玩别的，等暗冥上线，咱们去找大小姐试试。”

几人闻言想起前段时间的传闻，一齐点头。

他们不确定大小姐那个管不管用，以防万一，便四处散开，老实地和NPC对话。

半个多小时后，方景行上线。

八人小队重新集合，进了大小姐的副本。

玩家们都在关注他们，见状一怔，都疯狂了。

[喇叭]当天哪天：报——！大佬们进大小姐的本了[截图]

[世界]镜中人：所以这是那个金丝雀？

[世界]眼泪不值钱：当初可是十个服的人一起找鸟，他们是怎么开的剧情？

[世界]LAD：这谁知道啊！

[世界]板蓝根：当初为了找鸟，我把妖族的鸟类NPC都对话了一遍，甚至爬树掏过鸟窝……

[世界]我叉会腰：我也是[允悲]

[世界]我的大小姐：大小姐的金丝雀要回来啦，真好，今晚能看到HE吗？

[世界]木枷锁：……

[世界]柳和泽：……

[世界]无意看透：上面那俩啥意思？

[世界]朝辞：意思是结局很可能是在大小姐那里，那是副本，请问咱们咋看？

[世界]眼泪不值钱：我的天！

[世界]糖葫芦：我想看[大哭]

八人小队此刻早已打上小怪了。

这是个十人本，但不强制人数，他们八个人应该也能推过去。

金竞联盟的人道："我们上次十个人都没推过。"

如意的人一起沉默。

接着荀盛道："你们是打boss的时候全军覆没的吧？"

金竞联盟的人道："对。"

方景行笑道："应该是乱仇恨[1]了，你们听我指挥，别瞎打。"

金竞联盟的人当然没意见，在大佬的带领下有惊无险地推完前几号boss，终于到了大小姐的房间。

只见她侧身对着他们坐在梳妆台前，正在梳头发。

姜辰拿出雕像走过去，想要对话试试。

大小姐探测出有玩家进入攻击范围，把梳子一放，轻轻笑道："既然不怕死地来了，就都别走了。"她一边说一边转身看向他们，伸手一指，"我的鸟前两天死了，就从你们当中选一个陪我吧……"

话音一落，姜辰试着点了她对话，而她也看见了姜辰手里的东西。

然而对话和boss点名是同时发生的，于是下一刻，姜辰身影一闪，进了笼子。

1　乱仇恨：攻击目标物对玩家的仇恨值出现混乱。

姜辰：“……”

众人：“……”

大小姐：“……”

大小姐愣了愣，起身跑过去，抓着笼子看着他：“你手里拿的是什么？”

姜辰往秋千上一坐：“你猜。”

小队成员：“……”

方景行知道他这是因为被关不痛快而自己加的对话，也笑着走了过去。

大小姐的系统动画还没结束，眼底带了泪：“你……你给我看看。”

姜辰这次的动作是系统托管了，起身把雕像递给她。

刚往前一递，大小姐就迫不及待地要伸手抢。耳边只听“咔”的一声，雕像卡在笼子上了。

姜辰：“……”

其余众人：“……”

059.

石雕上面是金丝雀，下面是个长方体底座。

金丝雀比较瘦小，能成功穿过笼子，而底座则卡在了两根铁栏之间，无法通过。

大小姐似乎是想把石像拿到手里，根本不愿意屈尊贴着笼子看，于是把雕像推回笼子里，再次往外拽。

“砰——”又卡上了。

大小姐推回去，又一拽。

“砰——”再次卡住。

大小姐第三次推了回去。

围观群众见她这么锲而不舍，好像一点走剧情的意思都没有，都忍不住了。

苟盛：“这是不是bug了？”

榨紫：“她不会一直拽到地老天荒吧？”

金竞联盟的沉默了。

孤问一向话不多，另外三个人则都不擅长打副本和剧情，根本出不了什么主意，只试探地问道：“报给客服？”

方景行有些迟疑：“按理说他们测试的时候应该会考虑到这种情况。”

正说着话，只见大小姐在试了几次后，停住了。

她面无表情地抓着石像，沉默地盯着笼子里的人。

姜辰站在笼子里也沉默地看着她。

围观群众屏住呼吸，不清楚接下来会怎么样。

几秒后，大小姐把石像塞给了姜辰，绕着笼子走了大半圈，拿着钥匙开了一扇门。

姜辰：“……”

打过这个副本的人：“……”

这笼子竟然还有一扇门！

姜辰顿时好奇，凑近看了几眼。

笼子造得很精致，上面雕着花，有规律地排在一起。

这扇门就是一整面的雕花，完美地镶在笼子上，因此从里面根本看不出是门。而外面虽然有把锁，但由于是冲着墙的，玩家打 boss 的时候一般不会特意绕过来看，除非是不知道怎么开隐藏副本，瞎转悠时才会注意到，而且钥匙在大小姐的身上，估计获取不了。

大小姐冷哼一声，道：“要不是你手里那件东西，我是不会放你出来的。”她伸出手，“给我。”

姜辰把石像递给她。

大小姐急忙接过去细细查看，继而落泪，抱紧石像：“是我的迪丝。”

哭着哭着，她原本鲜亮的衣裙渐渐变黑了。孤问几人不明所以，苟盛他们却知道她这是要黑化，齐齐倒吸一口气。

姜辰想也不想扭头就走，反手把门一关，顺便把锁头挂了回去。

下一刻，黑化的大小姐霍然抬头，一张脸冷若冰霜。

同一时间，众人看见了一个五分钟的倒计时，显然是要打过去才行。

大小姐带着一身杀气，转身就要出来，结果伸手一拉门，发现关上了。

众人：“……”

牛 × ！

苟盛和榨紫齐齐激动。

打了这么多次副本，向来是大小姐点名关他们，他们关大小姐这还是第一次，必须要截图留念！

他们站在外面默默瞅着大小姐。

出不来的大小姐只能在笼子里暴走。

姜辰站在门口看着自己的杰作，扫见方景行凑到了身边，问道：“他们为什么不调小底座？”

测试过，知道底座会卡，这才会设计后面的剧情。

但与其设计这堆东西，直接调小底座不是更简单吗？

方景行笑道：“可能是觉得对话的同时又被点名，太难得了。”

从前面几次就能看出，设计隐藏剧情和副本的策划团队想法比较奇特，这种巧合中的巧合，他们大概想弄点有意思的东西。

他思考了一下，补充道：“也可能是觉得拿着雕像的人被隔离在战场外，不太合理，就想给你一个参与的机会。”

按照点名机制，笼子里的人是不参与打 boss 的。

如果是小队的其他成员倒也罢了，但作为送雕像的人，要是能在笼子里把雕像递到外面，安然无恙地看着队友躲 boss，而不是被 boss 重点关照，似乎有点不合逻辑，所以就开了个门，让人能出来。

结果某人的反应速度太快，想法比策划团队还奇葩，在不明所以的情况下直接把 boss 关进了笼子。策划要是看见，也不知会不会吐血。

五分钟后，黑化的大小姐恢复正常，哭着往外走。

姜辰打量了一下她的状态，把锁头摘了。

大小姐迈出笼子，抱着石像坐在床上抽抽搭搭，半天才缓过来，询问他们是怎么一回事。姜辰便又进入系统代答环节，把事情叙述了一遍。

大小姐浑身一颤：“你是说我的迪丝被封在了石像里？”

众人：“……”

所以你刚刚那通暴走，压根不知道小鸟在里面？

“这是真爱，”榨紫道，“只看到宠物的雕像都能受刺激，要是知道它在里面，或许还成了尸体，怕是会更疯。”

他猜得没错，大小姐听完玩家的回答，衣裙又一次变黑。

众人同时后退一大步，警惕地看着她，却见她这次没有追杀他们，而是把石像往地上一放，从屋里拎出了一把半人高的大铁锤。

“我不会让你像我一样，被冷冰冰地困在里面，”她一脸决绝，“迪丝你等我，我这就把你救出来！”

嚯！

众人激动起来，急忙围成一圈，亢奋地等着大小姐砸鸟。

只见大小姐扬起铁锤，用力往下一砸。

眼看铁锤就要碰上石像，她的胳膊却猛地僵住了——

正常版本的大小姐及时上线阻止，把铁锤一扔，蹲下抱起石像：“不行，我会砸坏你的。”

说完她又把它放了回去，眼神冰冷而疯狂：“但我不能让你被这么困在里面，不能！”

围观群众：“……”

双重人格太可怕了！

大小姐的两个人格来回切换数次，最终各退一步。

“我不行，我办不到，”她把铁锤塞给姜辰，“你来。”

说着秒变脸，森然道：“你要是敢砸坏，我就弄死你！”

姜辰看看这大号的锤子，又看看鸟，考虑到自己这个运气，遗憾地把“凶器”递给了方景行。

方景行好笑地接过来，调整角度比画了一下，扬起手来往下砸。

“等等，”大小姐以迅雷不及掩耳之势拦住了他，“别砸！”

方景行收起铁锤。

大小姐扶着额来回踱步：“让……让我再想想，再想想。”

哦，姜辰看懂了，原来有个阻拦机制，谁砸都一样。

他也想体会一下砸鸟的乐趣，便拿回铁锤随意一砸。

“砰——”

这次没人阻拦了。

铁锤砸上石像，石像瞬间“咔”地断成两截。

姜辰：“……”

方景行：“……”

其余几人：“……”

大小姐猛地扭头。

姜辰立即把铁锤塞回到方景行的手里。

方景行哭笑不得，认命地替他背锅。

然而大小姐没管他们，直直对着石像扑了过去：“迪丝！”

众人一齐低头，顿时长出了一口气。

还好，是中间连接的地方断了，小鸟的石像完好无损。

姜辰便一不做二不休，把底座拿到一边，对着又砸了一次。

耳边又是一声“砰”，底座轰然裂开，露出了一封信。

众人：“……”

这也行？

大小姐也看见了信，连忙拿起来读完，转悲为喜：“太好了，上面说迪丝被特殊的法咒封住了，它还活着，它还活着！”她抱着石像起身，“我要去上面的地址看看，救它出来。”

可惜想得虽好，却被冒出来的老管家阻止了。

理由是家里那么大的产业，那么多人靠着大小姐过日子，大小姐不能扔下不管。

“而且……您的身体还未痊愈，不适合出远门，”老管家劝道，“就让我替您跑这一趟吧。”

大小姐想到自己现在的情况，沉默了。

老管家又劝了劝，成功把人劝住，接了这项工作。

任务及时更新：去指定地点寻找解开法咒的办法。

金竞联盟的人看了看上面的两条任务：一条找贝尔，一条是找纳特询问贝尔的去向。

他们问道：“这两个怎么办？”

方景行道：“会完成的。”

隐藏剧情可以选不同的路线，但每个任务最终都能做完，只是早晚的问题。

几人便带着老管家一起离开了庄园。

外面都是等消息的玩家，见状齐齐把目光投向老管家，这是大小姐本的四号 boss，他们都不陌生。只见此刻的他一脸严肃，用端骨灰盒的架势托着一只金丝雀的石像。

玩家们：“……”

原来这就是鸟！

[喇叭]八月的尾巴：报——！他们出来了[截图]

[世界]白砂糖：那 NPC 手里是什么东西？

[世界]追一只鹿：给你们来个特写，鸟[截图]

[世界]负一米：我的天！

[世界]镜中人：×！

[世界]生死与共：××！

[世界]板蓝根：我走遍了大陆的林子，走遍了妖域，没想到要找的是一块石头[大哭]

[世界]素颜冠军：终究是错付了[流泪]

[世界]恰瓜：他们要去哪儿？

玩家们不知道，但他们决定在后面跟着。

他们其中有一部分是被[灵槐]和[伊林]虐过的，甚至有些至今还没通关，便想着先来跟一下[繁花]，也好在后面少走点弯路。

而另一部分玩家，则来自几大帮会。

金竞联盟已经抢了先，他们也不甘落后，便想来看看能不能得到点线索，这时看见鸟，都传回了帮会。

"帮主，鸟！"

"咱们要不要也找找看？"

"我觉得行，帮主上次主要跟着学习的是怎么过剧情，而不是过副本，咱们今天如果能开了，搞不好能再争个首杀？"

"可能吗？"

"试试嘛，帮主你说呢？"

几位帮主不知道他们哪来的乐观，但为了维持帮主的尊严，示意他们先去开剧情。帮会成员于是一拨去找鸟，一拨继续跟着两位大佬。

姜辰看了看周围这一圈人。

众人怕他轰人，笑道："我们顺路，顺路。"

姜辰便无视掉他们，带队继续往前走。

老管家对着他们是另一副面孔，高贵优雅，又带着一股子刻薄的劲，说道："你们走慢点，别颠到我家小主人。"

苟盛吐槽："是你太慢了好吗！"

老管家自然是接收不到这条语音的，抬着下巴，走得不紧不慢，时不时还提醒他们别走太快。

周围的玩家也配合地放慢速度，顺便竖起耳朵想听听他们的对话。

姜辰听着身边的聒噪，有些烦。

老管家："都说了，走慢点。"

姜辰停住脚，转身来到他面前，往石像上一抓，见老管家瞪大了眼，脸上的皱纹似乎都变深了，他拿起石像扭头就跑。

老管家简直要疯了："你把小主人还给我！"

姜辰充耳不闻，拿着石像跑得飞快。

老管家这次也不优雅了，拿出四号 boss 的速度，追了过去。

二人扔下这些人，一前一后在荒漠上狂奔，掀起滚滚尘烟。

小队成员："……"

围观群众："……"

不愧是你！

060.

荒漠视野开阔，跑得再远也能看见人。

不过远处就是传送阵，进了传送阵，他们会去哪儿，玩家们就不知道了。

[喇叭]八月的尾巴：各方人员请注意，各方人员请注意，我们即将丢失重要目标[截图]，看见的请及时发送报道，over。

当初全服找鸟，玩家们参与的热情很高，风风火火找了半个多月才消停。如今大佬们做的恰好就是这个剧情，玩家们立刻被吸引，纷纷在频道上应了声。

姜辰率先跑进传送阵，选好目的地，身影消失。

方景行几人在他们跑起来后也跟着提了速，先后进入传送阵。

刚刷到新地图，就见几乎瞬传的NPC靠着这几秒的优势终于追上了姜辰，一把夺过雕像，维持着绅士的姿态，克制地发怒："你怎么能这么粗鲁，要是我家小主人因此受伤，你赔得起吗！"

姜辰看着他，沉默不语。

老管家觉得他大概是老实了，系统语音结束，恢复到严肃的样子，托好石像。

谁料姜辰伸手一抓，再次狂奔。

小队成员："……"

方景行就知道他会这么干，跟着他一起跑，笑道："认路吗？"

姜辰："不认。"

方景行："跟着我。"

姜辰点头，在他的带领下又穿过一个传送阵，到达目的地所在的小城，又从刚刚夺回雕像的老管家手里抢走雕像，然后一路往城外跑，要去附近的村子。

周围的玩家看见他们，都停了下来。

[喇叭]蛋黄酥：维亚城发来报道，[截图]他们还在跑，over。

众人在后面跟着，最终跟进一座村庄，估摸这应该就是终点，于是又发了条消息。

各路人马见状激动起来，“呼啦”赶了过来。

八人小队这时已经在和村子里的NPC对话了。

任务线索中没说具体找谁，只说这里会有解决办法，他们便挨个对话试试，只是有一点问题——这里聚集的人太多了。

苟盛：“麻烦把NPC给我们让出来。”

榨紫：“你们知道的，我们队长脾气不好，挡他的NPC，小心他踩着你们的尸体过去。”

孤问：“都起开。”

方景行好脾气地劝道：“这关是找NPC对话，你们派两个代表守着就行了，等我们找到人，你们再进来看。”

玩家们被他们这么一说，也有点不好意思，便集体退到村外，探头探脑地往里望。

八人小队顿时轻松不少，找了大半个村子，得知祭司会解咒。

而且祭司每天都要闭关冥想，他们运气好，再晚来一会儿，祭司就又闭关了。几人不由得瞅了一眼老管家，暗道看似平平无奇的赶路果然也是个坑，要不是大佬不耐烦，遛着人跑了一路，他们搞不好得等一段时间才行。

他们暗自庆幸，顺着NPC的指引，他们到了祭司的屋子。

祭司听完他们的来意，看了看那封信，点头道：“是贝尔的笔迹。”他拿起雕像观察了一阵，递还给他们，“我能解，但需要贝尔的法咒书……唔，我忘了是哪本，你们把三本都拿来吧，这是地址。”

姜辰伸手接过他写的纸条。

任务条同时刷新，让他们去寻找三本法咒书，地点就在他们传送来的维亚城里，是一家书店。

苟盛有些不习惯：“就……这么简单？我还以为又得找药材。”

榨紫：“别乌鸦嘴，小心以后真的找。”

他们说着出了门，姜辰又要抢石像，却听见老管家感慨道：“太好了，小主人有救了。”

这是要触发剧情？

姜辰看了他两眼，试着和他对话，果然是系统托管：“大小姐和金丝雀的感情很好？”

老管家道：“很好。”

他陷入回忆，表情也没那么严肃了，慢吞吞地跟着他们，说道：“大小姐她……吃过太多的苦，她六岁那年被坏人抓走，关进了一个笼子里，一关就是四年。”

周围听故事的玩家顿时惊叹一声：“这么恶毒！”

姜辰问：“然后？”

“老爷和夫人急得不行，找人四处搜，还开了高额的赏金，终于在四年后查到她的下落，把她救了出来。”老管家轻声道，“他们花了三年的时间才让大小姐渐渐变得开朗，开始教她读书写字。大小姐是个很坚强的人，她一天比一天自信和热情，几乎看不出曾经的怯懦。但好景不长，大小姐十八岁那年，老爷和夫人不幸离世，她生了一场大病，郁郁寡欢，就是在那个时候，家里飞进来一只金丝雀。”

姜辰这边自动接话：“是迪丝？”

老管家微微笑了一下：“嗯，迪丝很喜欢大小姐，天天来给她唱歌，而且很有灵性，大小姐说的话它好像能听懂似的。大小姐有它的陪伴，逐渐从失去亲人的痛苦中缓了过来，开始接管家业。”

“那真是太不容易了，”他说道，“一个十八岁的小姑娘，要每天应付那么多难缠的下属，幸亏老爷离世前手把手带了大小姐一年，不然这个家早就垮了。”

“那段艰难的时期，是迪丝陪着大小姐走过来的，它总有办法逗她开心，大小姐对它也越来越喜爱，这一晃就是两年。”

姜辰道：“后来发生了什么？”

老管家道：“后来有一天家里来了客人，具体发生过什么谁也不清楚，我们只知道迪丝和客人一起莫名失踪了，院子里有迪丝的羽毛和血，人们都猜它可能是死了，谁知竟是被封进了石像里。”

他轻叹一声：“迪丝出事后，大小姐又生了场病，之后脾气就不太好了，拒绝和任何人亲近。家里的仆人为她找过很多鸟，都被她偷偷放了，还嘴硬说那些鸟都被她弄死了。希望这次能成功唤醒迪丝，让它多陪陪大小姐。她才二十岁，就吃了那么多苦，还要养着一群人，唉。”

周围的玩家听得唏嘘不已，不敢嚷嚷出来被大佬嫌弃，只好发频道。

[世界]我的大小姐：这让我以后咋去打这个本[颤抖抽烟]

[世界]蛋黄酥：大小姐，我的大小姐[哭泣]

[世界]我的大小姐：你能把“我的”两个字去掉不？我有种你在喊我的错觉。

[世界]恰瓜：哈哈哈哈！

[世界]藏书：我好好的情绪都被你们弄没了，大小姐[痛哭]

[世界]故事连篇：你们咋了？别告诉我大佬们要打到结局了[惊悚]

[世界]此门皆吾友：啥？！

[世界]眼泪不值钱：没有，我们就是听了大小姐的故事，知道她为啥是双重人格了。

[世界]酒肉穿肠：大小姐实惨，我愿意被她点名，给她当鸟，天天逗她开心。

[世界]镜中人：我也愿意[抽烟]

[世界]梦境：……你竟然没找鸟，跑来这边看热闹了？

[世界]镜中人：帮会里有人找，我负责观察。

[世界]没有泪点：希望大佬这次也能打出完美结局，让大小姐HE。

[世界]下雨了散场：大佬加油[捂嘴流泪]

被寄予厚望的大佬没理会频道上的消息，见老管家恢复到了高冷的姿态，一摸石像，见又能拿动了，抓着就跑。

围观群众："……"

听完故事就翻脸，这么冷酷无情！

一群人只好跟着跑，一路进了城，围观老管家夺回石像后把大佬教育了一顿。

方景行看向周围这些人，笑道："你们闲着也是闲着，来帮忙找家书店，这样我们也能打得快点，让你们尽快看到结局。"

众人觉得有道理，连忙点头，听他说完书店名，"呼啦"就散开了。

人多力量大，不出五分钟，玩家便发来坐标，说找到了。

八人小队在众人的围观下迈进书店，环视一周，都很满意。

地方小，书架少，找三本书，轻轻松松。

姜辰和店长对话，把纸条递了过去。

店长看完，说道："贝尔的书啊，存放在地下一层了，你们跟我来。"

八人小队沉默两秒，跟着下楼。

只见木门打开，里面的房间足有三四百平方米，几十个书架整齐地排列着，上面密密麻麻都是书。

"要不要脸啊？"

"这属于违章扩建了吧？咱们能举报吗？"

"喊他们下来，让他们帮个忙。"

"对，这个可以有。"

方景行提醒："你们看频道，他们说下不来。"

店长这时开了口："我忘了放在哪儿了，你们找吧。"

八人小队："……"

店长自然不知道他们的心情，扔下他们就走了。

老管家站在门口，轻轻"唔"了一声。

苟盛几人齐齐看向他，想知道这 NPC 能不能帮个忙，却见他转身上楼了。

他们不由得跟过去，见老管家回到书店的一楼，走到茶桌前坐下，这才看向他们。

“我年纪大了，眼神不好，就不下去了，”他说道，“你们别愣着，去找吧。”说完一伸手，给自己倒了杯茶，慢条斯理地喝了起来。

苟盛几人：“……”

隐藏剧情里的这些 NPC，一个个的是真招人恨。

姜辰看了一眼老管家，走过去在他身边坐下。

老管家握着杯子的手一顿，扭头看向他。

姜辰坐着不动，淡定回望。

方景行也走了过来，发现没有椅子了，便站在他身后。

老管家望着他们二人，教育道：“去找书，找完了好解救小主人。”

二人不为所动。

苟盛道：“有问题？”

方景行道：“他在路上走得慢，理由是担心金丝雀会受伤，如果这条成立，那现在只要找到书就能救金丝雀，他为了小主人，应该不能这么悠闲。而且一个从业多年的老管家，会这么轻易就把自家大小姐的事告诉陌生人吗？”

苟盛心想也是，问道：“打打看？”

方景行道：“先看看他有什么反应。”

老管家见他们都站在这里，拍桌子道：“你们不找书，我家小主人怎么办？”

八人小队一齐望着他。

老管家：“去啊！”

八个人继续盯。

老管家：“不像话！”

八个人站着不动。

老管家喝了一口茶：“不像话！”

姜辰等了等，不耐烦了，正要开仇杀，外面的玩家就叫上了：“大佬，跑过来三个 NPC，马上就到书店！”

方景行顿悟。

看来老管家一路拖时间，又扔下他们上了楼，是想装作被抢的样子，让别人抢走石像？

姜辰的脑子转得也快，一把抢过石像，起身就到了地下，因为下面障碍多，好躲。

老管家和三个来抢东西的NPC连忙一起追下去，两方人马绕着这些书架边跑边打，最后八人小队成功稳住，把三个NPC轰走了。

那三个NPC给的理由是——有人花钱请他们抢石像，至于是谁，他们也不清楚。

姜辰还想再打一遍，就见他们一瘸一拐地上楼离开了，不由得看向旁边一脸庆幸模样的老管家。

老管家抢回石像抱好，后怕道："啊，刚才真……真是太凶险了，多亏了你们。"

姜辰开了仇杀想把他打一顿，结果发现没用。

可能还不到他暴露的时候，他们打完并不能触发剧情。反倒是苟盛在打的时候扫见书架上歪出一本书，拿起一看，刚好是他们要找的其中一本。

方景行道："去看看别的书架。"

游戏里，只有有用的物品才能被拿动，他们想找齐三本书，只能挨个试。

不过刚才几个NPC在这里打架，施放的技能也落到了书架上，可能玩家打不动的东西，NPC的技能落上去会管用。

苟盛他们转了一圈，又看见两本被技能打歪的书，把书一拿，便见任务完成了。

他们暗道一声狗屎运，拿着书回去找祭司，见老管家动作利落地坐在了祭司的身边，把石像放到了他前面。

众人默默看着他，一言难尽。

明知道他有问题却暂时拿他无可奈何，这也太难受了。

"他这啥意思？看着太贱了！"

"等着祭司一解封，就直接掐死鸟？"

"不至于吧，最多是抢？"

"到底有什么仇什么怨啊！"

"谁知道，咱们把门堵上！"

姜辰在他们说话的空当爬上桌子，盘腿坐在雕像和老管家之间，这才将三本书递给祭司。

祭司快速翻完一遍书，画了法阵默念咒语，成功解封了小鸟。

只听耳边传来一声清脆的鸣啼。

老管家立刻被触发剧情，要去抓鸟——只见他往前一扑，扑在了某位大佬的身上，伸着胳膊，完全够不着鸟。

苟盛几人："……"

幸亏这NPC是程序写的，没啥子智商。

他要是能知道这是个什么情况，怕是要气晕过去。

061.

不知金丝雀被封印了多久，封印的相关设定又是什么，总之它虽然虚弱，但还活着。此刻看见老管家，它急忙扑腾着小翅膀，想要远离他。

老管家换了副嘴脸：“贝尔在我手里，你想让他活，就给我过来。”

话音一落，暗冥师的诅咒黑雾猛地在他身上炸开，方景行见他扑在姜辰的身上还不起来，直接动了手。与此同时，一串封印符号自姜辰的指尖冒出，如锁链般缠上老管家，给他定了身。

苟盛几人也早已做好打架的准备，见状一起围了过去。

祭司倒没有坐着不动，而是有动作设计，他抱着金丝雀躲在小角落里，默默看着他们打。

老管家是 boss 的时候他们就推过，现在作为剧情里的 NPC，他和 [伊林] 里的月辉一样，实力被削弱了，众人在方景行的指挥下很快将他按在地上摩擦了一顿。

“这么弱？削的是不是有点多？”

“我也觉得，都做好准备大战三百回合了，结果就这？”

“boss 的一半实力都没有吧？”

“绝对没有。”

方景行回想了下游戏里的各种机制，猜测道：“如果他能抓到鸟，有人质在手，咱们的攻击或许会受限，打起来就困难了。”

金竞联盟的人都不常打剧情和副本，没发表看法。

苟盛和榨紫经常打，闻言想了想，觉得八成是这样，都忍不住看了一眼以身做墙的某位大佬。

某大佬眼见攻击结束，大概是没过瘾，又踹了老管家一脚。

老管家被擒，表情冷硬：“我不会供出主人，你们有本事就杀了我。”

姜辰点点头，打算成全他，可惜又是系统对话：“贝尔在哪儿？”

老管家转转眼珠：“我带你们去，你们放了我。”

姜辰说道：“好。”

老管家不信他：“你们用诅咒发誓，如果到时候不放人，就会被诅咒侵蚀。”

姜辰虽然不乐意，但如今是走剧情的阶段，身不由己，系统自动让两方人员发了誓。

任务条同时更新，让他们跟随老管家去找贝尔。

老管家满意地站起身，虽然双手被绳子捆住，但一点都不担心自身安全，依旧是那副绅士又刻薄的模样。姜辰看得不爽，又打了他一顿，发现没用，只好去找鸟了。

金丝雀自然是认识他的，飞到他的肩上站好，对他“啾”了声。

祭司道：“我检查了一下，它好像中过咒，有月辉的痕迹。”

苟盛几人顿时激动，心想真的是个人。

老管家从鼻子里哼出一个音，看样子显然是知情的。

金丝雀则自己团成一团，又叫了一声。

姜辰问：“怎么解？”

祭司摇头：“我也不知道，贝尔比我厉害，他的这三本书你们带着，找到他问问吧。”

姜辰接过书放好，这段剧情也就结束了。

他们都打完了 [伊林] 的剧情，知道要想解咒还得喝血，便做好了将来取血的准备，跟着老管家出了门。

玩家们正在外面等着，看见老管家的新造型，齐齐一怔。

先前的书店太小，他们都没进去，只能透过窗户看见大佬似乎在和老管家喝茶，紧接着陌生的 NPC 就冲了进来，因此不清楚老管家的真面目，此刻一看，他们都惊讶了。

“这不是好人啊！”

“难道金丝雀丢失和他有关？”

“大小姐已经够惨了，身边的老管家竟也包藏祸心？”

“让大小姐把他做成花肥吧。”

“等等，快看大佬肩膀上的鸟！”

周围的人看过去，对上了一只漂亮的金丝雀。

[喇叭] 辰星观察缘：报——！鸟已经解封了 [截图]

[世界] 暗影蘑菇：这速度……

[世界] 我是个杀：不愧是你们 [大拇指]

[世界] 论文好难写：接下来是不是就要归还鸟了？

[世界] 归去来兮：怕不是真能一天打通关？

[世界] 找神索命魂：所以现在有结论了吗，金丝雀到底是不是人变的？

[世界] 不能登录：在现场的问问。

[世界] 八月的尾巴：大佬说是。

[世界]记密码好难：喱，提前恭喜大小姐有情人终成眷属！

[世界]取名废：恭喜。

[世界]猫薄荷：恭喜。

世界频道排队刷着恭喜，八人小队在这种气氛下跟随老管家又回到了维亚城。来时他为了拖延时间等着手下抢鸟，现在身份暴露，他就不想自己走了，表示要坐马车。

当然，租马车的钱得玩家掏。

八人小队忍着弄死他的冲动，掏钱坐上马车，来到另一个城市。马车停在一座奢华的大宅前，老管家说要在这里喝茶等着，让他的人去把贝尔带过来。

众人对此没意见，带着他进门，只见迎面走来几个NPC，其中三个十分眼熟，正是先前抢过鸟的人，另外两个则很陌生。

五人一见管家被绑，当场就不干了，还是管家出面阻止，这才没有再打一架。

因为他答应用贝尔交换自由，贝尔没带来，他被自己人松绑是会被诅咒的。而且有誓言在，只能玩家给他解绑，除非玩家不守诺言，他才能找自己人帮忙。

老管家看着为首的那名手下："贝尔没跑吧？"

手下道："没跑，关着呢。"

话音一落，八人小队就见任务条上"找纳特询问贝尔的去向"后面多了一个"已完成"。

原来这人就是那个什么店员，竟也是老管家的人！

方景行知道姜辰会好奇正常的路线，便推敲了一下："这样看，他卖贝尔的店，很可能也是老管家吩咐的。"

因为他们把贝尔抓了，而贝尔总不回去，会引起街坊邻居的怀疑，也正因为店员知道老板被关，这才有恃无恐地把店卖了。

他说道："管家自救是仗着有贝尔在手，假设这一设定是固定不变的，那咱们前期就算找到店员，也找不到贝尔，还会被他带歪，绕一大圈才会查到和大小姐有关。"他看着姜辰，"但如果这一设定有变，那就说不好是什么剧情了，我用别的号试试。"

姜辰点头。

方景行："到时候你陪我。"

姜辰："为什么？"

方景行笑道："因为我对这个不好奇。"

姜辰看了他一眼："我能等着别人做。"

方景行："别人有我效率高？"

姜辰不理他。

老管家对他们的对话毫无反应，优雅地走到前厅，在椅子上坐下，等着他们放了他。

其他玩家们没有马车快，在半路上就跟丢了他们，所以现在整座大宅特别清净。

几分钟后，满身是伤的贝尔被老管家的人带了过来。

金丝雀急忙飞过去，绕着他啾啾叫。

老管家没瞅他们，起身到了姜辰的身边，对他伸手。

姜辰看着身边出现的"放人"选项，暂时没动，试着往外走了两步，见老管家一直跟着他，便说道："留一个人守着贝尔，其他人跟上。"

他扔下这一句后，便在大宅里闲逛。

老管家一路跟着他，提醒道："放人。"

姜辰充耳不闻。

老管家："你们是想被诅咒吗？"

姜辰依旧不理他。

老管家："你们今天不放人就会被诅咒，生不如死！"

姜辰溜达到后院，看见一间小屋子，只有一个门和一扇窗。他试着推了推，发现能推开，便带着老管家进屋，之后示意小队的人把门窗堵好，这才给老管家松绑。

老管家二话不说扭头就跑，结果对上一面人墙。

老管家："……"

姜辰："打。"

七个人摩拳擦掌，围着他一通群殴，这次终于触发了剧情。

老管家狼狈地趴在地上，颤抖地伸手指着他们："你们……不是人。"

姜辰淡淡道："嗯。"

老管家："我主人是不会放过你们的……"

姜辰的系统托管："你主人为什么抓大小姐？"

老管家呸了声："我才不会告诉你们。"

姜辰这边自动对他拳打脚踢。

老管家道："别……别，我说。"他喘了口气，"是因为大小姐和他生日是一天。"

八人小队："……"

短暂的安静后，苟盛说道："我咋觉得这设定似曾相识？"

榨紫说道："灵槐小姐姐被关，好像也是因为生日？"

苟盛骂了声："大小姐六岁被抓，十岁被救，今年二十，那正好是十年前，那个抓灵槐的叫啥来着……"

方景行的记性比较好，说道："九石。"

"对对对，九石！"苟盛道，"是不是因为十年前大小姐被救走了，他就找上了灵槐？"

榨紫道："我记得那个设定是被抓的人越痛苦，九石获得的能量就越大？"

只听老管家继续说道："主人说让我给大小姐下……下咒，大小姐越痛苦，他就会越厉害。"

八人小队："……"

还真的是他！

老管家："你们饶我一命，我有解咒的办法。"

姜辰："行。"

老管家吃过一次亏，痛心疾首："你们这次拿你们的父母发誓！"他怒道，"就没见过你们这样的，不讲信用，出尔反尔，不要脸……"

他一口气没上来，眼一瞪，脑袋一垂，活活气死了。

屋里的七个人："……"

行，也算是恶有恶报。

方景行试着摸了把尸[1]，摸出一个解咒的纸条。

几人回到前厅，把管家的五位手下也弄死了，给贝尔松了绑，之后听他说起了自己的故事。

贝尔酷爱石雕，虽然法咒是他的强项，但还是开了家石雕店。

后来月辉组织在大陆横行无忌，他听说朋友被抓后又逃走了，便试着打探消息，幸运地找到了给朋友下咒的人，取了对方的血放在店里，想着哪天朋友来找他，就能给他解咒。

直到有一天，他去外地进货，途径回茵庄园，见到了变成金丝雀的朋友。他没办法和朋友交流，见朋友焦急地对他啾啾叫，兴许是听到了什么不得了的事。他本能地觉出了危险，就带着朋友逃了。

果然，他遭到了不明人士的追杀，于是写了信，把朋友封进雕像里，主动引开了那些人，之后就再也没回来。

1　摸了把尸：获得已击败敌人随机掉出的战利品。

几人听到了重点。

这次的剧情又有月辉的事，但只是一个背景板，人家贝尔已经把血找好了。

姜辰问："血呢？"

贝尔说道："我被抓住后，那个老头就收买了我的店员，他们把店卖了，东西都搬进了这边的仓库，应该在那里。"

于是，八人小队带着他找到了仓库，推开门，看见了和书店大同小异的场面。

只见这里堆放着各种石像、金钱、宝石和杂物，还有无数的小盒子，也不知里面放的是什么。

"太恶心了，垃圾都知道分个类，这儿连垃圾场都不如！"

"强迫症看得要疯了。"

"问问他装血的东西长啥样。"

他们说着一起看向贝尔。

贝尔此时已是强弩之末："那个血，我……我放……放在……"

说到一半两眼一翻，"啪嗒"晕了。

八人小队："……"

挺好，隐藏剧情里特有的无语。

方景行无奈："看来在咱们找到之前，他是不会醒了。"

姜辰顿时觉得有些烦，陪着他们找了一会儿，便到了下线的点。

方景行早就留意着时间，听见他跟小队成员们打招呼，便叫住了他。

姜辰："怎么？"

方景行："有事跟你说，组个队。"

二人便各自退队，组在了一起。

方景行今天见过他，也不想像往常一样看着他下线。他定定地望着姜辰，在队伍频道里说："舅舅，晚安。"

姜辰："……就这事？"

方景行笑道："是嫌我不孝，不够热情？那再给个拥抱。"

说着不等对方拒绝，把人拉进怀里抱了抱。

姜辰："……"

方景行皮了一下很开心，笑得十分愉悦："晚安好梦，明天见。"

姜辰的思绪在要不要开仇杀之间反复横跳，直到察觉胳膊被小护士戳了戳，才决定暂且饶他一命，下线了。

孤问面无表情，站在仓库里冷眼旁观。

金竞联盟的人则忍不住八卦地凑到他身边，低声道：“帮主，你说玩家们YY的是不是真的？”

孤问：“滚。”

金竞联盟的人：“……”

好好的凶什么凶？

062.

姜辰走后，剩下的人继续在仓库里找东西。

剧情过到现在都没有“收集材料”的任务，很可能就是因为有书店和仓库。

书店那个关卡是他们猜出老管家有问题，一直在他身边守着，及时把抢书的NPC引到地下，误打误撞将三本书打了出来，因此过得很轻松。而这一次，能提供线索的NPC晕了，也没别的NPC过来搅和，所以只能他们自己慢慢找。

几个人翻到将近十二点，终于找到了装血的小瓶子。

苟盛找得有些暴躁了：“真能藏。”

榨紫：“我需要找人解个压，过来，让哥疼疼你？”

苟盛：“滚，去找儒初，你上次不是觉得他带感吗？”

榨紫：“也行，我犹豫一下。”

苟盛：“骨灰盒要啥色的？我提前给你订。”

榨紫：“粉的吧，招桃花。”

金竞联盟的人木然听着，不知该给个什么评价。

方景行早已习惯如意这些人，笑了笑：“辛苦了。”

一想到他们成功完成了任务，姜辰明天就不用再烦躁了，方景行的心情很愉悦：“明天休息日，你们都能上线吧？”

几人异口同声：“能。”

方景行：“那八点半在这里见？”

几人纷纷点头。

方景行没什么事干，和姜辰一样原地下线了。

剩下几个想去玩点别的缓解一下心情，便离开了仓库。

孤问回到繁华的主城，准备打个竞技场。

零点时分，除去发布任务的 NPC 和护城军，其余闲逛的 NPC 都回家睡觉了，如今在街上的大部分是玩家。

他刚走出去几步，就被人拦住了去路，抬眼一扫，是镜中人。

镜中人他们在半路把人跟丢了，之后就失去了大佬们的消息。

不过他们都知道十方俱灭九点半下线，等到那个点都没看见公告，便知道大佬今晚怕是通不了关，也就各自散了，本以为明天才能看见进展，谁知运气不错，让他遇见了孤问。

镜中人问道："你们打到哪儿了，明天能通关吗？"

孤问盯着当初设置赌局的罪魁祸首："想知道？"

镜中人："想啊。"

孤问："竞技场 PK。"

镜中人眨眨眼反应了一下："咱俩，还是能叫人？"

孤问："咱俩。"

"……"镜中人道，"我一个普度众生的奶妈，你跟我 PK，下得去手吗？"

孤问："下得去。"

镜中人："禽兽啊你！"

但为了第一手消息，他还是同意了。

两个人去竞技场开了房，孤问按着这浑蛋揍了一顿，心里痛快了点，才说道："应该能打完。"

镜中人觉得自己挨的这顿揍不能浪费，忙凑过去问道："到底怎么开的剧情？我们这些人找了一天，根本找不到那个石像。"

孤问："保密。"

镜中人："别呀，你看你打完了人，给点精神损失费呗？"

孤问："我打你这一顿就是我的精神损失费。"

镜中人："……敢问我怎么惹到您老人家了？"

孤问冷冷道："赌局。"

镜中人一怔，紧接着就震惊了："真的？"

孤问："很可能。"

镜中人想想主城的面积，再想想自己要穿着大裤衩绕城跑一圈，整个人都不好了。

他试图辩解："这事也怨不得我，谁知道青盐那么久不上线，暗冥和十方俱灭朝夕相伴的……咱也拦不住啊。”他天真地问，“你说白龙骨他们会不会不记得这事了？”

孤问：“做梦？”

镜中人再次感觉不好了，把询问“孤问怎么会和如意拼队”的事都忘了，心里祈祷着青盐能尽快上线或那两位大佬能晚点绑定，脚步轻飘地离开了房间。

周五夜猫子多，不仅游戏里热闹，论坛上也很火热。

这里从昨天起就都是关于两位大佬的帖子，后来开了集中讨论帖，同步截图更新他们的进度。众人看着已经解封的鸟，都觉得以大佬的效率，怕是明天就要通关。

425L：这也算是打了两天吧？

428L：真就隐藏剧情和副本推土机？

432L：再来一个两天，策划估计都要疯了，当初他们采访时可是亲口说了很难的。

436L：游戏官方这次还会特意发状态吗？

439L：我不关心这个，我只想知道策划现在是什么心情。

策划团队凑在一起默默看完八人小队打剧情的经过，开窗户吹了吹深秋的夜风。

别问，问就是不想活。

被各路人马惦记的两位大佬睡得十分踏实。

他们休息了一晚，第二天恰好同时上线。

其他人都还没来，仓库里就只有他们两个，方景行便笑着打了声招呼：“舅舅，早。”

姜辰看了他一眼，心想他这声舅舅喊得真顺口，便给了一个“嗯”。

方景行：“舅舅昨晚睡得好吗？”

姜辰道：“挺好。”顿了顿，没忍住说道，“不用总喊我舅舅。”

方景行笑道：“好。”

姜辰看着已完成的任务条，问：“东西找到了？”

方景行应声，拿出小瓶递给他。

姜辰接过来看了看，听他聊起昨晚的经过，等大概听完，苟盛他们也到了。

一行人离开仓库去找贝尔，他依然昏迷着。

姜辰试着和他对话，发现没用，又试着和金丝雀对话，见它凑过来把血喝了。

只见它身上闪出微光，迅速化成人形，是一位温柔阳光型的美男子，微卷的头发看着特别软。

榨紫不由得啧啧道：“小奶狗，我喜欢。”

“小奶狗”形态的迪丝对他们道了谢，然后便冲到床前想打贝尔一顿，但到底是好脾气的人，还是忍住了。

姜辰这边自动问道：“你们发生了什么事？”

迪丝便为他们讲了讲他的故事。

两年前他曾路过荒漠，惊鸿一瞥，对大小姐一见钟情，可还没等他正式和大小姐认识，就遇见了月辉的人。他历尽千辛万苦逃出来，飞到回茵庄园想看大小姐一眼，却发现她失去了父母。他也经历过这种痛苦，知道有多难，便每天为她唱歌，想办法逗她开心。

大小姐的身体渐渐痊愈，他们的感情也越来越好，他想去找解咒的办法，又怕他走后大小姐会伤心，一直犹豫不决。后来有一天，他听老管家说要对大小姐下手，打算抓住他折磨诱大小姐发病，便想跑去通知大小姐，结果在半路遇见了贝尔。贝尔不明所以，带着他跑了，再后来他们被追杀，贝尔想独自引开那些人，怕他跟着，就强行把他封进了雕像。

苟盛：“确实挺缺心眼的，万一没人挖他，他会不会就死了？”

榨紫：“我只注意到一见钟情，小奶狗和女王，策划挺会的啊。”

迪丝看着贝尔：“他是为了救我才受了伤，我得救他。”

任务刷新：为贝尔治伤。

这个挺容易的，就是去外面找个药师，再帮着药师做些琐事。他们用了大概半个小时，就成功把人请了回来。

药师一到，贝尔便被救醒了，之后他们出发上路，一起去找大小姐。

周六，游戏里的人多，荒漠的人更多，因为他们知道两位大佬要做剧情。

此刻有眼尖的看见他们，急忙发送报道。

[喇叭]辰星观察缘：来了，他们带着NPC来了[截图]

[世界]我眼中滚烫：那个金发的小哥哥，给我个特写！

[世界]恰瓜：给你[截图]

[世界]藕断丝连：这就是大小姐的金丝雀？羡慕[哭泣]

[世界]彩虹豆：刚上线，我马上到！

[世界]平心谋：不愧是大小姐的人，这个建模可以啊。

[世界]酷爱车厘子：另外一个NPC是谁？哪个是金丝雀？

[世界]奶油布丁：肯定是金发小哥哥！

[世界]百无一用：你们进得去吗？

[世界]我的大小姐：进去是副本，根本看不见他们的影子[捶桌]

[世界]仗剑天涯：[点蜡]

万众瞩目的一行人这时已经进了庄园。

他们是接了任务走的，这次回来是过剧情线，不需要打副本。

几人来到大小姐的卧室，见她不在，便找庄园里的NPC对话。

女仆轻轻叹气："你们走后没多久，管家就托人带来一封信，说是太迟了，石像里的迪丝已经死了。"

八人小队："……"

这也太恶毒了！

几人不用想都知道，老管家是想先刺激大小姐一轮，等抓到鸟再刺激几轮。大小姐那么好看的人，他也下得去手！

"不是，咱们一直是在一起的，他咋传的信？"

"上厕所啊什么的吧，NPC想传就能传呗，你看那几个抢鸟的不也一样。"

"缺德。"

几人正说着，见迪丝直奔后院，便跟了过去。

后院的金色牢笼前也站着几个NPC，个个忧心忡忡，说是大小姐进去后就没出来，拒绝任何人探望。

她小时候在笼子里关了四年，这既是她的心理阴影，也是她潜意识里觉得安全的地方。

她爱的人全都离她而去，她一直都是一个人，所以进去她就没事了，进去她就不会受伤了，那本就是她应该待的地方。

迪丝急得不行，想进到笼子里，却被外面的NPC拦住了。

八人小队试着帮忙，发现没用，只能看着迪丝和他们解释，在取得他们的信任后跑了下去。

结果不出十分钟，他就又回来了，原因是大小姐犯病了，不想和任何人交流。

迪丝说道："我会永远陪着她，等着她慢慢痊愈，这次真是谢谢你们了，我们一辈子都会记得你们的恩情，有缘再见。"

哦，这就是要结局了。

几人都觉得有点不满意。

方景行思考了下，把从老管家身上搜到的解咒纸条递给了他。

迪丝还没接，法咒行家贝尔就接了过去，说道："她身上是不是有咒？"

姜辰看了他一眼，把他那三本法咒书也给了他，看着他们忙活，说道："这次没给我选项。"

方景行笑道："可能不是每个剧情都有选项，你看这次也不用找药材。"

姜辰点点头。

方景行见NPC要去给大小姐解咒，知道这次又能打出完美结局。

想一想，最近这两次完美通关全得益于某位封印师的脾气。

[灵槐]的任务或许是姜辰代入了自己，见灵槐不能苏醒，便想努力一把去找占卜师，恰好抓到了人群中的小作精，而这两次就完全是因为他不愿意惯NPC的臭毛病，一是弄死假村长，一是弄死老管家。

方景行不禁笑了一声。

姜辰看向他："笑什么？"

方景行道："没什么，他们出来了。"

姜辰望了过去，见迪丝和贝尔回来了，说是大小姐的咒解了，但双重人格也是真的存在，她依然不乐意出来。

迪丝沉默了一会儿，站在门口，轻轻为她哼起了歌。

歌声悠扬而温柔，仿佛能唱到人的心底。片刻后，背景音乐也换成了这首曲子，周围静极了，微风轻轻吹着，像一场轻柔的梦。

这里的场景做了特效，他们能看见景物的轻微变化，猜测是以此代指时间的流逝。

不知过了多久，只听脚步声由远及近，大小姐拾级而上，出现在众人的视线里。她站在昏暗的房子里，看着外面的人。

迪丝笑得温柔，对她伸手，耐心等着她。

该解释的他早已在下面解释过了，她知道他是迪丝，也听见他说，永远不会再离开她。

大小姐盯着他看了好几眼，往外迈了一步，黑裙渐渐褪色，变回原先的色彩。

她终于从笼子里出来了。

笼子的外面有属于她的一束阳光，有肯为她停驻的一缕轻风，也有这整个庄园的繁花盛景。

系统公告：恭喜玩家十方俱灭、暗冥、苟盛、孤问、金十八、千人斩、行走赏金、榨紫率先通关[繁花]剧情！达成完美通关成就！

063.

今天上午的人比平时休息日多，此刻看见公告，玩家们都冒了泡。

[世界]酒肉穿肠：666！

[世界]金十六：恭喜！

[世界]团战最拉风：恭喜帮主！恭喜大佬！

[世界]鬼屋爱好者：真就又两天？

[世界]藏书：大佬是不是打出经验了，以后都要维持在两天？

[世界]最强召唤师：剧情副本推土机[跪了]

[世界]追剧小天使：心疼一波策划。

[世界]树影：心疼+1

[世界]恰瓜：今天心疼，下一次——大佬推起来！

[世界]板蓝根：哈哈哈哈真实。

[世界]我的大小姐：完美通关！大小姐和金丝雀是不是HE了？

[世界]榨紫：是[截图]

玩家们一看，见大小姐和金丝雀的指尖碰在一起，周围的花全开了，灿烂又热闹。

虽然姜辰、方景行二人隔着一米多，但还是感觉画面唯美得不行。其他玩家也看得嗷嗷叫唤，想让他们多透点细节，还有人询问怎么找石像开剧情，可惜小队成员没有再回复。

副本里，剧情的动画还没结束。

院里的黑玫瑰一寸寸变色，从绝望到希望，从灰败到鲜活，他们在回茵庄园欣赏了一场繁花美景。

不过后续有些好笑。

浪漫过后回归生活，那些黑玫瑰下帅气的男人围过来，表示想继续给大小姐当花当鸟。迪丝委屈地看着大小姐，大小姐笑着摸摸他的头，带着他们去处理这件事了。

八人小队目送他们走远，见女仆抱着一个箱子，交给了他们。

榨紫啧了声："想谈恋爱。"

金竞联盟的人虚心求教："您还缺对象？"

苟盛："别理他，他天天空虚寂寞冷。"

方景行："过来分东西。"

先前已经说好，两家合作过剧情，得到的奖励roll点分。

金竞联盟的人围过来，看见了第一件神器，不由得有点小激动。

"嚯，这法杖能减冷却时间啊。"

"还能加暴击，爱了爱了。"

“来，roll 点！”

“大佬你们先来？”

“对，大佬先来吧。”

方景行也不推辞，随意上前按了一下老虎机。

“叮——”100 点。

[系统] 暗冥获得神器四时。

姜辰：“……”

金竞联盟：“……”

这还是个人?

系统同步发送全服公告，惹得一群人羡慕嫉妒恨，还有不少土豪嚷嚷着要买，让大佬开个价。

花园里的人没有理会，见大佬把神器拿走，金竞联盟的人强作镇定地恭喜了一声。

“开门红啊。”

“大佬今天运气真好。”

“来，下一件，是个物理系的神器，roll 点。”

“还……你们先来？”

方景行笑道：“你们先吧。”

金竞联盟的人便不和他客气了，纷纷 roll 点。

孤问第一个来，roll 出了 28 点，剩下三人紧随其后，分别是 45、32、19。

几个人一起沉默，看着榨紫上前 roll 点。

“叮——”42 点。

呼……还好还好。

他们提起的心微微放下，见苟盛一按划杆。

“叮”的一声，56 点。

金竞联盟：“……”

姜辰和方景行都不是物理系职业，眼见神器到了自己人的手里，便直接放弃 roll 点。

[系统] 苟盛获得神器重鸣。

[世界] 飞星重木：孤问，原来这就是你们拼团的原因，打白工啊?

[世界] 金十八：呸。

[世界] 此门皆吾友：懂了。

[世界] 负一米：是没 roll 上点。

[世界]白龙骨：[蜡烛]十八，帮我给孤问。

[世界]幸天成：[蜡烛]同上。

[世界]木枷锁：[蜡烛]同上

[世界]朝辞：[蜡烛]同上。

[世界]柳和泽：[蜡烛]同上。

[世界]名字好难取：我也来排队[蜡烛]

孤问扭头盯着金十八。

金十八默默蹭到同伴身后，努力降低存在感。

不过好在他们也没有太惨，后面roll到了两件稀有材料，勉强得到了一丝丝安慰。

几人把其余的零碎物品分完，离开了副本。

姜辰无视掉周围这些人，往前走了两步，突然道："四号boss死了，咱们再打这个本，会变吗？"

方景行几人一齐回头看他，觉得可以一试。

金竞联盟的人虽然不爱打本，但也挺好奇的，便又跟着他进去了。

众人一路推到四号boss处，只见原先的老管家变成了迪丝。

"小奶狗"能认出自己的恩人，告诉他们大小姐昨天看账本看得太晚，还在睡，暂时不见客，希望他们改日再来。

姜辰他们当然不可能原路回去，便拒绝了。

"小奶狗"为难："唉，那就没办法了。"

他嘴上说着抱歉，下手却刀刀见血。

这是十人的本，上次他们是仗着熟知boss的攻击机制，所以八个人推起来毫无压力。可如今这boss全然陌生，队里只有金十八一个奶妈，且一半的人还都是副本小白，于是在boss血红[1]之后，他们全没扛住，集体死了出去。

一行人站在副本门口面面相觑，默默往前走。

榨紫："抽烟的手微微颤抖，点gif。"

金十八："点gif，念出来可还行？"

榨紫："表达我打个剧情给自己请回一个爹的复杂心情。"

苟盛："要是咱们和没通关剧情的人组队，会怎么样？"

方景行："下次可以试试。"

1 血红：怒气值满。

十人本一天只能打一次，今天的次数被他们浪没了，只能等明天。

一行人在传送阵前相互道别，各自去玩别的了。方景行和姜辰回到帮会，往湖边一坐，一边聊天，一边写攻略。

论坛上又是熟悉的风景。

这次官方账号都不用他们艾特，主动发了状态，说是策划团队集体买速效救心丸和假发去了，勿念。看得玩家们差点笑死。

其他九个服的大佬有的已经有了神器，觉得没必要再买攻略，有的是想多拿几把神器，还有的至今没有神器，于是想要攻略的下午又跑去了辰星映缘。

姜辰轻车熟路地和他们谈完生意，等他们打了一下午加一个晚上，转天上线便公布了开启条件。

全服的人顿时哗然。

[世界]镜中人：就叫一声？

[世界]十方俱灭：嗯。

[世界]无处可躲：那石像？

[世界]暗冥：它会带你挖出来。

[世界]你来妥协：……

[世界]眼泪不值钱：我去！

[世界]板蓝根：心疼各种爬楼看屋顶雕像的寄几[哭泣]

[世界]阴天睡觉：我也是[哭泣]

[世界]藕断丝连：策划也太缺德了！

[世界]鸳鸯锅：欠收拾[刀片]

[世界]草莓荔枝汤：大佬收拾得好[鼓掌]

玩家日常，骂策划。

仿佛昨天排队心疼人家的不是他们一样。

姜辰公布完条件便跟着如意的人进了十人本，发现和没打过剧情的人组队，四号boss仍是熟悉的老管家。苟盛和榨紫觉得这设定挺好的，又狠狠地把他打了一顿。

CHAPTER THREE

FOR CHEN.

为辰

064.

[繁花]的剧情过完，姜辰的生活又恢复到了以前的节奏。

他和方景行白天打赏金墙，晚上打竞技场，不知不觉一个星期就过去了。这天游戏发布了维护和更新通知——第二天上午十点半才能开。

方景行照例和姜辰在竞技场里PK。

“我明天去看你？”方景行问道，“中午去，给你带锁香斋的饭，他们在文城开了十年，口碑第一，你那边没分店，外卖订不到。”

姜辰痛快地同意了，转天吃了顿美食，晚上才上线，发现大外甥来了，听见他说能玩一晚上，就叫了几个人，陪他打隐藏副本。

谢承颜一边跟着他们打怪，一边听他们讲大小姐的副本和剧情，发出了和榨紫一样的感慨：“小奶狗？策划很会啊。”

榨紫说道：“是吧，我也这么觉得。”

谢承颜很感兴趣：“结局你们录像了吗？”

榨紫：“录了，我发给你。”

谢承颜看完一遍视频，感觉挺唯美的，又听他们讲起舅舅的操作，顿时骄傲起来，在姜辰身边亦步亦趋地跟着。

这时只见消息一闪，一条喇叭刷了上来。

[喇叭]金十六：牛，NXK进季后赛了，那些说方队退役他们就完的人，出来再舞一个给爷看看！

谢承颜看向发小：“你们俱乐部今天打进季后赛的比赛，你都没看？”

方景行：“等季后赛我再看。”

他知道战队的情况。

他退役后，他们今年大概率拿不了冠军，但应该是能进季后赛的。

谢承颜：“能拿冠军吗？”

方景行：“够呛。”

谢承颜：“今年季后赛都有谁？”

方景行道：“后天就定下来了。”他看了眼姜辰，“其他战队该放假了。”

那些人之前忙着打联赛，没空玩全息，游戏里的基本都是各战队的新人。

如今常规赛即将结束，没进季后赛的队伍也就没事干了。而游梦推出了全息模式，将来的比赛由键盘转全息是必然趋势，那些人肯定会买个设备来适应一下。

于是他提前给姜辰打预防针：“我觉得他们很可能会来辰星映缘。”

毕竟上过那么多次热搜，连不玩游梦的人都知道辰星映缘的大名，他们更不会没听过。

姜辰很淡定：“来呗。”

就是，他小舅舅能怵他们吗？

谢承颜在心里想，没敢嚷嚷出来，他陪着小舅舅玩到下线，之后看向发小：“我这两天会抽空回去一趟，你在家吧？”

“在。”方景行问道，“你不是要进山吗？”

谢承颜：“是啊，公司就是听说我要在山里待一个月，所以给我把一个通告提前了，我得回家一趟，待一天再回去，到时候找你吃饭。”

方景行：“行，我都在家。”

谢承颜和他道别下线，马上就订了机票。第二天中午他赶到家和老妈吃了顿饭，顺便得知了一件大事：“啥，景行知道了？”

姜诗兰：“都签过保密协议了。”

谢承颜连忙询问是怎么回事，听完后深深觉得发小不是一般人，这也能猜得出来。亏他昨晚还特别注意了言行，怕让自家舅舅露馅，原来人家方景行已经知道了！

他收拾一番，下午去赶了通告，挤出晚饭的时间，拎着蛋糕去找方景行，觉得自己对自家发小真是太好了。

方景行笑道：“买这个干什么？”

谢承颜道：“你生日我没回来，补给你的。”

方景行笑着把他让进门：“谢谢。”

谢承颜把东西放在餐桌上，低声道：“我妈说你也知道了？”

方景行点头。

谢承颜顿时觉得心里一松，心想以后都不用瞒着了，并且省了解释的步骤。

他便拉着发小畅想了一堆自家舅舅将来上赛场的画面，直到快到要离开的时间，才意犹未尽地结束话题，起身告辞。

方景行哭笑不得地把人送上车，目送他离开，回卧室戴上眼镜，进了游戏。

姜辰还没回来，游戏角色仍在湖边挂机。

方景行坐在旁边盯着他看了一会儿，伸手摸上他的金框眼镜，拨弄了一下镜链。

姜辰刚上线就看到了这一幕，淡淡道："爪子不想要了？"

方景行笑道："好奇。"

姜辰收起鱼竿起身，扫见之前那几个和方景行一起直播的倒霉主播也吃完饭回来了，正一起往外走，问道："你时长够了吗？"

方景行道："没够。"

姜辰心想这么三天打鱼两天晒网的直播合同竟也能谈下来，大概是全联盟独一份了。他问道："几月到期？"

方景行道："明年四月，在这之前播够了就行。"他跟着起身，看了一眼几位朋友，说道，"我和他们说好了后天播，你到时候和我们玩吗？"

姜辰："不玩。"

方景行："打团战。"

姜辰思考了一下。

他们竞技场已经打到天梯，虽然这一阶梯里没有菜鸟，但比起陌生人，还是和熟人组队比较靠谱，便说道："行吧。"

二人边走边聊，到了赏金墙那里。

他们一般白天打赏金，但今天他们打到了九级的末尾，只差一个任务便能开十级，因此想一口气打完。

周围有不少人，见他们过来，顿时激动不已。

[喇叭]最强召唤师：天哪两位大佬要打赏金了！

瞬间，全服轰动。

双人赏金的板块一路飙升，玩家们都看在眼里。

目前全息的十个服，只有辰星映缘的双人赏金开到九级，这原本已经够牛的了，谁知两位大佬的步伐一直没停，眼瞅着要奔十级去了。

不过他们都知道两位大佬只在白天打赏金，便都等着明天见证奇迹，没想到二位这么痛快，今晚就要打。

[世界]金十六：！！！

[世界]行走赏金：接了吗?

[世界]人头收割机：刚接，他们要走了!

[世界]恰瓜：报坐标，这个现场不看，我会后悔一辈子!

[世界]最强召唤师：对，你们可跟住了!

[世界]狐狸不乖：我也去，给大佬打 call[开心]

[世界]孤独猎人：跟不住，他们进传送阵了啊啊啊[崩溃]

[世界]彩虹豆：其他人快留意一下啊啊啊!

姜辰和方景行这边的私聊都爆了。

除去几大帮派，如意的人也特别好奇，想要跟着看一看。

姜辰不太理解："以前那么多服，没有开十级的？"

方景行："有，很少。"

姜辰："职业的没下场？"

方景行道："下场了，比如我，其中一个服的单人十级赏金，就是我开的。"他中肯地评价，"很难，我打了好几次才打过。"

赏金墙八级后半段全是五星级难度，不再有收集材料的任务，只有击杀任务。

而五级过后，击杀任务里的对象就分成了"野怪"和"拟人"两种类型。

"野怪"更贴近小怪首领和副本 boss，有血红机制。

"拟人"则是模拟的玩家，类似人机 PK，可以很好地磨炼玩家的 PK 技术，所以一般喜欢打竞技场的玩家，也会喜欢打赏金墙。

姜辰问："双人的呢？"

方景行："双人的我没打。"

选择拟人，单人是 1V1，双人就是 2V2，系统不会让玩家 2V1 的。

九级顶端的任务，以方景行的实力，单人赏金打了好几次才过去。现在换成双人的，虽然组合模式下对手不至于一定要来两个方景行这样的，但实力也相差不多。

他说道："联赛赛制里没有 2V2 的局，所以职业选手打 1V1 和 5V5 的多。"

正说着话，又一条私聊过来了，是联盟主席杜飞舟，同样是询问双人赏金的事。

[私聊]追风：你们接的是哪个任务?

[私聊]暗冥：为辰。

[私聊]追风：在灵翼森林的什空山。

[私聊]暗冥：谢谢主席。

杜飞舟关上私聊，看向老当益壮的成员们。

一群人也看着他："他们接的是哪个？"

杜飞舟说道："为辰。"

一群人齐齐倒吸一口气。

"那他们完了。"

"走走走，快过去看看。"

"有点想哭是怎么回事？"

如今全服都在找两位大佬，而灵翼森林由于景色比较唯美，平时很多玩家都会来这边逛逛，因此很快有人发现了他们的身影，急忙发了喇叭。

众人"呼啦"赶了过来，有的连烟花棒都买好了，只等着给他们打 call。

方景行扫了一眼。

漫天飞舞的微光植物，热闹的人群，以及人群中央的他们……他突然笑道："你说这个气氛多适合那什么？"

姜辰："什么？"

方景行："求婚。"

"……"姜辰道，"你求一个我看看。"

方景行看着他："我求了，你答应吗？"

姜辰："一边去。"

方景行笑了笑，不开玩笑了。

二人又走了一会儿，方景行抬头一看："到了。"

姜辰闻言看过去，眼皮一跳。

只见山坡上站着两个人，一位一头红发，扛着长刀，张狂霸道，另一位黑衣黑裤，长相斯文，鼻梁上架着金框眼镜，眼熟极了，正是黑色封印师。

他猛地看向任务栏：[为辰]，不由得停住脚。

方景行回头看他："怎么？"

姜辰轻声道："我认识他们。"他一时说不清是什么感觉，"这是……我朋友设计的。"

065.

玩家看着山坡上的NPC，都激动了。

赏金墙的任务繁杂，相当一部分野怪和NPC都是专门为这一板块制作的。

特别是九级以上的任务，其实大部分都开不了，总这样让NPC在地图上站着会显得太乱，因此设置了刷新机制——领取完任务，相应的目标才会出现。

九升十的现场本就可遇不可求，双人赏金的九升十就更少了，很多玩家都没见过双人九级顶端的任务NPC，自然稀罕。

[喇叭]辰星观察缘：报——！大佬已经成功找到赏金目标[截图]

[世界]五音不全：我马上到，你们能不能和大佬聊聊，拖延点时间[痛哭]

[世界]飞忧愁：哇，封印师加剑客的组合，那剑客看着好霸气啊！

[世界]糖葫芦：黑衬衣的封印师竟有点好看，商店里有这样的时装吗？想看大佬穿[流口水]

[世界]叔叔来了：来，叔给你们科普，攻击系的封印师杀人特效就是衬衣变黑，不是时装。

[世界]我是个杀：我去，帅！

[世界]沈烦烦：想看大佬杀人[期待]

[世界]找神索命魂：大佬来杀我们一圈吧，我想瞅瞅衬衣变黑。

[世界]白首不相离：我也想，大佬别客气。

[世界]许愿瓶哑：这俩NPC叫什么名字？

[世界]叔叔来了：为辰，他们没有单独的名字，是合在一起叫的。

[世界]恰瓜：哦嚯，楼上知道的好多，多说点[话筒]

[世界]藏书：其中有什么故事吗[星星眼]

游梦一向很有情怀，小故事多，令人惊喜的小彩蛋也多，而且很多故事都能连在一起。

有不少人和杜飞舟他们一样，喜欢挖掘各种资料，所以才会询问NPC的名字，想知道有没有能挖的东西。

但不管他们怎么喊，那位“叔叔来了”都没有再冒泡。

老当益壮的人赶到山坡，在杜飞舟的带领下找到一个不错的观看点，一起望着那边的人。

方景行正站在姜辰的身边。

他在姜辰停住的时候就隐约察觉到什么，听完回答便知道自己的猜测没错，问道：“是专门为你做的？”

姜辰轻轻“嗯”了一声。

方景行看着那两个并肩而立的NPC，没有忍住：“真的只是朋友？”

姜辰：“不然呢？”

方景行道：“我就好奇问一下。”想想有人能为姜辰做这些，他很替姜辰高兴，问道，“主席他们应该也会过来看，要打吗？”

姜辰说得斩钉截铁：“打。”

他看着这剑客，仍记得雏形建立时的场景。

那时他刚拿完第一赛季的冠军，游梦也开始扩展赏金墙，要加入“拟人”的模式。

他认识了包括杜飞舟在内的一群朋友，其中一个是学霸，也是考上大学就休学打比赛的。

他报的是游戏相关专业，说退役了就回去上学，将来去游梦上班，设计一个五星级的单人赏金墙，并放了狠话：“我要放在最高的那一栏，难死你。”

姜辰说：“不可能。”

那人在比赛里被他虐过好几次，但仍斗志高昂地说：“咱们走着瞧，职业和我一样是剑客，就穿着我这身时装，你到时候过来打，我让他虐死你。”

姜辰：“行，我等着。”

这一等就是三十年。

说好的单人赏金，最终被放在了双人赏金这一栏里，旁边还加了一位黑色封印师。

[为辰]。

为辰。

姜辰脑海中忽然闪过一句话：琉光碎星赏金墙，今生不悔来游梦。

存在三十多年的琉光河和碎星城、辰辉兰乐的纪念雕像、双人赏金的NPC、首杀榜上由十方俱灭创下的纪录……这些虚拟数据像一根线，连接着他的从前和现在。

他从没像此刻这样喜欢这款游戏。

更从没像此刻这样觉得荣幸——认识了一群朋友，并幸运地从长眠中苏醒。

姜辰定了定神，说道：“我打剑客，你打封印师。封印师应该是按照我当年的数据建的模，或许难度会上调一点。”

方景行望着那边意气风发的黑色封印师，笑道：“这我怎么舍得？”

姜辰心里复杂的情绪立刻被弄没了，看着这位联盟男神：“平时PK你也没少打我。”

方景行道："你这样说我就好过多了。"

姜辰不理他，扭头往前走。

方景行问道："你开还是我开？"

姜辰："我来。"

说着伸出手，对剑客扔过去一个单体攻击。

双人赏金为防止玩家拉走一个二打一，设置的是一旦有某个 NPC 受到攻击，两个 NPC 就会全部进入应战模式。

于是下一刻，剑客和封印师便一齐对着他冲了过来。

NPC 封印师和姜辰的习惯一样，起手就是一串封技能的黑色符号。姜辰和方景行利落地躲开，然后各自分开，一人打一个。

周围的玩家齐齐亢奋："哦哦哦，开了开了！"

老当益壮的帮会成员看见是封印师打剑客，一时间感慨万千。

"我这次是真的想哭了。"

"其实我也有点……"

"年纪大了，见不得这个。"

"别说了，小心你儿子笑话你。"

这剑客 NPC 是为辰辉兰乐准备的。

哪怕辰辉兰乐去世，那位朋友也没有忘记这事，想要履行承诺，所以当初建模的时候，是他们这些熟悉辰辉兰乐的人帮着做的测试。

NPC 建成后，在游梦大陆上神隐了将近二十年，除了他们，没人在意他。

虽然辰辉兰乐打不了了，但如今他等到了另一位黑色封印师，也算是没有白等。

战局还在继续。

方景行和封印师交换完几个技能，迅速做出判断："是提了一点难度。"

姜辰："也可能没提。"

方景行忍不住笑道："你是在自夸吗？"

姜辰："是你菜。"

说话间他往剑客的身上叠了五个封印符，见对方横刀扫过来，急忙后退。

果然，剑客横刀的时候加了一个前冲的技能，他要是不躲，恰好会被攻击到。姜辰记得这一设定，之前他的朋友念叨过。

众玩家震惊。

"刚才那一下吓我一跳！"

“突刺无缝接横扫，牛！”

“重点是他还躲开了。”

“大佬就是大佬！”

人群里有几个主播，都开了播。

如意的五位主播见围观群众这么多，且如意的人也在，便和方景行打了声招呼，同样开了直播，在线观看人数“嗖嗖”往上涨。

他们的观众里有很多是方景行的粉丝，纷纷发弹幕。

“原本是想看十方俱灭的，现在我竟一时不知该看哪个。”

“+1，暗冥要不是方队，我脑袋给你们。”

“他果然没离开辰星映缘。”

“那他和封印师啥情况？他是为封印师留下的？”

“他上次直播是不是发过喜欢你来着？”

“我去！”

五位主播默默瞅了一眼弹幕，心想上次是他们用烟花突突方景行，这次该换方景行突突他们了。不过即使他们不播，今晚的视频也会流出去，都一样。想到这一点，他们的情绪立刻稳定，转回了战局。

方景行这时不幸中招，被对方封上了，觉得是真难躲，说道：“你这技能真烦。”

姜辰：“你跪下试试。”

方景行：“我跪下他能饶了我？”

姜辰：“或许。”

方景行：“单膝跪？”

姜辰扔给他一个“滚”字，眼见剑客开了大招，便按了“爆破”。

十个封印符一起爆炸，技能的光影将他们同时淹没，双方各挨了一招的伤害。

他正要乘胜追击，却见剑客一个突刺闪到近前，不知是武器的原因还是什么，竟是招招暴击。他猝不及防，血条瞬间下去了一大截。

脆皮被近身，是最惨的。

更惨的是，他两个瞬发的封印技能全在冷却中，此刻拿人家无可奈何。

他的血量处于劣势，勉强坚持了一分钟，扑街了。

方景行平时和他 PK 是五五开，现在对着一个被调整过难度、攻击习惯做过少许改动的黑色封印师，也没有坚持太久，紧跟着扑街。

众人看得吸气。

“九升十果然难啊。”

“九级以上，每次都得打好几遍。”

“正常，他们对 NPC 不熟，很难一次过。”

“说实在的，能打这么久已经够不容易了。”

两位 NPC 弄死他们后，便回到了原先的位置，并肩站着。

姜辰选择原地复活，躺在地上望着璀璨的星空。

——穷我毕生心血，誓报赛场之仇。

——专门为你弄一个 NPC，骄傲吗？

——就用我这个形象，代表全联盟的人教育你。

——你到时候过来打，我让他虐死你。

他极轻地笑了一声。

方景行听得清楚，扭头看他：“被虐了还挺高兴？”

姜辰没有否认：“嗯。”

方景行：“是你哪个朋友？你们感情很好？”

姜辰坐起身，再次道：“嗯。”

方景行：“那……有过关的诀窍和线索吗？”

姜辰：“暂时没想到。”

他们用的一直是队伍频道，周围的人听不见他们在说什么，只见他们坐在草地上不动，估摸可能是在商量对策。

二人询问有谁录了像，他们想看看旁观者的视角。

一旁的孤问把视频发给了他们。

两位大佬便开始研究视频，顺便把他们自己的第一视角也看了。姜辰简单点评了下黑色封印师，70 级以下的技能施放基本是按照他的习惯设计的，而 70 级以上和后续添加优化的技能，则和现在他的使用习惯略有不同。

方景行也研究了下剑客的攻击风格，觉得简直是脆皮克星，问道：“这是按照谁的数据建的？你朋友自己？”

姜辰给了一个“嗯”，补充道：“只用了外表，他没这么厉害，当初做这个是想虐我。”

方景行失笑：“那你当初肯定虐得他很惨。”

姜辰点头。

方景行问道：“他现在还在游梦吗？”

姜辰：“不清楚。”

那些人如今过得怎么样，他都不太清楚，也没什么立场问，只好等出院了再说。

他站起身："走吧。"

二人在围观群众激动的注视下开了第二场。

依旧由姜辰发起攻击，两个人躲开封印师的技能之后，再次分割战场。

白龙骨不太懂："怎么又是 1V1？"

按照上次打 3V3 团战的风格，他本以为两位大佬会连控剑客，先把封印师拿下，没想到竟然不是，他问道："他们一起集火会好点吧？"

几位帮主都站得很近，飞星重木闻言看了眼孤问："你刚刚没问一句？"

孤问："不用我提醒。"

几人一想也是，可能大佬有什么想法吧。

大佬的想法很简单。

这剑客是特意为姜辰做的，姜辰便欣然赴约，要亲自打死他。

方景行知道他的想法，当然支持。

何况组合模式是想发挥一加一大于二的效果，单独一个拎出来应该没有单人赏金九级顶端的难度大。

这念头转完没多久，他就又被封住了，愣了愣，觉得 [为辰] 搞不好是同水平任务里最难的一个。

他无奈道："我跪下真管用？"

姜辰："你试试。"

方景行不置可否，等到封印效果结束，立刻还回去一个控制，爆发压他的血。

高手过招，往往不会耗费太多的时间。

方景行和 NPC 封印师的血量掉得飞快，都只剩血皮，眼看一个技能就能带走对方，这时只见人影一晃，剑客竟猛地一个反身，扔下姜辰赶到封印师身前，替他挡住了致命一击。

与此同时，NPC 封印师探身扔出一个攻击，方景行顿时扑街。

姜辰："……"

方景行："……"

多人赏金，死亡后是能在一定范围内调整视角的，也能在语音频道里沟通。

方景行躺在地上，轻轻呵出一口气："舅舅，我觉得我死得冤。"

姜辰："……闭嘴。"

说完他简单一招带走封印师，再次对上剑客。

围观群众看得亢奋。

“哦哦哦，干掉一个了！”

“不乐观啊，剑客血量多，封印师是脆皮。”

“说真的，这是我第一次看攻击系的封印师PK。”

“我也是，竟然这么厉害，职业选手里好像没有攻击系的封印师吧？”

“我印象里外国的战队貌似有，但没这么强。”

“那我去练一个，就是国内新的神。”

“醒醒，看看十方俱灭，新神已经有了……等等，那黑色封印师什么情况？是死亡效果？”

“啊，我可以！”

只见黑色封印师NPC死后没有躺倒，而是席地一坐，闭着眼，神色十分安详。

方景行就躺在他附近，死后的视角能看见他，一时感慨，清晰地感受到了辰辉兰乐在他们心目中的分量，哪怕是死，他们也不忍心他狼狈地躺在地上。

他说道：“你这种有个词可以形容。”

姜辰道：“什么？”

方景行道：“白月光。”

姜辰道：“滚。”

方景行笑道：“意会一下。”

少年时期的感情往往最纯粹。

黑色封印师太惊艳，换位思考，他如果站在当年那些人的立场上，得知姜辰去世，又看到攻击系的封印师逐渐成为冷门，也会非常惋惜。

然而姜辰现在没工夫意会，因为他发现这剑客的暴击又开始了。

方景行：“怎么回事？”

姜辰这次特别注意过，说道：“他血量降到20%，暴击概率接近100%。”

方景行：“他不可能无限暴击，是不是有个时间限制？”

姜辰也是这么想的，便拉开距离，想要风筝[1]一下。

可惜他的血量本就很低了，剑客的攻击速度又得到了加强，他没跑多久就被砍死了。

随后二人简单交流了几句，开了第三场。

1　风筝：边打边跑，消耗敌方血量。

仍是雷打不动的1V1，不过既然剑客先破坏规则，姜辰也就不客气了，于是在那边打得差不多的时候，他率先跑了过去。

剑客紧随其后追着他，四个人全部进入对方的技能范围。

方景行不需要姜辰提醒，急忙帮他挡住剑客的攻击，只见姜辰和黑色封印师几乎同时开始读条[1]。

十方俱灭——80级群体控制，技能范围内所有敌方目标皆被封印。

姜辰是在方景行过来的一瞬间开的大招，比黑色封印师快了不到一秒的时间，封印师的技能直接被打断，剑客也同时被封。

方景行立即折回去，趁着封印师不能用技能，一轮爆发把人带走，然后跟着姜辰一起对付剑客。

血量压到20%，剑客的暴击又涨起来了。

方景行为了让姜辰多一些观察的机会，挡了大部分攻击，率先被砍死，无奈道："这时限是多少？"

姜辰道："不知道。"

方景行道："你还是没什么线索？"

姜辰道："没有。"

方景行道："或许不是时间，是要再压一点血量才行？"

姜辰道："可能。"

不过他的封印技能已经用了，便再次放起风筝，等着技能冷却好。

老当益壮的人看得不忍。

"太缺德了，要不咱们告诉他们这个机制得了？"

"他们应该能试出来。"

"那么多剧情和副本都推过了，这难不倒他们。"

"他们顶多能试出血量的机制，但还有一个讨巧的啊。"

"这个就够呛了。"

姜辰仍在跑，一边跑一边努力回忆。

那是他退役前一年多的事了，当时这位朋友天马行空地说了一堆设定，他这人一向专治各种不服，所以记住的都是朋友放的狠话，设定上只记得一个突刺加横扫。

像这种持续暴击就……等等，持续暴击？

1　读条：技能施放前的吟唱。

他突然记起一个片段。

“你敢爆破，我就敢让他一直暴击，砍死你。”

“你方案能通过？”

“就是加个机制的事……哎，你要是站着不动让我砍，小爷就勉强放过你。”

“呵。”

他猛地停住脚，转身看着剑客。

剑客追上他，举刀前刺。姜辰不躲不闪，就这么干站着。

围观群众一起惊讶。

“大佬咋了，眼镜被摘了？”

“或者他想放弃这一局？”

“放弃应该不至于……”

老当益壮的人也跟着惊讶。

“我去，误打误撞？”

“掉线吧，一般人谁能猜到这一步？”

“你可一定要坚持三下啊！”

山坡上，剑客连砍了对方三下，探知到目标一直没移动，也没有中技能，程序启动，第四下落上去的时候，暴击就消失了。

姜辰暗道一声不是个东西，把冷却好的技能往剑客身上一放，开始爆发秒他。

半分钟后，剑客扑街。

金色的公告瞬间飘了上来：恭喜辰星映缘玩家十方俱灭、暗冥成功开启双人赏金十级任务！英雄负壮气，游梦赏金人！

九升十，向来是全服公告。

其余九个服的玩家不知道他们在打赏金，猛地看见这条系统消息都震惊了，急忙跑去了论坛。

辰星映缘里，玩家们热烈鼓掌，烟花全点起来了。

如意和几大帮会的人迎上去道喜，顺便诚恳膜拜。

老当益壮的人则没有凑年轻人的热闹，回到了帮会。

他们慢慢回味今晚的事，总觉得最后那点简直是神来之笔。

“唉，这么多年了，[为辰]终于被攻克了。”

“封印师打死的，总归没那么遗憾。”

“嗯……你们说他怎么就能想到停下来让人家砍呢？”

“老实交代，谁偷偷给他发私聊了？”

“我没有。”

“我也没有，我发条消息，看他回不回。”

一群人只等了几秒钟，十方俱灭回了，就两个字：“蒙的。”

“服气。”

“可能冥冥之中自有天意。”

“就当是辰辉兰乐投胎转世了。”

“不是有个假死回归之类的东西吗？”

其余人一齐看向他：“没准的事。”

杜飞舟知道他们是说着玩的，往旁边走了走，联系当初那位朋友，通知了这件事。

那边沉默了下：“有人打通了啊……什么职业？”

杜飞舟：“封印师。”

那边一愣，笑道：“挺好的。”

杜飞舟：“录像要吗？”

那边说道：“行，给我看看。”

杜飞舟发了过去，他自己也看了一遍录像，重点放在NPC封印师那里，想从他身上找找以前那个人的影子，但看着看着，他的注意力便转向了十方俱灭，眉头一皱，之后看了第二遍、第三遍、第四遍——

70级以下的技能，这两位封印师的施放习惯和节奏，几乎一模一样。

066.

交赏金任务是需要凭证的，不是击杀就完事了，一般是摸个尸，拿到信物回去。

姜辰见剑客躺在地上，周围的玩家要去合影，不乐意地上前拦住他们，弯腰摸了尸。

任务完成，只见剑客懒洋洋地爬起来，回到了封印师的身边：“我被虐了。”

封印师也已起身，看了他一眼，声音冷淡：“菜。”

姜辰微微一怔，定在原地，望着他们的身影渐渐消散。

方景行就站在离他不远的地方，把那句话听得清清楚楚，感觉是姜辰的声音，挑了一下眉。

附近的玩家也是一怔。

“竟还有一点动画效果。”

“咋回事啊，竟觉得有点好磕。”

“合起来叫一个名字，是不是有什么故事？”

“难道又是一个隐藏剧情什么的？”

“哎呀，我就喜欢游梦里的这些小故事，我要去查查！”

方景行听着周围的议论，到了姜辰身边。

他不清楚姜辰现在是什么心情，但代入一下，如果是他的朋友在游戏里这么纪念他，他的心情也不会太平静。

姜辰平复了一会儿，看向方景行：“走吧。”

方景行道：“烟花还看吗？”

姜辰思考了两秒：“看吧。”

他说完也买了一个烟花，蹲下点燃。

庆祝他虽然迟了三十年，但终究来赴过约了。

方景行关心道：“没事吧？”

姜辰：“能有什么事？”

正说着话，如意的五位主播走了过来。

同在一个帮会，又是这么近的距离，他们被逼得没办法，只能满足粉丝想听大佬说话的心愿，上前祝贺：“恭喜大佬。”

方景行笑道：“客气。”

五位主播瞅了他一眼，望向封印师：“大佬有什么感想？”

姜辰：“没有。”

五人心想妥了，说两个字也叫说。

两位大佬都说了话，他们的任务也就完成了。结果没等主动告辞，就听自家兄弟率先赶人了。

方景行一副体贴的样子：“听说你们每天都得直播，去忙吧，别为了我们耽误赚钱。”说完话锋一转，“你们没拍我们吧？我们普通玩家不想上镜。”

五位主播：“……”

快别浪了，你的马甲这次是彻底掉了知道吗？

他们看了看这混账东西，扭头就走。

方景行陪着姜辰把烟花放完，回城交任务。

玩家们急忙跟上去，见他们把信物交给管理赏金墙的NPC，紧接着双人赏金板块的最上方又亮起了一层，是三条水平的任务，颜色排列遵守下面的规律，每一级的各不相同。

“长见识了，原来这就是十级的任务。”

“只看着都觉得高大上的样子，有生之年系列。”

“我去，你们快瞅瞅奖励！”

“嘶，慕了，口水都要流下来了。”

“我等凡人只能仰望……”

“话说，两位大佬是不是还能往上打？”

孤问和白龙骨他们也想问这个问题。

因为这才八点多，还没到十方俱灭下线的点。

方景行看着身边的人：“还打吗？或者把九级的其他任务也打了？”

姜辰：“不想打。”

方景行：“那老规矩？”

姜辰点头，跟着他往竞技场走。

围观群众有的目送他们离开，有的去玩别的了，有的接了十级的任务，打算和NPC合个影，还有几个试图跟过去搭讪，被方景行轻松挡了回去。另外就是孤问和白龙骨等喜欢PK的人，仗着和大佬熟，见他们要去竞技场，便也厚着脸皮跟去了，想让大佬指点一下。

方景行询问姜辰的意见。

姜辰无所谓，带着这些人建了房间，往地上一坐，示意方景行打。

方景行：“……你就光看着？”

姜辰：“我给你鼓劲。”

方景行：“不够。”

姜辰不清楚他接下来会说出什么来，以防万一，借用儒初的话：“憋着。”

方景行无奈，好脾气地和这些人各打了一局，见他们还想打，说道：“九点半之后再来，给我们点二人世界的时间。”

几人一听这话，连忙识趣地告辞，只留其中两位帮主站在门口互看。

白龙骨问道：“我打赌是不是要赢了？”

祈祷他能忘了这事的孤问希望落空，一个字都不想说，带着帮会成员去打团战了。

身后的房间里，方景行来到姜辰面前，见他没有起身的意思，便在他对面坐下，问道：“咱们去主席那边转转？”

姜辰："不去。"

方景行知道他有顾虑，思考了下："你不是辰辉兰乐的粉丝吗？"

姜辰看着他。

方景行帮他分析："你的技术是和他学的，对他的打法熟，如果看出黑色封印师是辰辉兰乐，你找上门去问，这事合情合理。"

姜辰想了想，被他说服了。

于是二人去了老当益壮帮会所在的小城。

夕阳团的人这时都没有去打本，听见门卫说有人找，出去一看，发现竟是他们的团宠，便高兴地把人带进来，想要摸头。

姜辰赶在他们"造反"前后退一步，冷淡地提醒："手。"

几人遗憾地控制住自己的父爱，教育道："别这么无情，小心以后找不到女朋友。"

姜辰懒得搭理他们。

方景行主动提起了黑色封印师，说道："我们觉得风格挺像的，所以过来问问前辈们。"

老当益壮的人道："不是像，那就是以他为原型做的。"

"当年是我们亲自做的测试，还特意从保存的聊天记录里摘了音频。"

"完成任务后，你们听见了吗？"

方景行："听见了，只有一个字。"

几人笑道："一个字足够了，他就是那样的性格。"

方景行笑了笑，暗道还真是。

他记得和姜辰第一次组队打怪，那时他摸鱼打得少，姜辰就说过他"菜"。

他问道："这是前辈们一起设计的？"

"不是，是另外一个朋友。"

几人为他们讲了讲过去的事，笑道："他现在已经升为副董了，厉害吧？"

姜辰有些意外。

他醒后在网上搜过当年的人，但由于大部分的人他只记得一个 ID，压根不知道真名，所以查起来很困难，基本都不知所终，只有杜飞舟比较有名，成了游梦联盟的主席。

方景行得知人家过得好，便知道姜辰能放心了，笑道："厉害。"

他余光一扫，见杜飞舟正站在院子的另一边，问道，"主席在干什么？"

几人回头看了看："半天没动了，可能挂机呢。"

话音一落，杜飞舟的角色就动了。

他看完几遍录像，翻出了上次和十方俱灭的 PK 视频，发现有几次躲避攻击的动作，与其说是反应快，倒不如说是做了预判。

他有些不可思议，想回游戏找方景行问问。

结果一抬头就见到了这两个人，便上前道："怎么有空过来？"

帮会成员："看出黑色封印师是辰辉兰乐了，来求证。"

杜飞舟淡淡地"嗯"了声，学着他们的样子席地而坐："都说完了？"

帮会成员："刚说完。"

杜飞舟看着对面的封印师："还有什么想知道的？"

姜辰思考了几秒，觉得不太好问别的。

方景行则没那么多顾虑，仗着他们都知道他的身份，聊得毫无压力："我以前听人提起过辰辉兰乐，但没什么具体的概念，今天一交手，果然厉害。"

老当益壮的人道："是吧，你们这是 2V2，如果是打团战，他有队友辅助，那更可怕。"

这话正中方景行下怀："前辈们有人是他的队友吗？"

老当益壮的人道："有啊。"他们指着 ID 名为贝贝最可爱的人，"他是。"

方景行道："就这一个？其他人呢？"

姜辰心头一跳，认真听着。

贝贝最可爱道："忙着养家糊口呢。"

另外几人接话："你看看我们帮会的成员信息，其实很多人都建了号，就是上线的时间少，有好几个现在还没满级。"

方景行装作好奇地问："哪几个是？"

贝贝最可爱给他念了念老队友的 ID。

姜辰静静听完，觉得今天可以了。

杜飞舟望着他："我看了你们打赏金墙的视频，你和辰辉兰乐的风格很像。"

姜辰很淡定，毕竟一般人是不会想到他能死而复生的。

他说道："我就是跟他学的。"

杜飞舟："节奏也像。"

姜辰："嗯，我学习能力强。"

杜飞舟点点头，没有再说别的。

方景行看了眼主席，不动声色地岔开话题，陪着他们聊到姜辰快下线，便告辞走人了。

杜飞舟送他们出门，望着封印师的背影，忍不住又挂机把几个视频看了一遍，一时出神。

等到回神的时候，他已经不由自主地搜索了关于死而复生的事，出来几条新闻。

——《惊！3岁女童竟有上辈子的记忆！》

——《国外小男孩声称自己前世是被烧死的，人真的有轮回转世吗？》

——《有些人能记得前世的爱人，看看你的爱人是谁？》

“……”

联盟主席杜飞舟觉得自己有点疯魔，沉默地关上了网页。

067.

没有任务在身，姜辰和方景行一般喜欢回主城下线。

一是上线的时候热闹，二是方便去接赏金。

今天自然也不例外，不过回去之前，二人先去了小城附近的野区。

原因是离开老当益壮帮会后，方景行借着这个契机好奇地问了问当事人以前的事，便被姜辰带到了城外。

这里种着大片的蒲公英，受到攻击就会飞起来。全息模式下，玩家们能身临其境地看着它们飘在空中，画面很美，不远处就有一对情侣在玩。

姜辰：“我和他们就是在这边认识的，当时打了整张地图。”

方景行问：“因为什么？”

姜辰：“抢怪。”

方景行笑道：“后来谁赢了？”

姜辰道：“都是训练营的新人，没输赢，死了好几次。”他往野区里走了两步，“算是不打不相识。”

方景行安静地望着他。

于姜辰而言，和朋友只是分开了几个月，可于杜飞舟他们而言，却是整整三十年。

沧海桑田，物是人非，当年意气风发、会在游戏里PK一整张地图的朋友，成了如今要赚钱养家的中年大叔，只有姜辰还停在原地。

方景行不清楚等姜辰的身份公开后，他和以前的朋友会如何相处，但他知道，生活总会继续，也会有另一批人陪着姜辰，走过他从少年到中年的整个过程。

他笑道：“咱俩也是不打不相识。”

姜辰回头看他，“嗯”了一声。

方景行问道："陪你在这边转转？"

姜辰道："到点了，回去吧。"说完直接传送回城，看着紧跟着出现在身边的人，"方景行，今天谢谢你。"

方景行："就口头谢？"

姜辰："不然？"

方景行伸出手："晚安抱。"

姜辰盯着他。

方景行笑笑："算了，先欠着……"

话没说完，只见封印师上前半步，抱了他一下。

姜辰说道："走了，晚安。"

姜辰做事很干脆，方景行都没来得及回抱，人已经下线了。

但这并不影响他的好心情，见白龙骨他们到点来找他 PK，便愉悦地和他们进了竞技场，打了几场指导局。

金竞联盟有几个是跟着孤问一起来的。

其中一个实在没压住心里的激动，问道："你是方队吧？"

方景行看了一眼 ID，金十六。

没记错的话，这人之前好像在频道里发过他们战队晋级季后赛的消息，可能是战队粉丝。

他装傻："嗯？"

金十六粉了他四五年，对他的性格还是有些了解的，说道："别装了方队，论坛上都在扒你。"

方景行早有心理准备，扔下一句"等会儿"，去了论坛。

九升十的现场永远很火。

辰星映缘、十方俱灭和暗冥、双人赏金十级任务……这几个热点话题放在一起，简直是星火燎原的效果，即使论坛里的玩家对两位大佬的名字都免疫了，今晚的事还是屠了版[1]。

其中一小半是关于他的：

——《涛一涛暗冥是方景行的可能性》

1 屠版：指整个页面的回帖或发帖全是一个人或关于一件事。

——《操作对比，我看粉丝这次还怎么洗》

——《方队这回该认了吧》

——《有图有真相，方队对封印师绝对是真的》

——《普通玩家方景行（滑稽.jpg）》

——《重温暗冥被烟花突突的视频，心酸落泪 QAQ》

方景行进了那个有图有真相的帖子，发现证据收集得很齐。

从被烟花突突到他“黯然”看着姜辰和谢承颜放萤火虫，再到他好几次和姜辰站在一起的合影，还有他上次直播和姜辰私聊的截图，任谁看了，都觉得他“一往情深”。

他随意扫了几眼，去了热度最高的讨论楼，见玩家们的看法基本一致。

毕竟是难倒无数英雄好汉的九升十，全联盟有这实力的攻击系暗冥师也就一个方队了，恰好他又已经退役，有的是时间玩游戏。

方景行本人对此很淡定，因为说得确实在理。

这两个帖子并不是他关注的重点，他简单看完便关上了，进了姜辰的讨论楼。

十方俱灭的真实实力，一直饱受争议。

过剧情靠脑子，过副本卡 bug[1]，所以大家都觉得他是擅长打本的大佬。

然而随着赏金墙和竞技场的积分势如破竹一路猛涨，讨论他 PK 技术的人越来越多。

早前就有人怀疑暗冥是方景行，因此很多人觉得十方俱灭是被方景行带着上分的。

哪怕有人在竞技场排到他们也录了像，但由于没和攻击系的封印师交过手，一上来就被他封住了，紧接着快速被解决，根本看不出具体实力。

直到双人赏金开到第九级。

众所周知，九级以上的任务大部分得职业玩家来打才行，方景行再厉害，打双人赏金带着一个拖后腿的也够呛。也就是从这时起，认为十方俱灭具备职业选手水平的人数压倒了支持他是普通高玩的人，可惜双方都没什么证据。

现在，证据来了。

人们顿时全跪了。

16L：那些说他是靠着方队上分的，出来给爷爬！

21L：我甚至觉得他和方队不相上下 [惊悚]

25L：是不是驴我，攻击系的封印师竟能这么厉害？

33L：曾经被弄死过的人上来现身说法，这只是 2V2，他 1V 多的时候才最可怕，我

1　卡 bug：利用游戏参数漏洞作弊。

们十个人打他一个，全被他弄死了。

34L：楼上多说点，啥情况！

41L：方队给开的小灶吧，训练走位意识什么的。

45L：怕不是 NXK 的秘密武器？

58L：我去，很有可能，是要以后打全息吗？

52L：联盟新神预定！

方景行把这帖子从头看到尾，没见他们讨论出别的东西来，便放心地关上，又去看了看其他几个挖掘剑客和黑色封印师背后小故事的帖子。

时隔三十年，现在的玩家没人知道辰辉兰乐。

全息出来后倒是有一批老玩家回归，但不知是忙还是不逛论坛，目前还没人提辰辉兰乐，得等明天再看进展。

他最后又溜了一遍论坛，之后回到游戏里，见白龙骨他们正在等他，问道："还打吗？"

金十六说道："你不说点什么？"

方景行："说什么？"

众人一齐盯着他。

方景行笑道："别这么看着我，我只是个普通玩家。"

众人："……"

你真好意思！

方景行刚想再问一句还打不打，就见进来一条消息，打开一看是杜飞舟。

杜飞舟想要面谈，他便痛快地把房间号和密码发了过去，因为关于封印师的事，越迟疑越显得有问题。

一分钟后，杜飞舟进来，见这里有不少人，问道："在 PK？"

方景行道："嗯，顺便看看他们的实力。"他披上在长辈面前那副谦和乖巧的皮，一脸无害地给杜飞舟找事干，"要不您帮着掌掌眼？免得我错过好苗子。"

杜飞舟点点头，没动。

几分钟后，老当益壮帮会的人听到召唤进来，和白龙骨他们 PK。

白龙骨几人先是不明所以，接着发现有几个还挺厉害，便开始认真对待，后来又听说他们是退役很久的职业选手，不约而同地看了一眼某人——随便一喊就是退役的，您可真是平平无奇、普普通通。

遭到吐槽的方队长和杜飞舟坐在观众席上，组了队，直接在队伍频道里聊。

杜飞舟问道："那封印师你了解多少？签了吗？"

方景行："还没有。"

杜飞舟："怎么还不签？"

方景行睁眼说瞎话："他家里人反对他打电竞，我最近一直在试着攻克他的心防，怕他反感，暂时没敢多问他的个人信息。"

言下之意，什么姓名地址他通通不知道。

与此同时，老当益壮帮会频道里传来了帮众的评价。

孤问、白龙骨，大帮会帮主，确实是高玩，但没啥值得特别注意的地方，剩下那些玩家的实力也都差不多。

杜飞舟看着方景行。

这小子太精了，他不想说的时候，别人很难从他嘴里套出话来。

方景行也看着主席。

他不知道主席发现了多少疑点，但他知道杜飞舟这个人一向严谨沉稳，太离谱的事是不会信的。所以他只要咬死了不说，应该能混过去。

他把自己往不知情的角度上引了引，问道："主席来找我就是问他的事？"

杜飞舟："嗯，好奇问两句。"

方景行："真的？可别是帮着别人来挖人的，他和我感情好，要签也是签我的俱乐部。"

杜飞舟："不挖人。"

方景行："哦，那就是因为他和辰辉兰乐的风格像？"

杜飞舟点头，把方景行的反应在心里过了一遍，没看出破绽，估摸他可能是真的不知道。

当然更大的可能，是他自己鬼迷心窍想多了。

他仔细想想都觉得荒诞，不清楚怎么自己就钻了牛角尖。

不管怎么说，人死不能复生。

大概真的只是……太像了而已。

他没再打扰他们，起身走了。

刚出竞技场，就听见手机响了起来，是那位日理万机的副董朋友。

副董刚一看完视频，就立即联系了他："那封印师什么情况？"

杜飞舟问道："你说十方俱灭？"

副董："他就是十方俱灭？"

杜飞舟"嗯"了声，听见那边也说很像，便说道："他是辰辉兰乐的粉丝，打法是跟他学的。"

副董诧异："能学得这么像？"他说道，"现在的小孩里还有他的粉丝？你跟他接触过吗？"

"嗯。"杜飞舟顿了顿，又多给了一句，"他们性格也挺像的。"

副董问道："他现在在线吗？"

杜飞舟道："不在，他每天早晨八点半准时上线。"

副董："那我明天上来找他。"

杜飞舟："怎么？"

副董："没什么，简单接触一下。"

杜飞舟："你在怀疑什么？"

副董："没怀疑什么。"

杜飞舟不信。

这位朋友是个老二次元，不像他那么严谨，此刻脑洞可能已经不知道开到哪里去了。于是，杜飞舟重新搜了一遍新闻，截图发到了聊天屏上。

副董："……"

二人相互对视。

副董说道："好吧，每个人的打法都有一定的风格和节奏，我不信有人能这么像，想去见见他。"

杜飞舟："你想干什么？"

副董："试探一下，万一呢？"

杜飞舟："怎么试探？"

副董："我想想……对了，辰辉兰乐的真名叫什么来着？"

杜飞舟："姜辰。"

副董："对，姜辰。"他说道，"人被喊到名字都会有反应，咱们明天偷偷跟着他，等他落单的时候喊一声试试，反正就一嗓子的事。"

068.

今晚注定不平静。

辰星映缘的玩家把九级顶端和十级新开的任务都接了，跑过去和赏金目标 NPC 合了一圈影，挨个发到论坛上，引得一群人围观羡慕。同时，"十级双人赏金开启"的话题很快冲上热搜，知道的人越来越多。

于是，方景行送走杜飞舟之后，又被人找上了。

游梦联赛只差明天的几场就能决出季后赛的席位，一些早早被淘汰的战队已经提前放假了。

那些战队的队员得知了今天的事，凑在一起研究完视频，把击杀画面一截，在群里圈了方景行——他们对他的打法风格很熟，不需要多问一句，看完视频就能确定那位暗冥师是方景行本人。

方景行扫了一眼，笑道："不接受采访。"

那些人的关注点都在别处，对他的话充耳不闻，纷纷发问。

"那封印师是你们俱乐部的新人？"

"什么来头，这么厉害？"

"看得我手痒，想和他PK。"

"我也想，我去买个号，能约一场不？"

"不约，"方景行道，"也别来找我们，打扰普通玩家玩游戏，小心我去论坛挂你们。"

他的脾气一贯好，除了一些新人不敢随意放肆，其他和他相熟的都冒了泡。群里一时间热闹得不行。

不过闹归闹，熟悉方景行的人都知道这位是惹不得的，见方景行还是坚持不让他们去，便问道："打一局都不行？"

方景行："以后赛场上有的是机会让你们打。"

众人不干。

"我去竞技场随机排，排到你们，你总得认吧？"

"反正都是建号，我要去辰星映缘围观大佬，还能帮着大佬打打副本啊剧情啊什么的。"

"话说回来，你家封印师的打法和那个NPC有点像，你发现没有？"

方景行并不意外。

这种游戏录像，职业选手会看得比较细，杜飞舟能发现的东西，他们自然也能。他装作有些诧异地说道："是吗，我游戏里有点事，还没看视频，一会儿我看一下，没事我潜了。"

说完他又简单应付了两句，之后关了群聊，回游戏和白龙骨他们打声招呼，便下线了。

引得各方关注的某位大佬此刻早已睡着。

梦里是当年鸡飞狗跳的网游生活，只是游戏模式从键盘换到了全息，当年的朋友们都在身边，方景行和新认识的那些人不知为何也在，两拨人齐聚一堂，热热闹闹的。

姜辰带着一点笑睁开眼，视线对上熟悉的房间，他在床上躺了几秒钟，这才起床洗漱，溜达着出门去喂小鸭子。

吃过早饭，他准点上线。方景行已经在等他了。

同时守候他的，还有杜飞舟和副董。

杜飞舟之前加过十方俱灭的好友，看到他上线，说道："他上线了。"

副董说道："藏好。"

根据杜飞舟掌握的情报，封印师白天会打赏金墙。

双人十级赏金那么有诱惑力，封印师应该会继续打。所以他们特意一大早来到主城，藏在赏金墙的附近等着十方俱灭接任务。

经过一晚的冷静，杜飞舟终于从魔怔的状态里出来了。

他觉得他们两个四五十岁的人，干的事实在太不像话了，说道："他搞不好真是模仿能力强。"

副董："我知道，来都来了。"

虽说他总在二次元混，但事后冷静想想，还是不能相信现实中有这么玄乎的事。

不过那封印师既然是辰辉兰乐的粉丝，又成功通过了[为辰]的任务，他也很稀罕，想认识一下。他站了一会儿，没话找话："你知道这包含了多少种脑洞类型吗？"

杜飞舟："什么？"

副董："一觉睡醒穿越到未来世界，发现原主竟是刚被俱乐部踢出来的新人，面对教练和同伴的无情嘲讽，他，王者归来，崛起了。"

杜飞舟："……"

副董："脑电波一直飘荡，机缘巧合进入游戏，成为游戏里的玩家，但由于系统限制，只能在固定时间出现，固定时间消失。人们都以为他是大佬，却不知道，其实现实中根本没有这个人。"

杜飞舟："……"

副董："灵魂与主神签订协议，在各个世界游走做任务，等积分累积到一定程度就能重新获得人类的身体，于是几十年后回到了这个世界。"

杜飞舟："……你少看点乱七八糟的东西。"

副董笑了出来，不过笑着笑着，他的声音又低了下去。

"唉……"他叹气，"多希望是真的啊。"

杜飞舟沉默。

二人等了五分钟，发现了目标人物。

方景行与姜辰并肩而行，一路上把论坛、杜飞舟和职业群里讨论的事都告诉了他。

姜辰："有人猜出是辰辉兰乐了？"

方景行："暂时没有，早晚的事。"

网友们的战斗力是很可怕的。

黑色封印师，这么明显的一个标志，也许他们今天就能猜出来。

姜辰有一点后悔。

挖出黑色封印师 NPC 是辰辉兰乐这没什么，但如果被人看出他和那个 NPC 打法风格接近，似乎会有些麻烦，秦组长要是知道的话，可能又会给他断网。

他说道："得改。"

方景行看着他："嗯？"

姜辰又想了想，觉得似乎没人会相信那么扯的事，自己用偶像的借口应该能应付过去，便淡定了："没事，说着玩。"

方景行简单一琢磨，笑道："就算有人想到冰冻实验，也不会信的。"

姜辰："你就信了。"

方景行自夸："这说明我比他们聪明。"

说话间，二人走到了赏金墙前。

他们接了其中一个任务，看完线索提供的地点，进了传送阵。

杜飞舟和副董也跟了过去。

十级任务共有三条，一条"野怪"，两条"拟人"。杜飞舟觉得他们八成会接"拟人"的类型，便和副董在传送阵分开，一人传送去一个地点，果然发现了他们的踪影，便再次会合。杜飞舟和副董慢慢跟在两人后面，一路跟到赏金目标那里，躲在暗处开了录像，之后目睹了他们来回扑街了三次。

姜辰在第四次扑街的时候，躺在地上没有起来。

方景行坐在他身边商量策略，感觉到他的不爽，笑道："放个烟花缓解一下心情？"

姜辰："大白天放什么烟花？"

方景行："给你突突。"

姜辰："不突。"

他忽然想起上次打隐藏副本买的萤火虫还没放完，便都拿出来放了，躺着看它们飞。

莹莹闪闪的光点在他们身边盘旋，整个画面浪漫极了。

副董："……"

杜飞舟："……"

大白天躺在赏金目标旁边看萤火虫，脑子里在想什么？

副董突然想起一件重要的事："他们有分开的时候吗？"

杜飞舟："不知道。"

日理万机的副董不想等了。

他原本就是为了认识封印师来的，所以不想再浪费时间，带着杜飞舟偷偷绕了一圈，绕到他们身后，控制着脚步声走过去，见封印师刚好坐起来，喊道："姜辰。"

姜辰下意识地回头。

下一秒，方景行也回了一下头。

姜辰："……"

方景行："……"

副董："……"

杜飞舟："……"

八目相对。

在场的四个人都看向对方，暂时没人说话。但无论是性格沉稳的还是温润的，开朗的还是冷淡的，此刻内心深处都闪过同一个字：×。

姜辰和方景行想的是：杜飞舟他们怎么能这么阴险。

杜飞舟和副董在看到封印师回头的时候心里都是一跳，但紧接着看见了方景行回头，心想：你回头干什么，凑什么热闹？

虽是如此，但这两人回头是有一个时间差的，封印师比方景行早。

副董的心脏狠狠跳了两下，他定定地看着面前的人，忍不住想信一回玄学。

方景行率先回神，笑着打招呼："主席你怎么也在这儿？突然听见后面有人，吓我一跳。"

言下之意，他们回头是被吓到的。

副董："……"

这小孩真讨厌！

讨人厌的"方小孩"还没说完，他知道依杜飞舟的性格应该干不出这事，便看向一旁的剑客，在心里做了猜测，嘴上问道："这位是？"

杜飞舟："我朋友。"

方景行：“也是位前辈？”

“嗯，就是设计 [为辰] 的人。”杜飞舟简单介绍道，“姓唐，游梦副董，以前也打过职业。”

方景行立即翻出晚辈面对前辈时的皮披上，礼貌道：“唐前辈好，您刚才是和我们说话吗？光顾着商量事，都没怎么听清。”

说罢，看了一眼身边的人，带着些询问的意思。

姜辰淡定道：“好像有个辰字。”

言下之意，他其实也没听清。

唐副董：“……”

杜飞舟：“……”

杜飞舟就知道这事不靠谱，腹诽唐副董多大的人了，还信这些。就算换作自己，要是有人突然在身后说话，可能也会看一眼。

他保持沉默，等着朋友赶紧折腾完。

唐副董盯着封印师：“我喊的是姜辰。”

方景行的疑惑装得恰到好处：“姜辰？”

姜辰安静地站着，一副漠不关心的样子，听着方景行和他们聊。

唐副董心想今天是白等了，问道：“你不觉得耳熟？”

姜辰被问到，不能不吭声：“不觉得。”

唐副董不死心地问：“你不是辰辉兰乐的粉丝吗？”

姜辰：“嗯，怎么？”

没等唐副董继续试探，方景行就开了口：“我就说怎么觉得好像在哪儿听过。”他对身边的人说，“应该是辰辉兰乐的真名，承颜他小舅舅。”

姜辰“哦”了声：“我没注意过真名。”

唐副董：“……”

姜辰看着欠揍的老朋友，主动问道：“为什么对着我们喊他的名字？”

唐副董张嘴就来：“因为觉得你们的打法风格太像，怀疑你是穿越或重生的，想喊声试试。”

姜辰：“……”

方景行：“……”

唐副董哈哈一笑：“开玩笑的，在你身上看见了他的影子，一时脱口而出。”他控制住悲愤的情绪，咽下一口血，“今天来是因为听说 [为辰] 的任务被你们推过了，好奇，想见见你们。”

方景行问道：“前辈怎么知道我们在这边的？”

唐副董道：“听老杜说你们打赏金，挨个找的。”他不乐意跟这小孩说话，再次看向封印师，“来加个好友，我以前和辰辉兰乐玩得最好，知道他不少事。”

姜辰通过了申请，把他也放到了“岁月是把杀猪刀”的分组里。

唐副董暂时还不想走，示意他们接着打，他在旁边看着。

方景行不清楚他还会不会作妖，准备走为上策：“有点难打，我们正商量去玩点别的，调整一下心情……”

唐副董不等他说完便道：“行啊，刚好我俩也闲着，不如一起……”

方景行几乎和他同时开口，补全了那句话：“接个情侣任务。”

唐副董：“……”

杜飞舟：“……”

姜辰：“……”

方景行的目光在他们之间转了转，语气间一点也听不出被打扰的不愉快，继续端着那副礼貌的姿态：“挺有意思的，很放松心情，前辈去吗？”

杜飞舟率先道：“不了，你们去吧。”

两个四五十岁的人组在一起做情侣任务……他可不想干这么丢人的事。

唐副董倒是敢干，可惜他知道杜飞舟不会配合，便只好作罢，目送二人走远。之后他和杜飞舟对视了几秒，说道：“我觉得还可一试。”

杜飞舟无奈道：“你去上班吧。”

唐副董：“我请了一上午的假。”他摸着下巴，“他们是总在一起吗，就没有分开的时候？”

杜飞舟：“方景行偶尔要直播。”他想让朋友少折腾，提醒道，“你那边不是能查玩家信息？”

唐副董道：“查是能查，但查到的肯定是一个陌生的名字和身份证号，这有什么用？”

杜飞舟心想也是，他不想再继续这个荒诞的话题，转身走了。

另一边，姜辰跟着方景行离开野区，踏上了一旁的小路。

方景行无奈道：“你那个朋友挺有想法。”

姜辰沉默。

方景行：“你和他真是玩得最好的？”

“算是，”姜辰道，“当时除了队友，就是经常和他组队，他想法比较多。”

方景行懂了：“那你俩以前凑在一起没少祸害人吧？”

姜辰想起过去的事，笑了一下，不由得回头看了看。

清晨的郊外，玩家稀少，身后的路上一个人也没有，他转回来，看向身边的人：“去哪儿？”

方景行笑道：“当然是做情侣任务，万一又碰上他们了呢？”

姜辰想了想，同意了。

两个人于是找到离他们最近的情侣任务开启点，到了 NPC 面前。

做情侣任务的两个人没有规定必须得是情侣，随便两个玩家都能做，只是要做情侣任务，两人得先绑定伴侣。

游梦里有临时绑定、长期绑定和终身绑定三种形式，级别越高，获得的加成越大。第一种形式的绑定在任务完成后会自动解开，第二种则需要花一点金币，而第三种形式的绑定想要解开，得充钱在商店里买道具。

方景行说道：“咱们总组队，其实可以选长期绑定，收益大。”

姜辰看着他。

方景行笑道：“你要是嫌不够，还可以选终身绑定。”

姜辰不听废话，发过去一个长期绑定的邀请。

方景行按了“同意”。

两人的 ID 下方同时出现了新的称谓，他们接好任务，跟着指示走了。

情侣任务一共十环，旨在休闲娱乐和促进玩家之间的感情，并不难。

第一环是帮人送信，姜辰看着方景行手里的信，拿过来试着拆了拆，没能拆开，认命地找到 NPC，把信交给对方。

NPC 看完，一张脸瞬间红透，表示要去见心上人，但自己一个人去又有些害怕，希望他们陪同。

这是个护送任务，于是二人陪着她往回折返，见她走的都是风景秀丽的地方，特别适合情侣散步。他们把 NPC 送到目的地，看着他们甜蜜相拥，第一环就完成了。

第二环又换了一个 NPC，说想给心上人准备生日礼物，问他们送什么比较好。

双方交流一番，敲定礼物，NPC 需要鲜花，但问题是时间来不及了。于是姜辰和方景行二人又走到指定的郊区帮他采花，采完交给他，完成了第二环任务。

就这么轻轻松松做了五六环，他们接到了第七环任务。

这位 NPC 的丈夫是个赏金猎人，外出三年杳无音讯，她忧心忡忡，想让他们帮忙看家，顺便喂一喂家禽，她要去镇上打探一下消息。

姜辰本以为会换他们去打探，谁知NPC话音一落，小院的门被推开，进来一位高大的男人。NPC“呀”的一声把装饲料的盆塞进姜辰手里，随即尖叫着扑进男人的怀里。

男人笑着把她抱起来，原地转了三圈才放下。

NPC看向二人：“他回来了，我真的是太高兴了！”

被这些鸡毛蒜皮的任务弄得有点不耐烦的姜辰端着她的盆，并不想祝福她。

但系统并不以玩家的意志为转移，方景行身为队长，笑着说了声“恭喜”。

NPC笑道：“谢谢。”

她依然让玩家帮忙喂家禽，然后拉着自家男人一路狂奔进屋，“砰”地关上了门。

姜辰：“……”

方景行笑出声：“可以理解，总不好饿着小动物。”

姜辰端着盆，不想说话。

方景行看了他一眼，拉着他走到一旁喂家禽，笑道：“你看这还有几只鸭子，喂吧。”

姜辰勉强接受，抓着盆里的饲料撒在地上，看着它们吃。

他余光一扫，见旁边有个小栅栏，里面蹲着一条面目狰狞的大黑狗，偶尔冲他们“汪汪”两声。他们刚来的时候就听见了这个声音，只是没见着狗，原来是在这里。

大黑狗蹲在角落，几乎和昏暗的光线融为一体，见他望过来，它便凶狠地吠了一声。

姜辰也给它撒了把饲料。

大黑狗“噌”地站起来，愤怒地冲他叫了两声。

姜辰不理它，继续去喂鸭，还弯腰撸了一把。

大黑狗不依不饶，仍对着他吼。姜辰终于又瞅了它一眼，看看外面的栅栏，发现有把锁头，正要遗憾地收回目光，突然发现锁头其实没扣实，便上前拽开锁，开了栅栏的门。

他盯着这条狗：“来，出来咬我。”

大黑狗后腿一蹬，蹿了出来。

不过它没理会他们，而是直接蹿进了屋，屋里瞬间响起两声尖叫。

姜辰：“……”

方景行：“……”

二人听着男人的怒吼和大黑狗的咆哮，走到门口探头，围观人狗大战。

家里的鸡鸭鹅自动跟随拿盆的人，一起过来了，在门口来回走动等投喂，还有几只进了屋。

紧接着，只见男人和大黑狗扭打到门口，鸡鸭鹅都被惊到了。

瞬间鸡鸭鹅齐飞，大黑狗乱跳，整个场面极其混乱。最终大黑狗趁着赏金猎人不注意，张嘴咬住一个东西，之后转身狂奔，一溜烟跑出小院，失去了踪影。

系统公告：恭喜情侣暗冥、十方俱灭发现隐藏剧情［挚爱］！

姜辰："……"

方景行："……"

上午游戏里的人虽然少，但不是没有，见状都震惊了。

［世界］蜂鸟：情侣？？？

［世界］爱你难言：情侣？？？

［世界］负一米：情侣！！！

［世界］神说要有光：实锤！实锤了！

［世界］B型血：我记得当初有个截图来着？

［世界］大步向前走：对，说的是我们不会发展出别的玩意，拿出来给大佬看看！

［世界］恰瓜：哈哈哈哈所以都没人关注隐藏剧情了是吗？

姜辰："……"

方景行："……"

069.

大佬的爱恨情仇永远很吸引眼球。

游梦全息版开服至今，原本用来做噱头的隐藏剧情和副本被大佬推土机似的碾了一个又一个，导致玩家们已经将此当成了常态，他们现在的关注点自然变成了更劲爆的东西。

［世界］守护爱情：［截图］大佬有什么想说的？

［世界］青蓝色：当初截这一下，我真是太机智了［截图］

［世界］糖葫芦：我失恋了［哭泣］

［世界］西瓜配夏天：请问咱们是能全服庆祝了吗？

方景行看完截图，问道："你什么时候发的这个？"

姜辰："早就忘了。"

说话间，屋里的赏金猎人穿好上衣，安抚完惊魂未定的爱人，便把玩家手里的盆拿了过来。他向二人道了声谢，抱歉地告诉他们今天不方便接待客人，让他们改天再来，然后将门一关，把他们挡在了外面。

系统公告：情侣暗冥、十方俱灭 [挚爱] 任务失败！

姜辰："……"

方景行："……"

正起哄的玩家："……"

大起大落，瞬息万变。

众人的注意力又转了回来。

[世界] 恰瓜：？？？

[世界] 蜂鸟：？？？

[世界] 青蓝色：[瞪眼]

[世界] 守护爱情：啥情况，竟然失败了？

[世界] 西瓜配夏天：哇，这也得截个图，看你们任务失败真是不容易 [笑哭]

[世界] 糖葫芦：难道是因为不够相爱或者感情太塑料了 [疑惑]

[世界] 西红柿鸡蛋：哈哈哈哈不够相爱。

[世界] 负一米：我记得他们当初打别的剧情也失败过，不是第一次了。

确实不是第一次了。

一回生二回熟，方景行说道："咱们缺条件。"

有些隐藏剧情需要一定的条件才能获得线索。

比如 [灵槐]，要选择完体系才行；再比如 [伊林]，得做完主线的 [血狼] 任务才能触发对话；[繁花] 倒是没有限制，但这可能是因为其本身的开启条件有些特殊，所以没再加别的条件。

现在这个 [挚爱] 剧情显然也是需要条件的。

这有点麻烦。

主线任务他们很多都没做——姜辰向来不耐烦做这些东西。当然，也有可能和主线没关。方景行思考了两秒："会不会是第一次做情侣任务的原因？"

毕竟他们连一个十环都没有完整地做完。

姜辰："也许。"

二人商量了一下，既然第七环已经完成，便去交了任务，开始做剩下的三环。

第八环是调节闹矛盾的情侣，第九环比较有意思，是一位年轻画家和病弱贵少爷的故事，地点是一处私人庄园。贵少爷的父母反对他们来往，因此每次约会时，画家都得偷偷摸摸地去，再偷偷摸摸地回，需要有人帮忙盯梢。

玩家就是负责盯梢的人。

不过这一任务的重点不是盯梢，而是在去庄园的路上，因为他们是藏在装货的箱子里进去的。

两位玩家藏在一个箱子里。

盖子一合，小小的空间顿时一片昏暗。两个人紧紧挨着，气氛很容易变得暧昧。方景行忍不住笑了一声："这是全息里新加的，策划真会。"

姜辰道："你挺熟？"

方景行道："有一次做活动，和承颜组队打过几轮。"

姜辰"哦"了一声。

二人很快抵达目的地，帮着画家和贵少爷盯梢，完成这一环之后又去做了第十环。

这一环最简单，是去指定的地点放烟花。烟花是系统摆放好的，不需要玩家花钱买。他们站在唯美浪漫的地图上放完烟花，也就完成了一整套任务。

情侣任务一天只能玩一次，而且内容都是随机的，明天他们不一定还能碰上那个NPC，只能慢慢试。好在隐藏任务是从第一关开启后才开始计时的，他们不用担心耽误时间。

二人折回野区打赏金，又扑街了两次，终于搞定了赏金任务，下线吃饭。

隐藏剧情的事被玩家同步发到了论坛上。

众人看着"失败"的截图，觉得像在过年，心想两位大佬总算是踢到铁板了。他们通过那个"情侣"的前缀，猜测这个隐藏剧情或许是在情侣任务里。

14L：我就说全息开了隐藏剧情，搞不好会在情侣任务上下手，果然。

18L：单身狗觉得受到了一万点伤害。

21L：嗐，随便找人临时绑定呗，做完就解散。

32L：好奇，他们为啥会失败？

33L：去试试就知道了。

于是众人话不多说，纷纷跑去做情侣任务了。

而造成这一切的两位大佬下午回到游戏，准备做点主线剧情。他们刚出帮会的大门，就见镜中人盘腿坐在附近，面前放着一口烹饪用的锅。

姜辰路过看了一眼，扔进去一枚铜币。

镜中人抬头看看他们，"噌"地站了起来。

姜辰："多了没有，换个地方要。"

方景行忍着笑问道："你在这儿干什么？"

镜中人："思考人生，顺便要个饭。"

方景行笑道："受刺激了？"

镜中人心想岂止是受刺激。

他中午被几位要裸奔的帮主按住揍了一顿，之后就被派过来了。

他简单找了个理由："还好，男人嘛，得学会扛事。"

说完看着面前两人的ID称谓，发现果然是绑定了，便彻底认命，目送他们离开后，脚步发飘地回去了。

木枷锁等几个当初打赌的人都在镜中人的帮会里等消息，见他进门，问道："怎么样？"

镜中人道："是真的。"

木枷锁几人忍不住又把他打了一顿。

幸天成："咋整？"

朝辞："白龙骨他们会不会忘了？"

孤问："他没忘。"

木枷锁："他们基本晚上才上线，那时主城的人正多。"

镜中人："那咱们可以不上线。"

朝辞："躲得过初一，躲不过十五啊。"

其余人一齐沉默。

院子里一片愁云惨淡。

两位大佬对此毫不知情，做了一下午的主线任务。

方景行感觉姜辰有点不耐烦了，便安抚道："晚上我直播，说好了陪我打团战，咱们去竞技场里宰人。"

姜辰点头。

晚上，二人在帮会里坐了一会儿，方景行就到点开播了。

他用的是上次的小号，和几位朋友在竞技场里会合后，就联系了大佬。

弹幕刷得比上次的还疯。

"呵……我就静静地看你演。"

"你敢换暗冥那个号吗？"

“万一暗冥是真的有天赋呢？”

“有天赋到那种程度，我不信：）”

“大神，你和十方俱灭 PK 过吗，谁厉害？”

方景行一律无视，专心和自家封印师聊天，邀请他一起打竞技场。

姜辰刚刚点了“同意”，一条新消息就进来了，是他那位欠揍的老朋友。

[私聊] 唐大人：在干什么？

[私聊] 十方俱灭：打竞技场。

[私聊] 唐大人：我也想打，带我一个，我顺便给你讲讲你偶像的事。

[私聊] 十方俱灭：和方景行打，他们在直播。

唐副董沉默了下，看向杜飞舟：“你不是说方景行直播的时候他们会分开吗？”

杜飞舟道：“我又不天天盯着他们。”

唐副董忍了，回复过去。

[私聊] 唐大人：无所谓，我去蹭几局就走。

[私聊] 唐大人：带我上个分，我给你讲讲你偶像对封印师的心得体会。

姜辰看着这条内容，想想自己的铁粉人设，又想想这位老朋友虽然鬼主意多，但毕竟正直播，应该不会作妖，便勉强同意了。

两个人一起走进竞技场。

方景行和五位主播都是一怔，其中一位主播问道：“这位是？”

唐副董说道：“我是他朋友，来蹭几局分。”

几位主播见方景行没吭声，估摸他不反对，便笑着表示欢迎，进了 5V5 的战场。

他们一共八个人，采取的是轮换模式。

第一局姜辰、方景行和唐副董都下了场，几人刚按下“准备”，就见一条喇叭飘了上来。

[喇叭] 辰星观察缘：感动，原来 [为辰] 里的黑色封印师有原型，ID 叫辰辉兰乐。

很多玩家昨天刚打完九升十，热度还没降。

一群人都在猜或许有隐藏剧情，对此很是好奇，便冒了泡，询问具体情况。

[喇叭] 辰星观察缘：看论坛，被人扒出来了，原来是个远古大神，挺感动的 [捂嘴流泪]。

众人更加好奇，纷纷跑去看了看。

竞技场里的几个人也是一怔。

方景行就知道这事会被扒出来，早有准备。五位主播却是一无所知，问道：“辰辉兰乐是谁？”

唐副董："游梦联盟的初代大神，你们这些年轻人不认识他。"

主播下意识道："你认识啊？"说完他们反应过来，随即换了称呼，"您……多大？"

唐副董说道："你们得叫我叔，我就是辰辉兰乐那个年代的，和他关系最好。"

主播们半信半疑："真的？"

唐副董："真的啊，想当年我和他在游戏里第一次相遇，他就被我的技术折服了，要和我拜把子。"

姜辰："……"

方景行："……"

姜辰闭了一下眼，劝自己要冷静。

唐副董："得了，看在你们带我上分的分儿上，叔给你们讲讲我和他的事。"

姜辰："……"

070.

"您先等会儿。"

队伍里的主播打断了他，暂时没让他讲，他们要先确定一下他的身份。

唐副董不好公开说自己是游梦副董，但这里有两个人证，最能让他们信服的一个就是方景行。他顿时对这小孩看顺眼了一点："你们要是不信，问问方景行啊。"

方景行不能装傻，只好道："嗯，这位确实是前辈。"

他思考了下，试图把话题往别处引："对了前辈，为什么这么多年联盟没再出过攻击系的封印师？难道是以前技能没调整优化的时候，封印师很难玩？"

唐副董道："也不算太难玩，但想玩得好，对手速的要求比较高。"他说道，"其实吧……按当年那个技能设置看，攻击系的封印师就应该是冷门了，只不过被辰辰玩火了，所以那时候玩的人多。"

方景行默默反应了下："辰辰？"

唐副董说道："辰辉兰乐，我有时候嫌四个字叫着麻烦，会喊他辰神或辰辰。"

方景行用余光扫了下身边某位沉默的封印师，"哦"了声，顺着话题说道："现在没那么难玩了。"

唐副董道："也还是有手速的要求，而且封印师打辅助已经习以为常了，很少有人玩攻击体系。"他不是个会轻易被带跑偏的人，说完接着道，"好了，我给你们讲故事。"

方景行还没想好对策，队伍中的一个主播就又叫了停。

“前辈给我们几分钟的时间，”几人道，“我们先去论坛看看。”

不然他说了半天，他们也不清楚辰辉兰乐究竟是个什么人物。

不只是他们，粉丝们也都很好奇，纷纷跑去论坛爬楼。

辰辉兰乐，当年游梦联盟的第一封印师。

打了一年多的比赛，拿了两个冠军、一个赛季 MVP，可惜身患绝症，第二赛季打完就退役了，此后游梦再也没出过厉害的攻击系封印师，这一晃就是三十年。

楼里截了几段他在赛场上狂拿人头，衬衣由白染黑的视频，还贴了几张当年的照片。顺便提到了双人赏金九级里的那个黑色封印师 NPC，就是为纪念他而做的。

一群人跑了回来。

“啊啊啊我看完了，好可惜啊！”

“没看的劝你们去看看，颜值绝了。”

“打了两届比赛，拿了两个冠军，牛 ×！”

“真的好可惜，他要是没去世，搞不好能拿第一届世界冠军。”

“NPC 那个有点感动 QAQ”

几位主播也看得有些唏嘘，问道：“那剑客 NPC 不会就是前辈您吧？”

唐副董道：“怎么可能，我哪有那个能力。”他说道，“不过，当年测试的时候，我也帮了忙。”

主播和粉丝这次有兴趣听故事了。

那样一位传奇人物，他们都对他产生了好奇。

其中一位主播问道：“他真为你的技术折服过？”

唐副董道：“那当然。”

说话间只见金彩一闪，他们拿下了这一局。

根据竞技场的机制，段位差太多的玩家是不能组在一起的。

如果非要组一起也行，可以选择混合模式。比如上次方景行的号才二段，而几位主播都天梯了，他们便选了混合场。

混合场每天分时段开启，赢一局获得的积分是正规场的一半。

这里的玩家水平参差不齐，除非是真爱和亲友，一般情况下，没有几个大神愿意耗时间来这边带菜鸟。不过也有一些高段位玩家很享受低段位的吹捧，会来这边玩一玩。

方景行上次和他们打了半天，就只升了一段。

原本他把号交给俱乐部的人，让他们帮着打到了天梯，想着今晚能和姜辰在天梯打团战，结果唐副董一来，他们又只能打混合场。

唐副董的号没积分，他们和他组在一起，只能在低段位里匹配对手。

因为对手都是菜鸟，姜辰和方景行在他们说话的工夫就把对面全部杀回老家，导致对手直接投降跑了。

按照提前说好的，队伍人员该轮换了。

方景行看着姜辰："大佬，咱们去开房 PK 一把？"

姜辰有点想走，但他更想知道某人会怎么编派自己，因而拒绝了。

方景行无奈，只好和他留在了队伍里。轮换的人虽然去了观众席，但能进朋友的直播间，便在这里继续听前辈讲故事。

唐副董说道："我们那时都是俱乐部的新人，在游戏里建了小号。我第一次见他，他正祸害人家 NPC 养的羊，从一只身上跳到另一只，后来出 bug 了，旁边有两头猪，他那么一跳，整个人就骑猪上了。"

姜辰："……"

方景行顿时笑出声，觉得这可能是真事。

就可信度来说，他原本是站自家封印师的，可听到这里，心中的天平便要往唐副董那边斜。

几位主播同样笑得不行。

"辰前辈这么有意思？"

"等等，那个不能穿模[1]吗？"

"他可能就是发现那几个不能穿，才跳着玩的，"唐副董说道，"印象太深了，我至今都没忘。我当时就在心里想，这小子骨骼清奇，是我的菜，所以在附近频道给他撒了个花，还截了图，问他要不要留念。"

主播大笑："他说什么？"

姜辰提醒："对面的人过来了。"

唐副董是来蹭分的，知道队友都是大神，便在一旁心安理得地看着他们打，继续说道："他没说话，因为骑在猪上动不了了，我就又换各个角度给他截了图，那些截图我现在都还有。"

姜辰："……"

方景行这次有心理准备，强行忍住了，没有笑出来。

1　穿模：游戏中物体间或人物间，因为碰撞体积设定失误导致相互穿透、叠加。

弹幕上观众们都笑疯了，几位主播也好奇不已，连忙询问之后怎么样了。

唐副董说道：“他卡在 bug 里，原地下线了。再后来我和朋友在野区刷怪的时候和人闹了矛盾，打游戏嘛……你们懂，那边说让我们等着，要去叫老大。我们那时进了俱乐部，天不怕地不怕的，就让他们喊，结果喊来一看，哟嚯，正是那位骑猪的兄弟！”

姜辰：“……”

方景行笑得肩膀直抖，继续忍着不吭声。

唐副董道：“我那个激动啊，想要和他交朋友。他一看见是我，直接就开了仇杀。”

主播问道：“所以就被你的技术折服了？”

“必须啊，”唐副董道，“我们大战了三百回合，山河变色，日月无光，他看我也是高手，就和我拜了把子。再后来我们都觉得两拨人的实力不弱，探了探底，得知都是俱乐部的新人，就在游戏里建了一个帮会。”

方景行没有一直装死，问道：“谁是帮主？”

唐副董：“老杜是帮主，辰辰是副帮主。”

主播不服：“老杜是谁？辰前辈为什么不是帮主？”

唐副董：“老杜就是游梦联盟现在的主席，杜飞舟。”

粉丝们震惊了，没想到看个直播还能听到大人物们过去的事。

几位主播则在一旁狂擦汗，都服了。

唐副董道：“我记得好像是抽签决定的。”他说道，“这不重要，反正从那天起我们就开始了快乐的网游生活。我带着辰辰走南闯北，打世界 boss……对了，60 级那个世界 boss，刷新点在万红草原，远处有一座山，你们知道吗？”

主播：“知道。”

唐副董：“那 boss 最初能遛到山上，我们遛着他过去，用吹飞技能把他轰下去摔死了，策划这才改了范围。但改了之后吧，旁边还有一条琉光河。”

主播忙问道：“你们又把他遛进河里淹死了？”

唐副董：“这倒没有，我们发现岸边的石头能卡住他，逼得策划又把石头改了。”

主播笑道：“策划怕是恨死你们了。”

唐副董如今身为游戏的副董，克制住语气中的得意，道：“还好。”他换了个话题，“我和辰辰都喜欢玩 NPC 和各种不起眼的东西，闹的笑话也不少，骑猪只是其中一件，我记得有一次他跑去和主城的守城军 PK……”

话没说完，金彩一闪，这一局又拿下了。

姜辰听他要翻黑历史，忍不下去了，看向方景行：“打着没意思，PK 吗？”

方景行很体贴："好。"

粉丝们一愣，开始疯狂刷屏。

"不是，正听着故事呢，你走啥？"

"我不管，让我听完故事！"

"就是，我第一次知道辰辉兰乐这个人，让我们多了解一下。"

唐副董也看了过来，盯着封印师："你偶像的事，你不乐意听啊？"

姜辰很淡定："我只粉技术，不粉人，不想在这里虐菜。"

唐副董："哦，是吗？"

没等姜辰应声，只见频道快速出来一条喇叭。

[喇叭]飞星重木：海岳尚可倾，口诺终不移。

五秒后，第二条上来了。

[喇叭]柳和泽：志不强者智不达，言不信者行不果。

又过五秒，第三条出现。

[喇叭]白龙骨：哈哈哈哈赶紧的，别磨叽！

玩家们莫名其妙，纷纷询问什么事。

很快有知情者透露，说是几位帮主不知打了什么赌，输的要围着主城裸奔，刚才冒泡的三个是赢家。

众人顿时兴奋起来，也帮着喊话，让几位帮主别装死。

一分钟后，有人冒泡了。

[喇叭]幸天成：谁装死了，跑就跑！

[世界]镜中人：来吧，我做好准备了！

[世界]孤问：嗯。

[世界]木枷锁：刚刚没顾上回消息而已，你们急什么？

[世界]朝辞：划道吧，在哪儿脱。

[世界]恰瓜：能不能采访一下，你们打的什么赌？

[世界]眼泪不值钱：我也想知道，跑都跑了，说说呗。

[世界]镜中人：别问，一言难尽。

[世界]白龙骨：我来说，我们赌十方俱灭会先和青盐绑定情侣，还是和暗冥。

全服玩家静默了一下，随即炸锅。

[世界]恰瓜：哈哈哈哈！

[世界]板蓝根：果然本服的大事都和那两位大佬脱不开干系吗？

[世界]藏书：服了，竟然是因为这个[笑哭]

[世界]彩虹豆：大佬们的生活真是丰富多彩[笑哭]

竞技场里，方景行立刻给自家封印师找到了台阶，笑道："去看看？"

姜辰很痛快："走。"

再待下去，他真的要动手了。

071.

碎星城占地广袤，街道纵横交错，四通八达，不可能每条街都跑一遍。

好在游戏里人才济济，玩家们很快帮忙规划出了一条环城路线。路线公布后，所经的街道两旁迅速站满了玩家。

孤问几人："……"

镜中人咽咽口水："没事，就……就当是跑马拉松了。"

孤问几人顿时一齐盯着他。

镜中人闭嘴。

朝辞："我就说躲得过初一，躲不过十五，咱们如果不拖着，也不至于闹到喇叭上。"

孤问："嗯。"

幸天成："之前是谁说躲着的？"

木枷锁："你家的。"

"……"幸天成静默一瞬，昧着良心为自家说话，"那你们不也同意了吗？"

飞星重木在旁边插嘴："别聊了，赶紧脱。"

白龙骨说道："跑完了我们三个还得 roll 点呢。"

柳和泽忍不住笑道："对，快跑。"

七大帮会的成员基本都来了，听到他们的话十分好奇。

负一米看向自家帮主："roll 什么点？"

白龙骨说道："除了裸奔，输的还得被赢的差遣十天，到时候 roll 点分。"

此门皆吾友赶紧给自家帮主捶了捶肩："我能拥有差遣大帮主的荣幸吗？"

飞星重木痛快地一点头："可以。"

木枷锁提醒："是给'你们'差遣，不是给你们帮的人，谢谢。"

朝辞说道："就是……"

他说到一半，瞥见十方俱灭来了。

围观群众也看见了，虽然知道游戏里的情侣都只是绑着玩的，还是纷纷道喜："恭喜大佬！"

姜辰淡定地"嗯"了声，看向那几个要裸奔的人。

木枷锁几人认命了，站在起跑线上，悲催地扒光了身上的装备。

围观群众顿时激动起来。

"哦哦哦！脱了脱了！"

"哈哈哈哈够爷们儿，真脱啊。"

"不愧是大帮派的帮主，敞亮！"

"大佬们放心大胆地往前跑，摄像机已准备就绪，绝对让你们成为这条街上最靓的仔！"

"论坛那边也别担心，我们已经派人去预热了。"

"保管给你们足够的排面。"

木枷锁几人："……真是谢谢你们了啊！"

他们闭眼深吸一口气，抹了把脸，穿着大花裤衩拔腿就跑。

玩家们热热闹闹地在后面跟着，想要看完整个过程。

姜辰就在这时混进人群，趁乱溜了。

他找了个清静的地方，打开主城的地图看了看，之后来到城市中央的吊桥，扫视一圈，快速锁定其中一栋建筑，开始往上爬。

费了一番工夫爬上房顶，他盘腿一坐，向下一望，刚好能把裸奔路线的大部分收入眼底，便满意地看着那几个"大花裤衩"狂奔。

另一边，五位主播和唐副董很快发现封印师不见了，看向方景行："你没注意？"

方景行当然注意到姜辰溜了，嘴上却道："没有，可能是跟着看热闹去了吧。"

他岔开话题："是现在回竞技场还是看完了再回？"

几位主播咨询了一下粉丝的意见，决定看完再回。

唐副董兴味索然地一摆手："你们看吧，我回帮会转转。"

"别呀，"几位主播道，"咱们可以边走边聊，我们还想听故事呢！"

唐副董很是爽快："记账，下次来找你们蹭分，我接着往下说。"

几位主播不好勉强，便礼貌地道了别。

他们刚要跟上大部队，就听见方景行说要挂机。

方景行望着唐副董的背影，说道：“我离开一下，一会儿回来。”之后又对着粉丝道，“我点跟随他们，你们跟着看看乐子。”

他说罢摘下眼镜，换上另一套设备，回到暗冥的号，联系了姜辰。

[私聊]暗冥：在哪儿？

[私聊]十方俱灭：不直播了？

[私聊]暗冥：暂时挂机，在哪儿？

[私聊]十方俱灭：你猜猜。

[私聊]暗冥：屋顶？

[私聊]十方俱灭：嗯。

[私聊]暗冥：不用给我坐标，我看能不能找到你。

方景行发完这一句，后知后觉地想起绑定的伴侣能直接传送至对方的身边。

但话已经放出去了，他便打开主城地图扫了一遍，开始找人。

姜辰支着下巴，仍盯着那几位移动中的“大花裤衩”。

片刻后，只听轻微的声音自身后传来，他回头看过去，对上了唐副董的脸。

姜辰：“……”

唐副董：“……”

二人对视几秒。

唐副董扬起手打招呼：“嗨。”

姜辰面无表情：“前辈怎么来了？”

唐副董：“来看热闹啊。”

他一时也说不清自己是什么心情。

他真是……他上来前都想好了，要是周围这一圈的屋顶上没有人，他就不犯蠢了，回去找老杜他们玩，结果那小子竟然真的在。他走过去坐下，感慨：“你和辰辰真像。”

姜辰：“巧合。”

唐副董道：“我也没说你是他。”他望着那几个花裤衩看了一会儿，突然说道，“哎，你说人要是真能死而复生，该多好。”

姜辰静默不语。

唐副董刚想继续，就又听到一阵声音响起。

两个人一齐回头，见是方景行。

如意帮会离这边比较远，方景行离队的时间又比唐副董晚，因此来晚了一步。

他会过来，就是担心唐副董可能也会来找人，想着帮姜辰解个围。他装作一脸诧异的样子道："前辈也在啊，您不是说要回帮会吗？"

唐副董避而不答："你不直播了？"

方景行笑道："来陪朋友啊。"

说着上前往姜辰的身边一坐，把人搂进了怀里。

姜辰："……"

唐副董："……"

唐副董看了看封印师，见他没反应。

紧接着，就听方景行干咳一声，不太好意思地说道："前辈……我们想说点悄悄话。"

唐副董感觉这两个人可能真有什么要说，便默默起身，往前一迈，直接跳楼。

方景行收回放在姜辰身上的手，低头看着唐副董摔成尸体又消失，问道："说什么没有？"

姜辰："没有。"

方景行："那我能问个事吗？"

姜辰想也不想地道："不能。"

方景行笑道："你还没听是什么事。"

姜辰反问："我还用听？"

方景行实在抵挡不住好奇心："我就问一个问题。"

姜辰："我没打过守城军。"

方景行："然后呢？"

姜辰："你说的，一个问题。"

方景行厚着脸皮道："'然后呢'这三个字就是我的问题。"

姜辰便也跟着回道："然后我就跑了。"

方景行顿时失笑，履行约定没有再问。

几个"大花裤衩"在他们聊天的过程中跑出了视线范围，二人便也从屋顶跳了下去，一起去看热闹。

姜辰走了两步，终于说道："我以为跳河了，他们就不会再追我了。"

方景行想想他跳河后，守城军也跟着跳河，双方一前一后在琉光河里游泳的画面，笑道："你可以再爬上来啊。"

姜辰沉默。

方景行看着他："嗯？"

姜辰："你去一次性引五个守城军，再跳河试试。"

方景行还真没有试过。

玩家闲着无聊倒是会偶尔打打守城军，可基本都是被当场弄死的下场，没听说遛着他们跳河会有什么后果。

他问道："他们难不成会合伙把你往水里按？"

姜辰："你去试试就知道了，我给你鼓劲。"

方景行点头，陪着姜辰看完裸奔，见到了他下线的点。

他和姜辰道了声晚安，之后便回小号和几位主播会合，去竞技场打到十一点半，这才下播睡觉。

第二天，两个人上线碰面，方景行趁早晨主城人少，把人拉到了桥上。

姜辰问道："怎么？"

方景行："我试试。"

姜辰："来真的？"

方景行："真的。"

姜辰回想了下那个画面，觉得有点"太美好"，把人劝住了："我告诉你，他们只有一个人在水里追，剩下的都在岸上追。"

方景行："那也还好。"

姜辰看了他一眼："见过叉鱼的吗？"

方景行："……"

姜辰的语气不太痛快："岸上那四个一边站两个，一边跑一边拿着武器往水里扔，扔得特别准，我就被那样弄死在了水里。"

方景行："……"

姜辰："那天还是晚上，人正多。"

方景行："……"

好像是挺惨的。

072.

姜辰的一句叉鱼，方景行一上午的笑料都有了。

不过自家封印师的脾气不好，为了可以在之后多问点过去的事，他努力忍住了。

姜辰看了看他："想笑就笑。"

他都这么说了，方景行便笑了出来："你怎么一口气引了五个守城军？"

姜辰："好奇。"

方景行心想这真的是什么都玩，又问道："还干过什么？"

姜辰道："多了。"他站在栏杆前望着波光粼粼的琉光河，"后来打比赛，就玩得少了。"

那时，他和唐副董他们都是新人，年纪相仿，突然在游戏里遇见，觉得有缘，于是每天训练完就凑在一起玩，什么事都干过。幸亏粉丝们不知道他的小号，所以哪怕他当年惨遭围观，也没人扒出那是他。

然而架不住有人爆料。

他现在想起那个姓唐的就手痒想开仇杀，问道："昨天的帖子……有人上去说我的事了吗？"

方景行帮他看了一眼："没有，昨天最热闹的是裸奔和 roll 点。"

玩家们也是真皮，给几位帮主把排面弄齐了。截图和视频什么都有，除此之外竟然还有现场应援，看得围观者们哈哈大笑，都说辰星映缘的人会玩。

姜辰问道："roll 点是什么结果？"

方景行在帖子里找了找，说道："飞星重木 roll 到了孤问，白龙骨是幸天成和朝辞，柳和泽是木枷锁和镜中人。"

姜辰点头，等着看他们后续还会搞出什么事。

二人在桥上站了一会儿，继续清主线剧情，等姜辰有点烦了，便去接情侣任务。

运气不错，他们这次又排到了帮 NPC 喂家禽的任务。

姜辰望着那一男一女跑进屋，走到栅栏前想了想，把盆放在了一边，这才放狗咬人。

二人等着"人狗大战"打完，看向赏金猎人。

赏金猎人披上衣服来到门口，大概是测到他们没有做任务，换了说法："就不劳烦你们喂鸡了，我自己来吧。今天不方便接待客人，改天再来。"

说完把门一关，再次将他们关在了外面。

任务又失败了。

看来做完一整个十环也没用，那几个主线剧情也都和 [挚爱] 无关。

方景行："难道是支线？"

游梦大陆面积太大，故事也多，除去几条大的主线剧情，还有无数支线剧情，如果真的全清掉，会很麻烦。

姜辰道："不干。"

方景行就知道他会这样说，道："那只能找人帮忙了。"

他们首先考虑的对象，就是如意的人。

不过今天是工作日，除了少数几个大学生，其余的帮众都不在。

于是二人一直等到晚上，见众人陆续上线，便在帮会频道发了消息，告诉他们想打隐藏剧情的来帮个忙。

片刻后，如意的人赶来和他们会合了。

榨紫这两天有事，今天刚来就听说了最新出炉的八卦，盯着暗冥师："大佬给句实话，是不是方景行？"

方景行笑道："是。"

即便已有心理准备，但听到本人亲口承认，苟盛他们还是有些小激动。

榨紫："果然……"

王飞鸟："我看过你的比赛，现场！"

情深长寿："完了，帮会颜值前三的位置要保不住了。"

老梧桐发芽："醒醒，原本就没有你。"

本宫最美："所以青盐是颜颜吗？是吗是吗！"

苟盛："阿逸？"

逸心人："是他。"

一群人简直又要疯了。

方景行等这些人差不多冷静了，便把话题转到正事上，简单叙述了一下来龙去脉。

众人顿悟。

现在不清楚具体缺什么条件，所以只能都试试，看谁能试出来。

于是，他们开始两两组队。

榨紫原本想试着找儒初，却见儒初和逸心人已经组了，只好接收了被他们踢出来的情深长寿。

情侣任务共设置了几十个小事件，每次都是随机抽十个让玩家做。前几组都没遇见那对 NPC，最后是榨紫和情深长寿的"人渣组"抽中了。

情深长寿："看明白了吗？这个就叫情场失意，赌场得意。"

榨紫也很满意，撒了把饲料："没有爱情，咱有运气。"

苟盛道："别废话，赶紧的。"

"人渣组"按照大佬的交代放出黑狗，领着鸡鸭鹅走过去，站在门口"啧啧"地围观人家打架。

其余人也好奇地张望了一下。

苟盛："会不会黑狗才是男主人，这是戴绿帽子了？"

王飞鸟："惨，真惨。"

老梧桐发芽："策划怎么总和动物过不去？"

姜辰想了想："你们进屋试试。"

榨紫和情深长寿依言进屋，绕过厮打在一起的一人一狗，不约而同地走向大床。

女主人正裹着被子缩在床上，惊恐地看着自家男人和狗。二人往她身边一坐，试着对话，发现没用，便自言自语般安抚着她。

"没事，我们保护你。"

"别哭，那么美的眼睛，不适合流泪。"

说话间，黑狗叼着东西，再次狂奔而去。

赏金猎人喘了几口粗气，转身回屋，一眼就看见了床上的两个人，大怒。他冲上前，一手拎起一个，直接扔了出去。

"砰——！"他暴怒地合上了门。

两个"人渣"连人带盆飞出去三米远，扑在地上，惊得鸡鸭鹅乱飞乱叫。

"哈哈哈哈！"

苟盛几人全部笑抽，差点在地上打滚。

"笑死我了，不愧是你们！"

"自己都说了情场失意，还往人家床上坐，这不上赶着找虐吗？"

"天作必灭，人作必死。"

"设计得还挺真实，我眼泪都要笑出来了……"

姜辰也没忍住，轻轻笑了一声。

方景行敏锐地捕捉到这声笑，侧头看了看他。

如意一行人，至此全军覆没。

众人见两个"人渣"爬了起来，向他们走去。

王飞鸟："会不会临时绑定的不行，得终身绑定什么的？"

方景行："感觉不太可能，终身绑定要花钱解绑，会被骂故意圈钱。"

几人一想也是。

不过今天的次数都用完了，得明天再试。他们为了多得到一些机会，便跑去做剧情任务了。

方景行搜了一下赏金猎人的ID，发现没有故事背景，又去论坛上看了一圈。

论坛里有人从昨天起就在做情侣任务，但至今也没人成功开启，可能是不知道要放狗。

他看向姜辰：“再等两天看看。”

如意的人毕竟有限，这样撞大运地试也不知要试到什么时候。最好的办法就是像第一次打隐藏副本那样，让几大帮会的人一起试，等成功开启剧情，后续通关就看各自的努力了。

他问道：“竞技场PK、挑个支线剧情打，还是找地方转转？”

姜辰思考了一下，正要决定，就见一条喇叭上来了。

[喇叭]红尘呀呛人：@暗冥，你敢不敢通过我们的好友申请？

这种消息之前他们每天能看见好几次，尤其是正打着隐藏剧情和副本，还有成功通关的时候，对此早已见怪不怪。方景行原本没想理会，此刻却突然想起一件事，看了眼验证消息，发现果然是熟人，便点了“通过”。

他跟姜辰说道：“我朋友。”

姜辰一点就透：“职业的？”

方景行：“嗯，放假了。”

昨晚是常规赛最后一轮，估计那时候这些人都在看比赛，所以今天才来。

方景行知道他们是买的号，便让他们去竞技场升段位，到天梯再说，然后和姜辰挑了一个支线剧情，开始过任务。

第二天，如意的人再次集合，出发接情侣任务，依然没结果。第三天一行人凑齐了再战，发现还是不行，忍不住在心里问候了一遍策划。

苟盛：“什么情况？”

王飞鸟：“我这边主线都清完了，没抽到那个任务。”

逸心人：“你再去清清支线，多做点，下次抽到了或许管用。”

榨紫：“有没有可能和剧情任务无关？”

方景行：“有。”

众人沉默。

无关的话，他们更猜不出来究竟是缺什么条件了。

方景行和姜辰商量了下，便把几位帮主喊来开会。

片刻后，一行人在如意的会议室集合，方景行扫视一圈，发现还差飞星重木和孤问。

白龙骨知道内情，说道：“飞星带着孤问打本去了，还说明天打世界boss也带着他。”

其余人都沉默了。

众所周知，孤问最不喜欢打本。

飞星重木，作为三位赢家中唯一只 roll 到一个人的那位，这是要把孤问一个人当两个人用啊。

木枷锁：“其实吧……他当初没想赌，是看咱们都赌了，才随了大流。”

众人：“……”

别说了，越说越惨。

073.

飞星重木拉着孤问打的是二十五人的本，没有四五十分钟出不来。

于是方景行先略过他们，和其他帮主说了说这事。

有隐藏剧情打，几位帮主当然愿意。为防止人多嘴杂，他们暂时只通知了帮里的骨干，顺便亲自下场试了试。

姜辰和方景行也跟过去出主意。

他们自然不会全程跟随，而是直接到 NPC 的家，等着抽到任务的人过来。

姜辰早已拉过栅栏的锁头。

没有触发喂饲料的任务，锁头是拉不开的，不过有个程序设定——只要家里来陌生人，大黑狗都会叫。

姜辰站在栅栏前看了看汪汪乱叫的狗，踩着东西翻了进去，来到它面前给了它一脚。

大黑狗毫无知觉，继续对着他叫。

姜辰近距离看了它一眼，感觉也不是太难看，扫见地上有根骨头，试着捡了捡，没能捡动，只得遗憾地直起身，摸了摸它的头。

大黑狗不为所动，接着叫。

姜辰打开包裹翻出一根草药，扔进了它的食盆里。

大黑狗盯着他，连瞅都不瞅一眼。

方景行站在外面看他逗狗，笑着问：“喜欢狗？”

姜辰：“还行。”

方景行：“猫呢？”

姜辰：“没养过，你养过吗？”

方景行："也没有，想问问你喜不喜欢。"

姜辰："我有鸭子。"

方景行笑道："那可以养条狗，让它帮着看鸭子。"

姜辰想了想："也行。"

二人聊着天，很快见到有人来了，是木枷锁和他们帮会的情字当头。

他们接完任务，打开栅栏放狗，之后跟着它进屋，听从大佬的建议上前帮忙，并且雨露均沾，一个打狗一个打人，结果发现根本没用，等狗跑了，赏金猎人便把他们扔了出去。

几人面面相觑，走到一旁等别人过来。

朝辞和白龙骨的队伍都没能抽到这一环任务，倒是骨干成员里有两组抽到了。

一组打算拦着狗，以失败告终；另一组追着狗狂奔而去，结果很快就跟丢了，等到折回来时，房门已经关了。

于是，蹲守的人越来越多，几位帮主一看太惹眼，便让骨干们去玩别的，他们负责守着。

情侣任务作为促进感情和增加亲密度的一项休闲活动，平时来玩的人是很多的。

好在栅栏的位置偏僻，后面还有棵茂盛的大树，而普通玩家来做任务，基本就是在原地撒饲料，撒完就走，不会来回走动，因此都没有注意到他们。

不过游戏里什么人都有，也不是每个人都喜欢在原地站着。

前两天试的时候，因为如意的人数有限，所以姜辰和方景行没耽搁多久就走了。如今七大帮会的骨干全部下场，情侣组数有些多，他们停留的时间也相应变长，因此很快就被路过的玩家发现了。

[喇叭]不书孤鸿：这是在干什么[疑惑][截图]

玩家们好奇地看了看。

只见大树下坐着一圈人，里面有位显眼的攻击系封印师，旁边是暗冥师，再看其他人，职业刚好能和本服帮会的几位帮主对上。

[世界]恰瓜：……

[世界]板蓝根：……

[世界]渣男退散：我去！

[世界]眼泪不值钱：我就说最近似乎忘了点啥！

[世界]白鼬：隐藏剧情啊[拍桌]

[世界]御风行南：我都忘了有这事了。

[世界]仓鼠球：啥？又有隐藏剧情了吗？

[世界]藏书：有！

[世界]我的大小姐：这都几天了，竟然没动静了[惊讶]

不怪他们健忘，毕竟那个隐藏剧情是姜辰和方景行上午打出来的，当时游戏里的人少。

由于那天特别的系统公告，人们的注意力都放在“情侣”两个字上，后来又被大佬们的“失败”吸引了，根本没有关注剧情本身。最重要的是，当天晚上几位帮主就裸奔了，大家都忙着看乐子，便将这事忘在了脑后，直到现在才想起来。而其中一部分人不混论坛，更是什么都不知道。

[世界]铁千万：这次是什么剧情?

[世界]一粒橙：忘了，谁有截图?

[世界]男神想嫁：[截图]

[世界]找神索命魂：喏，挚爱。

[世界]goodsleep：情侣，挚爱，这满满的狗粮味儿。

[世界]茶杯色：这次超过两天了啊，推土机没用了?

[世界]糖葫芦：哪能永远维持在两天啊，这也太苛刻了。

被扔在频道上展览的几位大佬假装没看见，继续商量对策，扫见那对发现他们的小情侣还在周围徘徊，木枷锁便在附近频道发了张图。

[附近]木枷锁：给，自己看[截图]

他截的是自己的任务栏，只见上面干干净净，一点隐藏剧情的影子都没有。

小情侣早就觉得他们半天不动有些奇怪，见状猜测人家可能只是单纯地在说话，便扭头跑了。

木枷锁转回视线，问道：“狗叼的是什么东西，能提前抢到吗？”

方景行：“是从男 NPC 的腰上拽下来的，是根骨头。”

木枷锁：“啥？”

方景行道：“金属的骨头吊坠。”他说道，“我们昨天拽过，没拽动。目前唯一可行的是等狗咬下来的那一瞬间，趁着它没有咬实，或许能试着从它牙缝里抢过来。”

木枷锁几人一起沉默。

这有点难，得撞大运吧。

姜辰说道：“有人来了。”

方景行几人看过去，发现是幸天成和镜中人。

他们成功抽到这一环任务，兴冲冲地跑过来要放狗。木枷锁等人急忙拦了拦，把抢骨头的计划告诉他们，让他们试试。

镜中人眨眨眼反应了一下：“这挺简单的啊，我提前抓着骨头不撒手，跟着他们一起滚，不就行了吗？”

幸天成：“……”

“……”木枷锁几人立刻拍拍他的肩，“没错，加油！”

于是镜中人斗志高昂地去了，想要抓紧骨头。

可惜吊坠太小，根本抓不住，他一时心急就抱住了 NPC 的腰，跟着他们来回滚。

木枷锁几人：“……”

救命，画面太感人了。

不过付出是有回报的。

他们停下后，镜中人晕晕乎乎地站好，手边恰好摸到骨头，便在黑狗咬下来之前，一把拽住了。

众人看他成功抢到骨头，齐齐激动。

然而下一刻，只见大黑狗暴怒地冲向镜中人，一口咬住了他的脖子。

这个游戏效果做得很贴近现实，大黑狗一口咬断玩家的脖子，是秒杀的效果，镜中人瞬间扑街。

这还没完，因为镜中人是和幸天成组队的，就被系统当成了一个整体看待，所以黑狗咬完镜中人，紧接着冲向了幸天成。

幸天成惊呼一声，转身就跑。

结果刚跑出门，就被黑狗从身后追上，“咔嚓”咬死了。

做完这一切，黑狗叼起镜中人手里的吊坠，在众目睽睽之下狂奔而去。

NPC 这时也缓过一口粗气，拎着镜中人的尸体往外一扔，砸在了幸天成的尸体上。

镜中人：“……”

幸天成：“……”

围观群众：“……”

幸天成原地复活，坐在地上看着自家帮会的倒霉玩意：“镜子。”

镜中人也爬了起来：“嗯？”

幸天成问得很诚恳：“你对别的帮会有没有想法？”

镜中人很坚决：“我不走！”

姜辰扫了眼时间，发现他得走了，便望向方景行。

几乎同一时间，方景行也看向了他，问道：“是不是要下线了？”

姜辰：“嗯，晚安。”

方景行及时叫住他，把人拉到一边：“我明天去看你？”

姜辰点点头，没有意见。

方景行望着姜辰的身影消失，之后回到木枷锁他们那里，等待后面的队伍。

几大帮会的骨干做完一轮，都没人开得了剧情。就在这时，飞星重木终于带着他的人和孤问赶到，于是众人便等着他们做任务。

飞星重木身为孤问的临时雇主，便和他组在了一起。

二人运气不错，恰好接到这一环任务，过来放狗，结果同样被关在了门外。

木枷锁几人一齐惆怅，带着他们来到大树下，等剩下的人全部以失败告终，便起身离开了。

一行人刚出小院没多远，只见路旁的草丛里突然蹿出来一个黑影，停在了孤问身前。

孤问："……"

其余众人："……"

孤问盯着黑狗。

黑狗也望着他，忽然蹭了一下他的腿，对他"呜呜"了两声。

众人："！！！"

竟然成了！

这就好排查了。

因为孤问不喜欢打本，剧情任务也做得少。

方景行立刻猜到了关键点："是赏金墙。"

赏金墙的机制设定，玩家们不用从低级的任务开始一点点往上爬，而是可以在已开启的任务里任意选择，但这里的每个任务都需要有人先开启。辰星映缘单人赏金那一栏的任务，大部分都是金竞联盟的人开的，孤问正是其中的主力。

木枷锁几人连忙围住了他。

"你单人赏金接的什么任务？"

"应该是低级任务，咱们的人都接高级的，没打过低级的东西。"

"没错，你快想想由你开启的低级任务。"

孤问："早忘了。"

单人赏金如今仍停留在八级顶端上。

一级二十个任务，每一栏都有五个水平的小任务，加起来足有八百个。而孤问开低级任务一般就是随意选择，压根不会记在心里。

木枷锁几人："……"

方景行无奈："慢慢试吧。"

众人也没别的办法，不过好在已经找到了关键点，便都散了，组织人手去打单人赏金。

方景行也打了一下。

目前来看，队伍里有一个人满足条件就行，姜辰一向不耐烦打这些鸡零狗碎的东西，所以只能他来了。

他玩到十二点，下线睡觉。

第二天早早起床吃了饭，认真收拾一番，愉悦地出发了。

姜辰以为方景行还是中午来，就按照往常的作息，吃了早饭出门散步，结果一抬头就看见了方景行。

联盟男神只来了两次，就已经和冰冻小组的人混熟了。

姜辰站在门口看着他一路"花枝招展"地过来，直到停在自己面前。

方景行含笑望着他："姜辰，早安。"

CHAPTER FOUR

TRUE LOVE.

挚爱

074.

方景行穿着修身的风衣，头发温顺地垂在眼前。

一丝若有若无的香水味轻轻地飘着，极淡，不含半点侵略和张扬，却让人不由自主地想要靠近。

姜辰盯着这位联盟男神看了两眼，问道："早，你吃饭了吗？"

方景行："吃完了。"

他边说边打量姜辰。

姜辰正要出门散步，此时已经换好了外出的衣服。

休闲外套和牛仔裤，衬得两条腿笔直而修长。

最要命的是，他下面踩着双短靴，有些野性的短靴搭着他冷淡的神色和微有些性感的泪痣。方景行忍不住想，等到姜辰回联盟打比赛，绝对会让一群粉丝为他疯狂。

姜辰问道："怎么来这么早？"

方景行收敛心神，笑道："想让你一开门就看见我，惊喜吗？"

姜辰配合道："惊喜。"

二人并肩下楼，到了小花园。

五只鸭子早已翘首以盼，见到"阿爸"，立刻"嘎嘎"叫着围上来，热情得不行。

方景行秒懂："还没喂它们？"

姜辰点头。

以前天气好，他早起会遛一遍鸭子，喂了食再去吃饭。如今即将入冬，早晨温度低，天亮得也晚，他便换成了早饭后再出门。

二人一起喂了鸭子，等它们心满意足地吃完，又带着它们遛弯儿。

方景行见五只小鸭子排成一条线，在后面一摇一晃地跟着，又看看身边这位淡定的封印师，感觉画面怎么看怎么好笑，问道："你出院会带着它们吧？"

姜辰"嗯"了声，想起一件事："可能会送给承颜两只，你要吗？"

方景行又看了看鸭子，还是想笑："先放你这里，等你出院再说，也让它们多在一起待一会儿。"

既然说到这里，他便问了一个关心了很久的问题："我上次听秦组长说项目结束你就能出院，项目什么时候能完？"

姜辰略过七号的特殊身份，和方景行简单说了说目前的进展。

方景行听得心惊肉跳。

他知道会有失败，但没想到成功率这么低。

总共十个人，解封七个，只活了两个。

尤其是姜辰之后一连失败了五个，他光听着就是一阵后怕，等回神的时候，已经不自觉地握住了姜辰的手。

姜辰看向他。

方景行勉强维持住温文尔雅的皮，放开了他："刚醒过来是什么样的？"

姜辰："醒了把病治完，就好了。"

方景行："骗人。"

姜辰道："反正现在没事了。"他适时换了话题，"他们昨天试出来了吗？"

他不愿意说，方景行也就不再多问，跟着说道："嗯，孤问试出来的。"

姜辰不笨，很快就想到了关键点："是赏金墙？"

方景行："对，但他忘了具体打的是哪个。"

姜辰："自己打过的都能忘？"

方景行："应该是低级的任务，他当时是随便选的。"

姜辰懂了。

隐藏剧情要让大部分玩家都能打，必要条件就不能太苛刻，估计最高也就是四五级的赏金难度。

而孤问是打赏金墙的高手。

听说在键盘模式下，他就把赏金墙的任务打过不止一遍，所以对哪个都熟，打的时候也就没有在意，可能都没仔细看具体的任务，闭眼接了就走。不过昨晚过了零点，木枷锁他们就会派人试，或许现在已经试出来了。

姜辰问道："你没等他们试？"

方景行道："要见你，提前下了。"他笑道，"不然有黑眼圈，你嫌弃我怎么办？"

姜辰一脸淡定："没黑眼圈，你也没我帅。"

方景行忍俊不禁，陪着他在花园里转了一圈，上楼回房。

方景行这次又带了一堆零碎的东西，照例交给工作人员检查，现在这些东西已经被他们放在了茶几上。

姜辰眼尖地看见了两款游戏机。

一款是现下最新的型号，另一款则是他那个年代的机子。

他把眼熟的游戏机拿出来："从哪儿淘的？"

方景行："网上。"

姜辰："这个是要游戏卡的，你买了吗？"

方景行笑道："当然买了，对我的智商这么没信心？"

姜辰闻言翻出一个装卡的盒子，暗道联盟男神确实不傻。

他打开一看，发现配套的游戏卡还挺多，问道："你玩过吗？"

方景行实话道："没有。"

姜辰来了兴致："我教你。"

于是二人连上电视机，选了一个对战类的游戏，姜辰按着方景行摩擦了好几顿，心情愉悦："你行不行？"

方景行："说好的教我呢？"

姜辰玩爽了，便凑过去给他讲解按键的作用，然后又陪方景行打了一局。他这次打得比较慢，等方景行适应了，才和他开始你死我活地 PK。

二人不知不觉打了一个多小时。

姜辰心满意足，想要再换张游戏卡玩，这时扫了眼时间，惊觉过去了这么久，问道："你今天几点走？"

方景行答非所问："我带了全息设备。"

姜辰扭头看他："他们能让你待一天？"

方景行笑得意味深长："我早晨碰见陈组长，和他说你天天自己一个人待着太寂寞，想陪你打一天游戏，他同意了。"

姜辰："……"

方景行说到做到，陪姜辰打了一上午的游戏。

两个人中午吃完饭后，没有再玩游戏机，而是戴上眼镜进了游梦。

七大帮会和如意的人过了零点就开始试，果然成功把条件试了出来，是赏金墙单人三级的一个任务，方景行昨晚恰好打过。

姜辰见他给自己发送组队邀请，要去接情侣任务，而不是直接和别人组队打隐藏剧情，联想了一下“情侣”的前缀，问道：“这次的隐藏剧情只能两个人做？”

方景行：“嗯，孤问他们从昨天起就在做了。”

姜辰很淡定，一点都不急。

他已经拿了好几个首杀，这次拿不拿无所谓。

二人找到 NPC 接任务，幸运地抽到了喂食的差事，于是关门放狗，等着被关在门外，来到院外的小路上，果然看见大黑狗哼哼叽叽地过来了。

姜辰见方景行接过黑狗嘴里的骨头吊坠，好奇地拿来看了看。

大黑狗见他们接了，便要带他们去一个地方。

二人跟在它后面，刚走出十米远，便被几个人拦住了去路。

最前面那个人的 ID 很眼熟，名叫红尘呀呛人。姜辰知道这些都是职业选手，看向方景行：“你叫来的？”

方景行道：“不是。”他看着这些人，“来干什么？”

红尘呀呛人睁眼说瞎话：“我们恰好路过。”

他们作为网瘾少年，生物钟固定，也是刚上线不久。不过隐藏剧情的事已经传开了，他们知道这些人都在接这个任务，便想来碰碰运气，结果真的遇见了。

他看着封印师：“PK 一把？”

姜辰：“不 P。”

红尘呀呛人：“哦，好吧。”

方景行见他们整齐地跟在后面，笑道：“欠收拾？”

红尘呀呛人贱兮兮地道：“顺路而已，这又不是你家的路。”他说道，“你们要是非看我不顺眼，就让封印师收拾我，他要是有本事一招秒我，我立刻滚。”

姜辰停住脚，回头看他：“你说的？”

红尘呀呛人微怔，环视一周，没发现什么悬崖峭壁，爽快道：“是我说的，你能一招秒我，别说是滚，让我喊你爸爸都行。”

姜辰：“行。”

他说完上前两步，把骨头吊坠塞进了他的手里。

红尘呀哈人一愣，还没反应过来，便见黑影一闪。

大黑狗愤怒地扑过去，对着他的脖子狠狠一咬。

“咔嚓”一声，红尘呀哈人瞬间扑街。

075.

方景行见姜辰搭话，就猜到他八成会这么干。

此刻看着扑街的人，即使有心理准备，也还是抑制不住地笑了出来。

姜辰弯腰捡起吊坠，表扬似的摸了把狗头，看向其他人。

围观的几个人同时后退一大步。

太狠了，咬谁谁死，他们可挡不住。

姜辰问：“你们不想试试？”

几个人一齐摇头。

红尘呀哈人趁着这个空当爬起来，满脸“我是谁我在哪”的怔愣表情。

他看看狗，又看看封印师，沉默。

姜辰：“喊爸爸。”

“……”红尘呀哈人道，“你这有点犯规吧？”

姜辰：“一招秒，你又没说怎么秒。”

另外几人从“狗咬人”的震惊中回过神来，闻言狂笑，跟着起哄。

红尘呀哈人扫了一眼看乐子的方景行，知道这货不会管，便要无赖：“不算，你这是借助外力。”

姜辰询问方景行：“这谁？”

方景行介绍道：“NAM 的队长，国服 ID，L809。”

姜辰：“哦，原来是个队长。”

红尘呀哈人心中一定。

一个新人，面对别家的队长，起码得礼貌点，这事估计混一混就过去了。

结果下一刻，他听见封印师对着暗冥师道：“你不怕暴露吧？”

方景行很无所谓：“不怕，反正一群人都猜这是我的号。”

“那就好，”姜辰道，“我刚刚回头的时候就录了像，一会儿把视频给你，你去论坛发个帖子，通知全联盟，他从今天起就降辈分了。”

红尘呀呛人：“……”

围观的几人：“……”

方景行笑道：“好，现在就给我吧。”

红尘呀呛人急忙道：“等等！”

他可不想把这事搞得满联盟都知道，以后出门被人喊儿子。而且他以前也不是没和人开过这种玩笑，于是抹了把脸，认了：“喊就喊，爸爸。”

姜辰矜持而满意地点点头：“嗯，滚吧。”

红尘呀呛人道：“我喊都喊了，打一把？”

姜辰：“你武器装备都不如我，打不过我。”

红尘呀呛人道：“没关系，重在参与嘛。”

姜辰：“我有关系，我没兴趣虐菜。”

红尘呀呛人：“……”

围观的几人：“……”

堂堂战队队长，被一个新人说菜，太惨了！

方景行在旁边笑着插嘴：“都告诉你们要打积分换装备了，去吧，别打扰我们做任务。”

竞技场的积分能换装备，战队的那几人刚打上天梯，那点积分还换不了神器。

而姜辰连续通关隐藏剧情和副本，赏金墙又开到了十级，他身上的装备和武器，自然是这些人比不了的。

红尘呀呛人有心提一句“裸P[1]”，但看这两人的态度怕是够呛能同意，只好作罢。

另外几人也没敢触他们的霉头，跟着走了，心想看来传闻不假，这封印师果然脾气不好。

几人边聊边走，很快又遇见领着大黑狗的玩家，愣了下，突然意识到打通隐藏剧情也能得装备，而且比攒积分快多了。他们是群里第一批过来的人，如果后续再有人来，他们也能用大黑狗坑点人。而红尘呀呛人，也特别想找机会报今天的一箭之仇。

于是几人一拍即合，组好队也接任务去了。

拉了一波仇恨的姜辰把人打发走，继续跟着方景行做任务。

二人在黑狗的带领下走到附近的小山坡，从陡峭的一侧下去，进了下方的小树林，

---

1 裸P：游戏中去掉其他装备加成的对决。

看着它在枯叶里翻出一块铁牌。

它把铁牌叼给他们，“呜”了声。

方景行伸手接过来，见小牌花样简单，正中央写着“逆风”两个字。

任务瞬间更新，出现了第一个关卡：寻找铁牌的主人。

姜辰见大黑狗冲他们摇尾巴，问道：“你说这是人还是狗？”

方景行笑道：“说不好。”

姜辰又摸摸狗头，和方景行一起折回NPC的小院，想和这两个人对话试试。

黑狗自动跟着他们，到门口的时候便有些迟疑，大概是刚打过架的原因，它哼哼叽叽地不愿意进门。姜辰和方景行正商量着留一个人看着它，却见房门打开了。

男主人看着他们和那条狗，不爽道：“怎么又是你们？”

二人这次能和他建立起对话了。

方景行身为队长，系统自动托管，拿出铁牌和骨头吊坠，将事情叙述了一遍。

男人一怔，怒气消了点：“骨头是我偶然捡的。”

他指着吊坠介绍道：“这是黄金鹰的腿骨，黄金鹰全身的骨头都是金色的，很好看，所以我就留下了。”

姜辰和方景行了然。

黄金鹰首领——单人赏金三级任务栏中的一项。

交任务时，需要把整个尸体交给管理赏金墙的NPC。

难怪做过这个任务才能开剧情，原来其中有这种联系。全息里摸不出具体的材质，他们还以为这吊坠是金属做的，没想到真的就是块骨头。

方景行：“我们打过黄金鹰。”

男人又是一怔：“你们也是赏金猎人？”

方景行：“嗯，这狗是你家养的吗？”

男人道：“不是，我妻子说这是她不久前救的。”

身后响起脚步声，女主人也出来了。

她的情绪已经缓和，告诉他们是有一天听见它缩在山坡下哀号，就把它救了上来，一直养在家里，没想到它今天突然就发了疯。

男人闻言仔细观察那条狗，迟疑道：“这难道是科多犬？”

方景行问道：“科多犬是什么？”

男人靠近半步，边细看边说：“科多犬很稀少，据说它们有半妖血统，通人性，嗅觉极其灵敏。”他恍然大悟道，“没错，应该是科多犬。可能就是因为它闻到了吊坠的气味才会咬我。它们一生只认一个主人，这吊坠或许是它主人的，你们身上有黄金鹰残存的气味，它觉得你们搞不好认识它主人。”

方景行点点头，把铁牌递过去，说是在山坡下发现的，那时它有伤在身，大概是没来得及叼住。

男人拿着铁牌看了看：“竟是‘逆风’的人。”

他听见玩家询问“逆风”，诧异道：“你们竟然没听过？”

系统很有逻辑，方景行自动道：“我们刚入这行。”

男人懂了，耐心地为他们讲了讲。

“逆风”是个赏金猎人组织，成员虽然少，但个个都是高手。

他说道：“我有幸认识了一位‘逆风’的成员，名叫珀莉，是一名女赏金猎人，你们可以去问问她铁牌主人的信息，我最后一次见她是在古树城里。”

任务刷新：寻找珀莉。

姜辰和方景行在 NPC 的家里仔细转悠了一圈，没见着别的线索，便带着狗走了。

附近有几个玩家目送他们远去，把消息传回了帮会。

这次的隐藏剧情只能两个人组队，孤问和飞星重木昨晚就开始打了，其余帮会的帮主和骨干自然不能干看着，便都接了任务，想争个首杀。

然而由于“推土机”的存在，他们都不太放心，便派了人盯着。此刻听到消息，几个人顿时舒坦了。

“十方俱灭他们也折回去了，咱们没走错这一步。”

“帮主牛 ×，果然折回去对个话，会有新发现！”

“这就是上次跟着大佬打剧情的收获，冲呀，抢首杀！”

几人保住了身为帮主的尊严，突然觉得率先完成的希望还是很大的。

毕竟……他们不是一个人在过剧情，而是全帮会的人一起打，只要一组有进展，其他几个组都会获利。

他们斗志高昂，急忙去找 NPC 了。

被关注的两位大佬很快到了古树城，放眼一望，街上好几条狗。

几大帮会的人从零点开始试，费了一番工夫才试出来，那时大部分人都睡了，今早又有不少人睡懒觉，因此这会儿大家都是才做不久，便凑到一起了。

[喇叭] 暗冥：你们找到了吗？

[世界] 木枷锁：没呢，刚来。

[世界] 白龙骨：我也是。

[世界] 镜中人：我今天情侣任务没抽到那一环，是来凑数的 [沧桑点烟]

[世界] 此门皆吾友：大佬有啥发现吗？

[世界] 暗冥：没什么发现，孤问呢？

[世界] 朝辞：可能睡觉去了，据说他和飞星昨晚打了一晚上，不知道现在打到哪里了。

[世界] 暗冥：哦，一起加油吧 [微笑]

[世界] 柳和泽：大佬手下留情 [抱拳]

后面一群人排队抱拳，方景行没有再冒泡，和姜辰在街上转了转。

古树城里有一棵巨大的古树，建在城市的正中央，它旁边就是神殿。

姜辰盯着这棵树看了两眼。

方景行笑道："想爬？"

姜辰"嗯"了声。

两个人便踩着凹凸不平的树皮，开始爬树。

消息再次传到各个帮会的频道。

几位帮主通体舒畅，因为他们已经派人爬过了，上面什么都没有，这是在浪费时间。

趁着这个工夫，他们催促帮会成员抓紧，尽快把进度拉开。

五分钟后，新的消息传来，两位大佬顺着枝干跳上了一旁的神殿，坐在屋顶不动了。大黑狗则趴在神殿的台阶上守着他们，孤零零的，特可怜。

镜中人找过来，对着上面吼："大佬，你们干吗呢？"

方景行低头看他，笑道："聊天。"

镜中人："任务不做了？"

方景行："不是让我们手下留情吗？"

镜中人眨眨眼："真的？"

方景行："真的。"

镜中人便去找自家帮主复命了。

幸天成和木枷锁他们在街上遇见，也说起了这事。

木枷锁听完愣了愣："你们说是不是这样？"

其余人一齐看向他。

只见木枷锁指着中央的神殿："位置最高，在上面搞不好能看见咱们这些人的动静。"

众人："……"

要脸吗！

敢情这是想把他们当免费劳动力，等他们找完 NPC 再下来？

076.

“他们不仁，就别怪咱们不义。”

几位帮主凑在一起商量，决定一家出一个组，找个犄角旮旯、在神殿上又刚好能看见的地方，假装发现了 NPC，让那两个打算不劳而获的人下来，顺便耗一波他们的时间。

为了看起来真实，他们仔细推敲了一遍细节，觉得没问题，这才派人动了手。

被重点观察的两个人仍在屋顶坐着。

神殿恢宏大气，建得很高，坐在屋顶可以将城市的景色尽收眼底，只有被古树枝叶挡住的方向看不到。不过，如果那里真有动静，其余地方的人肯定都会赶过去，他们到时候再下去就行了。

方景行没有光坐着，而是查了查逆风组织，没查到半点有用的资料，便联系了“百科全书”杜飞舟，问问他有没有想法。

得到答复后，他看着身边的人：“主席也不知道，应该是这次隐藏剧情新加的东西。”

姜辰“嗯”了声，在大黑狗哼叽的伴奏下，坐着和他聊天。

过了一会儿，见大黑狗依旧锲而不舍地叫，他探头瞅了瞅，突然道：“咱们下去吧。”

方景行挑眉。

他们会上来，一是姜辰想爬树，二是因为这里高。

姜辰一向不喜欢做这种任务，本以为他会等有消息了才下去……方景行顺着姜辰的视线看向狗，反应一下，懂了。

姜辰能挪窝，当然不是想做任务，或是良心发现觉得狗可怜。

——他这是想玩狗。

方景行笑道：“走吧。”

二人站起身，刚要跳下去，方景行就发现了远处的动静。

只见几支小队正往一个方向会合。

由于所处的位置各不相同，在下面或许不会察觉有什么问题，但站在高处看就十分明显，毕竟每支队伍都带着一条狗。

姜辰也看见了，站定望着。

几支小队最后都到了一座木屋前，木屋背对神殿，姜辰和方景行看不见里面具体有什么，只知道那里已经有了一支小队，等其余小队都赶过去，他们又停留了一会儿，便集体出了城。

方景行有些诧异：“那边……”

姜辰：“怎么？”

方景行：“我记得刚才上来的时候，那边有一组人，后来就走了。”

两个人对视一眼，瞬间都有些明白了。

要么是几大帮会在“钓鱼”，要么就是先前的那一组没找到关键点，被现在的这组人发现了，于是通知了帮会的人。

姜辰：“去看看。”

古树城远没有主城繁华，房子也没那边高。

二人跳下去没摔死，而是都剩了一点血，便嗑药补血，之后带着大黑狗前往小木屋。

几位帮主听完进展，顿时感受到了从没有过的成就感。

竟把两位大佬给骗了，太爽了！

被骗的大佬之一掏出吊坠和铁牌，递给了队友。

方景行身为队长，和NPC对话后，这两件东西便又回到了他的手里。

姜辰觉得有点神奇，方景行好像总能猜到他在想什么。

他伸手接过来，多问了一句：“你怎么知道？”

方景行：“无缘无故的，你不可能会想下来，我猜的。”

姜辰没有再问，拿着骨头一扔，看着大黑狗快速跑出去，给他叼了回来。

他换成铁牌又是一扔，见它再次叼给他，摸了把狗头，体验到了逗狗的乐趣。

方景行看得想笑：“好玩吗？”

姜辰道：“挺好玩的。”他思考了下，把东西分给方景行一样，“你左我右。”

方景行一听就知道他是想看看狗会先叼什么，便数“一二三”，和他一起扔了出去。

只见大黑狗先叼了铁牌，之后才叼了骨头，大概是铁牌上主人的气味更浓。

方景行见姜辰拿着铁牌四处观望，估摸着是想试试把铁牌送人，看狗会不会也咬过去，忍不住又想笑了。

策划也是，非要弄条狗跟着他们，也不知会被姜辰玩出什么花样来。想到这里他心中一动，不由得“唔”了声。

姜辰正思考要坑谁，闻言看向他。

方景行道：“我在想……这个剧情为什么给条狗呢？”

大部分隐藏剧情都不会让玩家直接找到人，而是要通过NPC提供的线索找。

前几个剧情都有类似的任务，一般给的搜索范围很大，只有这个剧情给的范围比较小，且给了他们一条狗。不想给的话，其实完全能说狗在和赏金猎人互掐的时候旧伤复发，暂时动不了，由心善的女主人出面恳求，让他们帮忙寻找狗主人。

姜辰："这一关会用到狗？"

方景行："或许。"

二人一起看向大黑狗。

科多犬的特性是通人性，嗅觉灵敏。

"嗅觉灵敏……"他们几乎同时开了口。

方景行："换个地儿。"

姜辰："赏金墙。"

方景行笑了一声："嗯，赏金墙。"

他们忽略了一件事。

狗主人是一名赏金猎人，必然是做过赏金任务的，所以除了"逆风"的成员，他应该还和管理赏金墙的NPC接触过，如果NPC身上残留着狗主人的气味，被科多犬闻了出来，搞不好能建立对话。

于是二人先去了那座小木屋，发现果然什么都没有，便选了最近的传送阵，离开了这里。

镜中人作为一个没开任务的闲人，专门盯着这件事的进展。

得知两位大佬失踪后，他急忙通知了几位帮主。

众人汇总完消息，发现他们就是看完小木屋才走的，中间没发生过别的事。

镜中人一拍大腿："我知道了，他们在木屋没见到NPC，看穿了咱们的计谋，于是将计就计假装跑去别处，反过来引咱们上钩！"

几人异口同声："禁止套娃[1]。"

镜中人："那你们说他们去哪儿了？"

幸天成："你问问。"

于是镜中人发消息去问了。

几秒后，他为他们念了回复："我们发现有几对人出城了，打算去看看是怎么回

1　套娃：网络用语，在一个逻辑里无止境地循环嵌套下去。

事……看，我就说吧，他们是故意的！”

几位帮主一起沉默。

赏金墙只在六大城市有，姜辰和方景行来到离古树城最近的一座城市，过去和管理员对话，见没有触发剧情，便又换了一座城市。

就这么一连换了两座，他们在第三座城市里成功开启了新剧情。

管理赏金墙的NPC见大黑狗在他身边来回嗅，意外道：“是你啊，你主人呢？”

大黑狗摇着尾巴，继续嗅。

方景行这边自动对话，简单交代了事情的始末，询问狗主人的去向。

管理员道：“我只知道他们最近接的一个任务，地点在埋骨山，你们去那里看看吧。”

任务更新：前往埋骨山查找线索。

埋骨山，人迹罕至，鸟尽鱼绝，树都是枯的。

大小姐那个剧情打完后，这里连个鸟叫声都没了。二人带着大黑狗过来，刚走到半山腰，大黑狗不知闻见了什么，拔腿就跑，瞬间消失得无影无踪。

姜辰：“……”

方景行：“……”

得，狗没了。

姜辰没得玩了，有一点不开心。

两个人在山上转了半天，最后还是方景行眼尖，在湖岸的乱石堆里发现了昏死过去的狗。它的爪子都湿了，有可能喝过水，但这里的水里连鱼都没有，怕是有毒。

任务栏显示出一条新内容，示意他们救狗。

姜辰不太爽：“下次用腰带套它脖子上。”

方景行：“再骑上去？”

姜辰想想那个画面，觉得可以尝试。

方景行：“骑过马吗？”

姜辰：“以前放暑假的时候骑过。”

方景行：“喜欢吗？”

姜辰：“一般，我喜欢玩卡丁车。”

方景行笑道：“我知道一家俱乐部，等你出院，带你去玩。”

姜辰点头。

二人边聊边捡起系统给的工具，用草绳把狗的四肢绑在木棍上，一前一后架着下山。

山上人少，山下的人却很多。

二人还没进城，就有玩家发现了他们的新造型。

[喇叭]空调不制冷：两位大佬这是要去吃顿烧烤？[截图]

几位帮主："……"

接这个任务的所有小队："……"

一眨眼的工夫，狗怎么就成这个德行了啊！

[世界]恰瓜：哈哈哈画面好喜感。

[世界]镜中人：你们到底干了啥？

[世界]藏书：都是狗，为啥区别这么大？

[世界]眼泪不值钱：有一种狗叫别人的狗和大佬的狗[笑哭]

[世界]彩虹豆：你们打的是一个剧情吗？

几位嚷嚷着禁止套娃的帮主也很想知道这个问题。

他们先是爬上神殿看了看，又去小木屋和附近搜了搜，猜测是不是错过了什么重要的线索，结果转悠了一圈，什么都没有，顿时受了刺激。

快要把人逼疯的两位大佬进城找到医馆，将狗交给药师，接了找材料的任务。

材料不算多，就是地点比较麻烦，需要来回跑，估计会做到下线。方景行好不容易来找姜辰一趟，不想浪费这个时间，便发了喇叭，直接花钱收。

镜中人顺着坐标来送材料，见他们并肩站在医馆的门口，问道："大佬，我不要钱，你们能不能告诉我狗怎么变成这样的？"他等了等，又喊道，"大佬？"

两位大佬一片安静。

好极了，挂机下线了。

镜中人把消息传回去，几位帮主再次抓狂。

方景行摘下眼镜，看着身边的人："平时除了玩游戏，还喜欢干什么？"

姜辰："打牌。"

方景行笑道："什么牌？我陪你打。"

半个小时后，姜辰的脸颊各贴了一张小纸条，面无表情地看着眼前的人和AI。

方景行努力忍住了拍照的冲动，见他手里只剩一张牌，便仗着AI没脾气，用大王压住队友AI，堂而皇之地给地主送牌，把最小的5扔出去，想让他赢这一局。

姜辰看看手里这张4，说道："要不起。"

方景行："……"

077.

毫无悬念，要不起的姜辰又输了。

方景行问完他想贴的位置，伸手给他贴了条，忍不住笑了：“没算牌？”

姜辰：“算了。”他给自己这张红桃4找理由，“我知道还有一张牌没出，但都打到这里了，只能试着冲一下。”

如果不是AI真的有炸，关键时刻管上他，他就赢了。

他只是冲失败了而已。

方景行出主意：“帮你报仇，咱俩组队，贴AI一脸？”

小护士识别语音，叫道：“不许耍赖。”

姜辰看着方景行这张干净的脸，和AI同时开口：“不干。”

不干的后果就是他的脸上很快又多了两张条。

小护士的脸上也多了一张，而联盟男神仍是那副温文尔雅的样子，往这里一坐，赏心悦目极了。

姜辰突然有点想念秦组长。

方景行顶着他的视线，笑着撕了张新的小条贴在姜辰脸上，拇指微微擦过他眼角的泪痣：“再打几局就该吃饭了，晚饭想吃什么？”

姜辰：“你决定，我请客。”

方景行没和他客气：“好。”

接下来的一局他叫了地主，可惜翻的牌不太好，被姜辰和AI联手制裁，终于要被贴条了。

姜辰有样学样，咨询他的意见：“想贴哪儿？”

方景行：“随便，你看着贴。”

姜辰打量着这张妖孽般的脸，把小条按在了他的下巴上。

方景行问道：“好看吗？”

姜辰看着他的新造型，心情愉悦：“挺好看的。”

两人和AI又打了几局，终于停止了互相伤害。

姜辰找工作人员要来手机，打开外卖软件，示意方景行点单。

方景行：“这是你的手机？”

姜辰："不是。"

他的手机早已关机，每周叫外卖都是用工作人员的手机点，月底再统一结账。

方景行："我之前给你手机上发过几条语音，听了吗？"

姜辰："你还有脸提。"

方景行笑道："被别人听见了？"

姜辰不想回答，只是让他点餐。

方景行又问了两句，见他还是不说，只好按捺住好奇心，挑了家口碑不错的餐厅，选了几道招牌菜。晚饭后他又停留了十分钟，眼见快五点半了，这才起身告辞。

姜辰照例把人送到电梯口，望着方景行的身影消失后，慢悠悠地往回走，觉得有个人陪着玩一天确实挺不错的。

他知道方景行得半天才能回家，便先冲了一个澡，等收拾妥当后上床躺好，戴上眼镜进了游戏。

熟悉的音乐响起，街上人来人往。

他扫了眼身边的暗冥师，喊了两声，见他仍是挂机的状态，便看了看任务进度。

他们下线时标好了各种材料的价钱，玩家来了能直接交易。

几个小时过去，大部分材料已经收好了，只剩一点就齐了。

于是他发了喇叭，想要把剩余的收齐。

消息一发出去，频道就炸锅了。

[世界]金十八：回来了[惊悚]

[世界]镜中人：吃饱了吗，没吃饱再去吃两碗[期待]

[世界]生死与共：大佬想打本吗？我全程陪同。

[世界]金十六：竞技场也行[可怜]

[世界]情字当头：世界boss同样可以！

[世界]此门皆吾友：或者聊聊天，谈谈人生和理想？

姜辰看得诧异，给了一个符号。

[世界]十方俱灭：？

[世界]辰星观察缘：大佬我来说，他们的狗都健在，就想让你的狗多歇会儿。

[世界]糖葫芦：他们想让你今晚玩点别的，可别上当啊！

[世界]恰瓜：我今天亲眼看见白龙骨那个小队和狗滚成团，活活被狗咬死了三回。

[世界]板蓝根：哈哈哈哈！

[世界]疯狂复制：我也见过，白龙骨他们不是唯一和狗厮打的队伍[笑哭]

[世界]渣男退散：笑死，为了进给狗找药的剧情，什么丧心病狂的事都敢干。

[世界]藏书：我听说是因为怀疑狗能变成那样，是被大佬打的。

姜辰懂了，不再冒泡，一边解答如意几支小队的问题，一边等着玩家来送材料。片刻后，他见身边的人轻轻动了动，问道："到家了？"

方景行："嗯，等了多久？"

姜辰："没多久，我去洗了澡。"

方景行应声，同样查看了下材料进度，无视涌来的各种消息，和他一起弄齐材料，便进门交给药师。

药师为大黑狗疗伤，摸着它的头，疼惜地叹气："它身上有旧伤，原本就没好利索，现在又中了毒，得休养一段时间才行。"

任务更新：救狗（已完成）。

此外没有再刷出新的内容。

哦，说白了还是不能带狗玩。

二人便折回到埋骨山，继续之前找线索的任务。这次他们的目标很一致，直奔那个小湖，因为狗都有灵性，能跑到这里来，八成有它的理由。

能让鱼都灭绝的水一片暗灰，看起来十分劝退。

好在是游戏里，湖水哪怕有毒也是透明的。两个人潜进去，在水底仔细寻找一番，又找到了一块铁牌，同样写着"逆风"两个字。

姜辰拿着小牌上岸，有点疑惑："隔着一个湖，狗也能闻见？"

他记得很多电视剧里演的是，逃命的人只要一下水，后面追来的狗就闻不见他们的气味了。

方景行也在想这个问题，在周围查看一圈，发现了地面干了的血迹。

血迹只有拇指大小，隔一段距离有一小点，最终在小湖前断开，大概是这个原因，大黑狗才会急得下水。

二人收好小牌，见查找线索的任务也已经完成，便要下山看狗。

这时只见黑影一闪，一条顶着"孤问小队"ID的大黑狗狂奔而来，嗅着岸边的血抵达湖边，哼叽两声，扑通扎进水里。

下一刻，它挣扎着爬上岸，开始在地面滚。

滚到第三圈，它的脑袋"砰"地撞上石头，身体一斜，顺着小坡"骨碌碌"滚进石头缝里，不动了。

姜辰："……"

方景行："……"

挺好，至少他们知道了狗是怎么把自己折腾成那个德行的。

二人离开小湖，半路遇见了孤问和飞星重木。

方景行笑着打招呼："巧。"

孤问和飞星重木一齐点头。

后者问道："大佬打到哪儿了？"

方景行："做完找线索的任务了，你们加油。"

双方简单寒暄了几句，相互道别。

孤问和飞星重木目送他们离开，彼此看了看。

飞星重木说道："材料已经快按照单子上的找齐了，咱们把狗抬下去，就能交材料。"

孤问："所以？"

飞星重木："再通宵一晚上。"

孤问："……"

飞星重木："努把力，首杀就是咱们的。"

孤问："行吧。"

两个人斗志高昂，上山找狗。

姜辰和方景行则是下山找狗，来到医馆拿出新发现的铁牌，见狗睁开了眼。

大黑狗闻着铁牌的气味，开始哼叽。

药师见它挣扎着要下地，只好又喂了一剂药。

也不知是什么神药，喂完后大黑狗立刻满血复活，跳了下来。

药师说道："它的身体很虚，要让它多休息。"

方景行道了声"好"，带着狗离开医馆。

姜辰又能玩狗了，对此十分满意，拿着小牌想继续未完成的事业。

方景行一看他这模样就知道他在打什么主意，笑道："回赏金墙那边？"

姜辰点头。

既然这里没有新的任务，那只能拿着小牌去问赏金墙的管理者，看看这究竟是谁的牌。

他们传送至那座城市，到了赏金墙前。

刚要和NPC对话，只见迎面过来两个熟人，正是杜飞舟和唐副董。

唐副董见到封印师，眼前一亮，上前道："频道上都是你们的消息。"说着看了一眼他们脚边的狗，“这就是那条狗？”

这问题正中姜辰下怀，姜辰把铁牌递给他：“嗯，这是道具，前辈看看。”

唐副董接了过去，没等细看，眼前便闪过一道黑影。

大黑狗扑过去张口就咬，唐副董立刻步了红尘呀呛人的后尘，扑街。

杜飞舟：“……”

唐副董：“……”

姜辰终于试出来了，铁牌和吊坠是一样的效果。

他弯腰捡起铁牌，看着这具尸体，通体舒畅。

078.

方景行竭力忍住笑，语气里是恰到好处的意外和惊讶：“怎么会这样？”

姜辰无辜：“不知道。”

方景行是说给杜飞舟听的，结果差点被自家封印师这句答复弄得破功。他肩膀抖动着，强行把即将脱口的笑憋了回去。

唐副董爬起来，沉默地看着他们。

方景行快速缓了口气，给自家封印师圆场，简单叙述了他们开启剧情的经过，歉然表示他们还以为只有吊坠能触发黑狗的机制，没想到铁牌也能，一时大意，吓到前辈了。

姜辰也说道：“嗯。”

唐副董盯着他，总觉得这小子是故意的。

方景行知道解释多了反而容易穿帮，自然不会犯这种低级错误。

所以他说完就自动当作这事翻篇了，换了话题：“主席你们是来打赏金墙的？”

杜飞舟点头，看了一眼封印师：“你们来做剧情？”

方景行：“对。”

杜飞舟听他问过逆风组织的事，知道自己帮不上忙，更知道现在很多人都在做这个剧情，想抢首杀，这二人时间紧迫，因此简单和他们聊了几句，就接了赏金任务离开了。

唐副董跟着他，没忍住又回头看了看封印师，疑神疑鬼道：“你说那小子是不是成心的？”

杜飞舟：“理由？”

唐副董答非所问：“这几次隐藏剧情和副本都是他打通的，听说骚操作一堆，他能没想过铁牌或许有和吊坠同样的功效？”

杜飞舟淡淡地“嗯”了声，心想说得在理。

唐副董这才道：“我上次当着他的面说了点辰辰的黑历史。”

杜飞舟看着他。

唐副董也看着他，补充道：“而且他听到一半就想走，后来一个人偷溜，我按照辰辰的思维模式找他，还真就找到了。”

杜飞舟停住脚：“你想说什么？”

唐副董说道：“我觉得咱们有必要设计一个完美点的方案，再试一次。”

杜飞舟没吭声。

这事太荒诞，想也知道不可能，根本不用试，尤其是身边还有一个不靠谱的队友。

“不靠谱”的唐副董说道：“你想想那封印师的视频和他的脾气。”

杜飞舟：“巧合。”

唐副董：“我再试最后一次。”

杜飞舟沉默几秒，为防止他惹出乱子不好收拾，勉为其难地同意了：“想怎么试？”

唐副董摸着下巴：“我思考了下，最好找个让他否认不了的事。”

然而三十年过去，当年的很多事早已模糊，他们能记起来的东西真的不多。

杜飞舟也帮着想了想，拐弯前最后扫了一眼赏金墙的方向，见那边的玩家似乎不少，估摸是在围观他们打剧情。

他猜得没错。

赏金墙作为游梦的一大特色，向来热闹。

下午姜辰他们只停留了一分钟，其间恰好没人交接任务，因此比较清静。可到了晚上，几乎每个时段都有人。

两位大佬带着黑狗突然出现的那一刻，就引起了玩家们的围观。

后来黑狗当街咬人，秒杀来得太猝不及防，围观者们全都震惊了一把，也就更没有人走了。这时见大佬和赏金墙的NPC对话，竟是一段剧情，便好奇地站在旁边看着。

方景行把新得的铁牌交给了NPC。

NPC还真认识：“这是凯南的牌子。凯南是逆风的首领，铁牌上的花纹很特别。”他语气担忧地说，“他们肯定是出事了……这样，你们去逆风的总部看看，就在翡翠城里。”

任务刷新：前往翡翠城。

方景行拿回铁牌，和姜辰一起出发。

几大帮会都派了人盯着他们，可惜刚刚在传送阵里跟丢了。

不过帮会的人多，总有正在打赏金墙的，况且围观群众里也有大帮会的人，便把消息传了回去。

几位帮主先是一怔，继而恍然大悟，心想自己怎么就没想到赏金墙呢！

于是他们扔下手里的任务，也带着狗来了，准备从这条线开始做，同时让成员继续盯着两位大佬，把二人去过的地方都记下来。

众所周知，十方俱灭每天九点半下线，暗冥则最多打到晚上十二点。

——这就是他们的机会。

“反正明天周日，不用上班，拼了！”

“趁着大佬睡觉，拉开进度！”

“对，冲！”

帮主们集体打鸡血，誓要拿下这个剧情。

而另一边，被重点关注的大佬则想消极怠工。

姜辰摸着狗头：“隐藏剧情有时限吗？”

方景行道：“没有。”

也就是说只要他们不打完，身边就会一直有这条大杀器。

姜辰有点无法放弃“大杀器”的诱惑，又摸了摸狗头，想到等玩家们都熟悉了机制，他就没办法这么顺利地坑人了，不禁遗憾。

方景行一向了解他，笑道：“咱们先去别处玩玩？”

姜辰看向他。

方景行：“反正也不缺这一个首杀。”

他们现在不缺神器，更不缺套装，不必强求首杀。

玩游戏，当然得玩得高兴。最重要的是，他家封印师能高兴。

姜辰果然同意：“去哪儿玩？”

方景行：“听你的。”

姜辰想了想，选择一个野区，进了传送阵。

跟踪的人也连忙跑了进去，出来后齐齐一怔。

“那 NPC 不是说翡翠城吗？”

“是啊，这儿怎么没人？他们去哪儿了？”

“难道咱们听错了？”

“我瞅瞅地图……没有啊，城市里只有‘翡翠城’是发这个音。”

他们一头雾水，及时通知了自家帮主。

几位帮主都懂。

两位大佬肯定是有别的思路，可能又发现捷径了。

他们让帮会的人四处留意，尽快找到那两个人的位置。

成员都很有荣誉感，见帮主说要买福利包，便决定耽搁一天，不打本也不打竞技场，只逛地图，帮着他们找人。

姜辰和方景行这时已经到了野区。

二人引来一只小怪，暂时没打，而是等着小怪打他们，见大黑狗不为所动，便通过走位让小怪的攻击落到它的身上，见它依然不咬人，这才动手打怪。

姜辰道：“你没上线的时候，他们说白龙骨打过狗，被狗咬死了。”

方景行道：“所以玩家的攻击落到它身上，它会反抗？”

姜辰道：“不一定。”

或许只有领了任务的人打它才管用。

不过这很容易试出来。

方景行在帮会频道里问了问，得知儒初和逸心人今天没抽到那一环任务，便去找他们会合，示意他们开仇杀打狗。

儒初猜测可能和剧情有关，也就没多问，召出傀儡打了一下。

大黑狗顿时被激怒，冲过去“咔嚓”就把他咬死了，特别干净利落。

儒初：“……”

逸心人迅速后退半步：“这是干什么？”

方景行：“做个实验。”

他道了声谢，看向身边的人，两人迅速想到了同一处。

姜辰问道：“你说竞技场管用吗？”

方景行笑道：“去试试。”

二人来到附近的竞技场，进了 3V3 的团。

可惜想得虽好，现实却给了他们无情的一击，不知是竞技场系统的原因，还是剧情 NPC 本身的设定，大黑狗并没有和他们一起刷进来。

二人打完这一把，出去一看，见它还在外面等着他们。

姜辰又带大黑狗做了些别的测试，很快得出结论：送吊坠、铁牌或被普通玩家攻击，都能触发它秒人的机制，小怪、副本、NPC、竞技场则不会触发。

他之前想的是，如果这条狗的优点足够多，他就多留几天。

不过现在发现效果其实一般，他也就不那么遗憾了，说道："去翡翠城吧。"

于是二人重新回到了剧情任务中。

二人刚要迈进传送阵，就见大黑狗原地去世一般地往地上一栽，不动了。

姜辰："……"

方景行："……"

方景行查看了下，发现它还活着，只是头顶出现了一个疲惫值。

他们瞬间想起了药师的话——它的身体很虚——原来不是说说而已。

这次没有木棍和草绳，二人试着抬了抬，发现能抬动，便合力抬起它，见传送阵不给过，只好徒步前往翡翠城。

方景行回想这一晚的事，猜测："应该是有个传送限制，比如过了十个传送阵，它就会进入疲惫模式。"

姜辰也是这么想的，"嗯"了声。

片刻后，一条消息刷了上来。

[喇叭]辰星观察缘：报——！大佬的狗又成这样了[截图]

几位帮主："……"啥情况！

[世界]论文好难写：孤问他们打了一晚上，今晚刚进入一瘫模式，大佬紧接着就进了二瘫模式。

[世界]糖葫芦：肯定又把进度提了一大截[开心]

[世界]书打酱油：推土机名不虚传[大拇指]

[世界]藏书：这感觉就是埋头苦读一个月，自信满满进考场，结果学霸不仅提前交卷，还又拿了第一名。

[世界]板蓝根：太惨了，闻者伤心见者落泪。

姜辰沉默地看着世界频道，对他们的闭眼吹[1]行为不为所动，拒不承认现在这个局面是他浪出来的。

方景行看得想笑，和他抬着一条半死不活的狗，半天才走完一张地图。

平时有传送阵，去哪儿都方便。现在要亲自走过去，实在太耗时间了。

姜辰打开地图找到翡翠城的位置，又看看他们现在的位置，放弃挣扎，决定找个地

---

1 闭眼吹：忽略事实而坚持不懈地吹捧某人或某事。

方等狗缓过来。他隐约听见一旁的树林里有水声传来，说道："不走了，去那边坐着。"

方景行自然不会有意见，陪着他进了树林。

二人很快来到溪边，姜辰没有坐下，而是盯着这条河："把狗扔进去，它会醒吗？"

方景行笑道："来，扔吧。"

于是二人将狗一扔，看着它掉进河里。

下一刻，只见它维持着死狗的姿势浮起来，顺着河流的流向漂去，且速度越来越快。

他们追了几十米，看清了前方——是一条瀑布。

游戏里的音效做得没那么大，他们听见水声，还以为只是条河，没想到竟是这个玩意。

只见狗被水流推着，"嗖"地掉了下去，一声都没吭。

姜辰："……"

方景行："……"

二人沉默一下，只好跟着跳河，去追狗。

围观群众刚过来就看见了这一幕，齐齐惊讶，然后跟着往下跳，想看看是不是另有玄机。

另一部分人则忠心耿耿地打开文档做起记录，在几个地名后面又添了一笔：赤枝地带——小树林——瀑布——跳河。

他们心满意足地点击"保存"，等着大佬下线后就交给自家帮主。

两个"罪魁祸首"费了一番工夫终于找到了狗，抬上岸后，挑了个清净的地方坐着。

二人相互对视，方景行实在没忍住，笑了出来，觉得和他家封印师玩游戏乐子太大了。他问道："你说后面那些人录像了吗？"

姜辰："不想知道。"

方景行再次笑出声，看了看时间："聊天吧，明天再打。"

姜辰和方景行聊到快要下线的点，见他望过来，说道："晚安。"

方景行笑道："嗯，晚安好梦。"

姜辰："你也是。"

说完他又看了眼对面的人，摘掉眼镜下线，简单收拾一番，关灯睡觉。

姜辰一下线，就只剩方景行一个人了。

他看了眼恢复过来的狗，不打算独自去翡翠城。他家封印师讨厌找东西的任务，所以碰上那种任务，他就会体贴地一个人做。而过剧情的话，还是两个人一起做比较快乐。

他想起今天来的几位朋友，见他们都还在线，发了消息。

[私聊] 暗冥：在哪儿？

[私聊] 红尘呀呛人：赏金墙这边。

[私聊] 暗冥：竞技场？

[私聊] 红尘呀呛人：你来还是封印师来？

[私聊] 暗冥：我，他下线了。

[私聊] 红尘呀呛人：不约，和你打，我不如带着狗去埋骨山。

[私聊] 暗冥：？

方景行有些意外。

打竞技场和打本的玩家之间还是有些壁[1]的，不是所有人都能二者兼顾。

比如孤问，只玩竞技场和赏金墙，剧情只打隐藏剧情。还有更极端的，连隐藏剧情都没兴趣，只喜欢打排位。这几位朋友就是只玩竞技场的人，没想到现在竟然也做剧情任务了。

[私聊] 红尘呀呛人：全息模式，做剧情蛮有意思的。

[私聊] 暗冥：需要我告诉你们狗一会儿在哪儿吗？

[私聊] 红尘呀呛人：不用，我们自己玩。

听他这么说，方景行便没打扰他们，思考几秒，突然意识到能开个播。

他可以播到十二点，之后每天都像这样播一点，慢慢凑时长。

想罢，他便打算原地下线。

这时余光一扫，看见了远处的人。

围观群众自从失去他们的踪迹后就在找人，现在总算是找到了。

他们见大黑狗已经恢复，估摸又是过了什么剧情，暗道一声牛 ×，安静地缩着，等着抄作业，谁知一抬头，见大佬朝他们招了招手，便一脸迟疑地过去了。

方景行说道：“我们明天打，都散了吧。”

众人惊讶：“啊？大佬你们不要首杀了？”

方景行笑道：“首杀随缘，你们加油。”

说完挥挥手，下线了。

众人更震惊了，把消息发到了频道上。

几位帮主同步得知这事，佩服得五体投地。

大佬就是大佬，霸气！

1　壁：壁垒。

几人已经打到救狗的关卡，正组织人收材料，普通玩家在这一关绝对没他们快。而后续步骤，他们都有派人跟进，现在就看谁抄的作业更多了。

他们打开成员发来的文档，诧异道："这么多地方？他们都干了什么？"

成员道："不知道，能及时找到他们就不错了。"

几位帮主一想也是，毕竟地图那么大。

他们集齐材料把狗治好，找到铁牌，成功接到了去翡翠城的任务。

从这里开始就是作业上的东西了。

文档的第一个地点是朔维草原——虽然不是很懂，但想想大佬那二瘫模式的狗，再想想狗瘫了又恢复，必然是过了剧情。

可能大佬查到了什么线索吧。

他们心里这么想着，带着狗就过去了。

结果在草原转悠了一圈，还打了好几只怪，却什么都没发现。他们猜测可能是少条件，又不死心地去了其他几处地方，毕竟隐藏剧情能走不同的路线，跳几个小环节，搞不好也能行得通。

红尘呀呛人一行人这时仍在埋骨山上找狗。

他们有点后悔拒绝了方景行的帮助，但现在方景行下线了，可能是要睡觉，他们只能干瞪眼。

"怎么办？"

"要不在频道里问问？我刚看他们嚷嚷得挺厉害的。"

他们去找赏金墙的NPC，就是看了频道的消息，此刻便试着发了一条求助信息。游梦的玩家们很有爱，很快告诉了他们狗的位置。

[世界]恰瓜：找到狗就该收集材料了，不是大帮会的人，今晚够呛能收齐。

[世界]板蓝根：不如先放一放，去看大佬们打剧情，现场抄个作业，给后面做参考。

红尘呀呛人一行人在竞技场里所向披靡，但在打本和过剧情上就是个小白[1]。

他们想了想，觉得玩家说得在理，于是把狗往医馆一放，接完找材料的任务，便跑去围观网游大佬过剧情。

几人一路跟到小树林，见几位帮主跑到瀑布往下跳，其他抄作业的玩家纷纷跟着跳，几人便也跳了。

片刻后，他们站在瀑布下方的河里，看着那些在水里扑腾的人和狗，有点想问为什么，

1 小白：新手。

这隐藏剧情也太莫名其妙了！

几位帮主也想问这个问题。

他们跟着大佬打过剧情，亲身感受过秋风扫落叶一般的推进速度，对大佬深信不疑，因此拿到作业就抄了，可惜至今没有进展。

跳河是他们做的最后尝试，见仍不管用，暗道一声大佬的攻略不是人能懂的，便死心了，打算去翡翠城，结果刚进传送阵，狗就瘫了。

他们先是一怔，继而喜道：“终于瘫了！”

话一说完，他们看见了狗子头顶的疲惫值。

众人：“……”

凉风打着卷，呼啸而过。

现场一片死寂，过了半天，才有人弱弱地开了口。

“你们说……他们有没有可能没在过剧情，而是轧地图玩？”

“有。”

“所以咱们到底干了啥？”

“打剧情，打了个寂寞。”

众人咽下一口血，坚强地抬起狗，徒步前往翡翠城。

几位职业选手默默地跟在后面。

“我不懂，辛辛苦苦把狗弄瘫，再抬着走，到底啥意思？”

“网游太难玩了，问问方景行吧，给他留言，他明天看见就回了。”

“行吧。”

方景行直播时没有连手机。

此刻察觉到接二连三的消息过来，便摘了眼镜，看完内容，顿时哭笑不得。

他知道有人一直跟着他们，更知道这事不可避免，但没想到那些人真就按着他们的路线走了一遍，还把几位朋友给坑了。

他回复了两句，之后专心直播到十二点，下播睡觉。

第二天一早见到姜辰，他笑着把这事告诉了对方。

姜辰有些无语，“哦”了声。

二人一起前往翡翠城，顺便发喇叭询问逆风的总部，见频道上有人回复，便按照地址找了过去，在总部转悠了一圈，见到了一个男 NPC。

NPC看着他们递过来的铁牌，忧心忡忡：“我就知道可能出事了，果然。他们或许真接了那个任务……”他看着玩家，“我得召集组织成员，你们能不能先帮我查查线索？”

说着递给他们一张地图。

方景行接过来看了看，发现貌似就在埋骨山附近。

NPC道：“那是个地下迷宫，太危险了，你们只需要帮忙查到入口就行，千万不要进去。”

任务更新：查找迷宫位置。

二人折回埋骨山，方景行又发了条喇叭。

[喇叭]暗冥：迷宫在哪儿？

[世界]木枷锁：左边山脚下，三棵树那里。

[世界]暗冥：刚起，还是没睡？

[世界]白龙骨：没睡。

[世界]暗冥：这么拼？

[世界]朝辞：一言难尽。

[世界]飞星重木：你们去看看就知道了[沧桑]

方景行看得挑眉，顺着他们提供的坐标到了那里。

刚一站定，只见大黑狗突然发疯似的开始挖坑，他们猝不及防，立刻陷了进去。

眼前瞬间弹出一个消息框，提醒他们迷宫有一点恐怖，胆小勿入。

方景行道：“原来如此。”他看着身边的人，“不怕吧？”

姜辰沉默两秒，说道：“不怕。”

079.

迷宫深入地下，距离地面大概有五米的高度。上方开的口子能容纳三四个人一起往下跳，想来是大黑狗挖坑的时候不小心碰到了机关。

狗跳下来后，再次跑得无影无踪，只剩下他们两个人。

“查找迷宫位置”的任务显示已完成，弹出的透明框里除了有恐怖提示，还给了两个选项，一是探索地宫，二是等待逆风组织的成员找过来，只是后面有一个三小时的倒计时。

方景行猜测这可能是游梦考虑到玩家的喜好，另给的一套方案。

比如逆风的人来了，负责在前面开路，以此来降低恐怖程度之类的。不过既然姜辰也不怕，他就直接选了一。

姜辰："……"

方景行："走吧。"

姜辰点头，慢慢往前走。

几步后，他忍不住问道："游梦怎么弄这个东西？"

方景行笑道："当初要出全息的时候，很多人就留言说想玩这一类的副本，但也有不少人反对，可能策划综合了一下大家的意见，就把它放在隐藏剧情里了。"

姜辰沉默。

地宫光线昏暗，走廊只能容纳两个人并肩而行，再加上幽幽的配乐，全息环境下，简直堪比鬼屋的效果。这里不像上次打的隐藏副本，上下左右都是整齐的石砖，而是看着有些颓败，且每隔几米就有一扇门。二人很快到了第一扇门前，恰好是在姜辰的左手边。

方景行："打开看看。"

姜辰镇定地推开，发现是个小杂物间。

他站在门口环视一周，心头一松，刚想进去瞅瞅，只见贴着门的那面墙倏地转过来一具被做成傀儡的尸体，瞬间和他来了一个脸对脸。

姜辰："……"

方景行："……"

姜辰想也不想当胸一踹，把人踹进屋，紧接着"砰"地关上门，面无表情地往前走。

方景行笑了一声："等等，再看看。"

姜辰脚步一顿，极其冷静地折了回来。

两个人开门进屋，试着打了打傀儡，发现攻击没用，只是能踹能推。

而那个傀儡似乎不能出这个门，等玩家进去才会追着他们打，但伤害量很低，基本就是为了吓人。他们顶着这点不痛不痒的攻击搜完杂货间，这才离开。

方景行一边走，一边在脑子里过了过剧情。

就目前已知的线索看，是逆风组织接了一个特殊的任务，中途发生意外，导致失联。

其中老大的铁牌掉进埋骨山的湖里，而狗主人的铁牌则和狗一起到了千里之外的小山坡。这个距离跨度是不是有点大？

还有，既然狗主人接的任务有问题，那赏金墙的NPC怎么不对他们提一句？

而最开始的那位赏金猎人又是在哪儿捡到的骨头吊坠？他失踪三年会不会另有

隐情？

姜辰见他一直不吭声，说道：“方景行。”

方景行回神：“嗯？”

姜辰没话找话：“问问其他人过完了吗。”

方景行听话地发了消息。

[世界]暗冥：你们打完这一关了吗？

[世界]木枷锁：没有。

[世界]暗冥：都在哪儿呢？

[世界]白龙骨：我也不知道我现在到哪儿了，这是类似副本的机制，每个小队自己打自己的，彼此是看不见的。

[世界]负一米：这地宫吧，有一、、（点点）大[抽烟]

[世界]生死与共：还在找狗中，服了，就该弄条狗链子！

[世界]暗冥：你们后面的队伍，没试着选那三小时的？

虽说收集材料那一关会先紧着帮主，但毕竟都是大帮会，骨干们应该也会很快收齐，打到这一关卡才对。

[世界]生死白头：我来说，选第二个选项，NPC会下来给地宫加一串蜡烛，然后打一打里面的东西，再然后他们就和狗一样跑了，还得我们自己过，白等了三小时[大哭]

[世界]金十八：我要不行了[困]

[世界]情字当头：这地方也太大了，谁找到狗了？

[世界]朝辞：孤问？

[世界]飞星重木：别喊了，他早就死过去了，角色半天都不带动的。

[世界]幸天成：这也睡得着？

[世界]飞星重木：他不怕这个。

[世界]柳和泽：但总这么出其不意的，就没把他吓清醒？

[世界]飞星重木：可能吓着吓着就木了，我也不行了，睡觉去了。

[世界]木枷锁：你们打到哪儿了？

[世界]飞星重木：就比你们快了一步。

飞星重木发完这条消息，就下线睡了。

有一个带头的，很快又有几个玩家也下了，剩余的人继续找狗。

姜辰依然没话找话：“打完赏金再接情侣任务，抽到那一环的概率是不是会变大？”

方景行见这些帮主都在，又想想成功开启剧情的几位朋友，说道：“应该是，咱们目前知道的人里，就镜中人和儒初他们没抽到。”

姜辰：“镜中人怎么没和幸天成组队？”

方景行笑道：“可能幸天成嫌弃他了吧。”

聊天的工夫，二人到了第四扇门前。

几扇门是交错的，没有规律。第二、第三扇门都在方景行那边，一个里面有傀儡，一个什么都没有，他转悠一圈就出来了，现在第四扇门又到了姜辰这边。

姜辰做好心理准备，伸手推开，发现里面是个小卧室。

他们进去看了看，没见着傀儡和有用的东西，便转身往外走。这时只听一声轻微的“咔嚓”，紧接着一个傀儡从天花板倒掉着垂下半个身体，再次和姜辰的脸对上了。

姜辰：“……”

傀儡木然看着他，嘴巴对着他一张，露出森森的小尖牙。

姜辰突然给了他一拳，之后沉默地绕开，抬脚就走。

方景行看得失笑：“这要真是在鬼屋里，你这么动手打人，得赔不少钱。”

姜辰充耳不闻，继续走。

直到方景行拉住他，他才回了一下头。

方景行指着第五扇门：“这个不看了？”

姜辰冷淡道：“这是你那边的，自己看。”

方景行打量着他，联系到前几扇门的情况和他难得主动搭话的样子，后知后觉地发现一件事，哭笑不得：“你害怕？”

姜辰：“不怕。”

方景行不信，但没揭穿。

他去第五扇门里看完，出来后握住姜辰的手，见姜辰没有挣开，便不再和他并排走，而是主动走在了前面，拉着姜辰去了左边的那扇门。

姜辰在后面看他一眼，迟疑了下，没有拒绝。

方景行停在门前多问了一句：“你等我，我去看？”

姜辰：“不。”

方景行无奈，便拉着他进去，这里依然什么都没有。

在他身后的姜辰也看了一眼，忽然察觉有人拍他的肩，几乎本能地回过头，猛地对上一个傀儡，长得比之前几个还瘆人，可能是从门后飘出来的。

方景行隐约听见身后的人微微吸了口气，转身一看，也对上了这么一个玩意。

他急忙把人按进怀里，将傀儡踢回门后，带着姜辰回到走廊，问道："还好吗？"

姜辰很倔强："没事。"

方景行："要不你闭上眼，我拉着你走？"

姜辰："不干。"

他承认自己是有一点发怵，但这就和他之前让AI讲恐怖故事一样，就算害怕也要完整地听下来。他虽然怕，可要有始有终。

他说道："这样，你给我放首歌。"

方景行："放什么？"

姜辰想了想："《好运来》。"

方景行上网搜了一下，给他外放《好运来》。

欢乐喜庆的曲调瞬间响彻地宫，姜辰满意了。

有时候喜剧片和恐怖片其实只是一首BGM[1]的区别。

在这首歌的伴奏下，那些冒出来的傀儡都像是来给人送钱的，姜辰的情绪立刻稳定了。

方景行也觉得原先的恐怖气氛都被搅和散了，不禁笑出声。

他没有放手，仍拉着人往前走，很快走完十扇门，顺着走廊拐过一个弯，见眼前是一道闪着光的门。

二人迈进去，发现周围的场景有了些改变。

虽然这里仍是走廊，但周围的墙壁上带了点干了的血迹，似乎前面只是一个恶作剧，想让人知难而退，从这里开始才进入正题。

不过有一首存在感强烈的BGM，再加上方景行一直在前面保驾护航，姜辰并不觉得害怕，十分淡定。

只是……这一关的意义在哪里？

难道因为是在情侣任务里开出来的，真是一个谈恋爱的隐藏剧情？

他们转了四十多分钟，不由得停下来，觉得走错了。

方景行："过那扇门需要消耗一点体力值，你发现了吗？"

姜辰直奔重点："狗。"

方景行："对，狗。"

每个场景间都竖着一道闪光的门，他们一连走了十道。

游戏角色的体力是会自动涨回来的，所以综合看，基本不往下掉，但狗不同。

---

1 BGM：background music，背景音乐。

狗目前是虚弱状态，它的体力消耗过多，就会原地瘫倒。可这一路走来，他们并没有发现它。

方景行说道："应该是有什么线索被咱们忽略了，折回去看看。"

于是姜辰又跟着他回去了。

已经转过一次，他知道哪里都有些什么，因此这次没再让方景行牵着，而是自己走的。

方景行跟着他走完一个场景，见他确实不怕了，说道："我有个要求。"

姜辰道："说。"

方景行道："换首歌吧。"

080.

姜辰决定给方景行一个机会，让他来选歌。

方景行选了几首舒缓的音乐，点击播放后，便继续和姜辰在地宫里找线索。

或许是为了贴合地宫的整体风格，这些场景没弄那么多的花样。要么是一条走廊里零星地安着几扇门，要么就是多个房间连成串，得一间间地过。

没了那层恐怖气氛的负担，姜辰又开启了祸害模式——但凡碰见傀儡或者其他玩意，他都会试着打一下，连用来吓唬人的道具骷髅都没放过。

只是他们毕竟过了近十个场景，每个场景都有乱七八糟的东西，他不可能一一记牢。

终于在路过其中一个房间时，姜辰又被倒吊着的傀儡吓了一跳，他面无表情地和它对视两秒，接着伸手把它拽下来，按着揍了一顿。

方景行忍俊不禁，站在旁边看了一会儿，忽然抬头看向天花板的洞——傀儡被从那里弄出来后，洞口没有自动关闭，正黑黝黝地敞着。

姜辰踹了几脚傀儡，跟着抬头："上去看看？"

方景行明知故问："你来还是我来？"

姜辰道："你来。"

万一上面有什么玩意，他可不想看。

他说完蹲下，给对方借力。

因为屋里没有能挪动的东西，傀儡又不能蹲，想要上去，只能这么办。

于是，方景行踩着他的肩扒上天花板，简单环视一周，告诉他什么都没有。

姜辰暂时没搭话，因为傀儡会自动攻击玩家，虽然伤害量"感人"，但依旧锲而不舍地贴着他打。他这么蹲着，恰好看见傀儡的腰上有一个小铁牌正来回晃着，试着一扯，就扯了下来。

方景行跳回地面，见到他手里的东西，挑眉："傀儡身上的？"

姜辰"嗯"了声，起身递给他："也有字。"

方景行接过来看了看。

这铁牌比他们手里的那两块小一圈，上面的字不是"逆风"，而是"神谕"。

他估摸这也是一个赏金组织的名字，就试着搜了搜，这次成功搜出一堆资料，快速浏览一遍，说道："好像是游梦以前做过的一个活动。"

姜辰："嗯？"

方景行见傀儡还在打他们，便带着姜辰离开房间，这才详细做了说明。

八年前，游梦出过一个赏金活动。

玩法很简单，就是找赏金墙的NPC接特定任务，完成后获得信物和地图碎片，等凑齐一整张地图，就能拿着信物开启去往神谕村的传送阵。

神谕村的背景设定类似世外桃源。

没人知道它在哪儿，也没人知道它是否真实存在，但大陆上有很多关于它的传闻。据说村里有一个湖，名叫白湖，湖里住着人鱼。

姜辰顿时好奇了。

妖族一般是陆地生物和鸟类的化形，没有鱼族的，没想到以前有过这种类型的NPC。

他问道："然后呢？吃了人鱼肉能长生不老？"

方景行笑道："不能。"他解释道，"湖中心有座小岛，岛上有一株植物，结的果子价值连城。当时活动的最后一项任务，就是前往神谕村拿到果实，出来交给NPC，得到赏金积分和限量版的赏金套装。"

姜辰懂了："所以逆风的人接的就是这个任务。"

方景行："不一定。"

姜辰看着他。

方景行："人鱼也是稀罕物。"

这座传说中的村子有两样东西令人向往，一是果实，二就是人鱼。

只不过抓人鱼会受到诅咒，再说毕竟是件伤天害理的事，因此那次的活动只让玩家摘果实。而逆风组织是游戏里的NPC，说不定有解咒的办法，也就自然没这个顾虑。

资料显示两项任务都属于传说级别，没有特殊的渠道根本接不了。

上一次做活动，发放任务的是赏金墙的最高管理者，据他所说，赏金墙有明墙和暗墙，一些特殊任务可以明接暗做。大概也是这个原因，他们找到的赏金墙NPC对此一无所知，还以为逆风的人去埋骨山是接的普通任务。

另外值得一提的是，神谕村的出口处有一个法术强大的魔法阵，会把玩家随机扔到大陆的各个位置，且玩家们出来后，没过多久就会忘记神谕村的一切，这也是一直有传说的原因，同时也能解释为什么逆风组织的老大和狗主人的铁牌离了那么远。

姜辰问道："那他们其实已经不在村子里了？"

方景行："有可能。"

目前已知的两个人，一个是组织老大，被扔到了埋骨山上，铁牌掉进了山上的湖里；另一个是狗主人，被扔到了那对赏金猎人夫妻家附近的山坡，人不见踪影，只留下一条受伤的狗和铁牌。

后来狗被妻子所救，骨头吊坠被丈夫偶然捡到，这便开启了剧情。

现在的问题是，他们既然出来了，人去了哪儿？

方景行看了一眼任务栏。

剧情开启后，他们接到了几个任务。

一是寻找铁牌的主人。

二是寻找珀莉——他们在古树城把这里过掉，直接去找了赏金墙的NPC，然后上埋骨山，中间治好了狗，又在山上的湖中捞起组织老大的铁牌，接到去翡翠城的任务，再然后就是探索地宫了。

后面的任务已全部完成，只剩最初的两项。

如果孤问和飞星重木是按照正常顺序打的，那找珀莉也没什么用。

要么是珀莉也在任务小队里，孤问他们兜了一圈，查到珀莉跟随老大做任务去了，这才去找赏金墙的NPC；要么就是他们成功找到珀莉，从她那里得知狗主人去接任务了。

方景行思考了下，补充道："还有一种可能，他们在村子里发生了什么事，又回去了，所以狗下到地宫来就跑没影了。"

总之不管是哪种可能，他们现在都没别的路线可走，只能去神谕村看看。

二人有了明确的方向，便开始找地图。

片刻后，地图没能找到，反而是姜辰又在傀儡的身上拽下一个东西，是条项链，吊坠上同样刻有"神谕"二字。

方景行了然："可能地图碎片不方便找，这里改成各种信物了。"

姜辰点点头，收好了项链。

方景行跟着他找东西，习惯性地站在正常的角度想了想。

隐藏剧情是麻烦，但一般而言都能过，如果玩家在这一关没能发现这些信物，那应该怎么通关?

于是他问了一句。

[世界]暗冥：你们耗了这么久，逆风的人还没来？

[世界]朝辞：没有，这都过去三小时了。

[世界]幸天成：你们说会不会人家早就来了，没见着咱们，就自己走了？

[世界]此门皆吾友：……不能这么惨吧？

[世界]白龙骨：我到下一关了[惆怅]

[世界]生死与共：怎么开的？

[世界]白龙骨：碰见逆风的人了，他们说找了我们半天[惆怅]

[世界]幸天成：……

[世界]木枷锁：哦。

[世界]柳和泽：哦。

[世界]暗冥：懂了。

原来按照正常思维打，只要耗到一定时间，就能被NPC带着过关。

方景行想想木枷锁和柳和泽的那声“哦”，估摸他们可能也发现了信物。

他关掉输入框，和姜辰一起搜傀儡的身。

找齐五个信物后，只见走廊的地面出现了一个向下的楼梯口。楼梯上干干净净，暂时看不出有什么。方景行为以防万一，又走到了前面，牵着姜辰的手。

二人走了百余步，来到一个地下的房间，见正中央是一个传送阵，便走了进去。

卜一刻，眼前豁然开朗。

只见一片山清水秀，一条小路曲曲折折通向前方，应该是进村的路。

姜辰忍不住问道：“你不觉得画风差得太大了吗？”

方景行“嗯”了一声。

明明有的是办法让玩家凑齐五个信物，但游梦偏偏弄了一个鬼屋，总感觉有些格格不入。

他问道：“会不会真是给情侣增进感情用的？”

姜辰看了他一眼：“要是单身狗临时组队接这个呢？”

方景行笑道：“擦出爱的火花？”

姜辰不想评价，抬脚往前走，准备去看人鱼。

二人很快遇见了第一个 NPC，刚想对话，就见对方大喝一声："你们是什么人？"

方景行自动接话："迷路了，来找狗。"

NPC 道："原来是和狗一伙的，来人啊！"

二人一看不好，拔腿就跑。

可惜村子里遍布 NPC，他们很快被围住，然后被绑上扔进了小木屋。

他们试着解彼此的绳子，发现不管用。

二人环视一周，也没看见锋利的物品，任务栏更是毫无动静，陷入僵局。

姜辰不能去看人鱼了，不太高兴。

方景行侧身对着他，分析道："是不是得等人来救？"

姜辰："那些逆风的 NPC？"

方景行："或许还有狗……"

话没说完，只听身后的墙壁传来窸窸窣窣的动静。

他没等回头，墙壁便轰然破裂，大黑狗猛地蹿了进来。

方景行猝不及防被它撞上，身体前倾，栽在了姜辰的身上。

二人脸贴脸，眼对眼，都是一怔。方景行坐起身："吓我一跳。"

姜辰同时回神，看到狗冲到方景行那里，一点点咬断了绳子。

他暗道一声"这狗还是有用"，便等着它也给自己松绑，谁知它走到一半倏地看向外面，然后咬住方景行的衣领，拖着人就从墙壁破开的洞里跑了。

姜辰："……"

方景行："……"

下一刻，房门"砰"地打开。

听到动静的 NPC 冲进来，对上破洞的墙，愤怒地看向唯一的活人。

姜辰："……"

有点想把狗炖了。

081.

小木屋后是一片茂盛的草丛，方景行一路被拖进去，看见了逆风的人。

他们一共来了三位成员，见方景行出来，便扛着他快速逃出了村子。

先前在逆风总部给他们发放过任务的 NPC 说道：“不是让你们别进地宫吗？连我们都只是道听途说，不确定是不是真能通往这里，你们胆子也太大了，另外一个人呢？”

方景行：“还在里面。”

NPC 安慰：“别担心，我们想办法救他。”

另外两个人跟着点头，又看向大黑狗：“小黑，老大他们在这里吗？”

科多犬通人性，闻言用爪子刨了一下地，低低地“呜”了声。

三位逆风成员精神大振：“那好，咱们把他们一起救走！”

任务更新：救同伴。

方景行见剧情动画结束了，便在频道里问：“你那边怎么样？”

姜辰：“好像要给我换个地儿。”

他正被村民拖着往前走。

片刻后，他被带到了另一间木屋。村民打开地窖的门，顺着台阶来到地牢，把他往里一扔，锁上门就走了。

这牢房里还有一位狱友，浑身是伤，看着有点惨。

姜辰扫了一眼 ID，凯南。

哦，是逆风组织的老大。

他说道：“我看见他们老大了，在地牢。”

方景行试着通过情侣绑定传送到他的身边，发现这项功能在剧情里不管用，无奈道：“等着我去救你。”

姜辰“嗯”了声，很是淡定。

方景行问道：“他说什么没有？这剧情叫 [挚爱]，至今也没个关于情侣的故事线。”

这话说完没多久，姜辰那边就听见狱友主动开了口：“看你的穿着不像神谕村的人，是外来者？”

姜辰这边自动接话，为他讲了讲大致的经过。

凯南一时有些激动，牵动身上的伤，“嘶”了声。

他挣扎地爬起来给姜辰松绑，叹气道：“谢谢你们，连累你们了。”

姜辰问道：“你们出了什么事？”

凯南便娓娓道来。

他有一位老朋友生了重病，缺一味珍贵的药材。而拥有这味药材的人不要钱，只要神谕村的果实。神谕村在游梦大陆上很有名，无数人想找它，也有无数人有去无回。可他不想眼睁睁地看着老朋友就那么死去，便找关系打听线索，终于找到了一点门路。

组织的人都劝他别接任务，他虽嘴上答应了，但还是准备一个人偷偷地接，谁知被珀莉和双天华发现了。他们不放心他，同意帮他保密，条件是要一起去。

姜辰估摸“双天华”就是狗的主人。

看来正常打剧情也找不到珀莉，因为珀莉进了神谕村。

“我们成功找到了神谕村，也想办法拿到了果实，”凯南苦笑，“原本一切都很顺利，但就在快要离开的时候，被人鱼发现了。”

姜辰立刻打起精神，想听听人鱼。

凯南说了一下那天的事。

传闻人鱼每到满月之日就能上岸，他们来的那天刚好是满月。

他们躲在暗处，见人鱼果然上了岸，便趁着人鱼开宴会之时，偷偷潜到小岛拿到了果实。就在要离开之际，人鱼突然唱起了歌。

人鱼的歌声能迷惑心智。

据说神谕村的人身上都流着一半的人鱼血，因此不受影响，但他们这些外来者不行，只要一听，便会被歌声引过去。人鱼一看见他们，就把他们抓住了。

凯南的笑容更加苦涩：“我们也知道偷摘人家的果实不对，可实在是人命关天。我们摘完果实，在树下留了很多珠宝和药材，希望他们能满意……可还没等求情，人鱼首领就看上了珀莉，要把她做成装饰品。”

姜辰：“……”

挺有想法。

凯南继续道：“我们当然不同意，后来人鱼首领看出双天华和珀莉是情侣，决定把他也留下，做成一对装饰品。

“我们不是他们的对手，听说首领要亲自动手做装饰品，就拼命打伤了他，然后我和小黑趁机逃走，想去外面叫人。”

他看着玩家：“神谕村的出口有魔法阵，你听说过吗？”

姜辰：“听说过。”

凯南一脸沧桑：“我被魔法阵扔到了埋骨山，埋骨山晚上连月亮都没有，我身上有伤，没看清路，就掉进了湖里。”

姜辰：“……”

凯南：“那个湖有毒，我挣扎着爬上岸就昏迷了，等到清醒之后，发现又被抓了回来。”

听到这里，姜辰心理平衡了。

和他比起来，自己也不是太惨。

凯南说道："人鱼首领被我们打伤，要下个满月才能动手。他想让藏品有最完美的状态，就用我要挟珀莉他们，让他们老实吃饭。

"小黑逃跑时嘴里叼着双天华的铁牌，如果它的记忆不被法阵影响，应该会回总部报信，所以我们暂时没有鱼死网破。"

姜辰沉默。

也就是说，三个人的希望都寄托在狗身上。

凯南道："听你的叙述，它显然也被影响了，不然会直接冲到总部去。"

姜辰："应该是。"

凯南："也不知我的人会不会及时赶到。"他说完顿住，神情有些复杂，既想让手下过来救他，又不想让他们冒险，索性另说了一件重要的事，"今晚就是满月，人鱼首领一上岸就会把珀莉和双天华做成装饰品。等他做完就不需要人质了，咱们会被洗干净喂鱼。"

姜辰说道："挺好的。"

能看见人鱼了。

这句话不是系统托管说的，凯南没有反应，继续道："我争取给你创造机会，你朋友已经逃了，如果他回来救你，你们能跑就跑吧。"

姜辰大义凛然："我们不会扔下你的。"

凯南顿时感动："你们真是好人。"

姜辰："这是系统帮我说的。"

凯南没有接收玩家自己的话。

二人结束对话，凯南开始闭目养神。

姜辰把事情经过简单告诉了方景行，让他知道这个剧情是有情侣的，只是马上要变成标本了。

方景行也听逆风的成员交代了人物关系，说道："嗯，我知道了。"

姜辰："你那边什么情况？"

方景行："在找你们的位置。"

姜辰："不是有狗吗？"

方景行："瘫了。"

大黑狗正是虚弱阶段。

它从地宫找到这里，又是挖墙又是拖人，刚刚跟着他们走了几步就瘫了。逆风成员留下一个人守着它，只剩另外两名成员和方景行去找人。

方景行按照姜辰的叙述找木屋，无奈笑道："这些屋子旁边都有树，还有别的标志吗？"

姜辰回忆一下："门口好像有花。"

方景行："什么颜色的？"

姜辰："蓝的。"

方景行一边躲村民，一边搜屋子，一连搜了四间房，终于找到了姜辰他们，然而没什么用，因为牢门的锁头材质特殊，用暴力打不开，需要钥匙。

他只好带着从凯南那里获得的情报，折了回去。

他和两位成员分了分工作，一个去找克制人鱼歌声的办法，一个去查珀莉他们的位置，方景行则负责找钥匙救人。

村民都有一定的行动规律，所以说白了，这就是个躲人的活。

虽然看着麻烦，但对方景行而言很简单。他用了半个小时，找到钥匙成功把姜辰和凯南救了出来。

三个人到了村子外的一个山洞里，黑狗和逆风的一名成员正在这里等着他们，见他们进来，成员激动地抱住了老大。

凯南也很激动，和他说完几句话，体力撑到极限，两眼一翻就晕了。

那位成员是个药师，这也是他会留下照看黑狗的原因。

他忧心道："他们的伤不能拖了，必须立刻治，我缺几味药，你们看看这附近有吗。"

姜辰和方景行便接了找药的任务，出去干活。

一直找到中午，他们下线休息，下午回来继续找，凑齐后交给成员，又看着黑狗和凯南成功苏醒。

与此同时，另外两位成员也回来了。

他们被村民发现，有过小规模的冲突，好在及时把人甩开了，只是都负了伤。不过付出总算没有白费，他们找到了珀莉和双天华的位置，也查到了对付歌声的办法——村民们配有药水，喝了就能免疫。

如今几人都是伤残，药师要照顾他们，于是找药水和后续几项任务就落到了姜辰和方景行的身上。

方景行在频道里发了张图片："应该长这样。"

姜辰："嗯？"

方景行说道："我中午查了查，上次的活动里也有这么一个物品。"

姜辰懂了，又跟着他进了村子。

人质被救走，还有外来者来打架，村子里巡逻的人多了一倍。

但这难不倒姜辰和方景行，二人找到药水，偷偷摸摸给珀莉他们喝了。

他们被关在一个巨大的笼子里，钥匙在人鱼首领身上，所以只能等首领上岸再救人。

珀莉和双天华已经从同伴嘴里听说了事情的大概，对他们道谢后，便结束对话，依偎在了一起。

方景行站在笼子前看着他们，静默不语。

姜辰趁着村民没来，在房间里转了转。

这里摆放的都是人鱼首领的藏品，全是各种各样的标本，看来没少造孽。姜辰试着拿了一下，没能拿动，扫见方景行一直站着不动，问道："怎么了？"

"我在想一件事，"方景行说道，"作为 [挚爱] 剧情的情侣，你不觉得他们的对话和出场次数太少了吗？"

姜辰："所以？"

方景行："我还没有证据，等我证实了再告诉你，走吧。"

姜辰应声，跟着他去往人鱼开宴会要喝的酒里下了药，之后便溜了回去，把克制歌声的药水也给逆风的 NPC 喝了。本以为下一步就是人鱼首领上岸，他们准备救人了，没想到时间未到，竟真要等到晚上才能动手。

方景行倒是一副不意外的样子，说道："那等等吧，陪你在附近转转？"

姜辰没意见，出了山洞。

方景行听说他想看人鱼，便陪他偷偷溜到白湖，在暗处盯了半天，没见着人鱼，只好遗憾地回到山洞，挂机下线。

二人吃完饭，重新进了游戏。

已经到了晚上，游戏里正热闹，众人恰好在讨论这事。

[世界] 诗人不望天：大佬们打到哪儿了啊？

[世界] 板蓝根：感觉依推土机的效率，今晚就能首杀。

[世界] 恰瓜：我断断续续盯了一天，几位大佬基本没下过线。

[世界]CHK：可能在挂机？

[世界] 负一米：我没挂。

[世界] 飞星重木：真行 [大拇指]

[世界] 镜中人：你们帮主呢？

[世界] 白龙骨：被 NPC 抓住，中间睡了一觉 [微笑]

[世界] 生死与共：你不是队长啊？

[世界] 白龙骨：不是，没想到还有这种好事。

[世界] 负一米：我为什么那么积极主动发了邀请，如果我不是队长，狗就不救我了 [大哭]

[世界] 辣椒拌饭：虽然不是很懂，但还是给你点个蜡吧。

[世界] 半熟：所以话说回来……大佬们打到哪儿了？谁快？

[世界] 负一米：是个单独的副本，看不见对方的进度。

[世界] 朝辞：飞星或十方俱灭他们快吧。

[世界] 飞星重木：没有，我们睡了一觉，差着呢，木枷锁他们快吧？

[世界] 木枷锁：你睡了，第二个过关的好像是白龙骨他们？

[世界] 白龙骨：我也睡了啊，还是你们快。

几位帮主排队谦虚，姜辰和方景行都没参与，耐心等着月亮。

片刻后，凯南他们准备动身。二人便跟随他们抵达湖边，这次终于见到了人鱼。姜辰暗道还挺好看的，如果首领的心不那么黑就好了。

关着珀莉和双天华的笼子被抬了过来，人鱼首领拿出钥匙准备开锁，不过他没有立刻动手，而是用歌声迷惑他们，先让他们跳舞助个兴。

珀莉他们已经喝过药，便装作中招的样子，在湖边跳了一支舞。

微风拂动，满地银辉，歌声婉转悠扬，萤虫上下翩飞，所有人都坐着，只有那两个人在人群中央跳舞，整个画面堪称唯美。

方景行盯着看了一会儿，轻声道："果然。"

姜辰："什么？"

方景行："就是我跟你说过要证实的事……"

话音未落，凯南他们就行动了。

人鱼喝了酒，即将因药性发作而昏迷。只是据说他们的身体素质很强，药性维持不了多久，所以必须在刚发作的时候就动手。

一行人直奔湖边，和人鱼战作一团。

只见人鱼一个个晕倒，只剩首领还在支撑。他实在太强悍了，硬撑着和他们拼到鱼死网破，凯南他们一群伤患一时间愣是奈何不了他。

眼见村民听到动静要赶过来，凯南突然想起一件事。

他对玩家道："他最宝贝他的藏品，你们去偷一件，看看能不能牵制住他，如果不能，你们就赶紧跑，我们不能连累你们！"

任务刷新：偷藏品。

于是，二人又折回到放藏品的屋子里。

姜辰不太爽："他早说不就一起偷了吗？"

反正他们已经打草惊蛇了。

方景行笑道："他们要来搬笼子，如果发现藏品没了，可能会提前激怒首领。"

姜辰不置可否，试着拿了拿这些东西，发现只有一样东西能拿动，便拿着走了。

这么一会儿工夫，人鱼首领的药性总算发作了。

凯南他们得以喘息，且战且退，即将走到出口的魔法阵。

他们一直在等玩家，见到方景行和姜辰两人赶来，急忙招手。

人鱼首领同样看见了他们，看到他们手里的东西，脸色一沉："还给我！"

凯南说道："来得正好，他没力气打了，还给他吧，咱们走。"

方景行身为队长，自动接话："好的。"

凯南不放心，极其严肃地嘱咐道："我听村民聊过首领的为人，你们千万别弄坏他的藏品，否则会发生很可怕的事！"

话一说完，他便带着手下迈进了魔法阵。

双天华看向珀莉："老地方见？"

珀莉对他笑："嗯，老地方见。"

二人说完话，身影迅速消失。

与此同时，姜辰和方景行赶到出口，对上了脸色阴沉的人鱼首领。

他此时已是强弩之末，没有动手抢，而是死死地盯着他们："东西留下，我饶你们一命。"

姜辰沉默了一下后道："方景行？"

方景行笑出声，就知道他会忍不住。

凯南不加那一句，他或许就还了，可既然加了那一句，姜辰肯定会想试。尤其人鱼首领残害了那么多条命，想来姜辰也不太想就这么放过他。

方景行说道："反正咱们不追求首杀，你玩吧。"

姜辰很满意，用力把藏品一砸。

“哗啦”一声，藏品碎了。

首领的表情瞬间扭曲：“我要宰了你们！”

就这?

姜辰有点失望，和方景行跑进魔法阵，走了。

他们是组在一起的，于是便被法阵扔到了同一个地方。

二人只见光影一闪，等回了神，发现已经身处琉光河中，看两旁的景色，貌似是在主城里。他们正要上岸，突然对上了三十米开外的熟人。

人鱼首领竟跟着他们过来了，且看模样，像是药性已过。

不仅如此，他还变出了鱼尾，正阴森森地盯着他们：“我今天要咬死你们！”

扔下这句狠话后，他就对着他们游了过去。

两个人沉默一瞬，扭头就跑。

[喇叭] 酒肉穿肠：我的天！两位大佬正被一条人鱼追杀！瞧一瞧看一看了，前有大帮会帮主主城裸奔，后有两位大佬琉光河自由泳 [截图][截图][截图]

082.

玩家们正等着剧情首杀，这条消息一出，整个频道都轰动了。

[世界] 糖葫芦：啊啊啊终于有动静了！

[世界] 我的大小姐：天哪人鱼！游梦竟然有人鱼！

[世界] 花不哭：难道要出人鱼相关的职业?

[世界] 镜中人：据说和神谕村有关，你们可以搜搜资料，很早以前的活动了，感觉是不是反响不好，至今都没再开过。

[世界] 辰星观察缘：主城是吗，我马上到！

[世界] 水果发夹：所以首杀又要被大佬拿下了呗，其他人都还没动静呢。

[世界] 恰瓜：坐等 [托腮]

主城的人一向多，纷纷跑到河边看现场。

周边的人也很快到了这里，河岸和桥上都是玩家。

两位大佬这时仍在水里扑腾。

也不知是剧情设定，还是受人鱼的某项技能影响，他们竟然上不了岸，只能在水里待着。好在后面那位虽说是条鱼，但或许是强行冲破药性的原因，他的速度没有想象中那么快。

双方一前一后，维持着二十多米的距离，在琉光河里开始了追逐赛。

方景行扫了眼两岸的人，笑道："像不像当初你被当鱼叉的情景？"

姜辰不想说话，继续往前游。

方景行笑着问："上次有人这么陪你吗？"

姜辰心想没有。

他扫视了下身边的人，这联盟男神看着温文尔雅，其实也是个什么都敢玩的主，但不可否认，方景行能像现在这样被人鱼追赶，确实有很大一部分原因是为了陪他。

如果笑意不那么明显就更好了。

他说道："你别说话。"

方景行又笑了笑，依言闭嘴。

二人时刻留意着身后的动静，专心逃命。

不知不觉，五分钟就过去了。

主城的人越聚越多，跟着他们跑了一路。

"这……真就自由泳呗？"

"不知道啊，这得游到什么时候？"

"难不成要绕着琉光河游一圈？"

"不可能……大佬，你们打打看啊！"

"等等，人鱼的速度是不是加快了？"

几句话的工夫，人鱼和二人之间的距离缩短了近十米。

河里的两个人正商量要不要打一打，见到这一幕都是一怔，紧接着反应过来，试着往岸边游，发现这次可以了。

所以刚刚那五分钟的意义在哪里？

二人略一想，觉得要么是这一环的剧情对整体通关没用，人鱼这样做就是为了折磨他们，要么就是系统在给他们思考对策的时间。

姜辰觉得不管是什么，都不能白游这一遭。

人鱼也是这么想的。

他的速度再次加快，赶在他们上岸前追过去，一把抓住方景行的脚腕，将人拽过去，张嘴就咬。

"唰——"血条下去三分之一。

姜辰：“……”

方景行：“……”

方景行试着还击，发现能打。

与此同时，二人看见了一个五分钟的倒计时，显然是要耗完这一段时间。

姜辰本想在岸上帮忙，但很快发现不行，因为人鱼把方景行拖到了河中央，他的攻击根本够不着对方。

其间，人鱼又是两口，方景行只剩了一丝血皮。

方景行及时嗑药，把血加满，说道：“他一直拽着我，不方便走位。”

姜辰示意他坚持住，自己转身往岸上走。

两步后，他被空气墙挡住，走不动了。

换言之，他没办法抓紧时间跑路，去别处耗完五分钟。等人鱼咬死方景行，大概率会跳出来把他也拽下河。

人鱼首领道：“让你们毁我东西！我要活活咬死你们，再弄回去晒成人干！”

说罢他拽住方景行的衣领，往脸上一咬，血瞬间流了满脸。

姜辰：“……”

围观群众：“嘶！”

方景行：“我觉得被占便宜了。”

姜辰冷眼看着这条鱼，突然余光发现了一队人，说道：“给我让开！”

玩家们不明所以，害怕耽误事，急忙给他让开一条路。

这里正是一座桥的附近，姜辰快步往前走，盯着向这边赶来的守城军小队，等他们一拐弯，便扔过去一个群攻——他虽然被空气墙挡着，但攻击还是能送过去的。

这攻击把一队人全部盖住，一点没浪费。

只见五名守城军瞬间被惊动，齐刷刷向他冲了过来。

姜辰转身跳河，向方景行那边游去。

五位守城军里只有一位跟着他跳下河，另外四位都站到了岸边。

姜辰游到人鱼的身边，趁他还在咬方景行，潜入河中游到他身体的正下方。

下一刻，四位守城军的叉鱼神器“呼啦啦”飞了过来，一个不落，全捅在了人鱼的身上。

围观群众：“！！！”

方景行的药全部进入冷却，被咬死了。

人鱼把他一扔，对岸上的攻击视而不见，冲着姜辰就过去了。

姜辰浮上来换气，被他抓住，便也反手拽住他，继续拿他挡叉。

河里的守城军同时赶到，拿着长枪往封印师身上招呼，只见鱼叉齐飞，鲜血四溅，一时分不清究竟谁更惨。

十秒后，守城军收起武器，走了。

河里剩下三具尸体——两人一鱼，破布似的漂着，特别凄惨。

围观群众："……"

事情发展得太快，从大佬想不开打守城军，到守城军叉鱼，再到他们一起扑街，只是一眨眼的工夫。围观群众竟不知该给个什么评价，只能时不时发出惊叹。

直到这时，他们才找回神志，顿时一片哗然。

"守城军竟然会叉鱼，长见识！"

"刚刚还以为大佬疯了，现在我跪在床上没起来。"

"讲道理，守城军的攻击为什么能落到人鱼的身上？"

"大佬貌似离不开河岸，他们困在一个系统里，大概被当成了整体。"

"那现在算啥，他们过没过关？"

姜辰和方景行原地复活，见任务栏里写了"已完成"三个字。

方景行忍不住想笑："所以是他先死，你再死的？"

姜辰："应该。"

他和人鱼几乎是同时挂的，说不好谁赢谁输。

他其实没想那么多，只是不想让这条鱼太舒坦。好在成功弄死了这倒霉玩意儿，没有被抓去晒人干，反而把对方弄成了鱼干。

姜辰很满意："今晚的运气好……"

话音未落，一条金色的公告飘了上来。

[系统]恭喜情侣飞星重木、孤问率先通关[挚爱]剧情！

姜辰："……"

方景行："……"

全服玩家："……"

频道炸锅了。

[世界]金十六：哈哈哈恭喜帮主！

[世界]此门皆吾友：[礼花][礼花][礼花]

[世界]板蓝根：哟，情侣[吃瓜]

[世界]镜中人：啥情况，大佬首杀没了？

[世界]恰瓜：但孤问他们没有自由泳啊！

[世界] 木枷锁：可能和完美通关有关。

[世界] 夕阳无尽：也可能没关……

[世界] 眼泪不值钱：所以首杀是被大佬自己浪没了吗 [笑哭]

[世界] 全是想你：采访一下，大佬啥心情？

[世界] 暗冥：挺平静的 [笑哭]

他们早就做好了不要首杀的准备，不觉得后悔或遗憾。

方景行看向自家封印师，笑着重复："运气好？"

姜辰盯着他，不搭话。

方景行没再逗他，而是选中尸体，想看看还有没有后续剧情。

只见人鱼的尾巴一动，睁开了眼，想来刚刚是晕厥了。他看了眼这两个人，冷哼一声，扎入河里，消失不见。

同一时间，二人看见一个发光的物体自他的尾巴脱落，飞向了他们。

方景行伸手接住，发现是一个用鳞片做成的徽章，简介很简单——

刚正不阿，百折不挠。

人鱼勇士徽章，击败人鱼首领获得。

姜辰拿过来看了看："干什么用的？"

方景行："不知道，留着吧。"

话一说完，任务条再次更新，接上了先前的剧情：归还双天华的铁牌和吊坠。

方景行说道："在第七环任务的小山坡上。"

姜辰问道："为什么？"

他想起双天华和珀莉在法阵里说过的话。

——老地方见？

——嗯，老地方见。

这个"老地方"为什么是发现狗的小山坡？

方景行和他一起上岸，朝着传送阵走去："我总觉得这个剧情有些奇怪，对那个鬼屋也有点在意，就仔细查了查。"

当时他们忙着过关，他看完神谕村的官方简介便关上了网页。

后来趁着中午下线吃饭，他看了一下后面的搜索结果，发现了一件事。

方景行："我发你，你看看。"

姜辰打开聊天框，是一个帖子——《霜天和莉莉酱》。

帖子讲的是标题中的两个人的故事。

二人在游梦里相遇，志趣相投，得知是同城，便渐渐发展成了男女朋友。

这帖子不是他们发的，而是别人发的，但里面截取了很多霜天的记录。

“我的小姑娘喜欢古树城，我们在这里买了一座小院，天天种菜玩。她还想养狗，可惜游梦暂时没有灵宠系统，等以后有了，就养一条大黑狗。”

“和莉莉酱做情侣任务做到第七环，她说我要是敢让她等三年，她就不要我了。唉，分别三年，不用她闹，我会先受不了的。”

“小姑娘总觉得埋骨山那么荒凉是藏着大秘密，有事没事就拉着我去转，游梦你们什么时候出资料啊！［哭泣］”

“莉莉酱竟然喜欢逛鬼屋，我腿都吓软了，她扬言要把城市里的鬼屋全逛一遍，啊，我的心脏。”

“游梦开了神谕村，和莉莉酱去看人鱼，听人鱼唱歌，据说被蛊惑状态下，要运气极好才能抽到跳舞，我们抽到了，跳了一支舞，哈哈哈特别般配，我录了像。”

“莉莉酱，今天没有来。”

姜辰心头一跳，看向方景行：“那个女孩？”

方景行：“车祸去世了。”

姜辰暗道果然已经不在世了，然后继续看帖子。

车祸前，他们正打到情侣任务的第七环。

莉莉酱外出和朋友吃饭，准备晚上再和霜天继续打，结果出了意外。之后每年的这一天，霜天就会在莉莉酱下线的山坡上站一天。第七环一直没做，永远停在了那里。

“菜地荒了，我不知道种什么。那个谁，有点自觉，快给我托个梦。”

“我替你看了，埋骨山依然没出资料篇。”

“我把鬼屋全转了一遍，共耗费九小时四十七分钟。我太胆小了，每次都吓得不敢动，有一次两个多小时才出来。［笑哭］”

“突然翻到了神谕村的视频，六年了，莉莉酱，咱们能不能再去跳一支舞呀！”

零零碎碎的记录，终于被人注意到，一时传遍论坛。

玩家们纷纷留言，想让游梦再开一次神谕村。这个活动当时不温不火，水花不大，他们都忘光了，但现在愿意再玩一次。

游戏官方作了回应，说要开会研究。

但谁也没有想到，当时霜天已经生病，发完那一句没多久，病情便急转直下，也去世了。

霜天终于又和他的莉莉酱在一起了。

方景行见姜辰再次望过来，问道："看完了？"

姜辰"嗯"了声："所以这就是珀莉和双天华的原型？"

方景行点头。

整个剧情讲的是找人，从开始到结束一直都是通过狗和别的NPC在推任务。除了那二人跳舞之外，没有一点恋爱的戏份，但"爱"这个字却浸在了每一处。

剧情名为[挚爱]，意为刻骨。

方景行说道："我问了白龙骨进地宫的时间，他们从进去到成功过关，是快十个小时。如果认真算，我觉得应该刚好是九小时四十七分钟。"

姜辰沉默。

二人走到小山坡，见双天华果然在这里。

除此之外，白龙骨和木枷锁他们也打到了这一关。

几位队长走过去，把铁牌和吊坠交给了双天华。

双天华道了声谢，继续在这里等着珀莉。

他们被法阵扔到了不同的地方，虽说正在渐渐忘记神谕村的事，但仍能知道失去对方时，应该在哪里碰头。

双天华很快眼前一亮，看向远处的人。

现实世界里，他等了六年，没能等到他的小姑娘。

而现在，游戏里的小姑娘穿着她喜欢的赏金套装，一路小跑地飞奔而来，扑向了他。他笑着接了满怀，抱着她转圈。

一群人都在这里望着。

游戏为什么让人喜欢？

除了本身的内容和设定，还有满满的人间烟火气。

几位帮主看着那两人一狗的身影消失，相互搭着肩，一起感慨。

"做兄弟，一辈子！"

"网络一线牵，珍惜这段缘！"

金色的公告传遍全服：恭喜情侣暗冥、十方俱灭通关[挚爱]剧情！达成完美通关成就！

几位帮主：“……”

原来不只首杀有公告，完美通关竟然也有一个公告！

他们猛地扭头：“为啥？就是打了条鱼？”

083.

上了公告，别说几位帮主，连姜辰和方景行都很诧异。

前几个剧情能完美通关，是因为他们影响了最终的结局走向。

比如 [灵槐] 是及时发现小作精，救醒了灵槐；[伊林] 是送纪念品，促成了那对兄弟情深；[繁花] 则是在老管家那里得到了解咒的办法，解开了大小姐的咒，让大小姐情况转好，才在金丝雀的努力下主动出来的。

而 [挚爱] 剧情，无论他们打不打人鱼，结局都不会改变。再说人鱼也不一定是关键，毕竟他们得到的只是一枚徽章而已。

姜辰不由得看向方景行。

方景行猜测：“可能是情况特殊，策划不希望有别的结局，就把其他的因素当作了衡量标准？”

几位帮主：“什么因素？”

方景行笑得无奈：“我不是策划，你们问我，我也不清楚。”

白龙骨诧异：“打完人鱼就没有什么剧情或奖励？”

方景行拿出徽章递给他们，见他们围在一起研究，又在脑子里快速过了一遍剧情。

这次不像前几个剧情那样需要有一点骚操作。

鬼屋找线索、在神谕村偷钥匙和药水确实有一定难度，也符合隐藏剧情的级别，但其实整体任务过得很顺。不过这或许是策划故意为之，想让玩家对 [挚爱] 的名字和没有恋爱戏份且还挺顺的剧情起疑，从而探究背后的故事。

方景行说道：“可能人鱼心太黑，伤了那么多无辜的性命，玩家要替两位主角教训他一次才行？”

几位帮主说道：“靠谱吗？”

方景行笑了笑，便说了一个稍微靠谱点的：“我们在地宫用时最少，神谕村做的几件躲避任务也全是零失误，这算吗？”

几位帮主顿时不好了。

变态啊，后来村民守卫那么多，竟能零失误！

木枷锁迟疑："可能？"

白龙骨把徽章还回去："那这是干什么的？"

方景行："暂时不知道，也许送着玩，也许以后会有用处。"

游梦挖的坑太多了。

比如埋骨山，至今也没出资料；比如几次剧情里出现的九石，依旧下落不明；再比如神谕村，做过一次活动就没再出现，只是偶尔会在其他赏金活动里提几句，直到这次隐藏剧情才又重新开启。

不过既然能在隐藏剧情里设计这么一项物品，策划很可能已经有想法了，具体怎么样，只能等等看。

几位帮主一想也是，便把注意力转到了完美通关的奖励上。

前几次的首杀和完美通关是在一起的，导致他们今天才知道原来这两项都能上公告。

他们对了对，发现还是首杀的翻倍奖励多，完美通关次之。好奇心得到满足后，木枷锁几人一齐恭喜某对"情侣"夺得首杀，建议他们可以假戏真做。

飞星重木笑骂："滚一边去。"

姜辰看了一圈，发现少了幸天成，想到曾在地宫里用"幸天成怎么没和镜中人组队"找过话题，便打算问一句。

这时只见光影一闪，山坡上刷出了熟悉的NPC，头顶写着"幸天成小队"的字样。

周围的人也看见了，干脆一起等了等，很快等到了幸天成和他的队友，是个女号。

白龙骨发现这号以前没见过，好奇了一下："这谁？"

朝辞说道："他女朋友。"

方景行也好奇了："他有女朋友？"

几位知情的帮主便为他解惑，说是幸天成最近谈的，据说玩游戏的水平还不错。

先前他们测试开启条件，他女朋友恰好不在线，因此是镜中人和幸天成临时组的队，后来女朋友上线，两个人就趁着这个契机顺理成章地绑定了情侣，一起做任务。

木枷锁说道："我听说鬼屋是他自己走的，在里面耗够时间，带着人进的下一关。"

众人肃然起敬。

那么一个阴森的环境，又是大晚上的，一个人在地宫里，真汉子！

说话间，幸天成带着女朋友过来了。

女朋友大概也看了帖子，正有些伤心，幸天成一边走一边安抚着她，特别温柔。

木枷锁一行人立刻和他拉开距离，抱团："那边秀恩爱去，我们都是单身狗。"

幸天成："羡慕嫉妒恨就直说。"

一群人闹了一会儿，这才离开。

刚迈出几步，有人回头看了一眼空空如也的山坡，轻声感慨："珍惜眼前人啊。"

单身狗们："不只是爱人，还有兄弟！"

"首杀完事了，要不开个宴会？"

"帮会的人都还没出来呢。"

"那就等他们出来呗。"

"这个可以有，让我多珍惜一下你们这些兄弟……"

姜辰安静地听着他们聊天，想起了自己那帮不再年轻的兄弟，察觉手被握住，看了一眼身边的人。

方景行问道："咱们去哪儿？"

姜辰暂时不想玩别的，说道："随便找个地方转转。"

方景行便和木枷锁他们道了别，带着姜辰挑了一张风景优美的地图，陪着他散步，聊起了叉鱼的事，觉得如果唐前辈听说了这事，肯定又会怀疑姜辰的身份。

姜辰："我知道。"

方景行心里暗道一声前辈也是真敢想，问道："你觉得他会怎么试探？"

姜辰想了想，摇头。

"又曝你的黑历史？"方景行"好心"建议，"要不你把你过去的事都跟我说说，我帮你防着。"

姜辰："不干。"

方景行："我先说一件我的事？"

姜辰顿时感兴趣了，想知道联盟男神有什么黑历史。

方景行："一换一。"

姜辰考虑了下，同意了。

方景行："我和承颜一直是在同一个学校上的学，这你知道吗？"

姜辰："现在知道了。"

方景行："我俩初高中时都比较中二，有一次学校选校花和校草，我和承颜都在榜上，承颜说这不行，得霸榜。"

姜辰："霸什么榜？"

“就是两个榜都上，”方景行笑道，“我们买了假发和女装，拍照发到了学校的论坛上。”

姜辰服气。

方景行：“我们都进了前十，然后我那张照片被高中部的校霸看上了。”

姜辰问道：“找过来了？”

“据说找人打听过，没打听到。”方景行笑得无奈，“再然后他把我的照片打印放大，裱上框，在操场上铺了一堆玫瑰，当着全校同学的面来了一场表白，结果照片被眼尖的同学认了出来，喊了我的名字。”

姜辰想想那个画面，觉得太惨烈了，公开处刑也不过如此。

他问道：“后来呢？”

方景行：“他带着他的小弟要找我干架，被我收拾了一顿。”他简单评价，“太二了，搞古惑仔那一套。”

姜辰：“……”

初中时期天上地下唯我独尊，也收过两个小弟的姜辰看着他，觉得有被冒犯到。

方景行：“我说完了，该你了。”

姜辰回忆一番，翻出一件事：“我有一次带人和别人打架……”顿了顿，他补充道，“是在游戏里。”

他们一群新人建了个帮会，有天帮派里的人在外面和人发生口角，由于对方人多，就被弄死了，还被守了半天尸。

他说道：“那天我们都没在线，我是晚上才知道这事的，就带着人去算账，看见他们一伙人凑在一起，就和他们打了三片野区，按着他们老大弄死了好几次，后来才发现打错了人。”

方景行：“不是有 ID 吗？”

姜辰：“他们的 ID 都一样，就差个字符‘、’，谁也没注意。”

方景行笑道：“你们打之前就没互骂一下？”

“骂了。”姜辰想起那个场景，忽然有点后悔提这事，但说都已经说了，便继续道，“他情侣变心，刚把人打死，正召集亲友商量怎么把那个男的挖出来。我带着人过去，问他我的人是你杀的吗，他说是。”

方景行：“……”

姜辰：“鸡同鸭讲，全能对上，就打了。”

方景行：“然后？”

姜辰："我被挂论坛上了。"

想也知道，撬人家墙脚，还带着人把受害者按在地上摩擦了十几次，太丧心病狂了，当天晚上就有一群人在世界频道上喊他"西门庆"。

方景行笑出声："最后澄清了吗？"

姜辰："澄清了。"

方景行："那就好。"

他觉得姜辰过去的事特别有吸引力，稀罕得不行，问道："还有吗？再说说。"

姜辰道："没了。"不等对方再谈条件，提前道，"不换。"

方景行没觉得遗憾。

封印师像个宝藏，能慢慢挖掘。

只不过……想到杜飞舟他们亲自陪着姜辰度过了那样一段热闹的日子，他还是有些羡慕。

此刻，被羡慕的那群人正站在主城的桥上。

他们之前看见截图，也好奇地赶了来，一边感慨年轻真好，一边看着那两个人在水里扑腾，紧接着就看到了叉鱼的一幕。

几个人一字排开看着封印师祸害守城军，然后跳河被叉死，沉默不语。

过了半天，才有人轻飘飘地开了口。

"我说……会不会太像了一点？"

"嗯，我好像又在他身上看见了辰辉兰乐的影子，还是年头太长，我记错了？"

"他咋知道这个设定的？"

杜飞舟一向理智："三十年，没什么不可能的。"

游戏里什么人都有，再说当年那么多人看热闹，兴许其他人早就玩过，只是没在论坛上嚷嚷，所以现在很多人不知道罢了。

几个人对杜飞舟的话充耳不闻，仍在异想天开是不是辰辉兰乐轮回转世了。

唐副董跟着开脑洞，提出了好几种可能性，收获了众人的一致好评。

杜飞舟："……"

唐副董来到他身边："我说怎么样，值得一试。"

杜飞舟："你想到办法了？"

"暂时没有。"唐副董摸着下巴思考了下，"要不你说我危在旦夕？"

杜飞舟："换。"

唐副董："那咱们喊一声西门兰乐，看他翻脸吗？"

杜飞舟："……"

"西门兰乐"一直和方景行聊到了下线，转天便又过上了打赏金的日子。方景行陪着他玩到将近中午，说道："我下午和晚上可能不会上线。"

姜辰："有事？"

方景行："马上要打季后赛，得回趟俱乐部。"

选手的训练和战术一般都听教练的。

方景行并不是一个刚愎自用的人，所以退役后没插手过战队训练的事，今天是教练想让他回去，他估摸着可能是有什么战术需要和他讨论，当然不会拒绝。

姜辰"嗯"了声："去吧，你甩手掌柜也当得够久了。"

方景行笑道："有经理呢。"

他原本也没打算在俱乐部的事情上多费心。

之前是准备退役后去上个大学，没想到计划赶不上变化，遇见了封印师，便暂时搁置了。

两个人聊了几句，道别下线。

姜辰下午回到游戏，果然没见着方景行，顿时有些无趣。

这种无聊一直持续到了晚上，他感觉没什么能玩的，便提前下线睡觉，直到被零星的车声和杂乱的脚步声吵醒。

房间里一片漆黑，也不知现在几点。

他躺了一会儿，起身凑到窗前往下望，见下面站了不少人。

一辆车风驰电掣般冲到楼下，刺啦一停，车门打开，一个人被扛了下来。

光线太暗了，姜辰看不清被扛的那人是谁，但能看清有两个人穿着军装。

他愣了愣，忍不住披上衣服，开门出去了。

一楼大厅里，七号脸色苍白，衣服渗血，躺在病床上被推着往里走。

陪同的外科医生一边追着病床，一边对冰冻小组的人汇报工作，由于不清楚七号现在能用什么药，他们比较谨慎，做完急救措施就赶紧送过来了。

秦组长半夜收到消息赶来等人，结果就见到了七号这副尊容，脸色立刻发沉。

七号尚有一丝神志，看着他们，艰难地吐出三个字："对不起。"

秦组长："行了，别说话。"

陈组长安抚：“没事的，不用担心。”

七号张了张口，想再解释两句。

他知道两位组长可能认为他是为了自己受伤而道歉——虽然有一部分这个原因，但不是全部。

他这次出任务，一个不小心在外面作了把大的，也不知他的队友能不能填上后续的窟窿。

不过他已经撑到极限，徒劳地抓了一下秦组长的袖子，半声都没发出来，眼一闭，晕了过去。

084.

姜辰出电梯的时候，七号刚被推进去抢救。

走廊里站着两位冰冻小组的成员和几个陌生人，听见脚步声，他们同时回了一下头。

小组成员走过来：“吵醒你了？”

姜辰：“出了什么事？”

小组成员简单道：“七号回来了，受了伤。”

姜辰下楼时就做了猜测，心想果然如此，他问道：“严重吗？”

小组成员：“暂时不清楚，你去睡吧。”

姜辰也知道留下没用，扫了一眼抢救室的门，走了。

转天一早他出来遛弯，看见了躺在无菌病房里的七号，打量了下，发现他除了脸色苍白，看不出具体好坏。

冰冻小组的成员恰好过来查看七号的情况，见到他，挥手打招呼：“早。”

“早，”姜辰望着里面的人，“他怎么样了？”

小组成员：“已经脱离危险了。”

姜辰：“怎么弄的？”

小组成员：“听说是出任务。”

姜辰诧异：“刚醒就工作？”

再说三十年过去了，什么事非他不可？

小组成员也觉得奇怪，耸耸肩表示不懂。

七号的真实情况，恐怕连秦组长和陈组长都不是完全清楚。这次出去，大概是和三十年前的事情有关吧……他在心里想。

不过这不是重点。

小组成员说道："我看秦组长的意思，可能是想让他在里面躺一个月，快到元旦再放出来。"

姜辰顿悟，这说明他还能继续玩。

他又看了看病友，之后回房吃饭，下楼喂完鸭子，便进了游戏。

刚上线，脸上便传来一丝微凉的触感。

很轻，像羽毛似的，甚至还有一点舒服。

他抬眼一看，碎星城下雪了。

游梦里，每块地图的天气都是随机抽取的。一般晴天居多，偶尔会有阴天和雨天。据说现实里冬天的时候，游戏中下雪天的概率会稍微调高。如今马上要入冬，有些地区早已下过雪，游梦大概是把下雪的天气放进了系统里，今天便抽到了。

早晨人少，在线的玩家基本都在说这件事，估计外面很热闹。

姜辰走到帮会的门口看了看街上的人，正要查看方景行是否在线，身后便响起了脚步声，回头一看，是方景行。

方景行的声音透着愉悦的笑意："早安。"

姜辰："早。"

方景行想起天气系统是后来新加的，姜辰还没见过雪中的主城，问道："出去转转？"

姜辰点头。

两个人便出了帮会。

方景行以前倒是见过主城下雪，只是隔着屏幕，远没有全息环境里这么真实，便也觉得有些新鲜。

姜辰问道："今天忙吗？"

"白天没事，晚上要直播看比赛。"方景行看向姜辰，"决赛的时候我刚好又能去看你了，咱们一起看吧？"

姜辰提醒："晚上打。"

方景行："我知道，可以申请一下。"

他觉得希望还是很大的，毕竟研究院的人都知道姜辰是干什么的，总不能不让人家看决赛。他笑着问："你说我能申请一个床位吗？"

姜辰道："你试试看。"他想起今天的事，补充道，"这两天别打电话，秦组长可能心情不好。”

方景行道：“他怎么了？”

姜辰道：“出了一点事，和我没关。”说完继续刚才的话题，“要是你的战队进决赛了呢？”

方景行说道：“那我肯定得现场看，到时候你能请一天假出来吗？”

姜辰：“够呛。”

方景行也觉得够呛，便没有再提这事。

二人转到主街，走过了三座桥，终于新鲜够了，照例去了赏金墙。

十级后，每个任务都得反复扑街几次才能过。

姜辰看着上面的三个任务条，目光一转望向单人赏金，见那边还是在八级的巅峰上，突然有点好奇曾经让方景行扑街的九级任务了。

方景行见他一直没选，顺着他的目光一看，笑道：“想做单人赏金？”

姜辰“嗯”了一声。

方景行当然随他，两个人便接了相同的任务，一起去找赏金目标，同时开打，等完成后再一起回去交差。不知不觉，就这么打了一个上午。

中午时分，孤问和白龙骨抽空上线，往赏金墙前面一站，就对上了亮起一大片的任务条，沉默了一阵。

白龙骨：“肯定是那俩，没别人了。”

孤问：“嗯。”

对高玩而言，八升九是很难的。

往年虽然能开，但那是在神器和套装都跟上的基础上，来回磨几遍才行，不像某两个人开得这么轻描淡写。

二人望着陌生的九级任务条，异想天开地接了一个，然后扑街扑得死去活来，便认命了。

白龙骨嘀咕：“职业选手都这么变态……”说着决定放弃这项任务，跟着孤问往回走，“你看论坛了吗，都说十方俱灭的打法是看大神视频学的，天赋这种东西真的羡慕不来。”

孤问：“哪个大神？”

白龙骨：“叫什么来着……我瞅瞅。”

他打开论坛扫完，回来了：“辰辉兰乐，一个远古大神。”

孤问没听过，也去看了一眼。

[挚爱]剧情通关，原型被挖了出来。

众人感动得不行，纷纷去原帖看了看，哭得一塌糊涂。

有人便总结了一波游梦里类似的NPC或任务。

双人赏金九升十刚过去不久，[为辰]自然在列。拜唐副董所赐，这次除了辰辉兰乐当年的视频和照片，还多了点别的料，尤其是还和十方俱灭有关，好奇的人立刻多了起来。

46L：我那天也看了直播，他们确实提过一句偶像什么的，难怪十方俱灭玩的是攻击系的封印师。

52L：自从九升十打完，我就一直在刷辰辉兰乐的比赛视频，只想说一句话，牛×！

55L：同在看，5V5的团战才是他最厉害的地方，那么早去世，可惜了。

61L：辰辉兰乐好帅啊，不知道十方俱灭长什么样。

64L：长什么样也比不上辰辉兰乐吧。

65L：这倒也是……

人有时候就是这样，突然听说了一个人的事，又产生了惋惜的情绪，便想知道更多，哪怕转过身就忘了。

于是又有一批人跑去刷辰辉兰乐的比赛视频了。

当事人并不清楚这事，仍在雷打不动地打赏金墙。

他们一直打到晚上，方景行去开了直播。姜辰思考几秒，想起很久没打过本了，便去和如意的人组队下本[1]，到点睡觉。

季后赛一开打，方景行不在线的次数就多了。

因为他要看自家战队的比赛，还要偶尔和教练商量战术，便有些忙。

几天的时间眨眼过完，他的战队止步四强，没进决赛。

安慰完选手又安抚完粉丝的联盟男神终于能定下行程，给研究院打了电话，经过一番友好的商讨，成功敲定决赛日去陪姜辰。

他耐心等了两天，这天下午便到了研究院，晚上还亲自开车去外面买了饭，拎着食盒让工作人员检查完，便和姜辰坐在一起吃饭，之后下楼喂鸭子。

天气渐冷，姜辰一点遛弯的兴趣都没有，喂完它们就回去了。

方景行跟着他迈出电梯，依旧没在走廊里见到生面孔，他问道："不是说还有一个人吗，怎么至今都没看见他？"

姜辰："你说七号？"

1　下本：打副本。指在游戏中做特定任务。

方景行："嗯，你们不住在一个楼层？"

姜辰："暂时不在，他有点特殊。"

方景行看向他。

姜辰："不方便多说。"

方景行便不问了，回屋耗到比赛的点，上床和姜辰靠在一起，开了投屏。

屋里暗下来，只有屏幕的光在闪。

此刻还是开场，没有正式开打。姜辰看着大屏幕："这两个队谁的胜率高？"

方景行道："TQ 要高一点，但总决赛，说不好的事。"

姜辰道："哪些选手比较厉害？"

方景行为他介绍了两个队的成员，等到快说完，比赛刚好开始。

二人的注意力立刻转移到比赛上，变得专注起来，直到场间休息才进行讨论。

事实证明方景行的判断还是很靠谱的，TQ 果然夺了冠。比赛结束后他看了眼时间，知道过了姜辰平时睡觉的点，便道了声晚安，自觉地去隔壁的单人间睡觉，等转天才和姜辰讨论昨天的决赛。

两个人一边说一边坐电梯下楼，只听"叮"的一声，抵达一楼。他们迈出电梯，迎面就撞见了秦组长。

方景行披上在长辈面前惯用的皮，礼貌地打招呼："秦组长，早。"

联盟男神在长辈那里一向招人喜欢，秦组长对他的印象不错，点了点头。

方景行觉得他的情绪蛮稳定的，便问道："我能不能陪他吃完午饭再走？"

秦组长又是一点头，没说别的，直接上楼回办公室，见助理已经在等他了，问道："怎么？"

助理："军方那边今天要过来。"

秦组长的情绪立刻不稳定了："又来？"

助理："安全部的也来。"

秦组长："……"

助理咽了咽口水："说……说是有事，下午来。"

秦组长想想七号目前的情况，暗道总不能这样了还出去，"嗯"了声，深深地觉得还是姜辰让人省心。

"省心"的姜辰喂完鸭，见今天阳光挺好，便带着鸭子在花园里溜了一圈，这才回房。两人拿出游戏机玩了玩其他游戏卡，不知不觉竟打了一个上午。

中午吃完饭，方景行终于到了该离开的时候。

姜辰把他送走之后，回去睡了一个午觉，下午照例上了游戏。

刚一上线，他便对上了一条消息。

[喇叭]逸心人：2W一条命，不设上限。

他一怔，只见又有几条消息齐刷刷上来了。

[世界]暗冥：2W，叠加。

[世界]木枷锁：同。

[世界]白龙骨：同。

[世界]孤问：同。

[世界]镜中人：帮主上班呢，替他排队，同。

[世界]生死与共：给帮主排队，同。

[世界]柳和泽：同。

[世界]此门皆吾友：给帮主排队，同。

[世界]诗人不望天：虽然我和大佬没说过话，但我也叠加。

[世界]恰瓜：同，赶紧把这疯狗弄死。

[世界]板蓝根：同。

[喇叭]十方他爹：哈哈哈爷的命竟然这么值钱啊，来呀来杀我，come on~

[喇叭]十方他爹：我都记着了，你们可别不给，这笔钱我自己赚了[大笑]

[喇叭]藏书：你们LYL的粉丝都是疯狗啊，输得这么难看。

[喇叭]十方他爹：谁告诉你我是粉丝了？少给我扣帽子。

姜辰看着那个ID，又看看世界频道上的消息，扫向院子里的帮众："怎么了？"

众人动作一停，齐齐围过来。

苟盛几人连忙安抚他，让他不用理会垃圾，交给他们收拾。

姜辰看向方景行。

方景行倒是知道他没事，便向他简单说了说来龙去脉。

起因可能是昨晚冠军之夜后，输的那一方粉丝比较暴躁。

论坛上都是相关的帖子，后来有人聊起方景行的战队，说签了十方俱灭，冠军又稳了。再后来辰星映缘的玩家开心地说他们服的单人赏金也要九升十了，这便惹恼了一群红眼病，说十方俱灭都是复制粘贴辰辉兰乐的操作，没点自己的东西，只会吃剩饭。

姜辰："……"

方景行说道："辰星映缘的玩家当然不可能看着你被喷，就喷了回去。他们在论坛吵了一晚上，今天就有人过来了，说话有点难听。”

姜辰只觉莫名其妙的。

苟盛几人见他不吭声，再次安抚道：“那就是神经病，咱不和疯狗一般见识。”

姜辰极其淡定：“我没事。”

他以前也是经历过大风大浪的，早已明白一个道理：人不可能让所有人都喜欢自己。

一些人素未谋面，也没试着了解过，但就是不喜欢他。

无论他做什么，他们都能找到新的错处，恶意大得能溢出屏幕，这样的事他都看开了。

就是这次他们掐的点挺搞笑的。

他见那个人在频道上一直夸辰辉兰乐进而踩他，心想冰冻项目公开后，也不知这疯狗会不会脸疼。

王飞鸟在那边怒道：“他肯定是在副本里！”

姜辰道：“无所谓，让他骂吧。”

无所谓是不可能无所谓的。

十方俱灭作为辰星映缘的门面，大多数玩家都很喜欢他。现在自家门面被人这么骂，他们自然不会坐视不理，于是纷纷骂了回去。

不只是他们，收到消息的唐副董和几位能抽出空的老当益壮帮会成员也来了。

尤其是唐副董，辰辉兰乐的事毕竟是他捅出来的，现在就很后悔。

万一以后这封印师打比赛，“辰辉兰乐”一直如影随形地伴着他，这可糟了。

这小孩心态好倒也罢了，稍微受不了，要固执地换打法，搞不好就毁了。

唐副董几人暗道现在有些小孩怎么嘴这么损，匆匆赶来如意，顶着众人的视线看着封印师，问道：“没事吧？”

姜辰“嗯”了声。

几人生怕他将来讨厌辰辉兰乐，然后也烦了他们，便围着他一通开解。

尽管他说没事，但他们还是担心，毕竟人家好像是第一次被人这么骂。

“红的人就这样，”唐副董道，“辰辰当年够红了吧，可还是有不少人黑他。”

“对，人无完人，他们是神化了辰辉兰乐，其实他也会犯错的。”

“对了，他还有个外号，叫西门兰乐。”

姜辰：“……”

方景行：“……”

方景行简直猝不及防。

不知道也就罢了，可他偏偏知道缘由，顿时笑出声。

为掩饰失态，他顺势问道："为什么？"

几个人便七嘴八舌地讲了讲当年的事，还又说了点别的。

姜辰面无表情："说实话，我不是没事，是有点介意。"

唐副董几人一齐望向他。

姜辰不等他们再劝，说道："你们让我打一顿。"

唐副董几人很痛快，同意了。

姜辰没有在这里给苟盛他们围观，而是把人带到竞技场，按着他们挨个摩擦了一顿，终于舒坦了，拉着方景行往外走。

唐副董躺在地上没起来，轻声问道："你真的不是？"

姜辰脚步一顿，说道："不是。"

唐副董轻轻叹了口气，接着意识到又把辰辉兰乐搬出来了，急忙道："不是就好，你很厉害，未来是你的。"

姜辰沉默两秒，走了。

方景行看了他一眼，安抚地捏捏他的手："没关系，等项目结束就能说实话了，到时候请他们出来吃饭。"

姜辰想到已经回来的七号，"嗯"了一声。

七号这个时候还在无菌病房里躺着。

他早已苏醒，只是身体有些虚，暂时没办法下床。

军方和安全部的人陪他聊了聊，便离开病房找到两位组长，把一份报告交给了他们。

陈组长诧异："这是什么？"

安全部的人说道："他这次在国外碰见了以前认识的人，虽然改了五官，但对方依然怀疑他的身份，采集了他的血样。"

秦组长脸色微沉，陈组长倒抽了一口气，只听对面的人继续道："我们的人花了几天时间，赶在他们检测前，把血样换成了别人的。"

陈组长松了口气。

安全部的人接着说道："这是这次事件的报告，需要给你们一份。"

秦组长接过来快速扫完，点了点头。

双方做了简短的交谈，两位组长便把对方送走了。

陈组长摸摸下巴："虽说是虚惊一场吧，但感觉还是会有一点点影响。"

秦组长看向他。

陈组长回了句“猜的”，溜达着回办公室了。

他的猜测很快得到了应验。

转天上午，他们就去开了一个会，被鼓励了一番，说是希望能尽快推进项目。

秦组长再次看向某人。

陈组长道：“很简单，血样是换了，可万一人家不信，暗中派人调查，这多烦。”他接着说道，“克隆，有长生不老药，研究半人半机器人等一系列乱七八糟的猜测，这些和一个早已存在了几十年，但技术依然不成熟的冰冻实验放在一起，你觉得上面更愿意公布什么？”

秦组长无言以对。

不过好在那些人不会指手画脚干涉他们，只是给个建议而已。

二人观察了几天，见七号的精神养足了，便推着他出来检测精神力，然后在秦组长的吩咐下，又冷酷无情地把他推回了无菌病房。

七号自知理亏，特别老实，乖乖住进去和 AI 打牌。

这让姜辰特别满意。

报告很快出来，冰冻小组的人围成圈看完，见他的精神力和姜辰一样高，都觉得解冻成功率或许真的和精神力有关。

他们看了看剩余三个人的资料。

这十位志愿者，有些送来的时候情况就很“惨烈”了，根本来不及做杂七杂八的检测，只能留一个基础的数据，比如七号；有些人的协议签得早，能有时间给项目组留一份详细的数据，比如姜辰之前就做过一遍检查，才被冰冻的。

剩余的三个人同样如此。

他们中只有一个人精神力偏高，但和姜辰比起来，还是差一截。

由于不清楚苏醒的最低阈值是多少，两位组长商量完，决定找研究精神力的项目组要一套辅助设备。

七号的从属部门因为上次的事自觉理亏，这回也在后面推了一把。

借设备的申请发过去，那边当天就把仪器送来了。冰冻小组开了两天会，做足准备，开始解封精神力偏高的十号志愿者。

留在外面守着的几个人翻着十号的基本资料。

其中一人道：“我发现精神力偏高的都不一般，一号和七号就不说了，你们看这个十号……等等，这是个啥？”

其余的人一看，发现上面的照片掉了，背面竟有一段手写的小字，字迹已经很模糊了。

开头是一长串乱七八糟的东西，最后写道：以上，如果我没救回来，请把这些动漫和小说的结局烧给我，不然我——死不瞑目！

众人：“……”

那你还往这上面写，谁看得见啊！

085.

姜辰知道冰冻小组这天会解封十号，中午出来遛弯的时候便观察了一下他们的神色，发现一点都不丧，问道：“成功了？”

小组成员道：“嗯，在楼上。”

姜辰好奇地上楼，先是围观了一下正在吃饭的七号，见里面的人笑着对他挥手，便点头作为回应，然后走到旁边的无菌病房，见里面躺着一个人，看不清具体长相。

他问道：“这次是干什么的？”

小组成员说道：“学生，棋手。”

姜辰：“骑手？这回换成送外卖的了？”

小组成员哭笑不得：“围棋的棋。”他介绍道，“高一的学霸，从小跟着家里的长辈学围棋，但学业上要更出色，就没走这条路。初三暑假机缘巧合被国家级棋手发现，惊为天人，要收他为关门弟子，可惜他高一生了病，没来得及上赛场。”

姜辰道：“这次是真的吧？”

小组成员笑道：“资料这么详细，应该是吧。”他把照片拿出来，“据说这位学霸智商高，玩着就能考第一，你看他平时干的事，多有空，基本不用来学习。”

姜辰接过一寸照，沉默。

这么点的地方写得密密麻麻，米雕似的。

光看这张单子，就能知道十号的业余生活有多么丰富。

他把照片还回去，又看了看两位病友，觉得项目离结束更近了一步，满意地走了。

冰冻小组的人快速吃完饭，没去午休，而是直接进了会议室。

解封十号时，精神力辅助仪上跳出了一组数据，说明确实是用上了。

他们根据这组数据推导出一个大概的阈值，发现另外两个精神力偏低的志愿者目前不具备解封条件，除非精神力的研究能有新突破，通过外力的帮助，他们才有可能解封成功。

换言之，等十号的身体恢复，他们把后续数据整理完，出完报告，这个项目就结束了。

冰冻小组的成员都红了眼。

不算前期繁杂的动物实验和准备工作，从一号苏醒到现在的十号解封，他们用了将近一年的时间，中途经过几次打击差点放弃，如今总算是要画上句号了。

秦组长："干活。"

众人这次没有吐槽他冷酷无情，干劲十足地道："是！"

待他们鱼贯离开，关上了门后。

陈组长彻底绷不住了，拉过"塑料"同僚的胳膊，搂着他哭得一把鼻涕一把泪。

"……"秦组长道，"起开，我还得去写终止申请。"

陈组长哽咽："让我再……再哭一会儿。"

秦组长面无表情地把人扒拉开，往桌上一扔，起身就走。

陈组长没顾上骂他，趴在桌上继续哭，半天才缓过来，然后下楼去吹凉风。

路过鸭窝，他蹲下看了看它们，感慨道："过来，让叔叔再撸撸你们。"

五只鸭子不明所以，对着他"嘎嘎嘎"地叫。

陈组长挨个摸头："跟着你们爸爸出院后，在外面要乖乖听话，别调皮，免得真被他做成烤鸭，知道吗？"

五只鸭子继续"嘎嘎嘎"。

陈组长又挨个摸了一遍头，一边给它们撕菜叶子，一边忧心忡忡道："你们说要是他出院没人管，光顾着打游戏，忘了喂你们可怎么办？"

五只鸭子吃着菜，"嘎"得特开心。

风评被害的人这时还在午睡。

他照例两点多睡醒，在屋里溜达了几圈醒盹，之后回到了游戏里。

上次的黑子[1]被玩家们的唾沫星子给淹了，不再冒泡，辰星映缘恢复了往日的热闹。

下本的，聊天的，PK的，研究攻略的，以及各种爱恨情仇818[2]。他刚上线就吃了口新鲜的瓜，粗略一扫，貌似是脚踏多船的感情纠葛，没翻车不说，还都没有愿意放手的，此刻几位头顶发绿的人正在频道上互喷。

1 黑子：对现实或虚拟的人物、作品进行针对性贬低、侮辱的人群。

2 818：八卦某方面信息。

他看向身边的人。

他和方景行下线挂机时是并肩坐在一起的，他见方景行察觉到他的动作也看了过来，便知道在线，问道：“他们说的是谁？”

方景行：“不认识。”

姜辰“哦”了声，不好奇了。

他站起身，忽然想到一件事：“当了八年的联盟男神，怎么没人这么为你要死要活的？”

方景行笑着反问：“你怎么知道没有？”

姜辰低头看他：“嗯？”

方景行暂时没起来，说道：“你问问阿逸，自从我的身份被怀疑，每天有多少人找他想入会。”

姜辰道：“那都是你的粉丝。”停顿一下，补充道，“也可能有我的粉丝。”

毕竟他连续打通隐藏剧情和副本，辰星映缘里有不少人喜欢他。

想和大佬在一个帮会玩，这再正常不过。

他说道：“粉丝不算。”

方景行：“里面肯定有暗恋我的，只是不清楚是谁而已，他们应该也加过你，被你无视了。”

姜辰：“现实中认识的？”

方景行：“有可能。”

姜辰：“联盟里有吗？”

方景行：“有。”

姜辰：“你俱乐部呢？”

方景行老实交代：“以前有，现在没了。”

姜辰点点头，不算意外。

方景行这样的，没人喜欢才不正常。

话是如此，他还是忍不住多问了一句：“同在一个俱乐部，就没发展一下？”

方景行笑出声：“没有，我洁身自好。”

姜辰再次点头，好奇心得到满足，彻底不问了。

方景行拉着他的手起身，问他想去玩什么。

姜辰想了想，说道：“今天不太想杀生。”

方景行失笑：“为什么？”

姜辰：“项目进展挺顺利的。”

方景行眼前微亮：“要结束了？”

姜辰：“感觉快了。”

他虽然不清楚具体情况，但连续救活了两个人，项目组怎么着也有了一定的经验。

所谓一回生二回熟，只剩下两个而已，应该不会耗费太多的时间。

方景行也跟着高兴起来，思考了几秒：“咱们玩玩生活系统？”

姜辰想也不想道：“不干。”

游梦里有复杂的生活系统，干什么的都有。

但那些锻造、缝纫、烹饪之类的全部需要采集材料，他最不喜欢做这种任务……他心念一动，说道：“种菜可以。”

种菜不需要来回跑，只要一个菜园子即可。

如意里有菜园子，只是没人种，一直荒废着。

方景行：“确定？”

姜辰迟疑：“可以试试。”

反正他还没在全息里种过菜。

于是，两位不杀生的大佬找 NPC 开了种植任务，买完种子，回来种起了菜。

生活系统不像赏金墙能随便接任务，而是得一点点升级，他们身为初级菜农，只能种胡萝卜和大白菜。

谢承颜晚上上线的时候，姜辰的胡萝卜已经长出来了。

他木着脸立在后院的门口，默默瞅着他的小舅舅种菜，三观受到了强烈冲击。

是逸心人和儒初带着他来的，见他不往里迈，问道：“不进去？”

谢承颜语气轻飘飘地道：“让我缓缓。”

方景行率先发现他们，笑着招手。

姜辰紧随其后抬头，看见了大外甥，见他走了过来，便把最近找几大帮会收的副本套装交给他，问道：“今天有空？”

谢承颜顿时感动，抱了小舅舅一把：“嗯，我快回去了。”

姜辰心想挺好，把水壶一放：“打本吗？带你打。”

逸心人在旁边插嘴：“我们带他打吧，我看你们这个菜快熟了。”

姜辰扫了眼在远处探头探脑、据说是颜颜亲妈粉的本宫最美和她的两个闺密，看向大外甥，等着他决定。

谢承颜看看胡萝卜，又看看小舅舅，说道："嗯，你……你们先种菜吧。"

说罢捂着小心脏，三步一回头地走了。

两位菜农等着菜成熟，把它们挖出来，觉得挺水灵，便去菜市场摆了个摊，因为练烹饪的玩家除去自己找材料，很多都喜欢来菜市场买菜。

摊子刚搭好，只见旁边"哗啦"一声，也有人搭了摊子。

姜辰扭头，看见了幸天成和他的小女朋友。

八目相对，姜辰恍然明白了大外甥临走时语气里隐约透出的一丝欲言又止是什么意思。

幸天成找到了盟友，特别激动："大佬，你们也来卖菜啊！"

姜辰轻轻一点头，发了条消息。

[喇叭]十方俱灭：主城菜市场 C15，卖菜[截图]

全服轰动。

两位大佬竟然卖菜了！

无论是本来就在菜市场的还是周边的人，顿时全赶了来，眨眼间把菜抢购一空。

姜辰很满意，和幸天成打了声招呼，就带着方景行走人，给自己的种菜生涯画了圆满的句号。

幸天成："我……"

他看向女朋友："我也发条喇叭？"

小女朋友说道："这多没意思。"

于是，幸天成认命了，老老实实站在这里卖菜。

方景行跟着姜辰离开菜市场，笑着问："还种吗？"

姜辰："不种了。"

种什么菜啊，还是杀生好。

方景行忍着笑，陪他去找大外甥了。

如意的菜园子自此又荒了。

生活回到以前的节奏，不知不觉就过去了一个星期。

原本只有眼珠能动的十号终于能开口说话了。

他简单了解完所处的时代，又见过了家属，体力便要到极限了。

小组成员低头查看仪器，放心地起身，鼓励道："我们看见了你写的东西，《海贼王》已经完结，你康复了就能看了，加油！"

十号眼前一亮，果然精神了点："是吗？"

小组成员笑道："是。"

"太好了，"十号道，"那猎……《猎人》呢？"

小组成员沉默。

十号充满希望地看着他。

小组成员也看着他。两个人对视一秒，十号就懂了，用虚弱的声音悲愤地嘶吼道："富坚老贼——！"

"别激动，别激动。"小组成员急忙安抚，见他吼完一声连喘了两口气，内心万分后悔提这个事，暗道得把剩余几个坑掉的作品都瞒下，等他痊愈了再说。

他哄道："睡吧，睡醒了再骂。"

十号的体力已到强弩之末，又喘了几口气，闭上眼不动了。

也不知是睡着了，还是气蒙了。

小组成员再次检查一遍仪器，发现在正常范围内，便心有余悸地出去了，把这事转告给了同事们。

其余同事啧啧几声，心想这还真是宅男啊。

于是他们把几部作品的名字打出来，也去通知了一下两位组长。

两位组长这时刚拿到反馈。

他们递上去的项目终止申请，领导终于签完字了。

陈组长一时压制不住情绪，又去楼下吹了吹风，看见正在遛鸭子的姜辰，上前聊了几句，突然道："一会儿把你的手机拿回去吧。"

姜辰一怔，听出了言下之意："不是还有两个人吗？"

陈组长说道："那两个达不到解封的条件，不解了。"

姜辰又是一怔："也就是说项目结束了？"

陈组长点头。

姜辰："那我能回去了？"

陈组长道："还得写报告，先住着吧。"他想了想，"我和老秦说说，你要是想和方景行出去玩，应该是可以了，记得戴口罩。"

姜辰："见个以前的朋友呢？"

陈组长迟疑。

保密协议只在项目期内有效，所以理论上讲，终止申请一通过，项目就算是结束了。

而姜辰的各项数据他们都有，其实没必要再在这里住着，尤其他已经住了将近一年，比七号和十号都久。

只是报告毕竟还没有出。

具体怎么公开这个事，也还没有研究，他有些拿不定主意。

姜辰看着他的神色，说道："是联盟主席杜飞舟，嘴很严。"顿了顿，又补充道，"不行就算了，我等出院再说。"

陈组长："我和老秦商量一下。"

姜辰应声，带着鸭子走了。

他把它们送回窝，上楼拿到手机，给方景行发了消息，说了这件事。

方景行很惊喜。

他原本计划这两天去看姜辰，没想到姜辰竟能出来了，笑道："我带你去吃大餐。"

姜辰："还不确定是不是真能出去。"

方景行："没事，等你的消息。"

姜辰等了一个下午，终于等到了结果。

因为目前项目组还没商量好怎么公开，就这样让姜辰出去的话风险有点大，但是他们允许他和方景行见面的次数从每周一次上升到三次，想见以前的朋友也行，不过得让他们来这里见。

姜辰知道后并不觉得遗憾，点了点头。

他当晚进入游戏，把事情告诉了方景行。

方景行听着那个"三"，挺满意的。

反正这么久都等过来了，不差再等等，他笑道："那我明天去找你？"

姜辰应声，查看了下好友信息，发现杜飞舟不在线，便让方景行问问他今天来不来游戏。

方景行问道："直接在游戏里说？"

姜辰："嗯，我不提别的。"

于是方景行联系了主席，原地等了半小时，见主席上线了，便发送私聊，约他单独见面。

杜飞舟刚好没事，和他们约在了如意帮会。

他找过去，跟着他们进了后院荒废的菜园。

三个人席地而坐，姜辰道："我跟你说件事。"

杜飞舟道："什么？"

姜辰淡定道："其实我就是你们认为的那个人。"

杜飞舟看了他一眼，比他还淡定，“哦”了一声。

姜辰：“……”

086.

碎星城寸土寸金，如意的菜地就算是荒废了，周围的景色看着也非常不错。

游戏里的时间与外界同步，此刻苍穹挂星河，特别适合闲聊，如果话题能稍微正经点就更好了。

姜辰：“我说真的。”

杜飞舟：“你穿越到别人身上了？”

姜辰：“没有。”

杜飞舟：“带着记忆轮回？”

姜辰：“不是。”

杜飞舟：“脑电波被卷进游戏里，只能在特定的时间存在？”

姜辰：“可能吗？”

杜飞舟想了想上次老唐说的东西，忘了最后一条的内容，便自动略过，问道：“那你是什么？”

姜辰迟疑了一下。

隔着网络，他没想好要不要直接说冰冻实验。

杜飞舟见他沉默，说道：“慢慢想，不急。”

姜辰：“……”

方景行已经憋笑憋了好久，见话题进行到这一步，终于笑出了声。

他家封印师真是宝藏，和老朋友坦白，竟也能弄得这么喜感。

姜辰倏地看向他。

方景行便收敛了一点笑容，帮着他说话：“主席，他说的是真的。他就是他，没变。”

杜飞舟看着这两个小孩，极其冷静：“证据。”

姜辰：“咱们在游戏里第一次见面，就打了群架。”

杜飞舟：“老唐对你们说过这事。”

姜辰：“地点是在你们那座小城的蒲公英野区。”

杜飞舟道：“你等等。”他说着在帮会频道里问了几句，又看向封印师，“老唐他们说上次你被黑子喷，他们说了几件辰辉兰乐的事，其中就有这件。”

姜辰：“……”

方景行：“……”

三个人大眼瞪小眼。

姜辰：“你来问，问个只有咱俩知道的事。”

杜飞舟陷入回忆。

姜辰和方景行等了等，半天没见他吭声。

姜辰：“有这么难想？之前那个薄荷草蹭我直播，是你帮着我一起解决的，你还告诉我他心术不正。”

杜飞舟看着他。

姜辰也看着他。

几秒后，杜飞舟结束回忆：“我印象里没有一个叫薄荷草的。”

姜辰：“……”

方景行：“……”

好极了，不记得了。

姜辰劝着自己要理解。他现在连初中同学叫什么都不记得，更别提杜飞舟那个时间线上已经过了三十年。

他说道：“第二赛季有一次集体聚餐，是去农家乐吃的烤鱼。”

杜飞舟：“当年我们聚会经常去农家乐。”

所以一个农家乐并不能证明什么。

他们去过很多次，具体哪一顿有辰辉兰乐，真的说不好。

而且他和辰辉兰乐单独相处的时候少，大部分都有别人。他如今能回忆起来的只有零星的几件事，这些要么是正规场合，网上能查到，要么就是身边有其他人，他们搞不好对这封印师提过。

何况这事太匪夷所思。

作为一个智力正常的人，他怎么可能会信？

要不是这封印师的打法和脾气真的像辰辉兰乐，他早就走了。

他说道：“记忆会出现偏差，要不再喊几个人过来？”

姜辰思考一下，同意了。

反正秦组长他们也没说只能见一个朋友。

但以防万一，他还是选了两个关系最好且人品有保障的，一个是姓唐的浑蛋，另一个是他的前队友。

然而人过来了，却并没有什么帮助。

唐副董他们虽然异想天开过，但真的事到临头，反而不会轻易相信。

毕竟不是冲动的小青年，都是四五十岁的大叔了，受过社会的毒打，他们都很谨慎。

说事件也没用，因为三十年真的太久了。

他们能记起来的事基本都对这两个人说过，加上前队友是个金鱼脑，无论姜辰说什么，他都很迟疑。

这也就罢了，居然还有记错的。

比如唐副董坚持认为青涛第一次夺冠后，大家在一起聚餐，姜辰被灌醉了当街耍酒疯，吓哭过小孩，前队友则觉得那是别队的队长。两个人谁也说服不了谁，便齐刷刷看向杜飞舟。

杜飞舟道："我当时好像也喝醉了，不记得。"

唐副董和前队友问道："是吗，你也醉了？"

杜飞舟自己都不确定："或许。"

姜辰面无表情地盯着这三个老男人，等他们的争论告一段落，冷淡道："我当年退役之前，给你们两个分别打过电话，这事记得吗？"

杜飞舟和唐副董都一惊。

这确实是真的，他们在辰辉兰乐退役前就收到了他本人的消息。

姜辰看向杜飞舟："我哥说你每年都会给我扫墓，是吗？"

杜飞舟顿时皱眉。

他忍不住开始思考，这孩子能通过什么途径知道这些事。

姜辰深深地觉得此刻顾虑太多，在游戏里聊这事不是个好主意。

他向来干净利落，不想再和他们没完没了地啰唆。到底是人死复生的大事，他说得再多，他们可能也不会信，便直接说道："你在文城吗，方景行明天来找我，你有空就过来，咱们见个面。"

唐副董插嘴："别明天，手机号是多少，打个视频通话。"

姜辰："我不能打。"

唐副董："理由？"

姜辰："不保险。"

方景行在那边又问了问杜飞舟是否在文城，要亲自去接他。

他说道："您信不过他，信得过我吗？"

杜飞舟沉默一下，说道：“我在，明天几点见？”

方景行道：“吃完早饭吧。”

杜飞舟道：“行。”

姜辰见状逐客：“行了，都滚吧。”

唐副董品了品身份谈开后，他这个不加掩饰的狗脾气，起身道：“我现在订机票，明天和他一起去看你。小子，你要是敢骗我，我亲自揍你。”

姜辰想也不想就回了一句：“我要是没骗你，你当场喊我爸爸。”

唐副董：“……”

这……确实像。

姜辰手背向外一挥，示意他们赶紧滚。

方景行披着晚辈的皮，礼貌地把他们送出门，回来见自家封印师还在地上坐着，笑道：“去竞技场杀点人？”

姜辰道：“走吧。”他见方景行对他伸手，便握了上去，顺势起身，“你那些朋友呢？喊他们过来打。”

方景行问了两句后，说道：“还在玩狗。”

姜辰：“有这么好玩？”

红尘呀呛人他们的任务一直停留在治好狗那里。

季后赛一开打，他们也在看比赛，等决出冠军才回到游戏。后来又有一批职业的进来，被他们用狗咬过一遍，那些人自然不干，便跑去开剧情，回来报仇。

原本红尘呀呛人还想阴姜辰，被他用一句“视频没删”给劝退了，只能去阴别人。

姜辰看过一次，见他们至少二十个人混在一起打，变着法地想让对方的攻击落到狗身上，场面混乱不堪且惨不忍睹……但这都玩了十几天了，也太容易满足了点。

方景行笑道：“据说他们打了赌，赌局结束才会往下做任务。”

姜辰服气，跟着方景行进竞技场排野队[1]。

两个人打了一晚上的团战，之后一个下线睡觉一个开播凑时长。

转天一早，方景行饭后联系姜辰，得知他和研究院的人打过招呼，能见两个人，便去杜飞舟的小区接人，然后又去酒店接了唐副董，见他手里拎着一堆东西。

杜飞舟：“这是什么？”

1　排野队：和随机匹配的队友一起打游戏。

唐副董上车坐好："给那小孩买的见面礼。"

杜飞舟道："你不是要打他？"

唐副董："啧，万一他们其实是和咱们开玩笑，准备了什么惊喜呢？咱们身为长辈，哪能空着手？你放心，你的那份我也给你备了。"

杜飞舟点头。

唐副董扫了一眼驾驶席的方景行，说道："但用这件事开玩笑，打还是得打，打个半死就得了。"

杜飞舟："……"

方景行在前面开着车，假装没听见他们的话。

然而唐副董没有放过他，凑近一点问他是怎么回事。方景行卖了个关子，没告诉他们，说道："你们到地方就知道了。"

杜飞舟和唐副董便耐心坐着，眼睁睁看着他开进了医学研究院。

唐副董眨眨眼，在心里暗叹一声，压低声音对身边的人说道："我咋记得辰辰一家子都是学医的？"

杜飞舟给了肯定的答复："是学医的。"

唐副董终于肯正视这件事了："我知道了，电影里演过。"他把声音压得更低，"你见过吗？就是那种把脑子切开或只保留一个脑子，连上神经元或各种乱七八糟的管子，放在医疗舱里养着。如果是这样，他确实还活着。"

杜飞舟心头一震，绷直后背，做好了心理准备。

幸亏他们声音低，方景行没听见，否则怕是要握不住方向盘。

方景行停好车后，轻车熟路地带着他们做完信息登记，坐电梯到了楼上，敲了敲姜辰的门。

杜飞舟和唐副董默默看着周围，觉得不太像放医疗舱的地方。

没等二人重新整理思绪，只听"咔嚓"一声，房门从里面打开，一个少年的身影猛地出现在了眼前。

五官精致而锐利，神色冷冷淡淡，带着一点桀骜不驯的味道，是记忆里曾经惊艳过无数人的黑色封印师。

二人的脑子瞬间一片空白。

姜辰看了看他们被岁月洗礼过的脸，淡定地打招呼："好久不见。"

杜飞舟和唐副董继续盯着他。

一股酸涩迅速涌上鼻腔，二人还没说话，眼睛就红了。

“哎你……”唐副董嘴角牵起一个逞能的笑，眼泪滑落，“你长得……真像他。”

姜辰看着他们的神色，难得没开嘲讽，后退半步：“进来聊。”

唐副董找回一点神志，直接冲了进去。

他双手摸上姜辰的脸，狠狠揉搓了一顿，不等对方发怒，又下移贴上对方的胸口，又捏捏胳膊，红着眼回头看向杜飞舟。

表情扭曲着，声音直抖：“不是 AI，是……是活的！”

087.

唐副董：“你是克隆的？”

姜辰：“滚。”

唐副董：“那你这是为啥啊？”

姜辰：“参加了冰冻实验。”

唐副董混乱的大脑好像被这四个字也冻了一下，稍稍冷静了些，但仍抓着他没撒手。

方景行在这个空当把杜飞舟请了进来，关好门，示意他们坐下聊，顺便趁机把自家封印师从某人的魔爪里解救了出来。

杜飞舟自始至终没有开口，只是发红的眼眶出现在一向稳重的脸上，显然他的内心是极不平静的。

直到在沙发上坐好，他才找回自己的声音，哑声道：“冰冻实验？”

姜辰轻轻点头，简单说了说来龙去脉。

方景行则在一旁补充了几句保密协议和目前的情况，告诉他们为什么昨晚没有直接在游戏里说，以及之前几次为什么要隐瞒。

唐副董的大脑死机了一半，另一半让他勉强抓住了重点。

这小子是原版，不是复制粘贴或中间被塞过零件……想通这点后，他的情绪立刻决堤，把人往怀里一抱，瞬间潸然泪下。

这世间的生离死别，最惹人断肠。

已经离世的好友突然出现在眼前，仍是记忆里鲜活的模样，换成是谁都受不了。

杜飞舟也没能绷住，起身走过去，抱了一下他们的封印师。

姜辰格外有耐心，伸手拍了拍他们的背。

直到见姓唐的没完没了，他才忍不住给了一句：“别哭了，喊爸爸。”

唐副董哽咽道："喊屁啊！"

姜辰抽出两张纸，分别递给他们。

杜飞舟和唐副董这些年的岁数到底不是白长的，努力压了压情绪，直勾勾地看着他们这位死而复生的好友。姜辰也平复了心情，吩咐 AI 给他们倒水。

杜飞舟握着杯子，老干部上身，问了点自己关心的问题，比如有没有后遗症、病情如何、医生是怎么说的之类。

姜辰一一做了回答。

杜飞舟放心地点头，又问："你是想回来打比赛？"

姜辰说道："我还差个世界冠军。"

杜飞舟和唐副董听得激动，感到了一股久违的热血沸腾。

消失了三十年的黑色封印师、当年的辰辉兰乐重回赛场，那场景光是想一想就觉得热泪盈眶。

唐副董激动道："打！我去现场给你打 call！"

杜飞舟则问了一个重要的问题："能用你以前的身份回来？"

姜辰："还不知道，得看他们具体怎么公开。"

正说着话，房门被敲响，工作人员把检查完的见面礼拿了进来。

姜辰："这什么？"

唐副董的神色有些微妙，镇定道："就……想着第一次见你，给你买的东西。"

姜辰瞥他一眼，拿过东西仔细看介绍，"哦"了声："补脑子的。"

方景行："……"

杜飞舟："……"

真行。

唐副董试图解释："就是想着你可能还在上学，给你补补嘛。"

姜辰面无表情："拿回去自己吃吧，一把年纪了，小心老年痴呆。"

唐副董不甘示弱："你留着呗，冻了三十来年，脑子再给冻空了。你看螃蟹，冻久了就什么都没了。"

姜辰盯着他，想把这堆东西糊他脸上。

唐副董忽然想起一件事："上次放狗咬人，你是不是故意的？"

姜辰："不然留着你过年？"

唐副董："不就是说了点你的黑历史吗？"

姜辰："这还不够？"

唐副董："我又没说错，再说你骑猪是我逼你骑的吗！"

姜辰："……"

杜飞舟勾起一个浅笑。

虽然眼眶的红晕未消，神色却是愉悦的。

方景行也笑了笑，有些庆幸唐副董是这种性格。

不然三十年巨大的物是人非砸下来，他们可能不会这么快回到以前的相处模式。

唐副董看着姜辰这副冷淡中透着不爽的模样，只觉万分怀念，感慨地伸手摸了把他的头。

姜辰拍开他，一脸嫌弃。

唐副董道："摸一下怎么了？你都不知道你当年死的时候我们这帮兄弟哭得多惨，还有老杜。"他拍拍联盟主席的肩，"每年给你扫墓，终究是错付了……啊呸，错付了挺好的。"

杜飞舟笑着点头。

错付了挺好，至少人还在。

姜辰："等我出院了找个时间把人喊齐，请你们吃饭。"

唐副董："这还差不多。"

杜飞舟："什么时候能出院？"

姜辰："快了。"

研究院没什么能玩的，几个人聊着过去的人和事，其间唐副董眼尖地发现了麻将牌，于是四个人就凑了桌麻将。

姜辰看向杜飞舟："什么时候学的？"

他印象里，杜飞舟貌似不会打这玩意。

杜飞舟："后来慢慢学的，只会一点。"

唐副董："别信他，上次我们打牌，就他一个人赢。"

杜飞舟道："那次是运气好。"他看着姜辰，"中午是能出去吃，还是不能出门？"

姜辰："最好不出门。"

唐副董："那能点外卖吗？"

姜辰："能。"

唐副董点点头，觉得还行，不然跟坐牢似的。

他们打了两圈牌，姜辰一把没赢。

之后一圈，他开始狂赢，唐副董一言难尽地看着方景行，心想总给他喂牌是什么意思？

方景行察觉到他的视线，无辜道："怎么了前辈？"

"……"唐副董忍着内伤，"没什么。"

杜飞舟和唐副董都是大忙人，留下陪姜辰吃了一顿饭就告辞了，临走前又分别抱了他一把。

方景行早在吃饭前就知道他们要走，给家里打了一个电话，等到饭后便送他们下楼，引着他们去大门口。

唐副董诧异："停车场不是在那边吗？"

方景行："我喊了家里的司机，让他送你们。"

唐副董问道："你不走啊？"

方景行："不走，我继续陪他。"

两个人点点头，坐上了方家的车。

上车后，他们先是沉默，接着不约而同地对视一眼。

唐副董拍了一下大腿，压着又要往上涌的酸涩，极轻地道："他还活着。"

杜飞舟轻轻"嗯"了声。

太好了，二人心想。

他还活着。

还活着的姜辰送走好友，便下楼喂鸭子了。

方景行折回来陪他一起喂，之后在花园里转悠了一圈，便上楼回房，简单午休了一会儿，照例进入游戏，发现帮会的人都在院子里，其中还包括谢承颜。

方景行："怎么下午就上线，今天不用拍戏？"

谢承颜："该拍的差不多都拍完了，天气预报说明天下雪，导演要趁着这场雪拍剩下的。"

方景行嘱咐他注意安全，见私聊在一直闪，便伸手打开，发现是几位帮主。

与此同时，苟盛他们也说起了一件新闻。今天凌晨，荧惑照梦那个服里有一队人打出了隐藏副本，现在论坛上都在讨论这事。

方景行："哪个副本开出来的？"

苟盛："不知道，只知道他们昨天等到两点都没看见通关消息，应该是死绝了。"

榨紫补充："系统公告上有五个人，是个五人的小本。"

方景行："名字是什么？"

苟盛："很正常的名字，比较难猜，我看看……哦，叫[不归林]。"

方景行心想是挺难猜的。

听这个名字就知道是森林，而山上也是有树的，所以除去普通森林，山上的副本也得考虑进去，范围太大了。

他和几位帮主聊了聊，得知他们也不清楚具体是什么本，更别提开启条件了。

他关闭私聊，见苟盛他们挺感兴趣的，便在帮会里又叫了几个人，凑齐两队人开始试。

一直试到傍晚，半点隐藏副本的影子都没发现。

方景行见几大帮派同样一筹莫展，诧异道："这次瞒得这么严？"

苟盛解释道："说是为了全服的尊严。"

前几个隐藏剧情和副本，发现和通关全是在辰星映缘。

这次荧惑照梦打出来一个，一群人都在论坛上说如果是被辰星映缘的推土机先通关，可就有乐子了。荧惑照梦自然不可能上赶着当废物，于是全服的人都在给他们鼓劲，让他们瞒着点。

苟盛道："据说为了应付跟踪的人，他们后续试探的小队每个五人本都会打一遍，根本看不出究竟哪一个是隐藏副本。"

方景行："可以看通关时间。"

苟盛："没用，他们特别拼，每支队伍都在副本里开个演唱会再出来。"

方景行听得好笑："这就没办法了，随缘吧。"

已到饭点，几个人便各自散了。

姜辰和方景行挂机下线，终于从床上起来了。二人吃完晚饭，坐在沙发上消食。姜辰见外面全暗了，问道："今天几点走？"

方景行想了想："这个星期都快过去了，不能浪费三次机会，我觉得可以再申请一次床位。"

姜辰："慢走，不送。"

方景行失笑，他当然只是随口一说，又坐了一会儿，便起身告辞。

姜辰把人送走，先去洗了一个澡，把自己收拾妥当，这才上床玩游戏。

前队友已经在如意的门口转悠半天了。

他在外省，没空来文城，加上不怎么相信封印师的话，因此压根没当一回事。

杜飞舟和唐副董他们早已商量完该怎么和他透底，保险的办法就是别堆在一起说。

于是他们给这位前队友发了条新闻，是关于冰冻实验的。这种项目几十年前就有，并不是什么新鲜事。

前队友快速看完，问道："怎么了？"

唐副董道："就……突然看见了，分享一下。"

前队友道："哦，你们见到人了吗？打他了吗？"

唐副董道："我们这边有点事，晚上再跟你详细说。"

于是前队友等到晚上上游戏，被杜飞舟和唐副董合伙拉到了帮会的厨房里，蹲在灶前围成一个圈。他一脸蒙："干什么？"

唐副董："我们见到人了。"

前队友："怎么样？"

唐副董："白天给你发的新闻你还记得吗？"

前队友："记得啊。"

唐副董："这两件是一个事，你意会一下。"

"……"前队友眨眨眼，又眨眨眼，噌地起身，"我去！"

唐副董和杜飞舟连忙把他按回去，示意他小点声。

唐副董："还没公开，不能往外说，你知道这个事就行。"

前队友的声音都抖了："你们没骗我？"

唐副董："没有啊，我们亲自去见的人，他还是当年的模样！"

前队友当即就坐不住了，跑到了如意帮会。

可过去一问，发现人家还没回来，只好在门口转悠。

姜辰刚上线就听说了这事，便出了大门。

前队友一眼扫见他，急忙一个箭步冲过来："你你你……"

姜辰说道："嗯，注意点。"

前队友激动得语无伦次："我我我……"

他实在受不了，一把将人抱住，号得撕心裂肺。

苟盛几人正好出来，诧异地询问怎么了。

姜辰张嘴就来："听说我要指导他 PK，高兴哭了。"

前队友猛点头："嗯，我……我太高兴了我！"

苟盛几人估摸这可能是个 PK 痴[1]，鼓励了两句，走了。

姜辰为了不露馅，便带着他和唐副董他们进了竞技场，开了间房，陪着前队友聊天。说话间方景行上线，见他询问他们在哪儿，姜辰便把房间号和密码发了过去。

---

1 PK 痴：痴迷 PK 的玩家。

唐副董他们正在观众席上聊着天，就见擂台上刷出一个人，定睛一看，是方景行。

他们不由得好奇："你和方景行谁厉害？来一把？"

姜辰："各半。"

来一把当然是没问题的，刚好他需要缓和情绪。

他说着对方景行打了个手势，示意他在擂台上等着，起身走了过去。

封印师的背影斯文淡定，和当年一样。

前队友无数次见过这一幕，那些情绪立刻回来了，大喊道："辰辉兰乐！"

姜辰脚步一顿，回过头。

前队友知道要注意，便坐在那里仰着头，喊得声嘶力竭："辰辉兰乐！"

唐副董鼻子一酸，跟着喊道："辰辉兰乐！"

"辰辉兰乐——！"

两个四五十岁的人，抽风似的叫着一个名字，带着沙哑的哽咽和未凉的一腔热血。杜飞舟听得神情微动，忍不住也喊了一声。

姜辰沉默地看看他们，转身继续走，一边伸出胳膊对他们挥了挥。

前方的擂台上站着方景行，正一脸笑意地等着他。

身后是老朋友的呼喊，恍惚间，他仿佛听到了此起彼伏的声音破开时空遥遥传来。

山呼海啸，金彩飞腾。

CHAPTER FIVE

NO.7 &NO.10

七号和十号

088.

擂台和观众席的语音是不通的。

方景行能看见他们，却听不见他们的声音，还以为姜辰半路的停顿只是闲聊。他看着姜辰过来，上前问道："怎么？"

姜辰："打一架，不能对不起观众。"

方景行当然没意见。

两个人按照以往的节奏打了三场，公屏上全是给姜辰打 call 和叩 6 的，告诉姜辰别手软。方景行客场作战，一比二输掉比赛，和姜辰去了观众席。

几个人正说着话，老当益壮的人突然在帮会频道呼叫杜飞舟他们，说是也想为辰星映缘出份力。唐副董诧异地问了问，按照他们的提醒翻看世界频道的消息，翻了半天才看见源头。

[世界] 恰瓜：别的服都在找隐藏副本，咋咱们服就没事发生似的呢？

[世界] 板蓝根：因为有推土机，早就见怪不怪了吧。

[世界] 辰星观察缘：我今天看见大佬他们打本了，说明他们还是有在找的。

[世界] 仓鼠球：那咱们等着吧 [开心]

[世界] 论文好难写：我觉得不能总这样，每次都靠大佬们打，然后咱们坐享攻略。

[世界] 藏书：嗯，不能一直当伸手党，难得咱们能帮上一次忙。

[世界] 彩虹豆：看看荧惑照梦现在多团结，咱们也可以的！

[世界] 我是个杀：对，冲！

[世界] 最强傀儡师：五人本，冲呀！

后面一群排队的人，直接刷了屏。

唐副董截图发到观众频道，啧啧道："可以啊辰神，走哪儿都能腥风血雨。"

对隐藏副本打不打无所谓的"辰神"纠正他："腥风血雨不是这么用的。"

唐副董道："意会一下，这是在说你受欢迎。"他说着粗略一数，"咱们刚好五个人，可以打本……哎不对，你们今天是不是打完了？还有剩下的吗？"

姜辰："没了。"

唐副董哀怨道："三郎啊，你只见新人笑，不见旧人哭。"

姜辰："滚。"

方景行听得好奇，看向姜辰："你排三？"

唐副董帮着回答："他当时想当老大，可惜年纪最小，被我们联手按下去了。"

方景行都不用问，就知道杜飞舟是大哥。

他想象着十六七岁的姜辰冷淡地表示要做老大的画面，稀罕得不行，笑着捏了捏对方的手。

唐副董见帮会里的人又在喊他们，便接上刚才的话题："好久没和你打本了，明天必须得留给我们。"

前队友道："对，我也打！"

姜辰痛快地同意了。

他以前是为了防止露馅，加上在他们面前要以小辈自居，便不乐意和他们一起玩，现在既然说开，也就没事了。

因为有人明天白天要上班，大家便约了晚上的时间，然后杜飞舟几人就回帮会和那些人打本了。

五人本每天只能打一次，姜辰和方景行今天的次数已经用完，见大外甥在线，便找过去陪他玩，一直玩到下线。

转天一早，姜辰刚上线就收到了最新消息。

就在凌晨，蹲守荧惑照梦那队率先发现隐藏副本的人，终于知道是哪个本了。

姜辰："他们不是每个五人本都打一遍吗，怎么发现的？"

方景行："但隐藏副本有一个机制。"

姜辰秒懂。

隐藏副本里，死的人会被直接送出去，和集体开完演唱会再出去不同，是逐个出去的，这大概就是他们百密一疏的地方。

方景行道："目前还不清楚开启条件，其余的服都还没开出来。"

姜辰点点头，跟着他去打赏金墙。

整个辰星映缘都知道大佬的作息时间，此刻一查，见他们果然在线，便发了消息。

[喇叭] 五指琴魔：@ 十方俱灭 @ 暗冥，大佬，[不归林] 是从鲁迦山那个五人本里打出来的。

二人扫了一眼，给了回复。

[世界] 十方俱灭：嗯。

[世界] 五指琴魔：大佬加油 [开心]

[世界] 暗冥：我们和人约了晚上打。

[世界] 消炎药：那我们先扫个雷。

[世界] 西红柿鸡蛋：对，五人本组起来！

副本不同于剧情。

剧情是耗时长，需要来回跑，且有不同的路线。副本则是一路打完小怪再推 boss，把目标物弄死就完事了。

前几个隐藏副本，大佬们开完荒就直接公开了攻略。隐藏剧情虽说需要等一等，但一般也能拿到攻略。他们当了这么久的白嫖党[1]，这次终于可以参与进来，因此热情很高，随时在频道上共享信息，免得后面的人重蹈覆辙。

随着时间的推移，几大帮会和苟盛他们也上了线，参与的人更多了。

一天下来，玩家们总结了一长串实验结果，姿势千奇百怪。前面的诸如战神单扛 boss、奶妈死活不给队友加奶之类的还算正常，后面的就放飞了，比如给 boss 跳舞、脱衣服卖萌等，什么都敢想。

然而这些通通没用。

如今除了荧惑照梦，其他几个服依然没能开出隐藏副本。

方景行看着他们发在频道上的东西，觉得挺有意思的。

姜辰也扫完了一遍，等杜飞舟他们一上线，就一起进了鲁迦山。

这是个满级的五人本，极其简单。

背景是鲁迦山住着一对魔族的兄弟，两个人占山为王，欺压村民。

可能是资金有限，里面的小怪是他们招收的喽啰，而一、二号 boss 就由他们自己来了，整个副本根本没什么难度。

五人小队里，姜辰、方景行和杜飞舟是脆皮，姜辰前队友和唐副董都是剑客，没有

---

1 白嫖党：指免费获得他人资源的群体。

奶妈和辅助。好在几人的技术都不错，能嗑药扛。

两位剑客自然是负责拉怪的，前队友砍着小怪，说道：“你们游梦弄得这是啥玩意，小怪长这么难看。”

唐副董说道：“我早就不管策划这一块了，别和我吐槽。”

前队友说道：“好歹是副董，你劝劝他们。”

唐副董道：“再说吧。”他看向姜辰，“哎，你不指挥一下？”

姜辰：“没什么好指挥的，我能评价一下。”

唐副董急忙道：“不用。”

姜辰和他同时开口：“真菜。”

唐副董就知道是这样，无声地笑了一下，不由得想起 [为辰] 的语音设计。

真好，他想。

不再是冷冰冰的程序了，他们能直接对话。

他在心里感慨，嘴上说道：“咱能不能换一句？”

姜辰说道：“菜得感人。”

唐副董：“你看脑子给冻坏了吧，只有这点词汇量。”

方景行失笑，听着他们一路吵吵闹闹，看了眼比平时话多的姜辰，知道他心情不错，便分出几分注意力观察副本，并没发现特别之处。

五个人砍瓜切菜式的弄死了弟弟，很快到了最终 boss 哥哥这里。

boss 坐在正殿的主位上，见到他们，愉悦地迈步下来，呵呵笑道：“真好，又有来送钱送命的了。”

姜辰看了他一眼，掏出一枚铜币扔在地上。

boss 沉默一秒，捡起来揣口袋里了。

其余四人：“……”

真就穷成这样?

杜飞舟这一路也在观察副本的情况，见状无语：“这算是开了？”

姜辰：“谁知道，打打看。”

事实证明他们想多了。

boss 被弄死后无事发生，至于说他会捡钱，大概是有这个程序，想捡钱而已。

五个人摸完尸，分完东西，便离开了副本。

外面的人都在观望，见状便知道他们也没开出来，纷纷围过去安慰。

姜辰对此很淡定，带着老朋友又进了别的本，继续和他们聊天，商量着以后挑哪个日子聚餐。

唐副董问道：“你元旦是不是能出来了？”

姜辰：“不知道。”

唐副董：“那过年呢？”

姜辰：“应该吧。”

他其实不清楚项目组的报告要写多久。

不过哪怕写不完，看现在这个情况，他大概率也是能回家过年的。

几个人玩了一阵，之后道别下线。

转天姜辰起床，照例看了看两位病友。

七号之前受的是外伤，且恢复得不错，已经能下床走动了。

十号恢复了说话能力后，咬合能力也跟着回来，可以吃饭了。姜辰过来时，就见他上半身靠在床头，正在被AI喂饭。

姜辰作为过来人，知道能够吃饭，以后的情况会越来越好。

而十号早点康复，他也就能早点出去，他带着种菜的心情看着这两个人，深深地觉得“长势”不错，十分满意。

十号余光扫见外面的人影，看了一眼，刚咬进嘴里的青菜“啪嗒”就掉了：“我去！”

工作人员正在查看仪器，闻言抬头：“怎么了？”

十号一脸震惊，颤声道：“辰……辰辰辉兰乐！”

089.

工作人员：“你认识他？”

“那当然！”十号的目光依然没转回来，“我看过他的比赛。”

姜辰站在外面听不见他们的声音，见他望向自己，对他点了点头。

十号发现他不是个假人，顿时激动：“真是本人？他也被冻了？”

工作人员道：“嗯，他是第一个醒的。”

十号道：“太好了，他没死……哎，他走了。”他急忙道，“你你你能叫住他，让他进来聊聊吗？”

工作人员刚好查完数据要走，便出门问了一下姜辰的意思。

姜辰至今一直是隔空和病友打招呼，还没面对面地聊过，便没有拒绝，穿上隔离服进了病房。

他近距离打量了一眼。

十号当年参与冰冻实验也是因为生病，现在刚醒不久，只是暂时用药物控制住了病情，等着养好一点再做手术。因此气色自然好看不到哪里去，不过仍能看出清秀的影子，长得还不错。

十号开心道："你是辰辉兰乐吧，我是你的粉丝。"

姜辰刚刚听工作人员说过，淡定地"哦"了声，心想这学霸平时真的挺闲，连电竞圈也混。

挺闲的十号被AI喂了口饭，快速嚼完咽进肚："你去世的时候我可伤心了，我们班有两个你的女友粉，直接就哭了。"说话间AI另一勺饭送到了嘴边，他张嘴吃掉，囫囵一咽，"而且我们学校好多喜欢看比赛的，那天整座校园愁云惨淡，还有人站在窗前喊你的名字……呃……水水水……"

姜辰："……"

好极了，把自己噎着了。

他看着AI倒水，说道："慢点吃。"

十号灌完两口水，老实了，开始细嚼慢咽，询问他是不是要打比赛，得到肯定的答复后，说道："这就是天意！"

姜辰："什么天意？"

十号："你看剧情都这么演，你沉睡三十年，醒来想重返荣耀，自己组建一支战队，遇见了天才新人——比如我——然后再找几个人，杀进这个时代最火的游戏里拿到冠军，开创一个王朝。"

姜辰提醒："游梦还没凉。"

十号："啊？"

姜辰："并且出了全息。"

十号震惊："全息！"

他一口气没上来，咳了一个惊天动地，AI把碗一放，轻轻给他拍胸。

姜辰旁观了两眼，觉得十号太容易激动，自己还是离开比较好，留下不利于他的"长势"。

十号不清楚自己被嫌弃了，满脸老泪纵横："竟然有全息了，人类真伟大！"他看着姜辰，"辰神你是还想留在游梦项目里打比赛吗，你觉得我怎么样？你看以前和你玩得比较好的选手叫大唐时代，我姓宋，我取个 ID 叫梦回大宋，是不是特有缘？”

“……”姜辰道，“不下棋了？”

十号：“下啊，我听说现在的人能活好久，可以退役再下。”

姜辰：“你多大？”

十号：“十六了。”

姜辰：“未成年早就不让打比赛了。”

十号：“哦，我四十六了。”

姜辰：“……”

两个人相互对视。

十号张嘴又咬住一根青菜，兔子似的慢慢嚼，期待地看着他。

姜辰看着这个四十六岁的小孩，问道：“你技术怎么样？”

十号道：“不知道，需要大神给看看。”他一脸的乐观，“万一我有天赋呢？”

姜辰想着他是学霸，点点头，告诉他先把身体养好了再说。

十号很开心，吃菜都有了动力。姜辰又和他聊了一会儿，直到 AI 提醒他回去吃饭，便告辞了。

经过这一插曲，他比平时晚了半小时上线。

方景行已经在等他了，正想用手机联系他，就看见了他的身影，笑着打招呼：“早。”

姜辰：“早。”

方景行：“今天起晚了？”

姜辰：“没，碰见一个小粉丝。”

方景行挑眉：“你那里还能遇见粉丝？”他一向脑子灵活，问完便想到一个可能，“是病友？”

姜辰：“嗯，一个高中生学霸。”

他看了看频道消息，见这些人依然在打鲁迦山，便知道荧惑照梦那边又没通关。因为拿到首杀后，他们大概率会直接公开条件，不至于还瞒着。

以防万一，他多问了一句：“荧惑那边零点打了吗？”

方景行：“打了，没通关。”

姜辰点头，知道这才是开荒的常态。

算一算，他们一共打了三次，运气好第二次能摸到最终 boss，那也还得试出 boss 的攻击和血红机制，如果零点这次能全部摸清，应该就快了。

方景行说道："我听说他们那些小队共享了信息，就差一两次了。"

玩家们也是同样的观点，纷纷在频道上给他们鼓劲，希望尽快打出来。

今天是休息日，比平时上游戏的人多，相当一部分喜欢睡懒觉的都坚强地爬起来上了线，搞得热火朝天的，连不怎么喜欢打本的都去打了一下。

唐副董他们上午有事，大概十点多才能上线，几人便约好十点半打。

姜辰和方景行二人先把玩家们的新实验成果看了一遍，发现又多了些五花八门的东西。

姜辰说道："送钱送命也不管用？"

他还想着今天送一下试试，没想到已经有人试过了。

方景行说："他们猜测可能是钱数不对，正在扔别的钱。"

姜辰："这得试到什么时候？"

方景行笑道："看运气吧。"

姜辰回想昨晚的画面。

最终 boss 所在的大殿很空，只有一把椅子，其余的陈设一览无余，玩家们很可能都搜过了，他问道："椅子附近看过吗？"

方景行道："木枷锁他们肯定会看。"他说道，"咱们今天打慢点，看看别处吧。"

二人说完便要去打赏金墙，这时只见金色的公告飘了上来。

[系统]恭喜玩家孤问、金十六、金十八、金牌杀手、行走赏金发现隐藏副本[不归林]！

姜辰："……"

方景行："……"

全服玩家："……"

频道瞬间炸锅了。

[喇叭]金十六：哈哈哈哈哈！

[世界]镜中人：？？？

[世界]幸天成：牛！

[世界]飞星重木：万万没想到竟是孤问他们……

[世界]仓鼠球：他们不是不打本吗？

[世界]恰瓜：这就是爱啊。

[世界]磨灭：感动，为了全服的荣耀，连金竞联盟都打本了[哭泣]

[世界]板蓝根：是挺不容易的[捂嘴流泪]

[世界]西红柿鸡蛋：我要去发论坛。

都不用她发，早在公告出来的时候，就有人截图跑到论坛上吼了一嗓子。

众人一看，纷纷给荧惑照梦点蜡。

完了，据说推土机今天还没打这个本，这是要推起来了。

荧惑照梦的玩家全疯了。

如果辰星映缘的先通关，这啪啪啪地就全是在打他们的脸，想想就惨。

当即就有人跳出来说方景行是职业选手，和普通玩家抢首杀也好意思，惹得一群粉丝反驳，说职业选手退役了还不能玩游戏吗，荧惑照梦也有退役选手，有本事让他们打啊，再说那首杀是辰星映缘的首杀，和荧惑照梦有什么关系？更别提现在还没实锤说那就是方景行呢，万一不是呢？

论坛上吵得热闹，引得更多的人驻扎，想要蹲出个结果。

辰星映缘里，众玩家来到鲁迦山等候，见孤问他们先后死了出来，便给他们鼓掌撒花，迎接全服的功臣。

金十八谦虚摆手："都是一家人，应该做的。"

金十六："略尽绵薄之力，不当夸不当夸，接下来就交给咱们的大佬了。"

行走赏金："我们也是运气好。"

孤问高冷地走在最前面，带人到两位大佬的面前。

全服自发打隐藏副本，连金竞联盟都下了场。姜辰和方景行自然得过来，不只是他们，木枷锁等几位帮主也在。

一行人找到一个清净的地方，围成圈开会，询问开启条件。

孤问说道："扔钱。"

木枷锁问："扔多少？"

孤问："一枚金币。"

众人一怔。

镜中人道："他们早就扔过了，不管用啊。"

孤问五人组也是一怔。

他们只看了昨天玩家们发的一长串内容，之后就组好队进去了，根本没看今天的。

方景行说道："应该还有别的，是什么？"

孤问五人组一齐看着他们。

姜辰一群人也看着对方。

沉默渐渐在空气里蔓延，搭配着频道上过年般喜气洋洋的气氛，相得益彰地涌向他们。

几秒后，金十六弱弱道：“别的啥？”

姜辰等人：“……”

金竞联盟，名不虚传。

方景行无奈地笑笑：“你们把整个过程说一遍。”

金十六便噼里啪啦叙述了经过，总结起来就是一个字：干！

木枷锁一行人看着他们，想把他们也“干”了。

金十六心有余悸：“这个本真难，哪怕提前看了攻略，我们也差点团灭。”

木枷锁一行人沉默。

怎么就难了？鲁迦山是满级本里最简单的五人本啊！

金十六试图拉回一点面子：“我们隐藏副本里录了像，这就发给你们。”

众人继续盯着他们。

开启条件都没弄清楚，看隐藏副本有什么用？

方景行琢磨了下：“你们差点团灭？”

金十六：“是啊，幸亏我们提前买了点商城里的药，嗑药稳住了。”

方景行：“是不是乱仇恨了？”

金十六：“这谁知道，当时那么紧张刺激，根本没注意啊。”

众人：“……”

孤问顶着他们的视线，一脸漠然地坐着，就有些后悔打本。

每次打本，都显得他们特智障。

白龙骨看向飞星重木：“上次你不是带着孤问打了好几次本吗，没给教会？”

飞星重木叹气：“后来不是打隐藏剧情了吗？我看拿到了首杀，很珍惜这段革命友谊，就把后面的几天给他免了。”

镜中人痛心疾首：“你看这就遭报应了吧！”

飞星重木：“别说了，都是泪。”

孤问扫了他们一眼：“不服？”

众人一齐道：“服服服，多亏你们打出来了，让我们有了一个方向。”

方景行看得好笑：“找一队人试试，一二名的伤害量别差太多，一乱仇恨就赶紧抢回来。”

木枷锁等人应声，派了一队人进本。

片刻后得到反馈，他们打出来了，所以开启条件就是一枚金币加上乱仇恨。

得到这个结论，几大帮会便招呼骨干进了副本，努力往前推进。

金十六遗憾道："要是咱们的次数没用完就好了。"

孤问："还想打？"

金十六："打啊，这可是咱们发现的副本！"

金十八："就是，全服还等着首杀呢，咱们的战场，血战到底！"

行走赏金："突然觉得打副本也挺快乐的。"

金牌杀手："嗯！"

孤问看了看这四个不知自己几斤几两的成员，沉默地站起身，扭头就走。

090.

几大帮会也采用了信息共享的模式。

原本有人提出一队队地进，后一队等前面的队伍出来，看完录像，总结一波经验再进，但想了想又觉得太浪费时间，一天下来进不了几支队伍，再说也不一定能推多远。

飞星重木啧了声："何必和荧惑照梦的学，是他们怕咱们，又不是咱们怕他们。"

白龙骨："嗯，没必要，搞得咱们多重视多认真似的。"

朝辞："大将风范，不屑和他们争。"

幸天成："淡泊名利，就是这么霸气！"

木枷锁："说得对。"

柳和泽："该怎么打就怎么打。"

帮众们听他们你一言我一语地说完，眨眨眼反应一下："那……我们就直接进了？"

几位帮主异口同声："分批吧。"

帮众们："……"

说好的与世无争呢！

几位帮主觉得只进一队不保险，容易让后面的人跟着犯蠢。

因此商量片刻，敲定了五支小队为一个梯队，出来后把视频合在一起研究。

等姜辰他们凑齐人要打的时候，几大帮会已经磨到第二关了。

众人见他们这就要进副本，劝了劝："你们再等等呗，让我们多推一点，给你们扫个雷。"

唐副董"嚯"了声，看向姜辰："这是成了全服的希望啊。"

姜辰："你们不要首杀了？"

众人道："对外期间，不搞内乱！"

姜辰觉得没必要，但能理解。

玩游戏，当然是想玩到最好，让所有人都膜拜。

辰星映缘开服至今一直是游梦玩家们讨论的对象，本服玩家都想让它继续牛 ×，所以才会全服打本，也因如此，从来不喜欢打本的金竞联盟都下了场。而他享受着这个成果，总不能无视众人的努力，说一句"我不 care"。

众人见他沉默，有些迟疑。

他们也知道这是把压力扔在了大佬的身上，不太好，改口道："那啥，大佬要是想现在打，就打吧，我们把视频给你们，你们先瞅瞅？"

姜辰拿到视频，原地和队友们看了一遍。

众人期待地望着他："怎么样，有没有能卡的 bug？"

姜辰："暂时看不出，你们呢？"

方景行几人一起摇头。

众人的心"唰"地一凉："只能硬打？"

方景行说道："说不好，得现场看。"

众人说道："那……你们是等着第二关磨完，还是这就进去？"

方景行几人看向姜辰，让他决定。

姜辰不想辜负他们的一番好意，便决定再等等。

周围有一群小号观望，见状把消息发到论坛上：报——！两位大佬想打本，被人劝住了，他们正在用命给两位大佬蹚雷！

荧惑照梦的玩家痛心疾首：厚颜无耻！

荧惑照梦里的小号也不少，见那些大佬都挺安静的，不清楚他们在干些什么。

直到下午，有眼尖的才发现一个震惊的事实，也发到了论坛上：报——！荧惑这边突然出现了一批陌生号，个个装备好得不行，我觉得大概率是新买的号，扒了原本角色的装备给它们了！

买小号，意味着能多打好几次。

如果他们已经摸到 boss，那么来个两三次就能通关了。

辰星映缘的玩家也跟着痛心疾首：丧心病狂！

姜辰下午刚上线，就被一群人围了。

众人把事情一说，告诉他荧惑那边厉害的几批小号已经进去半小时了。

他们见大佬也要进本，纷纷开口："正常打，别有压力。"

"咱们这才是第一天开荒，死了也没什么的。"

"对，别理他们。"

姜辰淡定地点头，带着他的小队进了副本。

众人目送他们的身影消失，在心里默默打气，等着他们凯旋。

只是总觉得哪里怪怪的，一时也说不清为什么。几秒后，有人意识到了："大佬的队伍是不是没治疗？"

其余人一齐震惊："是啊！"

不仅没治疗，貌似也没有辅助。

一群人的心顿时拔凉拔凉的，好在白龙骨知道内情，告诉他们那些人以前都打过职业，这才让围观群众踏实了一点。

"你咋知道的？"

"以前和孤问找方队指导，方队叫了一批人，里面就有追风和贝贝最可爱，说是退役的老选手，不信你们问问孤问和金十六他们。"

"话说回来，孤问干啥呢，咋不过来啊？"

孤问这时正巧路过，闻言扫了他们一眼，冷着一张脸，顶着陌生的小号进了副本。

荧惑那边给了他们启发，金十六几人扬言要捍卫战场，便买了小号继续打。一群人低调进本，打得特别刺激，然后被boss挨个弄死，团灭了出来。

孤问沉默地盯着他们。

金十六几人也看着他，一脸蒙。

孤问冷冷问道："还打吗？"

金十六："要不……复个盘再试试？"

孤问点点头，把他提为副帮主，示意他带队研究，自己不奉陪了。

和他们的惨烈不同，姜辰一行人打得极顺。

这是满级里最简单的五人本，他们买了几种瞬间回血的药，不需要治疗也能扛过boss的攻击。而队伍里有两个剑客，伤害量控制在前两名，乱仇恨也不必担心。

钱送了，乱仇恨却没能送命。

boss很暴躁，眼见自己的血条即将见底，终于不倔强了，怒道："你们给我等着！"

放完这句狠话，他扭头就跑，消失得无影无踪。

随后只见大殿后方出现了一条路，通往后山，正是不归林。

不归林黑雾弥漫，能见度不足十米。

一条曲折的山间小路蜿蜒而上，两旁是黑漆漆的树林，看着十分阴森。

副本第一关是野兽小怪，它们五只一个单位，藏在草丛和树上，前者近战，后者远程，随机分布，攻击很强。第二关是沼泽陷阱，躲避的路上还有极擅伪装的食人植物，一不小心就会被吞掉。而这两关，几大帮会已经探完了。

姜辰和方景行实地考察了一下，依然没发现省时的办法。也不知是吸取了前两个副本的教训，游梦的运营团队派人重新测试过，还是本身就没有漏洞。

他们只好按部就班地打，一路过完前两关，到了第三关。

第三关没有小怪和陷阱，但由于被黑雾影响了这么久，小队的人会随机陷入混乱，并随机用技能攻击队友。

来抢副本首杀，身上带的装备都是最好的，混乱起来是真的虐。

唐副董看着姜辰：“你说你万一混乱，给我们来个连环爆破，这谁受得了？”

姜辰刚要嘲回去，就发现角色不受控制了。

其他几人只见他身上黑雾缭绕，之后冲着他们就过来了。

唐副董：“啊！”

方景行顿时笑出声。

这种“中奖”的事，自家封印师必须有份。

几个人二话不说，一路狂奔。

然而姜辰用的是神器，加了攻击距离，他们根本逃不开。直到杜飞舟回头一箭把他冰住，这才得到喘息的工夫。

几秒后，姜辰解封，继续追杀他们。

唐副董一边跑一边对身边的人说道：“要不咱们就别手软了，打他一顿吧。”

旁边的贝贝最可爱没开口，身上开始冒黑烟，拿着剑就冲他砍去。

唐副董又“啊”了声，急忙躲开。

副本里一片鸡飞狗跳，不停地上演自相残杀的戏码。

好在几个人都不是菜鸟，整个关卡过得算是有惊无险。

第三关结束，黑雾散开了一点。

逃跑的 boss 站在半山腰，模样有些变化，看着不太清醒的样子，很可能也被雾气影响了。

姜辰打量了一眼，暂时没开怪[1]，而是在周围转了转。

方景行问道："想找找有没有悬崖？"

姜辰点头。

他们进本的时间比荧惑那边晚，想要首杀，只能走别的路。

五人小队在半山腰兜了半圈，终于看见一个悬崖。

姜辰说道："开吧，看能不能拉过来，用击飞技能打下去。"

击飞技能，姜辰、方景行和杜飞舟用的职业都没有，但剑客有。

于是唐副董便上前开怪，慢慢把 boss 拉到悬崖边上，和队友交替使用击飞技能，一点点把人往前逼。在技能又一次冷却结束，使用出来后，boss 仰面一倒，掉了下去。

几人一齐看向战斗频道，等了等，见系统刷出了他的死亡信息。

然而……首杀公告没有出现。

没出现，这意味着副本还没打完。

几人站在崖边，陷入沉默。

唐副董："辰啊，我有个问题。"

姜辰："闭嘴。"

唐副董："好歹是副本 boss 掉的东西，这样咱咋摸尸呢？"

姜辰不理他，转身走人。

他们在四处转了转，看见了一条不起眼的小路，便再次沿着小路走。

几乎同一时间，荧惑照梦的某组小号队伍熬过了 boss 的血红，成功把他打死了。

几人顿时欢呼，掏出烟花准备迎接胜利的到来，结果没出公告。他们转了大半圈，也发现了一条小路。

几人："……"

原来后面还有！

众人一脸悲愤，把消息传到外面，继续认命地开荒。

一路上风平浪静，只是林子里隔一段距离就布了一个机关，偶尔会放个冷箭，不过应付起来也不算难。

姜辰等人来到山顶，见这里有一个山洞，此外再没有别的了。

他们谨慎地迈进去，迎面就对上了五组机关阵，试着打了打，发现没用，只能想办

---

1 开怪：一轮游戏中首次攻击目标物，让目标物开始施放攻击。

法躲避，惊险地一一通过后，到了最里面的木门前。

木门开了一半，一个傀儡立在门外看着他们，机械地说道：“主人不喜欢被打扰，擅闯者，死。”

不用问，这应该就是关底[1]了。

双方摆开阵型开打，眨眼间被傀儡虐得血流成河，全死了出来。

木枷锁等人早已收到他们的消息，知道里面的情况，此刻看见大佬的身影，安慰道：“没事，荧惑那边也都死出来了。”

大小姐那个隐藏副本，跑路的 boss 就是最终 boss，他们以为这个也是。

因此谁也没想到这次后面还有一个，两个服的玩家猝不及防，这一轮都没能拿到首杀。如今起点一样，就看谁能尽快摸清最终 boss 的攻击机制了。

木枷锁等人坐不住了，也去买了小号，进副本开荒。

就这么一直试到晚上，愣是没试出来，只好求助大佬。

方景行道：“这么难？”

木枷锁道：“我们什么阵容都试过，不管用，攻击太高了，根本不像五人队能打过的。”

方景行听他说完，之后看向姜辰，问他有没有兴趣买个号。

姜辰看完他们拍的视频，点头说有兴趣，便换号去瞅了瞅，然后趁着他们打傀儡的时候，从打开的木门里溜了进去，见地上坐着一个身穿黑袍、看不清具体长相的人。

他正要细看，只见黑袍人一扬手，一个攻击落到他身上，他瞬间扑街。

姜辰：“……”

方景行几人：“……”

姜辰被送出副本，和外面的人面面相觑。

众人迎上来：“怎么样？”

姜辰没回答，而是在队伍频道里通知方景行：“傀儡说得是真的。”

方景行笑了一声：“嗯，知道了。”

跟着他们进队的飞星重木道：“什么是真的？”

方景行说道：“擅闯者，死。你们把门关上。”

飞星重木依言跑过去关上了半边的门，傀儡的攻击瞬间降了下来。

众人：“……”

到现在为止，五人小队死了一个姜辰，剩下三个攻击手加一个奶妈。

---

1 关底：最后关卡。

有方景行指挥，虽说没能推过，但好歹是把血红机制给试出来了。

接下来就是正式开打了。

姜辰功成身退，下线睡觉。

“……”几位帮主看向方景行，“不要首杀了？”

方景行笑道：“这是全服努力得来的首杀，你们打吧。”

几位帮主相互看看，也没有竞争，而是共同组了一支队伍进本。

荧惑照梦那边同样发现了木门的关键，再次丧心病狂地换号开荒。当天晚上，两个服几乎前后脚出了首杀公告，放眼一望，公告上全是生面孔。

辰星映缘玩家：“……”

荧惑照梦玩家：“……”

所以到底是为什么走到这一步的？

两个服的人一起反思，惊觉是被众人起哄闹的，于是都开始给对方搭梯子。

辰星映缘：“恭喜，首杀是你们的，厉害！”

荧惑照梦：“不不不，你们一天就推过了，不愧是辰星映缘，佩服！不像某些服，没发现过隐藏剧情和副本，也没有拿过首杀，就只会瞎吵吵。”

辰星映缘：“对。”

其余八个服：“……”

压力瞬间转移到其余八个服，这些服的玩家们开始了疯狂的找剧情和副本活动，闹了好一阵才消停。

生活重归正轨，天气也越来越冷。

七号在无菌病房里熬到现在，终于熬不住了，便每日一认错，总算让秦组长心软，把他放了出来。

姜辰正喂着鸭子，抬头便见七号溜达着过来了，于是和他聊了自他醒来至今的第一句话：“你能出来了？”

“我用爱感动了两位组长。”七号低头看了看，“这是你养的？”

姜辰应声，喂完它们，便在花园里散步。

七号并肩跟着他，看了看周围的景色，指着墙：“这点高度，拦得住谁啊？”

姜辰看了眼围墙：“你能跳上去？”

七号笑道：“小意思，看着。”

他说着往前助跑，两步蹿了上去，站到了围墙上。

下一刻，只听警铃嗡鸣而起，响彻研究院。

姜辰：“……”

七号：“……”

七号惊叹一声，急忙跳下来，往花园的长椅上一坐，虚弱地对AI道：“快，给我推个轮椅过来。”

091.

轮椅没有保安来得快。

警报一响，保安就带着机器人围了过来。

七号看看远处隐隐约约的影子，又看看刚离开不久的AI小护士，快速扫视一圈，见五只鸭崽吃饱喝足来找阿爸了，于是箭步上前抱起一只，回到了长椅上。

姜辰：“……”

五只鸭崽在研究院一直是众星捧月的待遇，没想到竟能在自家地盘上被掳，见靠山阿爸就在旁边，便呼啦围上前对着“绑匪”叫。

七号看向病友：“它有名字吗？”

姜辰扫了眼鸭崽脚上名牌的颜色，说道：“姜兴武。”

七号听得一愣：“这么讲究？”

姜辰说道：“两位组长起的。”

“……”七号道，“有文化！”

说话间，保安到了近处，询问情况。

七号虚弱道：“兴武吧……刚刚和它们打起来了，受了刺激扑腾着要飞，正好又刮了一阵风，你想想那个画面。”

保安板着脸：“墙上的警报装置有重量感应，鸟禽和普通的猫站在上面都没事。”

姜辰：“……”

七号：“……”

“我没说兴武站上去了，”七号很镇定地解释，“那画面你能想象出来不？多惊险啊，我怕它飞出去，就上墙拦了一下，还扯到了我的伤咳咳咳……”

他试图博同情，把鸭子放下，一边看着它们“嘎嘎嘎”地跑走，一边说道：“误会一场，你们回去吧。”

保安是军人出身，不好糊弄，命令机器人调监控。

后者联网一查，给他放了一遍。保安沉默一下，看向正两眼望天的七号：“小兄弟身手不错啊。”

七号很谦虚：“一般，一般。”

保安失笑摇头，查清不是有外人闯入，便带着机器人走了。

七号刚松了一口气，就见秦组长他们也来了。

正值中午，研究院的人都在吃饭或休息。

警报系统自从装上就没响过，他们知道肯定是有人踩了，想起在外面遛弯的两位志愿者，便来看了看。

陈组长道：“怎么回事？”

没等七号回答，就见AI道：“主人伤口裂了！”

与此同时，另一个AI推着轮椅狂奔而至：“主人，轮椅来了！”

七号原本是想装个虚弱，把事情推到小动物身上，谁知警报装置有那么一个倒霉设定。

他心想这AI咋啥都说，对自己叫轮椅的决定万分后悔，但还是顶着众人的视线，依旧镇定道：“没有，我主要是想在意点，坐着轮椅回去，免得把精心养好的身体又弄坏了。”

陈组长：“那报警器为什么会响？”

秦组长：“你翻墙头了？”

七号一脸认真：“为了救小动物。”

双方对视几秒，秦组长示意AI给七号做个检查，得知伤口裂开了一点，便让他回房养着，什么时候那点裂口长好了，什么时候再出来。

七号认命，坐着轮椅被推走了。

姜辰：“……”

七号，一个能把自己作进无菌病房的神秘快递小哥。

姜辰很服气，给自家受委屈的鸭崽撕了点菜叶子，这才上楼午休。

伤口裂开不是什么大问题，五天后，七号就又被放了出来。

项目已经终止，姜辰连手机都拿回来了，自然不会再被断网。他正玩着游戏，察觉胳膊被戳了戳，摘下眼镜一看，得知有人敲门，便示意AI去开。

七号溜达着进门，见他正要下床，问道：“刚醒？”

姜辰说道：“没有，在打游戏。”

他走到沙发上坐下，从茶几下掏出一堆零食放在小盘里，往七号那边推了推。

七号拿起一袋小零食撕开，目光转到姜辰的眼镜上，有点好奇："全息游戏是吧，我听说过，里面什么样的？"

姜辰把眼镜拿过去递给他，想起他的不靠谱，提醒道："别瞎霍霍。"

七号说道："我就看看。"

他拿过眼镜戴上，见周围的场景瞬间转变。

眼前是片森林，能感受到吹在脸上的轻风，还能听到鸟叫。抬起头，只见天空辽阔，蓝得令人心情愉悦。

旁边响起一个好听的声音："回来了？"

七号看向说话的人，对上一张苍白冷傲的脸，说道："不是本人，我是他朋友。"

方景行挑眉，猜测这位可能是姜辰的病友。

这念头刚一转过，他就收到了姜辰的消息，了解完始末，问道："想去哪儿转？"

七号道："哪儿都不认识。"

方景行笑道："带你去主城吧。"

于是七号便跟着方景行到了碎星城。

今天是平安夜，主城又下雪了。

由于赶上了周末，主城的人很多，他站在一座桥上，看着川流不息的人群和波光粼粼的琉光河，"嚯"了一声。

方景行道："怎么样？"

七号由衷道："不错。"

毕竟是人家的东西，他没有多戴，很快把设备还给了姜辰，决定也去弄个号玩玩，反正最近都要在研究院住着，没什么事干。

不过他不懂什么服啊之类的，听姜辰解释完，便记下了辰星映缘和对方的ID。

他效率很高，中午就弄来了设备，买了账号。

等午休完，他便兴冲冲地登录进去，想找病友玩，结果发现人家没在线，一个人转了半天也不知道该去哪儿，只好又去敲病友的门，见开门的是一个陌生人，不由得一怔。

方景行估摸这应该是上午的人，微笑道："你好。"

七号听出他的声音，说道："你好，咱们在游戏里见过。"

方景行笑着点头，把人让进门。

七号很识趣："我找他没什么事，就不进去了。"

姜辰也在门口站着，知道他已经买了设备，便叫住他："我下午不上线，喊个人陪你玩？"

七号心想这病友真是个小天使，立刻同意，听他询问自己的ID，说道："叫香草甜甜。"

姜辰："……"

方景行："……"

姜辰问道："女号？"

七号点头。

他以前执行任务时扮过女人，游戏里也无所谓男女，说道："是个治疗，店员说这种号最受欢迎。"

行吧，姜辰没有再问，示意他回去上线，然后和方景行两人拿着设备也进了游戏。

二人加了七号的好友，过去和他会合，带着他找到逸心人，把人交给了对方。

由于他身份特殊，姜辰没有多说，只简单介绍："现实中的朋友，第一次玩游梦。"说完看向七号，"这是我们帮会的副帮主，你跟着他就行。"

七号的妹子号走的是可爱路线，声音特别甜："好呀！"

姜辰沉默地看他一眼，望着逸心人把这菜鸟带走了。

国服一般是过年的时候最热闹，因此圣诞期间，游梦只出了一些小活动。二人对圣诞活动都没什么兴趣，便原地下线，上床靠在一起看电影。

转天就是圣诞节，姜辰睡醒的时候，外面下了入冬以来的第一场雪。

他打开窗户接了一片雪。

从年初苏醒到现在，时间似乎一晃就过去了。

今年过年比往年早，一月底就是新年。

十号做手术把病治好后，躺到一月中旬，终于被放了出来。冰冻小组整理完数据，开始写剩下的报告。

两位组长这段时间经常出去开会，有点神龙见首不见尾。

直到临近春节，他们才来找姜辰，告诉他可以回家了。

姜辰问："还用回来吗？"

陈组长说道："过年期间不出问题，你就不用回来了。"

姜辰又问："什么时候公开项目？"

陈组长道："得过完年了，你先回家吧。"顿了顿，他补充道，"最好先别外出，真要出去……你自己注意点。"

姜辰点点头，通知了家人和方景行，然后去和两位病友道别。

十号正在看《海贼王》，听说他要走，顿时不舍。

他的身体还没好利索，加之痊愈后得做一次细致的检查，这个年注定要在研究院过。好在七号也会留下，他多少得到了一些安慰。

他说道："我已经让人买设备了，他们说我每天能玩四个小时，我拿到了就去找你。"

姜辰："行。"

他陪着两位病友聊完，心情愉悦地回房收拾东西。

第二天一早刚吃完饭，房门就被敲响了，他上前开门，对上了一束鲜花。

方景行笑得格外好看："恭喜出院。"

092.

方景行不是自己来的。

姜康乐今天有个学术会，脱不开身，因此来的是姜辉、姜诗兰，外加谢承颜和方景行。

姜辰接过花，带着他们进了门。

他带回家的东西不多，一个袋子就能装完，剩下那些可以等项目彻底结束了再来收拾，此外就只剩五只鸭崽了。

姜辉问道："就这么点东西？"

姜辰笑道："所以我都说了不用来。"

姜辉笑了笑，没回嘴。

他们当初是做好了生离死别的准备，亲自把弟弟送进来的。如今弟弟出院，他们也想亲自把人接回去。

他让弟弟最后检查了一遍物品，之后跟着他下楼捉鸭，看着"嘎嘎嘎"讨饭吃的五只鸭崽，问道："这些打算怎么处理？烤了？"

姜辰道："不烤，养着。"他看向大外甥，"给你两只？"

谢承颜正在给它们撕菜叶，觉得挺稀罕，闻言思考了几秒，还是放弃："太忙了，没空养，我想它们了就去外公家看它们。"

姜辰点头，等着五只鸭崽吃完饭，便把它们抓进了方景行带来的笼子里。

冰冻小组的人和七号都下了楼，前者围着他一通嘱咐，亦步亦趋地把他送到停车场，目送他上了车。

两辆车一前一后驶离研究院，最终不见了踪影。

冰冻实验第一位苏醒的志愿者，终于回家了。

小组成员回想起近一年的相处时光，眼眶都红了。

陈组长也是感慨万千，伸手想搭一下“塑料”同窗的肩。

秦组长却早有准备，冷酷无情地后退半步，扭头就走。陈组长痛心疾首，暗道姜辰当初就该多赢他点钱。

被惦记的人这时正在方景行的副驾驶席上坐着，看着身边的人开车。

方景行笑道：“看前面，别看我。”

姜辰问道：“自动驾驶和自己开有什么区别？”

方景行：“自动的速度慢，我切换一下你看看？”

姜辰：“行。”

于是方景行设定姜家的地址为目的地，切换了模式，然后就侧着身陪他聊天。他突然想起一件事，问道：“如果你们这个项目上半年能顺利公开，你可以赶上秋季赛，据说可能是最后一届键盘模式的比赛，打吗？”

姜辰微微一怔。

他第一次拿冠军，就是在秋季赛上。

谢承颜也想到了这点：“我记得游梦第一赛季也是秋季赛？”

姜辰“嗯”了声，对方景行说道：“打。”

谢承颜听得激动起来。

要是小舅舅又能拿一个冠军，那游梦联赛键盘模式第一赛季和最后一赛季的冠军就都是他的。

横跨三十多年，始于辰辉兰乐，终于辰辉兰乐。

这件事想一想就让人热血沸腾。

他说道：“打打打！我去现场看！”

方景行笑道：“祝辰神拿个冠军。”

姜辰：“尽量。”

三个人聊了一阵，姜辰就开始嫌弃自动模式磨叽了。

于是方景行把模式换了回去，开车到了姜家。

姜辉和姜诗兰都请了一上午假，计划着等姜康乐回来，一起吃顿午饭再走。

姜辰进门把东西一放，之后折回小院，开始安排五只鸭的住宿问题，这时见方景行搬下来几个箱子，问道：“这是什么？”

方景行道："鸭窝。"

姜辰道："什么时候买的？"

方景行微笑："知道你早晚会用，一早买好了。"

姜辰暗道一声贴心，跟着他一起看完说明书，便动手给鸭子搭窝。谢承颜本来想帮忙，却被大舅喊进厨房择菜去，只好乖乖听话。

方景行把鸭窝的屋顶组装好，问道："我记得你哥好像有对龙凤胎？他们回来吗？"

姜辰："他们要上班，除夕才放假。"

方景行同情了一把。

姜辰又多解释了两句。

谢承颜当初是意外撞上姜辰回家，才知道冰冻项目这事的，而其他家庭成员是最近才和他们透了底，因此要等过年期间才能看见了。

两个人弄好鸭窝，把五只鸭放了出来，看着它们在院子里遛弯，发现没什么不适应的，这才进屋。

又过了一会儿，姜康乐开完会回来了，一群人便坐在一起吃了顿饭。

方景行知道姜辰要午休，饭后没有多待，礼貌地起身告辞，回家睡了一会儿，之后戴上眼镜等它更新，这便进了游戏。

国服每年的新春活动都搞得很热闹。

活动期把元宵节也算进去了，从年前持续到年后，有将近一个月的时间。

方景行看了看公告。

压岁钱、充值优惠、年兽侵袭、新春时装和武器……这些是每年必有的。

今年的特色是新春副本、赏金寻宝、爱吃年夜饭和竞技场的王座之战，通过这几个途径都能得到新出的装备和时装兑换券。兑换券攒到一定数量，就能换取限定的新春时装，可以说对各个类型的玩家都很友好。

方景行正细看规则，就见旁边刷出一个熟悉的身影，笑道："睡醒了？"

姜辰点头。

方景行："看看活动，想玩哪个？"

姜辰："等会儿。"

他边说边查找ID，添加对方好友，然后带着方景行找过去，对上了一个长相帅气的剑客，用的是双剑体系，ID梦回大宋。

方景行好奇地问了姜辰两句，得知也是病友，心下了然，发送了好友申请。

十号根本没关注游梦的事，今天拿到设备，就急哄哄地给偶像发消息，问完所在的服和 ID 便上了线，这时看着暗冥，好奇道："大神，这你朋友？"

姜辰："嗯，也是职业选手。"

十号神色一怔："队友好。"

方景行挑眉："队友？"

姜辰说道："你试试他。"

方景行秒懂，带着十号到了最近的竞技场，放慢节奏，满血把人按着摩擦了一顿。

十号快速爬起来跑到偶像的面前，期待地问："怎么样？"

姜辰："挺意识流。"

十号："嗯，我也这么觉得，你看行吗？"

姜辰："还是下棋去吧。"

"……"十号道，"我刚上游戏，技能不熟，你再观察看看呗，或许我只是需要适当的调教。"

姜辰："那等你熟悉了再说。"

十号没意见，跟着姜辰来到如意帮会，被加进了帮会。

苟盛他们刚好在院里，欢迎了一波新人，见他是跟着两位大佬来的，问道："是高手？"

十号很谦虚："现在还不是，但我会努力的！"

苟盛几人很捧场，纷纷鼓励。

"加油，看好你！"

"被大佬看上的新人都很有潜力，你看甜甜，刚来的时候什么都不会，现在奶妈玩得越来越溜，早晚会成为高手。"

十号："是吗？"

他环视一圈，没等找到人，就收到了一条好友申请，发现是香草甜甜，急忙点了"通过"。

七号知道十号买了设备，刚刚私聊问完姜辰，确认是他，便加了好友，紧接着就收到了十号的私信。

[私聊] 梦回大宋：小姐姐好。

[私聊] 香草甜甜：我是你七哥。

十号："……"

七号见他沉默，便嘱咐他要保密，这时听见逸心人在喊自己，便看了一眼。

逸心人对他招手："咱们也要准备年货，你看看想种什么菜。"

七号操着可爱的小萌音，颠颠地跑向他："好呀，来啦！"

十号："……"

妈妈，我想回家。

姜辰也无语了，被方景行笑着拉过去，听他们讨论新春活动里的爱吃年夜饭。

这个活动是说帮会可以开设年夜饭，第一步是要一起准备年货，包括购物、种菜、养家畜和打猎等。

物品统一堆放在仓库，家畜和种的菜则都在后院。每个帮会每天能用五张传送符，传送符能把一定范围内的玩家随机传送至别的帮会的后院或仓库，到时候就能偷人家的年货。

苟盛："谁想的活动，大过年的让人偷年货，思想有问题！"

本宫最美："你细看规则，传送过去的人攻击、防御和速度都减半，如果被人发现打死，就会损失金币。"

老梧桐发芽："这说明什么？说明当小偷是会付出惨烈代价的，还不够有教育意义吗？"

榨紫："过年期间，小偷和诈骗的确实比较多，也算贴近现实了。"

七号："传送符长什么样？"

传送符一般由帮主和副帮主保管，逸心人闻言便拿出一张递给了他。

七号接过来好奇地看了一眼，不知碰到了什么，见传送符突然开始发亮，附近一圈人眼前一花，就到了金竞联盟的帮会后院。

金竞联盟的人正在开垦菜地，收到预警，齐刷刷看了过去。

如意："……"

金竞联盟："……"

孤问冷淡道："打。"

金竞联盟最擅长 PVP[1]，当即抄家伙就干，砍瓜切菜般把他们弄死了。

如意的人整齐扑街，被传送了回去。

众人站在院子里面面相觑，消化着这场飞来横祸。

七号咽咽口水，一瞬间入戏，哭道："对不起对不起，我也不知道它怎么就亮了，是我的错，你们打我吧！"

苟盛几人哪能跟"她"计较，急忙安抚自家萌妹子。

1　PVP：player vs player，玩家对战玩家。

十号："……"

姜辰："……"

方景行："……"

十号弱小无助地蹭到偶像身边，拉着他的袖子道："咱们出去玩吧？养养眼睛。"

姜辰觉得有道理，带着他走了。

几个人玩到傍晚，十号就不能玩了。剩下的两个人吃完饭上线，见帮会的菜地已经种起来了。

方景行笑着问："你要种吗？"

姜辰看了一眼花花绿绿的菜园。

活动用的是特殊种子，不限制菜农等级，他们不必再种胡萝卜和大白菜。

他看了看蔬菜类型，说道："种吧。"

于是，二人又当了把菜农，每人种了点东西。

活动是刚上线的，玩家参与的热情很高，帮会的人都在置办年货。

姜辰和方景行便也跟着凑热闹，还养了几只鸭子，一直玩到下线才作罢。

姜辰去冲了个澡，收拾一番，准备睡觉。

刚往床上一躺，他便习惯性地命令道："关灯，拉窗帘。"

等了等，发现没人搭理他，这才反应过来他出院了，已经没有 AI 了。

沉默几秒，他突然意识到不用掐点了，于是戴上眼镜又进了游戏。

刚进去，他就见后院传来一道亮光，立刻赶了过去。

只见镜中人和幸天成站在一起，正在环顾菜园子。

镜中人："怎么样，我说他们没人吧，我亲眼看着他们进了副本，五张符五个队一起来，总能抽到他们的菜园子！"

幸天成："记你一功。"

镜中人："好，你别忘了……哎，大佬的菜园子，他们竟然也种菜了，偷他们的！"

幸天成："十方俱灭还是方队？"

镜中人："先偷十方俱灭的吧。"

姜辰语气淡淡地问道："为什么？"

镜中人："你看他天天这么狂，明天一上线发现菜地被偷了，还不知道是谁偷的，只能吃这个闷亏，多酸爽。"

姜辰赞同："是挺酸爽的。"

镜中人：“是吧……”

说着扭头，就看见了后面的人。

幸天成则是早就发现了，定住没动。

姜辰道：“晚上好。”

镜中人：“……”

幸天成：“……”

你不是九点半就下线了吗！

093.

一打二。

“一”是高玩里的战斗机，“二”是被系统强行削弱的负五渣，结局根本没悬念。

镜中人急忙叫道：“大佬你等等，我想死个明白！”

姜辰：“说。”

镜中人：“你为啥今晚上线了？”

姜辰认真道：“直觉有事，睡前来看一眼。”

镜中人：“……”

幸天成：“……”

这也行？以后还怎么下手！

偷年货是有时限的，超时没得手，就会被强制送回去。

姜辰不想让他们全身而退，便不再和他们废话，直接把人弄死了。

帮会来贼，频道里会有系统消息，只是不会显示具体是谁。而丢失年货或击退小偷，频道里也会有个公告。

逸心人他们正在副本里，看见预警，顿时后悔没留人看家。

帮会里倒是有NPC，但人家只看门，不参与活动。几个人正捶胸顿足，诅咒偷东西的人上厕所忘带纸，这时就见一条消息刷了上来。

[系统]十方俱灭勇猛无敌，成功守住家园！

苟盛几人：“？？？”

峰回路转，他们纷纷冒泡给大佬打call。

方景行照例在直播凑时长，他的小号早已加了如意，自然也能看见频道消息，见状微微挑眉，知道姜辰这是没 AI 管要放飞了，便打开了聊天框。

[私聊]这是小号：还没睡？

[私聊]十方俱灭：嗯。

方景行下意识地想让他去睡觉，但转念想想，做人不能太双标，他自己都还没睡。

不过姜辰毕竟生过重病，还是在意些比较好，于是换了语气。

[私聊]这是小号：十点半睡，行吗？

[私聊]十方俱灭：行。你在直播？

[私聊]这是小号：嗯，过来找我玩？

[私聊]十方俱灭：不了。

粉丝当然不会放过这个机会，发了弹幕。

“？？？”

“你和大佬很熟吗？你操的这是什么心？过界了吧？”

“就是，你管他几点睡！”

“你当你是暗冥呢！”

方景行看得失笑：“你们心里应该有数。”

粉丝们装傻，一起发“没数”。

方景行一律没理会，继续和姜辰聊天。

[私聊]这是小号：在干吗？

[私聊]十方俱灭：种菜浇水。

姜辰看种子没种完，就干脆全种上了，打算弄完了下线。

他的生物钟固定了太久，帮会的背景乐又太舒缓，于是他越浇越困，不知不觉睡了过去。

方景行打完一局排位联系他，见他半天没回，试着在频道里喊了一声，依然没人搭理，便忍不住回帮会看了看。

同一时间，如意的后院亮光一闪，刷出来一队人。

传送符能一次性传送八人左右，木枷锁本着人多力量大的原则，带着帮众就过来了，紧接着抬头一看，对上了正拿着水壶的大佬。

他这边人多，一点不慌，诧异道：“大佬还没睡啊？”

眼前的封印师站着不动。

木枷锁懂了，这是挂机呢。

他便示意帮众去拿东西。

情字当头几人不想就这么走。

开服时他们就被这大佬当ATM机刷怪，后来在剧情副本又一路被碾压，如今好不容易遇见这等好事，哪能轻易放弃，说道：“咳……不留点啥？”

木枷锁：“比如？”

“和他搞怪合个影，到此一游什么的。”

“或者在他面前放个蜡烛，证明咱们来过。”

“总之我做不到对他视而不见！”

“我也是！来吧，你们拿东西，我们合影！”

木枷锁听得想笑，没等开口，不远处突然传来一个声音：“找死？”

几人扭头，见如意的打完本回来了，开口的正是儒初。

根本不需要废话，双方顿时战在一起，技能扔得到处都是。

方景行进来时看到的就是这幅画面，他见封印师一动不动地站着，便知道姜辰果然是睡了。

木枷锁几人一看见他，更加没有抵抗的心思，好在最先拿了东西的人眼见情况不好，提前传送走了，也不算白来。

如意一行人把他们杀了回去，查看系统公告，发现少了两根黄瓜。

情深长寿和榨紫：“……”

方景行来到姜辰面前，正犹豫要不要喊几声，就见对方动了一下。

刚刚院子里太乱，姜辰被他们嚷嚷醒了，抬头看向了他。

方景行怕他又睡过去，急忙道：“把眼镜摘了睡，记得关灯。”

姜辰的意识还不清醒，从鼻子里挤出一声“嗯”，发困地往前一倾，直接在他怀里下了线。

弹幕瞬间炸锅，表示从没见过大佬这么软萌的样子，一时间说什么的都有。

方景行哭笑不得，发红包请了一波弹幕，这才让他们消停。

等第二天姜辰上线的时候，已经风平浪静了。

方景行正在菜园里采摘，见到他笑着道了声“早”。姜辰回了句“早”，上前帮忙，后知后觉地想起昨天下线的事，问道：“昨天你用哪个号过来的？”

方景行：“小号。”

姜辰：“我说了什么没有？你暴露了吗？”

方景道：“他们早就猜到了，不意外。”

姜辰一想也是，便不纠结了，跟着他把能摘的蔬菜都摘完，放进了仓库里。

新春活动分时段进行，其他的得过几天才开，目前只开了一个爱吃年夜饭。

而准备年货是有帮会贡献的，还能得到一些小奖品，姜辰对这个活动接受良好，打算去打个猎，这时便见方景行拿出了五张传送符。

方景行笑道："阿逸过零点给我的。"

姜辰顿悟。

就算是学生党放假了，这个点大多数也都在睡懒觉，早晨人少，他们能趁着这个时间去别的帮会逛逛。

二人便靠在一起用了一张传送符，到了白龙骨的帮会，发现后院没人，成功抓了两只鸭子，心满意足地回去了。他们正要用第二张时，七号来了。

十号一天只能玩四个小时，现在还不到他上线的时候，七号是自己来的。

他笑眯眯地和他们打声招呼，对上方景行手里的传送符，说道："你们要去偷东西？我也去！"

二人没意见，示意他过来，开启了传送符。

只见眼前一花，他们到了新的菜园，耳边听见一声惊叹，抬头一看，是镜中人。

镜中人属于早起的大学生。

但这并没什么用，因为帮会里就他一个人。不过输人不输阵，他急忙上前想挡住他们，却见两位大佬压根不理他，而是看上了自家帮会的小乌鸡。

他说道："……乘人之危，是不是个东西！"

姜辰提醒："昨天。"

镜中人想起他们昨天也是乘人之危，干咳一声闭上嘴，专心攻击。

作为一个奶妈，他的攻击技能虽然少，但偷东西是有读条的，普攻也能打断。只要打断对方，他就可以护住年货。

然而想得虽好，只见姜辰伸手一个封印符，直接将他定在了原地，接着三个人把乌鸡赶到另一边，远离他的攻击范围，开始抓鸡。

小偷一方伤害减半，控制技能同样如此，镜中人很快恢复自由追过去，结果方景行回头一个诅咒，再次将他定住了。

他顿时悲愤："士可杀不可辱，有本事你们杀了我啊！"

方景行道："大过年的打打杀杀多伤和气。"

镜中人："那你们放下我们的鸡！"

三个人充耳不闻，直接回帮会了。

传送符的机制是先同城，再是曾经组过队的玩家的帮会，然后才是陌生帮会。

七大帮会都在主城，姜辰他们五张传送符用完，全抽到了同城的，这么一来收获颇丰。

几位帮主中午一上线，就看见了失物记录。

这个时间点，是两位大佬的嫌疑很大，但为啥作案的是三个人呢？

作为目击者的镜中人说道：“还有个妹子治疗，叫香草甜甜。”

几位帮主痛心疾首。

“太无耻了，为了能多点胜算，还特意带了治疗！”

“好好的一个妹子，就这么被他们带坏了！”

“就是！”

被带坏的“妹子”睡了一个午觉，两点准时上线。

十号也来了，正站在菜园给蔬菜除草，听说他要出去玩，说道：“我偶像快来了，咱们一起呗。”

七号上午和他们玩得很愉悦，点点头同意了。

只见光影一闪，院子里出现了一支五人小队，特别眼熟，正是金竞联盟的人，带队的是金十六。

十号扔下铁锹就冲了上去，双剑舞得霸气凌厉。

金十六正想分出两个人牵制住他，就见他的技能全放空了，没一招能挨上他们。

七号：“……”

金竞联盟：“……”

十号一口气把大招全砸向他们，停下一看，见他们还活着。

双方对视几秒，金十六示意队友定住他，之后便要带着人干活，这时只见一个粉色的娇小身影冲过来，伸开双臂挡住了他们的路。

七号道：“你们……你们不能过去！”他带了哭腔，“你们怎么能这样……”

金十六几人：“……”

哭了！

金十六道：“不是妹子，玩游戏呢，别那么较真，你们早晨也偷了不少，偷人者恒被偷之，偷着偷着就习惯了，啊。”

“我知道，”七号道，“但你们能不能别在我的班上偷。原本昨天我就犯了一次错，不小心开启传送符，让帮会的人被你们杀了一遍，你们……你们现在又在我值班的时候过来欺负我。”

金十六几人：“……”

好像是有点过分。

七号的小颤音听上去委屈极了："我才刚进帮会不久，就犯了两次错，你们让我情何以堪，让帮会的人如何看我！"

金十六："要不你来我们帮会？"

七号："不行，我等你们偷完东西再去你们帮会，那就是内奸，就是勾结外敌！何况我的装备和技术都是如意的人给的，做人不能忘恩负义！宁死也不弯下脊梁！"

金十六道："说得对！爷最恨背叛！"

四位队友顿时一齐看向他。

金十六充血的大脑冷静了点："那……那我们也不能白来啊。"

七号："你们能以后再来啊。"

金十六想了想，问道："你会打鲁迦山那个本吗？"

七号："会。"

金十六："这样，我们回去，条件是你带我们打个本，过个隐藏副本。"

七号："行。"

他望着金竞联盟的人身影消失，满意地看向十号："看明白了吗？学着点。"

十号一脸惊悚，目送他溜达着去赴约了。

这个时候，孤问正一个人站在帮会的后院，冷脸注视着飞星重木一群人。

飞星重木很和气："阿问，看在咱们'老相好'一场的分儿上，你让开，我不杀你。"

话音一落，金十六几人的身影刷了出来。

飞星重木："……"

身后帮众："……"

孤问带着人把飞星重木一群人弄死，看向金十六："你们也没成功？"

金十六道："成功了！"他说着跑出去，片刻后领着七号进门，对帮主邀功，"看，东西没偷到，但我们带回来一个妹子，她答应带我们打鲁迦山！"

孤问："……"

他知道鲁迦山是这些人的执念，便示意他们赶紧滚，之后独自站了一会儿，掏出传送符开启，竟然又到了如意帮会。

十号猛地一个激灵，上前拦住他，见他的称谓是帮主，心想自己应该打不过，便收回双剑，哭道："你……能不能别欺负人……"

话未说完，孤问便用技能晕住[1]他，扔下他去拿东西了。

十号：“……”

根本没用好吗！

偶像怎么还不来！

094.

姜辰回游戏的时候，就见如意的人正围着十号，不知在聊些什么。

方景行率先发现了他，对他挥了挥手。

姜辰：“怎么了？”

方景行：“帮会被偷袭了两次，只丢了一次东西，但没有击退公告，他们在问是怎么回事。”

这时十号恰好要开始说话。

他略过了自己不霸气的那段，把他七哥的所作所为叙述了一遍。

姜辰：“……”

方景行：“……”

服气。

十号说完一抬头看见了姜辰，立刻找到依靠，跑了过去。

苟盛几人则默默消化着真相，既感动又担忧。

甜甜竟然为了帮会，去和金竞联盟那群副本白痴打本，被他们气着了怎么办？再说那帮人大多是直男，会不会吼她？

事实证明他们多虑了。

七号记忆好，悟性也高，跟着逸心人打过几遍就学会了，因此打副本时便示意金十六他们认真听指挥，带着他们硬刚了过去。

金十六几人得偿所愿，亲自把人送回了如意，豪爽道：“以后你来我们帮会偷东西，只要我在场，绝不让他们杀你！”

七号道：“好呀！”

金十六：“要是我们再赶上你值班的时候过来，立马掉头就走，绝不动手！”

---

1 晕住：使敌方处于眩晕状态。

七号很开心："你们真是好人！"

说话的工夫，如意的人收到消息出来了。

"好人们"眼看着香草甜甜和自己挥手道别，之后蹦跶到逸心人身边，觉得这妹子性格好，讲情义，技术还强，真是难得。

金十六不由得对苟盛招招手，见他过来，低声道："甜甜有情侣吗？"

苟盛泼冷水："别想了，那是阿逸一点点从菜鸟拉扯大的，是他亲闺女。"

金十六心虚："没想，我就问问。"

苟盛对他呵呵一笑，扔下他们又回去了。

逸心人带着帮众回到帮会小院后，教育"小丫头"以后再遇见这种事就让他们偷，犯不着为了这点东西带陌生人打本。

七号下意识地想说不只是东西的事，他这么做还为了建立关系网。

比如他现在就能潜进金竞联盟，把他们帮会的机密挖得干干净净，还能里应外合让如意的人顺利偷菜，并能让金十六他们怀疑不到他的头上。

但转念想想只是打个游戏，不能犯职业病，便听话道："好，我知道了。"

逸心人表扬式地摸了把她的头。

方景行看了一眼。

他一直和姜辰一起玩，见七号跟如意的人玩得挺嗨，也就没怎么关注过对方，倒是没想到这人竟能让阿逸有几分上心。

他私底下和姜辰商量了一下，接着姜辰问了问七号的意思，兜完这一圈回来，方景行便打开了逸心人的聊天框。

[私聊]暗冥：有个事忘记告诉你了。

[私聊]逸心人：什么？

[私聊]暗冥：甜甜是男的。

[私聊]逸心人：……

[私聊]暗冥：他用的是系统声音，你们就没怀疑过？

[私聊]逸心人：苟盛他们以前问过，他当场开了原声，是女音。

[私聊]暗冥：……

[私聊]暗冥：总之是个男的。

[私聊]逸心人：嗯。

逸心人关闭对话框，看着眼前的"亲闺女"，又笑着摸了摸他的头，态度一点没变。

姜辰看向方景行："你说了吗？"

方景行："说完了。"

阿逸这个人和他哥儒初不同。

儒初是不乐意多废话的类型，做事干净果决。阿逸则是一肚子坏水，谁知道他心里在想些什么。反正两边已经打过招呼了，剩下的事随他们去吧。

方景行正要拉着自家封印师出去玩，就见频道突然飘上来一条预警。

众人二话不说，直奔后院。

只见老当益壮的帮众站在那里，正在围观年货。

他们那座小城就三个帮会，转完一遍，就轮到组过队的玩家的帮会了。

唐副董说道："不愧是大帮会，年货真多。"

姜辰："可惜你们带不走。"

唐副董等人一齐回头，对上了如意的一群人，顿时感觉不好了："上线了不去玩，窝在帮会干什么？"

姜辰："宰人。"

唐副董："我们就是来看看，不动手。"

逸心人知道这些人和方景行他们是朋友，便让他们决定打不打。

姜辰示意杜飞舟、唐副董和前队友留下，对其他人道："我数三个数，不走，我送你们走。"

老当益壮的人见杜飞舟点了头，急忙跑了。

逸心人他们见状也撤了，后院恢复平静。

于是几个人席地一坐，姜辰把出院的事说了。

唐副董很高兴，敲定过年期间见面约个饭。

他问道："剩下那些人你想什么时候说？"

姜辰："再等等吧。"

他刚出院，见完大嫂他们也就可以了，要是再带上联盟以前的人，好像有点嚣张。

唐副董应声，估摸大概半年之内就能见了。

说话间，前队友的目光转到院子的一角，稀奇道："你们这个鸡还能下蛋？"

姜辰："氪金买的，别人偷不走，顶多能偷蛋。"

前队友啧啧了几声，见世界频道里很多偷来偷去的消息，说道："这都是咱们当年玩剩下的，也不知这些小孩怎么就玩得那么起劲。"

唐副董："不懂了吧，这就和时尚一样，N 年一个轮回。再说咱们当年偷菜会被主人追着撵吗？你看现在多刺激，多身临其境……”

后面一堆夸赞没说完，他们的偷窃时间就到了，老当益壮的三人被强行送回了帮会。

姜辰和方景行也离开后院，找到正等着他的十号，带着这熊孩子去玩了。

正如唐副董说的那样，偷年货这一环节很受玩家的欢迎。

昨天是活动第一天，众人还在懵懂和试探阶段，今天玩家们就玩嗨了，纷纷跑去官博留言，表示五次根本不够用，希望能多来几次，并能出个指定帮会传送符。

游梦官方的反应速度一向很快，发现玩家的参与度确实很高，于是晚上就做了相应的调整。

基础次数还是五次，但能随着年货的收集进度而增加，且每天能氪金购买一次。指定传送每天也有一次，必须是相同年货进度的帮会才行，否则小帮会全去大帮会偷，再大的帮会也顶不住。

以如意目前收集年货的进度，能往上再增加两张传送符。

姜辰和方景行早晨已经玩过五次，便把机会让给了其他人，专心在后院打理他们的菜地。

方景行看着各频道的消息，笑道："我猜大帮会可能都会派人盯梢了。"

姜辰也是这么想的。

毕竟大帮会的人多，完全有条件在后院轮换驻扎。

方景行看向他："今天想几点睡？"

姜辰道："还是十点半。"

方景行于是登录直播账号发公告，告诉粉丝们今天十点半才开播，之后问道："明天去找你？"

姜辰："行。"

方景行："或者……接你来我这里玩？"

姜辰知道方景行是一个人住的，家里除了他就只有方家派来的大厨，专门负责他的一日三餐，打扫和其他工作则都由 AI 完成。

他问道："大厨呢？"

方景行道："我等他做完午饭就给他放假。"

姜辰有点好奇方景行的家，决定去看看。

他到点睡觉，转天一早正好听见老爸说中午不回来吃饭，在对方嘱咐他外卖少吃油腻的之前主动打断："我去方景行那边吃，他一个人住。"

姜康乐道："他会做饭？"

姜辰道："应该不会，他家里有厨师。"

听他这么说，姜康乐便没再问，起身走了。

姜康乐刚走没多久，方景行就来了。姜辰上了他的车，跟着他进了一个高档小区，最终停在一座独栋别墅前。

方景行看了眼车库，之后带着姜辰进门，说道："大厨去买东西还没回来，不在。"

姜辰闻言摘下口罩，逛了一下方景行的房子。

作为一名电竞选手，方景行专门建了一个游戏室，里面各种类型的游戏设备都有。姜辰一眼就喜欢上了，不知不觉和他打了一天游戏，晚上才回到游梦。

苟盛他们刚好在院里坐着聊天，看见他们的身影刷出来，便打了声招呼。

方景行问道："帮会今天丢了多少东西。"

苟盛道："别提了。"

方景行："怎么？"

苟盛便给他们说了说缺德的指定传送。

他们帮会没有大帮会的人多，而且有一部分人不玩年货收集，因此整体进度是在第三梯队。这一梯队有不少帮会，一看指定传送里有如意，便都往这里跑。

姜辰和方景行想了想那个画面，沉默了下。

苟盛："后来我们没办法，就专门在这里宰人，宰了大半天。"

宰人也能增加帮会贡献，而且是翻倍的，方景行问道："这不挺好的？"

苟盛道："烦啊，还有人临死前说半夜三更要再来。"他顿了顿，"不过没用了，阿逸上线后又买了一大批氪金年货，咱们现在是第一梯队……对了，你们的菜地是重灾区，基本都想偷你们的，说要拿回去珍藏。"

方景行倒是并不意外，问道："帮我们收了吗？"

苟盛道："到点就收了。"他说着从地上爬起来，"我们的也都收了，这才刚抽空种下新的，耽误了一天都没打本，打本去吗？"

方景行看向姜辰。

姜辰没意见，和他们组队进了本。

片刻后，一条预警飘了上来，他们帮会又进贼了。

与此同时，恰好在帮会的情深长寿道："是幸天成他们。"

苟盛诧异："他们今天不是偷过了吗？"

方景行反应很快："是指定传送，因为咱们到第一梯队了。"

苟盛几人："……！"

[喇叭]镜中人：哈哈哈哈只剩一个没什么用的奶妈，风水轮流转啊，@十方俱灭@暗冥，有什么想说的[截图]

[世界]十方俱灭：哦，没想说的。

[世界]暗冥：你再看看[微笑]

镜中人一怔，仔细看了看，发现两位大佬的菜地熟了几轮，已经全收了，现在一片叶子都找不到，而其他成员的菜刚种上，还没熟。

但这有什么关系，他们能偷别的。

半分钟后，幸天成的八人小队蹲在老母鸡面前，瞪着眼等它们下蛋，差点集体崩溃。

情深长寿侧躺在不远处的地上，换了一个撩人的姿势，问道："要偷就快偷，你们还能不能行了？"

镜中人脑子里的神经"啪"地断了："你们从我们帮会偷的小乌鸡呢！"

情深长寿："被人偷了啊。"

镜中人："你们就这还第一梯队！"

情深长寿："氪金改命呗，你瞅瞅菜地新种的菜，都是金钱的味道。"

镜中人："不要脸！"

情深长寿道："脸有什么用，又不能吃。"他再次换姿势，"要不……你们偷人？"

幸天成他们起身把他打了一顿，最后拿着三个鸡蛋，被传送了回去。

其余几个第一梯队的帮会没在频道上看见后续，便找镜中人问了问情况，镜中人幽幽叹气，惆怅道："劝你们慎重，如意现在穷得只剩钱了。"

几位帮主："……"

懂了，点蜡。

偷来偷去的活动持续了一星期，终于结束，接下来就等着准备年夜饭了。

此时距离除夕还有两天，[年兽侵袭]上线。

游梦里的年兽也要贴合背景设定，所以每年都是由boss指挥的，且大多数都是新出的boss，比如有一年就是月辉带领的年兽大军，之后游梦才慢慢更新了他的资料，成为世界boss。

今年也不知道是谁。

玩家们有过各种猜测，猜测最多的就是九石。

众人早已翘首以盼，这天总算看到了年兽首领——[不归林] 副本里不喜欢外人打扰的神秘人，九石。

"果然是九石！"

"没想到竟然藏在了不归林！"

"为了我的大小姐，我一定要弄死他！"

"醒醒，现在还只是小年兽。"

姜辰上线后刚出帮会，就看见了一只跑过去的小年兽，后面跟着两个玩家在追。

小年兽作为九石的喽啰，不像它的主人那么恶心，而是长得萌萌的，憨态可掬，只有人的大腿那么高。

姜辰看了几眼："能骑吗？"

方景行笑道："你试试。"

姜辰试了试，发现是穿模的。

不过他没放弃，每打一只就试一次，等试到第十只时，他往年兽的身上一迈，就动不了了。

与此同时，年兽也动不了了，维持着抬起一只腿的姿势，僵住。

方景行试着打了一下，结果没用，知道这是卡 bug 了，说道："截图留纪念，你下线再上来吧。"

姜辰很满意。

这不是猪，骑年兽还是值得收藏的。

于是他截了图，下线默数十秒钟后又上来了，发现还在年兽的身上。

不过这次年兽自己卡完 bug 了。

它们有逃离玩家的机制，于是二话不说，驮着身上的人，撒腿狂奔而去。

姜辰："……"

方景行："……"

095.

年底正是热闹的时候，主城里人来人往，大多数都在打年兽。

就在这时，玩家们看见一只年兽驮着某位大佬，从眼前"嗖"地跑了过去。

众人："……"

这是个啥?

方景行一直在后面追，越追越想笑，终于没忍住笑了出来，心想他家封印师真是什么都玩。他在队伍频道里问道：“要不你再下个线？”

姜辰：“不下，我看它能把我带到哪儿去。”

年兽的活动范围是所在的区域。

比如主城的年兽，就只会在主城跑，所以这一人一兽便在碎星城里跑开了。

[喇叭] 西红柿鸡蛋：我书读得少，第一次知道原来年兽是这么玩的 [截图][截图][截图]

[世界] 板蓝根：？？？

[世界] 我的大小姐：？？？

[世界] 恰瓜：这啥情况?

[世界] 生死白头：看图，大佬在骑年兽。

[世界] 生死与共：刚从我们帮会门口路过。

[世界] 朝辞：快得让我只来得及看一个背影。

[世界] 镜中人：他为啥能骑年兽?

[世界] 生死与共：这谁知道，新功能?

[世界] 木枷锁：应该不是，否则公告上会写。

[世界] 藏书：又卡 bug 了吧。

[世界] 论文好难写：哦……

道理他们都懂。

但怎么又是你!

众人迅速分了两拨，一拨也开始尝试骑年兽，另一拨则怀疑事情可能没那么简单，便跑去围观了。

七号今天等了等十号，和他一起上线。

二人刚出帮会大门，便见他们的病友骑着什么东西跑过，身后“呼啦啦”跟着一群人，场面颇为壮观。

七号：“干啥玩意？”

十号：“好像很厉害的样子。”

七号看着频道上的消息，快速弄清了来龙去脉。

他觉得挺有意思，刚想豪爽地对小十说“哥带你去骑”，便见苟盛他们走了出来，嘴里的话立刻拐弯：“甜甜也想骑……”

十号："咱能别这样吗？"

苟盛他们凑近："咋了？"

十号张了张口，又张了张口，找补道："这样太……太可爱，太犯规！"

七号："……"

苟盛几人一头雾水，听完他们的解释才明白自家大佬又搞出事了，纷纷跑去围观。

于是人越聚越多，不知不觉跟着大佬跑了一圈，只见年兽换了条路，开始跑第二圈。

方景行早就不跟了，而是到屋顶观望，问道："想跑到什么时候？"

姜辰："看它能不能把我甩下来。"

可惜不能。

一人一兽兜了一圈又一圈，完全没有要停的迹象。

众人开始怀疑大佬是不是下不来了。

[喇叭] 镜中人：哎，你要是被绑架了就眨眨眼。

姜辰一时也说不好自己这算不算被绑架，没有理他。

于是他们又问了方景行，得到一句"让他玩"的回复，便继续看着大佬狂奔。

论坛上早已开了几个帖子。

《惊！年兽竟然能骑》

《辰星映缘千人围观大佬骑年兽》

《一生不羁爱自由的大佬啥时候能停下他的脚步》

《有人能成功骑上吗？试了好几次，都没成功啊啊啊》

这事太有喜感，于是迅速屠了版。

最近除了春晚彩排，刚好没什么太大的新闻，怕是再过不久，"十方俱灭骑年兽"就能冲上热搜。

游梦策划整齐地想要吐血。

一个小 bug 你也能搞成大新闻，给不给人活路了！

这日子真不好过，好想回家过年啊！

唐副董很快也知道了这事，跑去论坛看完视频，差点笑抽。

他急忙上线，没有直接私聊，而是发损地进了姜辰和方景行的队伍，并把知道姜辰身份的杜飞舟和贝贝最可爱也拉了进来，将姜辰当年骑猪和现在骑年兽的截图一起发到了队伍频道。

[队伍] 唐大人：三郎，你这归来仍是少年啊 [截图][截图]

姜辰："滚。"

方景行终于看见了自家封印师的骑猪图，顿时笑出了声，赶紧保存下来。

唐副董："你现在啥情况？"

贝贝最可爱："你是动不了了吗？我们帮你拦拦？"

姜辰："不用，不玩了。"

碎星城占地很广，街道纵横交错，全逛完要费些工夫。

如今年兽变换各种路线跑了一遍，十二座形态各异的桥也都包含在里面，全息环境下看着还是挺爽的。现在它要跑第二遍，姜辰便不想奉陪了，下线等了一会儿，重新上去，发现这次卡完 bug 了。

bug 虽然修好，但并不能阻挡玩家们骑年兽的热情，他们还纷纷跑去官博留言，表示也想骑一骑，搞得策划再次吐血。

罪魁祸首对此一无所知，优哉地玩了两天游戏，直到除夕这天。

年兽侵袭前两天出现的都是小怪，除夕才开始是首领。

不过也不是真要打九石本人，而是九石会坐在比小怪大两倍的大年兽身上，玩家组队打死年兽，九石就会用法术遁走，战斗也就算赢了。

他的刷新点不固定，需要玩家自己找。

不过毕竟是新年活动，没什么难度，很容易就能找到。

方景行早晨陪着姜辰打死一只后就下了线，开车来姜家送礼。

他来的时候，姜辰正在往五只鸭子的脖子上系红蝴蝶结，看着特喜庆，方景行不禁笑道："谁的主意？"

姜辰："我爸。"

方景行一边暗想姜辰这个性格很可能有一定的遗传因素，一边笑着把东西搬进屋，之后便要和姜辰一起去研究院。

今年过年，七号和十号都不能回家。

冰冻小组向来是把志愿者当自家孩子看待，当然会留人陪他们。姜辰虽然出了院，但受了他们这么久的照顾，肯定得去看看，便坐上方景行的车走了。

他们到时，十号正啃着苹果看他七哥贴对联，见偶像过来，十分高兴。

秦组长和陈组长也都在研究院里，正在一起贴福字，见到姜辰和方景行，便对他们笑了笑。

原本他们想让这两个人留下吃顿饭，但姜辰和方景行得回姜家吃，便谢绝了，陪他们待到将近中午，这才离开。

汽车重新开回姜家，二人刚下车，就听见了一声“我去”。

他们一齐抬头，见鸭窝前站着一对五官相似的男女，正盯着姜辰看。

姜辰了然。

这应该就是他的侄子侄女了。

两位“社畜”总算放假了。

他们最近才听说小叔叔复活了，此刻近距离一看，心里冒出的第一个念头是：真的和照片上一样啊！也不怪谢承颜能惦念这么深，这颜值确实能打！

他们迎了上去：“小叔。”

姜辰点头，把方景行介绍给了他们。

两位小辈也是知道方景行这个人的，便齐声喊道：“男神好。”

姜辰：“……”

方景行微笑：“你们好。”

一顿饭吃得和谐又融洽，饭后方景行陪了姜辰一会儿便告辞了，因为家里还有不少事。

姜辰把他送出门，回来就被两位小辈拉着打牌，一直打到晚上，然后一家子坐在电视前看春晚，一边吐槽一边等着谢承颜出场，就这么耗到深夜，第二天一早姜辰才有空上游戏。

大年初一，大家都忙着拜年，帮会里没什么人。

姜辰把昨晚年夜饭的奖励领了，见两位病友也来了，三个人便一起去找 NPC 领压岁钱。

压岁钱是随机的。

姜辰和 NPC 对完话，领到一个红包，打开一看，是十枚金币。

七号和十号也先后结束对话，一个是饰品，一个是高级强化石。

姜辰：“……”

他就多余来这一趟。

两位病友不清楚他的属性，和他组队打年兽去了。

打年兽的活动会持续到大年初五，从初六开始，新年副本、赏金寻宝和竞技场的王座之战会一起开启。

新年副本的难度中等偏下，分五人和十人本，每天都能打一次。

赏金寻宝和伴侣任务类似，是有环数的，完成相应环数就能领到地图和指南针，在全息的环境里充分体验寻宝的乐趣。

竞技场的王座之战则是 10V10 的战场。

这不是五人团战推水晶，也不是三人团的厮杀，而是有个“王”的设定。

两支队伍在游戏开始前都要选一个玩家为“王”，“王”一旦选定，本局内就不可再更改。

双方随机在地图中刷新，在规定时间内成功击杀对面的“王”就算赢，并获得相应的积分，进入下一轮匹配。

活动结束后，除去既定奖励，前一百名的队伍还能获得一份额外的奖励，前十名更是能得到官方寄出的限量版周边礼盒。

姜辰对这三个活动的兴趣排名分别是：王座之战、赏金寻宝和新春副本。

因此初六这天，他上线后的第一件事就是拉着方景行去竞技场打王座。

只见等候大厅装饰得金碧辉煌，颇有些帝王的格调。

此时已来了不少人，二人进入匹配，很快见队伍频道刷出八个人，一眼望去，没有一个认识的。

但那八个人认识他们，齐齐激动。

“大佬！”

“啊啊啊我这是什么运气，撞到大佬了。”

“大佬过年好！”

方景行笑道：“你们过年好，来选一个王。”

队友们想也不想道：“肯定是你们两个当中的一个，还用问吗？”

方景行也不推辞，把姜辰设定成了王。

一行人等着对手匹配成功，推开面前的门，进了地图。

姜辰只觉眼前一花，就见自己到了一座荒废的小城。

他在队伍频道里报告了坐标，之后一边观察周围的情况一边往前走，刚拐过一个弯，便见迎面飞来一支箭，直接冻住了他。

方景行见他的血条直往下掉，问道：“怎么回事？”

姜辰：“可能有人刷到附近的房子里看见我了，通知了队友。”

他猜得没错。

但人家叫来的不是一个人，而是附近的四个人，外加自己，一共五人。

五个人成功捕获大佬，特别亢奋，一时超长发挥，竟搞了一波无缝连控[1]，直接集火[2]弄死了他。

“王”一死，战斗就结束了。

一行人被送回大厅，面面相觑。

队友蒙了几秒，安慰大佬说没事，继续去排。

这次换成了方景行为“王”，没再发生姜辰那种倒霉的事。小队成功会合，在地图中央看见了对面的十个人。

对面十人动作一致，直奔两位大佬：“杀啊！”

因为他们都觉得“王”肯定是这两位大佬中的一个，他们虽然单人实力敌不上，但十个人一起干，还是能成的。

方景行看着他们的配置，刚想指挥一句，就听见几位队友同样杀气腾腾地大喊：“杀——！”

话音一落，他们一起冲了过去。

姜辰：“……”

方景行：“……”

好极了，热血的类型。

可为什么辅助也冲上去了？

事实证明几位队友不仅热血，还很意识流，也就比十号强一点，而对面看着貌似是个亲友团。两位大佬二拖八，站位上还没什么地理优势，有心想离开战场，找个有利的地形消耗一波，这时却见对面一个技能砸过来，直接把他们定在了原地。

二人的第一反应都是预判躲开，但紧接着就见那两拨人仍滚作一团，技能四处乱飞，便知道想多了，这应该是瞎扔的。

然而瞎扔的也够了，亲友团的目标一直是两位大佬，连其他人砸在身上的技能都视而不见了，纷纷跑过来宰大佬，什么技能都往外扔，乱哄哄地结束了战斗。

一行人又被送回了大厅。

队友们意犹未尽：“感觉就差一点。”

“嗯，他们都丝血了，一招带走，万一是‘王’，咱们就赢了。”

“再继续排吧。”

1　连控：连环控制。

2　集火：集中火力攻击一个目标物。

姜辰："不约。"

方景行微笑："下次吧。"

二人退队离开，想着找点熟人，只听帮会频道传来了熟悉的声音。

七号："大家早安呀！"

苟盛："甜甜早。"

七号："打本吗？"

苟盛："今天要走亲戚，我就上来挂个机。"

七号："好吧。"

姜辰和方景行异口同声："竞技场打吗？"

七号："我还没打过，阿逸他们说打打杀杀的不适合人家。"

姜辰："挺好玩的，过来带你打。"

七号心想闲着也是闲着，便颠颠地跑了过去。

096.

王座之战的规则很简单，七号看完一遍就懂了。

姜辰和方景行把他加进队伍，进了排位，随即频道快速刷出七个人，是别的服的，还是没有一个认识。

他们无所谓，按下队友确认键，见那边也按了准备，便进入了选"王"的阶段。

只听频道里响起一个七号的同款音色，撒娇道："两位大佬，我想当王，可以吗？"

姜辰他们这边是没问题的。

他们两个人不当王或许会好一点，免得又被集火。

方景行："我们没意见，你们呢？"

十人小队是由姜辰的三人组加五人亲友团加随机的两个人组成。

说话的妹子来自五人亲友团，由于他们人数多，因此队长的权限在他们那里，如果成员没有换队长的要求，那就默认是五人团的当队长了。他见另外两个随机的人也没意见，便把妹子设成了王。

妹子道："太好啦，你们可要保护好我呀！"

姜辰和方景行品品这位的语言风格，沉默了片刻。方景行温和地提醒："你在地图里不要嚷嚷让我们保护你，不然他们会怀疑你。"

妹子说道："我知道，我只在频道里喊。"

看来还算靠谱。

姜辰和方景行放心了。

七号说道："这风格我也会，需要这样吗？"

姜辰和方景行异口同声："不用。"

说话间，系统便开始匹配对手了。

七号环视一周，问道："他们不过来？"

方景行："不同服。"

他多解释了几句——

王座之战用的是竞技场的系统，是十个服在一起排的，只有同服的人才能在这里遇见。

他说道："一会儿传送进同一张地图，你就能看见他们了。"

七号"哦"了声，等着倒计时结束，进了面前的大门。

报完一轮坐标，他发现和方景行的位置离得很近，便赶过去会合，这时只听妹子叫道："呀！我遇见了他们的两个人！"

队长："跑！"

妹子："我在跑，他们还在打我啊啊啊……"

战斗眨眼间结束，一群人被传送了出去。

姜辰三人组沉默了下，觉得他们毕竟是个亲友团，配合应该会默契点，何况这次也算是运气不好，就没换王，继续排了。

一分半钟后，两队人马在地图里碰面。

亲友团二话不说，瞬间将妹子护在了身后。

对面的人眼前一亮："那个妹子是王，杀她！"

姜辰三人组："……"

随机的两个人："……"

方景行无奈："排好阵型，你们别站那么近……"

小队的队长同时开口："小海，你们带着莹莹先跑！"

被点名的人道了声"是"，护着人撒腿就跑。

对面的人弄清了谁是王，压根不想和大佬打，绕路就开始追。

姜辰手指一动，两个封印符迅速飞出去，一个封技能，一个封行动。

方景行也跟着控制住一个人，然后直接爆发秒人。

他们算看出来了，与其去追那些货，不如宰人，万一里面有"王"，他们就赢了。

可惜没有万一。

亲友团就像纸糊的一样，只听频道里一阵吱哇乱叫，不到一分钟就结束了战斗，他们再次被传送了出去。

随机的两个人立刻跑了。

姜辰看着弹出的“是否继续组队”的透明框，木着脸点了“否”，世界终于安静了。

三个人站在大厅里面面相觑。

七号问道：“说好的好玩呢？”

姜辰面无表情，沉默。

太虐了，玩到现在还是零分。

如果不是最低分数就是零分，他们早已负分了。

方景行：“随机排，偶然性太大。”

七号：“这怎么办？”

姜辰：“再打一局，这次不听指挥就放他们去死。”

他受够了，决定赶紧升段位去高分区排，低分区真是什么人都有。

三个人制定了一套方案：无论在什么位置，他们都要第一时间抱团集合。

凭姜辰和方景行的实力，只要地形有利，弄死对面的十个人就是小菜一碟。他们不需要猜“王”是谁，全宰了就行。

两输出加一个奶妈，由于有个“杀人先断奶”的原则，加之七号是刚玩，因此“王”暂时由姜辰和方景行交替担当。

大概是否极泰来。这次方景行在会合的路上遇见了对面一个人，顺手杀了，没想到正是他们的“王”，于是战斗结束，他们总算拿到了积分。

三人组很舒心，继续排。

队友们见有大佬带飞，都很听话，一点也不作妖。如此和谐的气氛下，他们一连赢了五局，看见了下一轮的对手：幸天成、镜中人、暖冬日、爱恨分明、爱恨不分、无限斩、甜汤咸咸的、玫瑰花饼、老司机、呵～呵。

幸天成排在首位，是队长，镜中人和暖冬日都是他的人，至于后面几个，姜辰他们都没见过。

对面的人看见他们，很是激动。

[公屏]镜中人：巧啊！

[公屏]暗冥：巧。

[公屏]镜中人：我还以为你们白天会打赏金寻宝。

[公屏] 暗冥：这个比较有意思。

表面的寒暄后，开始私聊了。

[私聊] 镜中人：打完这一局，咱们组队吗？

方景行看得想笑，知道他们这也是被虐了。

[私聊] 暗冥：你们帮会那么大，早晨也没什么人？

[私聊] 镜中人：有，但在线的几个都不喜欢玩 PVP，我们只能组野队，三拖七。

[私聊] 暗冥：哦，你们帮主是王。

[私聊] 镜中人：怎么可能。

[私聊] 暗冥：三拖七，说明核心是你们。你和暖冬日都是奶妈，幸天成是战神，二保一，是他的可能性很高。

[私聊] 镜中人：别想套我话，我是不会告诉你的！

[私聊] 镜中人：到底组不组？

[私聊] 暗冥：组。

方景行关闭聊天框，对队友道："先秒幸天成。"

另一边，幸天成和镜中人碰面，问道："那边怎么说？"

"他们说组。"镜中人犹豫了一下，心虚地补充，"方队猜出你是王了。"

幸天成很痛快："无所谓，只要能离开这些菜鸟，头给他们了！"

不过他说完回过味儿来："他怎么猜出来的？"

镜中人更心虚："我说咱们三拖七。"

幸天成："……"

今天也是想把智障成员踢出去的一天。

镜中人试图补救："我看他们这个名单，搞不好也是三拖七，咱们有胜算。"

"有什么胜算？"幸天成道，"两个'三'的级别一样吗？"

事实证明，很不一样。

双方一碰面，姜辰和方景行便利落地把两个奶妈控住，合力弄死了幸天成。

之后他们回到等候大厅，退了之前的队，和幸天成他们组在了一起。

镜中人看着队伍的配置，觉得稳了。

不过以防万一，他多问了一句："还有没有熟人？最好拉熟人，免得碰见极品。我们刚才就碰见一个，是个中二少年，非要当王，这也就罢了，结果我们和对方一碰头，他就来了句'将士们，给朕冲'，这……你们说上哪儿讲理去！"

姜辰三人组："……"

这么一对比，那个莹莹也不算什么了。

镜中人："所以还是和熟人组队靠谱。"

姜辰几人深以为然，看了看帮会和好友栏，见两个"人渣"和十号上线了，便把他们叫过来，加进了队伍。同一时间，镜中人那边也拉来一个帮会成员，熟人小队终于凑齐，就是有一个小问题——他们一共四个奶妈。

但目前的情况，只能先这样。

反正他们也不是要把对面全打死才行，四个奶妈或许有奇效。

十号看向偶像："有个王的设定，谁来？"

姜辰："都行。"

镜中人："就你们来呗。"

姜辰："容易被集火。"

这倒也是。

几人商量了两句，干脆抽签决定，最终十号成功当选。

十号有些小激动，豪爽地一挥手："走，朕带你们上阵杀敌！"

众人："……"

镜中人心有余悸，叫道："你等等，你不会和对方一碰面也来这句吧？"

十号："怎么可能，这不就暴露了吗？"

嗯，你心里有数就行。

几人踏实了点，按了"匹配对手"。

下一刻，一行名单跳了出来：白龙骨、负一米、飞星重木、此门皆吾友、情字当头……

前五个都是熟面孔，后五个……姜辰他们也不陌生，是别的服的大佬，曾在竞技场里打过招呼。

镜中人顿时惊叹一声："这咋打？"

[公屏]白龙骨：你们怎么组到一起了？

[公屏]镜中人：这话应该我问。

[公屏]白龙骨：哈哈哈恰好遇见了。

[公屏]负一米：缘分，我们这才第二把就排到了一起。

[公屏]飞星重木：决定拿你们的人头庆祝一下。

[公屏]镜中人：来啊，怕你们！

双方很快在地图中随机刷新。

姜辰听着队伍频道里报的坐标，找到了附近的十号，带着他去和方景行他们会合，这时一抬头，见到了对面的五个人。

十号倒吸一口气：“怎么办？”

姜辰很淡定：“你冲上去保护我。”

十号一怔：“啊？”

到底是学霸，他立刻反应过来，挥舞着双剑便往前冲，嘴里叫道，“你快跑！”

姜辰扭头就跑。

白龙骨五人小队的反应也很迅速：“他应该是王，趁他落单，杀！”

十号对着他们砸大招：“想杀他，就从我的尸体上跨过去！”

白龙骨他们赶时间，压根不想和他废话，把十号控住后，越过他就去追人了。

十号在后面嚷嚷了几句，见他们跑远了，不禁长出一口气，不敢往反方向跑，免得撞上其他人。他环视一周，见附近的树上缠着藤枝，应该能当落脚点，便一点点爬了上去。

“我已经藏好了，”他说道，“你们放手干。”

七号：“藏哪儿了？”

十号：“树上。”

七号：“从下面看不见？”

十号：“他们只要不抬头，就没关系。”

话音一落，只见不远处又跑来两个人。

二人刚刚跑过，就又倒退了回来，抬头围观树上的人。

十号咽咽口水：“朕要没了。”

097.

方景行正带着镜中人他们去接应姜辰，听完十号的情况，心想这是真倒霉，便出主意：“你假装卡 bug 试试？”

十号又咽咽口水，顶着地面两个人的目光往下滑了滑，惊险地踩住藤枝，然后爬回去，接着再滑下来，不停重复。

树下的两人是别服的大佬，正摆开架势等他，见状道：“你到底下不下来？”

十号道：“我也想下，但我卡了，控制不住我自己啊！”他努力装作自己卡bug的样子，镇定地商量道，“要不你们打……打死我，等我队友来了复活一下，或许就不卡了。”

说话间，白龙骨再次在频道里呼叫增援。

两位大佬心想谁管你去死，现在这样刚好能废掉一个战斗力，便说道：“你卡着吧。”

十号叫道：“喂，别走啊，救救我啊！”

他看着这两个人无情地离去，把头抵在树干上擦擦不存在的冷汗，说道：“朕又活了。”

方景行笑道：“那就好，你先待着。”

十号：“好。”

方景行问道：“你那边怎么样？”

姜辰知道是在问他，回道：“还行。”

他说完一回头，把最近的一个人封住，再次往前跑。

白龙骨啧了声：“大佬，有意思吗？你看我们五个人也奈何不了你，你怕啥？”

姜辰：“特殊情况，得在意点。”

白龙骨知道言外之意是说他是王，继续劝道：“有啥可在意的，反正我们也打不过你。”

这是句实话。

他知道这封印师有多变态，毕竟论技术是方队那个级别的。

但王座之战的好处是只要拿下王就可以，他们即使九换一把这封印师带走，最后只剩一个光杆司令，也是他们赢。

他问道：“要不让我们的王和你单挑？”

姜辰问道：“你们的王是谁？”

白龙骨张嘴就来：“飞星啊。”

姜辰：“行，你们后退，让他来。”

白龙骨：“这样，咱们数三个数一起停，我们后撤五十米，给你和飞星腾地方。”

姜辰：“数吧。”

白龙骨便数了三个数，结果两方的人都没停。

他眼见前面要到茂盛的森林，暗道一声不好。

这一路的视野比较开阔，他们五个人对上一个脆皮封印师，一点都没压力。

可要是到了障碍多的地方，他们搞不好能被这一个人收拾了。

于是他再次在频道里喊道：“你们快点啊！”

几人回道：“马上到。”

话说完没多久，姜辰就进了森林。

只听“嗖”的一声，一支裹着冰霜的利箭突然破空而来，他急忙闪到树后，成功躲开了这一击。

白龙骨等人趁着这个空当迅速缩短彼此的距离。

辅助也看准时机，一招强控扔了过去。姜辰扫了一眼，再次走位躲开，这时前面有三个人围过来，封了他的路。

白龙骨和飞星重木几人都很激动。

拿下十方俱灭，这事想一想就很有成就感!

白龙骨："都小心点，他很强。"

队友："放心。"

他们再次缩小包围圈，不给姜辰逃跑的机会。

姜辰听着方景行报的坐标，无视身上受到的伤害，选了一个方向强行突围。

白龙骨心想这是真不愿意死磕，越发激动："快，别让他跑了！"

姜辰做戏做全套，表现得极其淡定，顶着三分之二的血跑路。

两位围观过某人爬树的大佬也跟着赶来，白龙骨十人小队凑齐，在姜辰后面疯狂攻击，眼看把他的血打到了三分之一，只见一道光升起，直接把他的血加满了。

白龙骨一行人："……"

下一刻，一团黑雾在他们脚下蔓延开来。

这是暗冥师的技能，他们顿时变色，没等逃离就被控住了。

好在他们十个人站得比较开，没有全中招……这念头一闪而过，封印师一招十方俱灭飞过来，又封住了几个人。

躲在树后的方景行转出来和姜辰会合，开始带着队友反击。

白龙骨："没事，大不了咱们九换一！"

飞星重木："奶妈看好王的血，但注意别加得太勤，免得被他们发现。"

他们等到这一轮控制结束，直扑十方俱灭，完全没考虑伤害会不会溢出，大招纷纷往那边招呼。

圣洁的白光几乎同时落下，等技能的光影散尽，只见封印师还有一半的血。

紧接着又是一道白光，封印师的血条再次满了。

白龙骨他们仔细一看，对上了四个奶妈。

要脸吗!

"冲，等奶妈技能都冷却了，他们就完了！"

"对，他们还有一个人卡树上了，少一个战斗力！"

白龙骨一怔："什么卡树上？"

那两位别的服的大佬说道："就是一个剑客，爬树上下不来了。"

白龙骨："那个剑客刚刚还掩护十方俱灭逃跑呢，怎么会爬树……"

他的声音戛然而止。

其余人反应了一下，后知后觉地意识到一个残酷的真相。

可惜已经晚了，消耗到现在，他们的血条都不“健康”了。

而两位大佬带着四个奶妈，打得十分豪放，他们没坚持多久就全被弄死了。

白龙骨趁着还没彻底出地图，发了条消息。

[公屏]白龙骨：你让我死明白点，是王吗？

[公屏]十方俱灭：不是。

[公屏]飞星重木：……

[公屏]负一米：……

[公屏]此门皆吾友：……

[公屏]情字当头：……

无耻啊！

几个人在心里想着，被系统扔了出去。

十号抱着树过完了一整局，虽然心有余悸，但还是有点小激动：“偶像，你觉得我怎么样？”

姜辰道：“挺机灵的。”

十号：“是不是能委以重任？”

姜辰：“是，继续排。”

这一局打完，姜辰和方景行都体会到了带四个奶妈的乐趣，便带着他们去摧残别人了。

一番连胜后，姜辰、方景行和七号率先升到二段。

王座之战和竞技场的机制类似，都有段位等级，不同的是，王座之战只有三个段，且只能排同段位的队友和对手。

三个人没办法再和镜中人他们组队，只好分开。

恰好要到中午了，三个人便回帮派挂机，下线吃饭。

姜辰刚摘下眼镜，就听见了楼下的车声，走到窗前一看，是谢承颜。

谢承颜年前一直忙着春晚彩排，没时间陪小舅舅，这次回来便打算在外公家住几天。

游梦之前的几个活动他都没参加，坐在餐桌前听小舅舅说起现在的王座之战，觉得挺有意思，也想跟着玩。

姜辰：“你先升到二段。”

谢承颜：“好。”

他上午睡多了，不想再睡，饭后便直接上线，跟着帮会的人去了竞技场。

姜辰则照例睡了一觉，这才回游戏。

由于要等大外甥升等级，他便跟方景行和七号把新年副本打了，又玩了玩赏金寻宝，不知不觉过完了一个下午。

晚上游戏里一向热闹，几大帮会人员齐全，且很多也在下午进了王座之战，成功升到二段，幸天成他们就去和本帮的人组了。

快乐的四奶队解散，姜辰和方景行又等了等谢承颜，等他终于也到二段，便和他们组在了一起。

谢承颜感动地道："总算不用和别人排了。"

方景行笑道："遇见极品了？"

谢承颜道："还好，我们这边毕竟人多，儒初稳住了。"

一行人说着话，进了王座之战。

只见观众数眨眼间突破 100，并在持续上涨。

榨紫几人惊讶了一下，仔细查看对手，发现都很普通，稍微一琢磨，便清楚了——观众是来看方景行或十方俱灭的。众所周知，两位大佬习惯晚上打竞技场，加之早晨人少，他们下午又没打，因此粉丝们就晚上来了。

榨紫和情深长寿不约而同地发了消息。

[公屏] 榨紫：宝贝儿们好 [飞吻]

[公屏] 情深长寿：本人身高 187cm，颜值 9 分以上，情商满值，入股不亏哦。

观众席："……"

对面的十人小队："……"

观众席的语音频道有人数限制。

十人以下是全开放的，十人以上则只在周围一圈身位范围内有语音，其余都得打字，不然太吵了，不利于交流。

[观众] 爱的 one：如意的两朵奇葩，名不虚传。

[观众] 不失恋：情深还差点，主要是渣渣。我以前和他一个服，里面有头有脸的人物基本都认识他。

[观众] 恰瓜：他现在虽然也撩，但貌似比以前收敛了不少。

[观众] 装修吵死人：说起如意的奇葩，我记得以前有个嘴炮王来着，也是高玩，怎么没和他们一起打，金盆洗手了？

[观众] 觉醒：这个我知道，他社恐。

[观众]豆浆油条：所以？

[观众]觉醒：这不全息了吗……

[观众]板蓝根：……

[观众]沈烦烦：……

[观众]恰瓜：点蜡。

[观众]苦当甜：啊啊啊大佬好帅！

众人一齐望过去，只见十方俱灭和暗冥会合，堵了对面的三个人。

观众在上帝视角是能看出谁是王的，两位大佬堵的三人里恰好就有王，且好死不死地被十方俱灭一招封住了。

最惨的是，他还是个脆皮，正被两位大佬重点关照。

不到半分钟，对方直接扑街，战局结束。众人等大佬开第二场后追了过去，只见对手十分眼熟：孤问、金十六、金十八、行走赏金……

哦吼！如意 VS 金竞联盟。

观众顿时精神了，开始看两边的王。

这一看不得了，如意的王恰好就要和金竞联盟的两个人撞见。

[观众]恰瓜：是个奶妈，完了。

[观众]物是人非：我还想看两位大佬和孤问他们打一架呢，没想到结束得这么快。

[观众]爱的 one：运气太差[叹气]

[观众]板蓝根：得，看见对方了，快跑啊！

[观众]两人秘密：她跑了……

[观众]花开无声：她朝着人家去了，把自己当战神使吗！

地图里，七号看见熟人，颠颠地就过去了。

那声音是一如既往地可爱，透着浓浓的激动："是你们啊！"

金十六拿着武器的手抬起来又放下了。

两秒后，他终究过不去心里的坎，迅速放弃，提醒道："咱们现在是敌人。"

七号："玩游戏嘛，别那么较真，高兴就好。"

金十六被说服了，问道："你队友呢？"

七号："都散开了，我正要去找他们，你们也在找队友吗？"

金十六道："嗯。"他说道，"你走吧，这次不杀你，一会儿开团也尽量不打你，除非你是王。"

七号天真无邪："我要是王，早就跑了呀。"

金十六点头：“也是。”

观众席一片哗然。

他们正要发表看法，就听见香草甜甜又开了口。

七号装可怜：“这里这么暗，我一个人害怕，别丢下我嘛，我刚刚看见你们可高兴了。”

观众席再次哗然。

[观众]爱的 two：跑啊，多好的机会！

[观众]叔叔来了：可能真是害怕？废弃的小城，确实挺瘆人。

[观众]留住你：×！

[观众]沈烦烦：如意怎么选她当王啊。

[观众]独特：我想知道孤问知不知道他家帮众智障。

观众席不由得寻找起孤问的身影，见他和儒初撞上了。

和香草甜甜那边的叙旧不同，二人全程无交流，直接开打。

[观众]爱～呀：这才是正常画风嘛！

[观众]恰瓜：对熟人而言，这其实也不太正常。

[观众]追剧快乐：嗯，主要是这两个人的性格因素……

[观众]夫君君：你们说这俩人谁更霸道总裁？

[观众]板蓝根：儒初。

[观众]跳跳兔：儒初。

[观众]翠花：儒初。

[观众]当红辣子鸡：孤问就这么没排面？不是说是个公司老板吗？

[观众]眼泪风干：霸道总裁不裸奔。

[观众]我懂了结束：……

作为开局的第一场冲突，众人的目光大都在儒初和孤问那里。

可以看到，双方在附近的人都正往他们那边赶，也不知哪边更快一点。

众人正紧张地等候，就见一条消息上了如意的频道。

[队伍]香草甜甜：他们的王大概率是行走赏金或出枪不悔～

众人震惊了。

[观众]恰瓜：啥情况？金十六中了美人计，把这个都说出去了？

[观众]青灰色：没有，我一直盯着，想知道这绿茶还能作出点啥，没想到等来了这个大招啊！

[观众]未来诗篇：她怎么套的话？

[观众]青灰色：她说有几个人不认识，金十六就给她介绍了一下，反正就是一堆特没营养的对话，鬼知道她是怎么猜出来的！

地图里，金十六把香草甜甜送出瘆人的荒凉小城，双方互相道别，气氛十分融洽。

众人目送香草甜甜顶着“王”的标志溜溜达达地走远，一起沉默。

如意的香草甜甜，深不可测。

这绝不是普通的绿茶！

被围观的“小治疗”很快和队友会合，拍着胸口：“刚刚吓死人家了，嘤。”

众人：“……”

你这个“嘤”就很灵性。

如意的人不知道具体过程，便挨个上前安抚，一边去找儒初，一边好奇地询问她是怎么套的话。

七号：“我哪敢套话啊！”

苟盛：“那？”

七号：“我就是随便聊，瞎猜的！”他很乐观，“反正打一打也不会怎样，就打打看嘛！”

观众：“……”

真的假的？难不成真是傻白甜？

098.

如意的人向来很信任自家成员，甜甜说打打试试，他们就真的试了。

于是，等双方在儒初和孤问的战场集合，他们就奔着那两个嫌疑人冲了过去，见金竞联盟的人在慌乱中露出马脚，便迅速锁定其中之一。众人在两位大佬的带领下一轮爆发，成功把人弄死，顺利拿下了这一局。

孤问被系统送出地图，回忆了几秒，说道：“他们好像是有针对性的。”

出枪不悔：“我也觉得，直接往我身上招呼。”

金十八：“难道有观众给他们通风报信？”

孤问：“如意的，不会。”

千人斩：“嗯，儒初那个脾气，方队那个人品，真有报信的，他们就主动退了。”

金十六：“那就是咱们有人露馅了……你们看我干啥？”

行走赏金："毕竟你把人家的治疗放走了。"

金十六："我可什么都没说，十八给我做证！"

金十八："嗯，他没说。"

孤问这才知道还有一段插曲，看向成员："为什么不杀？"

金十六羞涩地扭动了下："你懂。"

孤问："……"

金十六："帮主你想想，如果有个妹子完全没防备地跑向你，你能下得去手吗？"

孤问："能。"

金十六："……我不能。"

孤问看了他一眼，告诉他下不为例，之后又带着他们进了排位。

这个时候，如意的人正围着他们的功臣一顿猛夸。

都说女孩子的直觉准，没想到还能用在这里。

七号很谦虚："瞎蒙的。"

苟盛几人对此毫不怀疑，又夸了他一遍，继续去排。

观众都对这位"小治疗"产生了兴趣，专门盯了一阵，见人家乖乖巧巧地不作妖，技术也挺不错的，便估摸是真的傻白甜。

眨眼间又是三局，两胜一负。

输的那局是运气不好，王落单时撞见了对方的人，直接被杀了。这种情况换谁都无可奈何，因此他们很淡定，排了第四局。

[系统]本局对手是：红尘呀哈人、绝世的锅、麻辣烫头、飞奔小花妖、快乐水加冰、帅啊哥、wll、xxx、102、704。

观众席的人数瞬间暴增。

[观众]帝哥：我去，666，碰见方队和十方俱灭了！

[观众]KX美人泪：缘分啊！

[观众]给爷点烟：要不要押个注？

[观众]木林风：押烫头！

[观众]背锅侠：押我小花妖！

[观众]教育忘仙：哈哈哈没想到竟能遇见方队，我押方队。

[观众]不能浪费：这啥情况？

原先的观众先是一愣，接着才反应过来是怎么回事。

麻辣烫头和飞奔小花妖都是很有名气的主播，自带观众，但第一视角是看不见战局全貌的，这些人大概是觉得不过瘾，就直接来游戏里观看了。其余的人有几个是别服的大佬，另外几个则没怎么见过。

[观众]当红辣子鸡：里面有几个辰星映缘的，什么来头？

[观众]恰瓜：不知道，我没印象。

[观众]板蓝根：同，我也没有。

[观众]未来诗篇：普通水友[1]？

[观众]跳跳兔：也可能是圈子里认识的？

他们的疑问很快得到了解惑。

没等新来的观众科普，就听如意的频道里，苟盛几人问了一下方景行。

方景行："有几个是职业的。"

话音一落，公屏出来一条消息。

[公屏]红尘呀呛人：认输吗？

姜辰和方景行几乎同时回复了过去。

[公屏]十方俱灭：不。

[公屏]暗冥：不认[微笑]

[公屏]飞奔小花妖：方队好[微笑]

[公屏]红尘呀呛人：不认就等着喊爸爸吧！

[公屏]十方俱灭：喊什么？

[公屏]红尘呀呛人：喊爸爸！我要一雪前耻！

[公屏]704：哟，这里面有事啊，方队虐过他？

[公屏]暗冥：不是我。

[公屏]xxx：哦，是十方俱灭大佬。

[公屏]红尘呀呛人：耍诈而已。

[公屏]十方俱灭：我是光明正大放的狗。

[公屏]102：哈哈哈懂了。

[公屏]快乐水加冰：哈哈哈哈。

[公屏]麻辣烫头：录像了吗？

[公屏]十方俱灭：录了。

红尘呀呛人原本打了一堆狠话，见状立刻删除，换了别的。

---

1 水友：和主播一起玩游戏的玩家或粉丝。

[公屏]红尘呀呛人：敢打赌吗？我们如果赢了，你把视频删了，以后不许再提这事。

[公屏]十方俱灭：你要是赢不了呢？

红尘呀呛人这次学乖了，回复说赢不了就请他吃饭。

但围观群众不干，纷纷呛声，表示这不算赌注，有本事搞点大的。

[公屏]红尘呀呛人：他删视频也就是动个手的事，多简单，我请客怎么了？你们到底是哪拨的？

[公屏]704：站有理的一边啊。

[公屏]102：而且我们也想看看视频。

[公屏]红尘呀呛人：滚！

[公屏]飞奔小花妖：我觉得要大家都得利才行，我们赢了，方队请我们吃饭[托腮]

[公屏]麻辣烫头：这个可以有。

[公屏]暗冥：我听我家封印师的：）

封印师懒得废话，给了一句总结。

[公屏]十方俱灭：你赢了，我们请吃饭+删视频。你赢不了，你请吃饭+给我录个新视频。

[公屏]红尘呀呛人：录什么？

[公屏]十方俱灭：女装和认我当爹，二选一。

[公屏]红尘呀呛人：……

[公屏]704：哈哈哈哈我觉得女装不错。

[公屏]102：牛×，大佬我喜欢你！

[公屏]麻辣烫头：是男人就赌！

[公屏]快乐水加冰：这可是你先撩的。

红尘呀呛人瞬间就有点后悔。

不过他总和朋友瞎玩，就是这么一个性格，想想双方的实力，便答应赌了。

观众顿时激动了，没想到还能见证一场赌局。

很快就有人把这事发到了论坛上：《方队王座之战遇职业选手开赌局——涛一涛十方俱灭今日会不会喜得贵子》。

这标题太吸睛，吃瓜群众看完来龙去脉，纷纷跑来看热闹。

房间人数迅速满员，其他挤不下的便进了几位正开着播的直播间。

这局的地图很简单，中间是片湖，周围有一圈森林。

森林里种着花草，树木高大茂盛，树干光滑，没有能落脚的地方，玩家根本爬不上去，只能在地面或水里打。

人们看了看双方的实力。

红尘那边不用说，红尘是NAM战队的队长，烫头和小花妖都是技术主播，绝世的锅、帅啊哥、wll是高玩，剩余的全是职业选手，虽然名气一般，但绝对要比高玩厉害。

反观方队这边，就方景行和十方俱灭是职业水准，儒初、榨紫、苟盛和王飞鸟是高玩，香草甜甜和情深长寿是奶妈，剩下的逸心人和青盐，前者中等水平，后者疑似谢承颜，实力感人——好死不死，这一局青盐正是他们的王。

[观众]LYL帅哥：就这，十方俱灭还敢赌？

[观众]云玩家：他输了又不会损失什么，万一运气好杀了他们的王，不就多个儿子了吗？

[观众]出名的菜：有道理！

[观众]负一米：这队不错了，你们是没见着白天那个梦回大宋，对着我们放大招都砸不中人的，幸亏他晚上没来。

[观众]恰瓜：大佬即将撞上他们的奶妈！

众人急忙看过去。

姜辰和方景行早已会合。

他们没有走森林，而是贴着湖边的杂草往前摸，想试试能不能蹲个人。

运气不错，二人一抬头，就看见了对方的奶妈——也是红尘那个队唯一的奶妈。

他们又往前摸了点，蹲在树后没动。

102一边走一边四处看，随时保持警惕。

就在这时，一个黑色符号毫无预兆地飞出来，刹那间打在了他身上。

法力全封，他扭头要跑，紧接着又是一个符号飞来，把他的行动也封上了。

好快！

他神色微变，暗道方队看上的人果然不一般。

下一刻，他就见被念叨的方队跳了出来，开始和十方俱灭一起“照顾”他，102赶紧在频道呼叫增援。

不能动也不能用技能，木头人而已。

姜辰不和他客气，快速往上叠封印符，方景行也跟着抓紧时间秒人，只见102的血条“嗖嗖”往下掉。

102认命地等待技能效果结束，要给自己加口瞬回的血。

然而就在封印即将消失的前一刻，姜辰一个读条完成——群攻的十方俱灭，再次把他的法力封住了。几乎同时，方景行跟上了一个诅咒缠绕，又定住了他。

102：“……”变态！

姜辰和方景行联手秒人，速度能有多快？

只见技能接二连三地往外放，然后跟着一轮连环爆破，奶妈的血槽直接清空。

观众席顿时刷满了6。

[观众]爱的one：啊啊啊男神好帅！

[观众]云玩家：杀人先断奶，牛×了。

[观众]给爷点烟：太可怕了，这有半分钟吗？

[观众]恰瓜：够呛。

[观众]树欲静：之前是谁说十方俱灭这个赌局赢不了的？

[观众]背锅侠：死个奶而已，没看见红尘他们也堵了方队那边一个奶吗？

[观众]木林风：102喊的增援来了。

102附近有两个队友，全是职业的，听到他的呼叫后快速会合赶来。

姜辰和方景行的技能大部分都进入了冷却，加上还有别的事要忙，根本不和他们打，转身下湖走人。

增援的两个人呕出一口血，知道在水里打不过方景行，便站在岸边观望，看清他们上岸的位置后报告给了队友。

姜辰和方景行上岸后在森林里停留了四五秒，见那头的人离开了，便又偷偷摸摸下水，游到了对岸。他们一点点摸索前进，到了森林最边角的区域。

谢承颜听话地蹲在草丛里，正等着他们。

除了一个情深长寿比较倒霉，半路撞见红尘呀呛人被弄死了，其余的人也都赶了过来。

九个人会合，姜辰盯着头顶的树，示意他们来个人以小狗的姿势趴在地上。

王飞鸟很痛快：“我来！”

他说完就趴下了。

姜辰看向儒初：“试试傀儡能放他后背上吗？”

儒初召唤出傀儡一试，发现可以。

姜辰觉得妥了，和他们一边商量一边调整角度，很快八个人加儒初的几个傀儡一起搭了座人梯出来。

苟盛：“他们不会看见吧？”

方景行：“不会，我们误导了一下，他们现在大概率还在对岸的森林里搜人。”

姜辰：“上去。”

谢承颜：“好！”

只见众目睽睽下，青盐踩着人梯，一点点上了树。

观众：“……”

[观众]唐大人：哈哈哈不愧是你！

[观众]负一米：这是早就想好的吧？

[观众]出名的菜：肯定是，没见青盐一开始就没动地方吗？

[观众]觉醒：难怪答应得这么痛快。

[观众]六斤六：这算啥，他们把王护住了，要是自己都死了呢？

[观众]恰瓜：都死了也没事，每局只有半小时，时间一到就结束，不加分也不减分。

[观众]板蓝根：看赌局，十方俱灭说的是“赢不了，红尘就认爹”，这个也叫赢不了。

[观众]云玩家：他们上不去？

[观众]叔叔来了：他们没傀儡师啊，万一中间再死几个人，就更没可能了。

[观众]罚球：不过首先……他们得先找到这棵树，我猜可能到这局结束的那一刻，他们连树都找不到。

[观众]挂壁都糊：是个狼燚。

099.

谢承颜踩着倾斜的树干往上爬了爬，找到一个位置坐好。

下面的人见那棵树枝叶茂盛，不站在一定的角度细看，根本看不见，便放心地去找情深长寿，准备让甜甜复活一下。

方景行：“你附近有人吗？”

情深长寿：“我这个视角里没有，不确定他们会不会埋伏一波。”

榨紫：“要是被你连累了，我就把你吊打一顿。”

情深长寿：“来呀来呀！”

榨紫：“完事我再扔给你两个字。”

情深长寿：“滚！”

王飞鸟：“什么字？”

榨紫：“有女生在呢。”

香草甜甜："我没关系的。"

榨紫："别，带坏你，哥哥不忍心。"

七号想想自己这个人设，闭嘴了。

他闭嘴，观众却没办法忍。

[观众] 给爷点烟：我不是妹子，跟我说说是啥。

[观众] 跳跳兔：我虽然是妹子，但我也想听，断在这里逼死强迫症好吗！

[观众] 豆浆油条：有和他认识的吗，能不能猜出是哪两个字？

[观众] 往事秋刀鱼：以前和他们玩过一段时间，根据我的经验应该不是什么好词。

[观众] 背锅侠：……

[观众] 不失恋：不愧是渣渣，据说那些大佬现在还对他念念不忘呢，也不知道图啥。

[观众] 未来诗篇：图他渣呗。

[观众] 装修吵死人：喏，红尘他们还真去埋伏了。

红尘呀呛人一行人在森林里搜了半天，想起方景行他们死了一个人，或许会趁机复活，便决定来守个尸。

考虑到死亡的视角，他们没有靠得太近，而是趴在周边的草丛里静静等候。

片刻后，见方景行他们的身影在林间若隐若现，不禁挪动位置缓缓靠近，渐渐形成包围圈，见他们四处观望一下，紧接着奶妈就要上前救人。

704："都不细看的，这就拉人？会不会有诈？"

麻辣烫头："人都在这儿了，不至于吧？"

飞奔小花妖："不对，少一个人。"

xxx："可能是王，也可能是想误导我们……方队发现我了！"

红尘呀呛人："上！"

眼看香草甜甜开始吟唱技能，他们必须打断，便起身围了过去。

逸心人听从指挥，给队伍加了免控和增益状态。几位攻击手立刻一齐前冲，正面和他们硬刚。

硬刚的过程惨烈又短暂。

只用了五分钟，方景行一队人就全挂了，红尘呀呛人他们只剩四个活人，血量都很残。几人一边摸索前进，一边理了理思路。

704："不对啊，一点阴谋都没有，这不是方队的风格。"

快乐水加冰："按照他以往的战术，仗着有个奶妈，慢慢磨死咱们也不是不可能。"

xxx："是啊，为啥？"

飞奔小花妖："是十方俱灭的主意？"

麻辣烫头："要么就是想让留下的那个人补刀收人头？"

红尘呀呛人："那他应该在战局结束的一刻就出来，刚好咱们技能冷却又残血。"

"你们说是不是这样？"早死的102躺在地上仰望天空，分析道，"你们刚刚不是没搜到他们吗？他们可能在这个时间里把王藏好了，确定万无一失，就跑来送死了。"

红尘呀呛人道："他藏在哪儿能万无一失？除非是树上。"

他说着抬头，目光顿住。

剩余活着的三个人跟着望过去，四人目测了下这个高度，开始思考方案。

"太高了，八个人不可能把人送上去。"

"但他们有个傀儡师。"

"有可能！"

"赶来送死给咱们赢的希望，又让咱们只能干瞪眼，这有点像他们干的事。"

"而且这距离只有弓箭手勉强能打到上面，刚刚团战，他们第一个宰的就是弓箭手，王肯定是在树上，没跑了。"

飞奔小花妖道："那赌局怎么办？"

704道："我记得十方俱灭说的好像是赢不了？"

红尘呀呛人："……！"

102几人："哈哈哈哈！"

快乐水加冰："我是帮你咨询女装，还是提前恭喜你多个爹？"

红尘呀呛人："滚！"

他整个人都不好了，威逼利诱队友们帮忙想办法把人弄下来。

几人和他讲了点条件，这才下场。

[公屏]704：你在树上吧，我看见你了，露出来一点。

[公屏]红尘呀呛人：这么多人看着呢，好意思吗？

[公屏]xxx：我自曝，我是王。

[公屏]快乐水加冰：我有个圈子里的惊天大瓜，你下来我给你讲讲？

四个人几轮诱骗，见对方一直不吭声，开始怀疑他是不是挂机了。

他们心想这也太缺德了，方景行哪怕借着奶妈磨他们都比这个好受。如今人家潇洒离场，就剩他们对着树林号叫，智障似的耗到比赛结束。

"咱们认输吧？"

"不认！"

“青盐……我记得外界有人猜他是谢承颜？”

“这好办！”

[公屏]快乐水加冰：我还有个某男星的大瓜，听吗？

[公屏]704：青盐是一部电影里刺客的名字吧？那刺客莫名其妙的。

[公屏]青盐：哪莫名其妙了？

竟然管用！

四个人顿时激动。

他们正要再接再厉，就见他又发了消息。

[公屏]青盐：他不像其他人一样是从小被买来训练才当刺客的，而是有一定的家庭因素。你们肯定没细看，电影里有一段是通过风声和晃动的树枝来展现他的内心，非常纠结和挣扎。

[公屏]青盐：除了这一段，还有好多别的细节。

四个人：“……”

他们突然有种不祥的预感，急忙打断，然而根本没用。

青盐仿佛开启了某个不得了的开关，滔滔不绝地给他们讲起这部电影，无论他们说什么都不受影响。

[公屏]青盐：你们等等，我去个洗手间，马上回来！

四个人：“……”

这什么啊！

场外观众都要笑疯了，感觉彻底稳了，纷纷刷起了“恭喜十方俱灭喜当爹”。

论坛也跟着同步更新，众人都觉得如果真是谢承颜，实在太逗了，这热爱电影的态度值得一个热搜。

于是，在人们欢天喜地的围观下，对局迎来了终结。

双方自动复活，被系统传送出去。姜辰没有排，而是在大厅里找到红尘呀呛人，告诉他二选一。

红尘呀呛人想死的心都有了：“你又要赖！”

姜辰很淡定：“你一定要把你因为智商不够犯的错误归到我头上，我也没办法。”

红尘呀呛人：“……”

方景行在旁边插嘴：“快选。”

红尘呀呛人：“咱们这么多年的兄弟……”

方景行不等他说完便打断道：“没用。”

红尘呀呛人立刻不想和他们玩了。

俗话说债多不愁，他以前喊过一次爸爸，女装是不可能女装的，便又喊了一次爸，喊完扭头就走。

姜辰心满意足，继续带队打排位。

一部分上场跟着主播过来的观众对他们的队伍产生了兴趣，在观众界面搜到他们的对局，跟着进了房间，津津有味地看了起来，一直看到他们不打了为止。

新年过后，年味渐渐变淡，游戏里却依旧热闹。

王座之战会一直持续到正月十六，其间冒出过各种玩家的骚操作，论坛上也全是相关的帖子。

先头部队的积分越来越恐怖，已经破万。

一群人截图膜拜，紧接着便有人出来冷嘲热讽了。

34L：十方俱灭那么牛，还加一个方队，小队这才 17 名啊。

37L：还没孤问他们的排名高。

42L：他们的成员好像总是变，总积分就少。

48L：谁不变？那些小队也就最近才慢慢固定下来，而且这是最高积分记录，谢谢。

53L：前十名里没多少辰星映缘的玩家啊，白吹那么久了。

59L：首先，辰星映缘牛，有无数热搜和通关记录为证，别一扭头就忘了你们当初眼红的样子；其次，谁不知道各大战队都放假了，前几名的队伍里有多少职业选手，需要我给你们都扒出来吗？

61L：把你们以前的话还给你们，辰星映缘不是也有职业的吗，有本事让他们打啊！

姜辰很快也听说了这件事，原本他是不想理会的，直到后来听说前几名的队伍里都有冠军队的人，又转念想到一件事，这才有些感兴趣。

不过得承认，他们这个小队配置确实不行。

方景行："可以把红尘拉过来。"

姜辰："他肯？"

方景行笑道："当然得有条件。"

姜辰了然，找到自家儿子，拉他进队。

红尘呀呛人哼了声："不干。"

姜辰："你进队，我删一个视频。要是能拿第一，我再删第二个。"

红尘呀呛人："拿第一也太苛刻了，你知道那都是什么人吗！"

姜辰道："知道。"

红尘呀呛人道："所以你这不是摆明了给我画饼吗！"他思考一下，"这样，能拿前十你就删。"

姜辰："拿前十我还用得着你？"

红尘呀呛人："你去拿一个我看看！"

姜辰扭头就走。

"回……回来！"红尘呀呛人不想错过删视频的机会，急忙叫住他，"一口价，前五！"

姜辰回头："前三。"

红尘呀呛人纠结了一下，最终一咬牙："成交！"说定后他立刻上心了，"我把704他们也拉过来。"

姜辰："待定，不到逼不得已不叫他们，最好能全是辰星映缘的玩家。"

红尘呀呛人："为啥？"

姜辰："不为什么。"

方景行笑了笑，知道这是因为他们在辰星映缘的时间不多了。

他们很久没摸键盘了，如果要打秋季赛，年后就得开始训练，姜辰大概是想再给辰星映缘留点什么。

红尘呀呛人："这有点难办。"

上赛季季后赛结束，倒是有不少人来辰星映缘玩。但那都是买的号，他们新鲜够了，和方景行与十方俱灭接触完，就弃号去找各自的朋友了，如今只剩了几个人，还都有固定队，怕是不太好拉。

他问道："你们现在能确定几个人？"

姜辰道："四个。"

红尘呀呛人："算上咱们吗？"

姜辰："算。"

红尘呀呛人："还有一个是谁？"

姜辰："香草甜甜。"

"……"红尘呀呛人道，"啥？"

他努力回忆了下："那妹子水平一般啊，为啥喊她？"

姜辰："他有用。"

红尘呀呛人："能有什么用？"

姜辰："你到时候就知道了。"

红尘呀呛人怀疑地看着他，总觉得不靠谱。

不过视频能删一个也是好的，他不再多问，跟着他们走了。

100.

姜辰和方景行搞定红尘呀呛人后，便找到了七号。

不出所料，七号爽快地同意了。

因为等项目公开后，他就会离开研究院去干活，以后怕是没什么时间上线了。

这是他第一次玩网游，当然想做到最好。于是他也上了心，快速收集完各种情报，便要给他们推荐一个人。

姜辰："谁？"

七号道："榨紫。"他用可爱的小萌音啧啧道，"这小子是个人才，据说前十名的队伍里至少有四五位大佬和他有交情。"

姜辰："……"

方景行："……"

七号："把他带上，或许有用。"

姜辰点点头，便在帮会频道里喊了榨紫。

两位大佬想组固定队冲排名，榨紫他们都得到了通知，非常支持，但他没想到能轮到自己，问道："我行吗？"

姜辰："看中的是你的情史。"

榨紫顿悟："成，我来，拉我进组。"

红尘呀呛人正在试图游说辰星映缘里那几位职业选手，根本没注意他们的动静，这时见他们确定了第五个人，看了看成员ID，回忆一番，觉得就是个普通的高玩，问道："为啥？"

姜辰道："他有用。"

"……"红尘呀呛人道，"又有用？"

他开始怀疑这封印师是故意不想拿前三，好留个视频以后差遣他，说道："我告诉你，要是输了，这都是你的锅。"

姜辰："嗯，我的。"

红尘呀呛人："那你删视频。"

姜辰："我会根据你的表现酌情考虑。"

"……"

你这新人怎么一点都不懂得尊重前辈!

红尘呀呛人敢怒不敢言，忍着打他的冲动，继续游说那些人。

可惜收效甚微。

职业选手一般都有比较要好的朋友，人家和朋友玩得好好的，自然不乐意来和他们组队。

好在如意里有五个主播，其中有退役的选手，水平还可以。

他们也都排在前二十里，不会拉低队伍的平均分。如今自家兄弟需要他们，他们二话不说就来了。

姜辰和方景行考虑了一下职业配置，只要了三个人。

现在就差两个人了。

他们商量了几句，把玩傀儡师的儒初叫上了，接着找到了孤问。

孤问："理由。"

姜辰："你积分高。"

孤问沉默两秒，见队伍里都是辰星映缘的人，明白了他们的用意，便同意加入。

十人小队迅速集齐，进入王座之战疯狂排了一下午加一个晚上，直接冲到了第十名。

众人目瞪口呆。

以往他们口嗨[1]，十方俱灭基本不care，没想到这次竟然有反应了!

他们看了看这支小队的成员：十方俱灭、暗冥、爱我两三场、孤问、红尘呀呛人、魔听天、儒初、山河无恙、香草甜甜、榨紫。

5L：孤问撇下了金竞联盟，这是要组固定队啊!

8L：何止孤问，红尘、魔听天他们不都拆了?

11L：前十要大洗牌，他们这是想冲前五?

16L：前五够呛，没见这还有心思带妹子吗?

23L：我也不懂，金竞联盟里多得是奶，比这个什么香草甜甜厉害多了，为啥不用他们?还有榨紫，白龙骨和飞星重木都比他强吧?

29L：等前十的队伍反应过来，肯定虐翻他们。

35L：不懂你们嘲的意义在哪里，人家好歹都是一个服的，怎么着也比前面那些杂七

1　口嗨：嘴上说着不着边际的话以达到自我满足。

杂八的好看吧?

39L：不说别的，就说方队的人品，他要是想找几个厉害的帮手，你们以为有多难？他俱乐部的主力也在玩这个，你们看他喊他们了吗?

43L：跨服排位是竞技场的机制，方景行他们不用是他们的事，咋这还值得骄傲?

47L：我寻思这不是一群疯子先喷的辰星映缘没人吗?

论坛里吵得热闹，游戏里的王座之战还在继续。

毕竟是十人小队，这些天除去一少部分队伍的成员始终固定，大部分队伍都是经常变动的。如今因为红尘呀呛人等几个人的空缺，几支小队也跟着做了调整，变得更强了点。

红尘呀呛人看着最新出炉的排行榜，说道："离狗他们这个第一名估计没悬念了。"

姜辰也看了一眼。

或许是怕被喷，这些小队的配置基本都一样，职业 + 主播 + 高玩，没有纯职业的队伍。

第一名队伍里的职业选手来自两大强队，实力都不弱。但王座之战又不是要把人全弄死才算赢，而是打死最关键的就行。

他说道："到时候打打看。"

红尘呀呛人："咱能和他们排上再说吧。"

姜辰："会的。"

正月十六，王座之战最后一天。

姜辰和方景行照顾队伍里的起床困难户，九点半才开始打。

系统是在一定的分值区间内进行匹配的。如果两队分数接近，排在一起的概率则会变高。

不过对于职业选手和主播而言，上午起床实在太难了，姜辰这小队里的几个人是昨天被他们强制要求下线睡觉，今早才能爬得起来的。

如今前十的队伍里，只有两个队的人员是齐的，其余在线的人无可奈何，只能打散了组队或随机排野队，都想着自己先拿点分，等到人齐了再回去。

这么一个情况下，姜辰的固定队相比而言会有优势，趁机捞了不少分。

混乱的小队排位直到傍晚才彻底恢复，姜辰他们冲到了第五名。

玩家们什么都不玩了，专门盯着自己喜欢的队伍，想要等个结局。

还有一部分玩家则盼着方队他们能和第一的离神小队撞上，但让人着急的是，这两支小队总是错开。方队他们打的时候，离神小队刚要排下一场，而方队他们排的时候，离神小队已经打上了。

观众们正等着两队的对局时间慢慢接近，就见方队那边的排名又飙升两位，到了第三名。

他们十分震惊，想要去看看现场，但作为被重点关注的小队，人气不是吹的，房间根本挤不进去，好在方景行和队伍里的几个主播都开了播，他们可以蹲直播间，便发弹幕询问战况。

“啥情况？我还以为等那些小队的成员固定了，方队他们不好打来着。”

“我也以为呢，没想到打得特别顺。”

“有两局是开头就撞见对方落单的王，快速解决了。”

“还有一局是榨紫碰见老相好，以身为饵设了套。还有几局吧……有点神奇。”

“咋？”

“他们好像每次团战都能找到对方的王，前三个宰的人里面肯定有王，要不是全程开直播，也全程有观众围观，我都怀疑是有人报信。”

“你们看这局又是。”

只见地图里，双方撞上后，方景行和十方俱灭带着队友直奔对方的王，一轮集火就把人干掉了。

传送出去前，对面表示疑问。

[公屏]双刀大于二：能不能让我死明白点，为啥？

[公屏]暗冥：今晚打完了告诉你。

[公屏]双刀大于二：……

众人也有点无语，但无可奈何，只好带着这个问题围观他们高效率地刷到了第二。

如今前十的小队分数相差不多，不排就会被挤掉，排行榜几乎每时每刻都在变。众人紧张地看着，终于见方队和离神的队伍撞上了。

此刻距离活动结束还有不到十五分钟的时间，双方差的分数是一局能追平的。

这就意味着方队他们只要掐着点赢下这局，就能得到第一的位置。

“牛×！”

“会不会算错了？我看这个分还差很多啊。”

“方队他们赢了，十个人刷刷刷涨分，那边输了，十个人刷刷刷减分，你这样再算算。”

“那离神他们不得悔得肠子都青了？今天要是早点爬起来，也不至于被追上。”

“不光如此，他们打得还比方队慢，分也就涨得慢。”

“是方队他们倒霉好吧？要是排别人，他们大概率能赢，效率高点连赢两场，也能超第一，现在撞上离神，万一不能猜出谁是王，这不就惨了？”

“是惨了，离神小队和方队他们一样，都是抽签决定谁是王，不好猜。”

“我瞅着其他小队的王也不固定啊，方队他们不也猜出来了？”

“嗯，有点邪乎。”

有点邪乎的小队趁还没进地图，这时正在开会。

几位主播全都闭了麦，不让观众听到对策。

红尘呀呛人没想到竟真能走到这一步，眼见到了紧要关头，觉得有些刺激，问道：“怎么打？能猜出来吗？”

方景行：“不能。”

他们能打得这么顺利，是因为昨天七号申请熬夜，拉着方景行把前十名的视频过了一遍，理由是里面的人很多他都熟，能帮着做个参考。

普通人在对待重要人物时往往会有一些特定的反应，有的是有特殊的站位，有的则是在语言和团战行为中能体现出一点，七号全给他指了出来，方景行记在心里，这才能在今天带着他们高效率地杀王。

可也有一些队伍比较随性，除非紧急时刻，否则不会露出破绽。

第一的队伍就是如此，他们的成员实力强，很少会慌乱。七号之前分析过他们，列出了几个小的可能，但也说了非常时期的反应不同，如果真的碰见这种情况，前面的都作废——比如现在，争第一的关键局，他们显然不会太随性。

七号说道：“一会儿你们多和他们在公屏上说说话，另外谁能看见飞奔小花妖，告诉我一声，我去和她聊聊……”

红尘呀呛人：“聊啥？”

七号羞涩：“聊聊我喜欢方景行这个事。”

全员震惊，目光在他们之间来回转。

姜辰明白七号的意思，看向方景行。

方景行点头：“她是对我有意思。”他想想红尘那个脑子，又补充道，“说的是小花妖。”

红尘呀呛人：“啥？”

七号：“喜欢一个人是瞒不住的，上次咱们两个队遇见，她一直在试图和方队聊天，打赌吃饭也是她说的想在一起吃，你没看出来吗？”

红尘呀呛人迟疑：“有吗？”

他当时一心想着赢十方俱灭，压根没注意别的。

再说他也就那天和他们碰见了，后来小花妖就和别人排了，再后来她就成了第一小队的固定成员，根本没什么交集。

七号道："可能女孩子比较敏感吧。"他说道，"反正谁看见她就告诉我，我去和她聊天。"

红尘呀呛人愣愣地点头："然后呢？"

七号："然后等我的消息。"

几个人说话间进了地图，主播们又把麦打开了。

双方随机刷新，开始了最关键的一场。

[公屏]离离原上：终于碰见你们了。

[公屏]暗冥：等虐吧：)

[公屏]飞奔小花妖：方队好[微笑]

[公屏]czxs：手下留情[抱拳]

[公屏]红尘呀呛人：等爷杀你。

[公屏]键盘小老婆：我对十方俱灭大佬感兴趣，大佬看看我。

[公屏]十方俱灭：来单挑，谁输谁退。

[公屏]czxs：这么霸气？

[公屏]十方俱灭：敢吗？

[公屏]键盘小老婆：来呀！

[公屏]czxs：起开，我来！

[公屏]暗冥：你们谁是王？我自曝，咱们王来单挑。

[公屏]飞奔小花妖：你肯定骗人。

双方一边聊天一边在队伍频道报坐标，然后查看周围的环境。

观众看了看他们的分布，很快找到爆点。

[观众]恰瓜：看悬崖！

[观众]不失恋：嚯，这叫什么？报应？

[观众]木林风：赌他是死是活。

[观众]情深长寿：我赌他死了也拉个垫背的。

只见地图里，榨紫刷到了悬崖上。

在他前方的林中，恰好有位他的老相好，据说是个心狠手辣的主。

当然这个时候榨紫还不知道，谨慎地往前走去，正要迈进森林，就和对方撞见了。

二人都是一顿。

榨紫挥手："嗨。"

大佬二话不说，拿着武器就冲向了他。

榨紫迅速后退："我那天梦见你了。"

大佬充耳不闻。

榨紫："知道为什么吗？因为其实我当时去了。"

大佬猛地停住脚。

榨紫："结果你们一个个的，可真会给我惊喜。"

大佬盯着他："你说真的？"

榨紫道："不然呢？我这个人是渣，但你摸着良心问问你自己，当初是我的错吗？"他懒洋洋地道，"想杀我是吧？我告诉你，我现在一下都不想让你碰，哪怕是在游戏里，用不着费心，我自己死。"

他说着腿向后一迈，直接跳崖。

大佬或许是被刺激到了，急忙追了下去。

结果榨紫的身体是下坠了，手却及时攀住了崖边。

于是只见大佬越过他坠了崖，而他则蹬着山体，慢条斯理地爬了上来。

他站定转身，看了眼下面的尸体，扔了句"爱过"，头也不回地走了。

[观众]不失恋：……

[观众]夫君君：……

[观众]青盐：……

[观众]情深长寿：哈哈哈哈！

[观众]老梧桐发芽：[捂脸]

[观众]追剧快乐：我记得上一场他碰见老相好不是这个风格啊？

[观众]恰瓜：因地制宜吧。

[观众]翠花：为什么这种人也有人喜欢？我不渣，可盐可甜，看看我啊[哭泣]

[观众]跳跳兔：跪求渣渣出本书，我买爆！

榨紫大概知道自己会被围观，对着天做了一个飞吻的动作，这才溜溜达达地进了森林。

片刻后，他看见了小花妖，报给了甜甜，说道："她身边还有一个人呢，没问题吧？"

七号："没……没问题，保证完成任务！"

榨紫不放心，告诉了甜甜他们的方向，自己则准备在附近藏着，以防万一。

七号："没事，你走吧，我活不了的，你去找别人。"

榨紫以大局为重，扔下她走了。

众人正不知他们打的是什么哑谜，就见甜甜迎着小花妖他们的方向过去，找到一个空旷的草地，抱膝坐着。

半分钟后，小花妖和队友经过，见状环视一圈，见不像有埋伏的样子，便过去要杀她。

结果走近一听，却听见她在哭，此刻听见脚步声一回头，哭得更狠了："你……你们杀了我吧，我不玩了……哇……"

小花妖的队友是个男的，见状不忍："你哭什么啊？这都最后一把了，那么多人看着呢。"

"看就看，我受不了了，让某人知道这件事也好！"七号道，"我喜欢方景行，但他不喜欢我，我天天看着他，特难受。"

他哽咽地抽泣："我不想玩的，他们非要拉着我玩，我原本就一直在忍着，这个草地……是……我和他初遇的地方，我就……就没绷住。你们杀了我吧，给我一个解脱，反正我在队伍里也是拖油瓶……"

飞奔小花妖听着频道里传来队友说撞见人的消息，知道确实不是埋伏，蹲下道："你别这样。"

七号："你不懂。"

飞奔小花妖："我懂，我也有喜欢的人。"

七号："是吗？"

飞奔小花妖看着时间，陪她聊了一分钟，直到她的情绪缓和了。

七号感动："你真好，我要是和你一个队就好了。你喜欢的人是你队里的吗？就是那个什么离神？我听说方景行退役后，他现在是人气最高的大神。"

飞奔小花妖摇头："不是。"

两个人又聊了一分钟，飞奔小花妖便没有再耽搁工夫。

她正要说一句不好意思，就听见对方道："今天谢谢你，我好多了，你们杀了我吧，毕竟这局很关键，我懂的。"

二人自然不会放水，合力把她宰了。

[观众]豆浆油条：？？？

[观众]镜中人：？？？

[观众]金十六：甜甜[哭泣]

[观众]逸心人：[蜡烛]

[观众]背锅侠：我小花妖真是人美心善。

[观众]当红辣子鸡：另外一个就比较一言难尽了。

[观众] 青灰色：她人美心善？呵。

[观众] 挂壁都糊：这打得什么玩意？她来干啥的？

[观众] 木枷锁：应该有一定的道理，她都说了会死。

[观众] 树欲静：能有什么道理？拖了对手两分钟的时间？那她真是棒棒哒。

他们正吵着，只听方队的队伍频道里响起了熟悉的声音，依旧萌萌的。

七号："离离原上和键盘有可能是他们的王，前者概率最高。"

红尘呀呛人："真的假的？"

姜辰："真的。"

方景行："信他。"

孤问："……"

观众席一片哗然。

因为离离原上确实是王。

[观众] 觉醒：我去！

[观众] 给爷点烟：我不信，蒙的吧！

[观众] 当红辣子鸡：不就是喜欢谁的话题吗，这能有啥问题！

[观众] 爱的 one：想起了金竞联盟那一场，这妹子有点东西。

[观众] 行走赏金：我去！

[观众] 金十六：[抽烟的手微微颤抖]

游戏里，万众瞩目的甜甜说道："没有，瞎猜的！"

他解释道："我这个人吧……就是直觉有点准，然后运气比一般人好一点，所以就带上我啦，想让我在关键时刻赌一把。"

他给队友们提前打预防针："要是没赌对，你们事后不许找我算账，我可是拿出了毕生的演技，还骗了人家小姐姐的同情心，唉，好愧疚。"

方景行笑道："不算账。"

榨紫："谁要是欺负你，哥哥第一个帮你报仇。"

孤问："上次和我们遇见……"

七号："也是我猜的。"

孤问："嗯。"

儒初："离离原上。"

姜辰："哪儿？"

儒初："山谷。"

姜辰和方景行立刻赶了过去。

他们到的时候，儒初已经被离离原上干掉了。孤问和键盘小老婆也赶了来，正在对战，孤问即将残血。

二人无视那边的战局，直奔离离原上。

后者急忙躲开，键盘小老婆见状便没有对孤问赶尽杀绝，而是来帮队友。

3V2。

姜辰一招封住离离原上，三个人一起爆发秒他。

对战中孤问死亡，同时两拨人也在陆续赶到，奶妈扬起法杖就要给离离原上加血，结果一瞬间法力被封，做了无用功。

[观众] 镜中人：66666

[观众] 唐大人：作死，在他面前救人，他能封到你自闭。

[观众]KX 美人泪：他们原本有两个奶妈的，可惜其中一个跑崖下救人去了 [笑哭]

[观众] 苟盛：不愧是我们的渣渣。

救人耽搁了工夫，等人员凑齐，几人便疯狂对着敌人轰大招。

刹那间只听一声爆炸响起，紧接着连成一串，爆破被大招的光影全部遮住，胜利的金色特效一闪而过。

等周围的声响彻底平息，只见封印师和暗冥师并肩站在那里，画面特别和谐。

而离离原上已经扑街，不远处的山河无恙扬着法杖，给自家兄弟把血条加满了。

对局结束。

双方等着被送出去。

离离原上知道自己最终是死于一串爆破，想想被封的几次，发了条消息。

[公屏] 离离原上：十方俱灭，你会打比赛吗?

[公屏] 十方俱灭：会。

[公屏] 离离原上：赛场见。

[公屏] 十方俱灭：嗯。

此刻距离活动结束还有五分钟的时间，还能再拼一拼。

双方出去后紧接着又按了排位，再次被分到一起，算上匹配和地图载入，他们还有大概四分钟的时间。

观众：“……”

[公屏]czxs：PK 吧，谁输谁退!

[公屏] 红尘呀呛人：让我考虑五分钟。

[公屏] 键盘小老婆：人干事？

[公屏] 榨紫：我最喜欢别人拿我无可奈何的样子了！

[公屏] 一步往：……

双方一通插科打诨，外加集合找人，眨眼间耗到结束。

系统关闭，十方俱灭的小队永远留在了第一的位置，辰星映缘全服欢呼。

方景行摘下眼镜，看着身边的人，笑道："睡觉？"

姜辰为了打这个比赛，今晚住在了方景行家里。

现在已经十二点了，不过可能是打精神了，他没有睡意，说道："不困。"

方景行挑眉，刚想说干点别的，忽然想起自己正在直播，急忙切了回去，却见弹幕已经刷屏了。

CHAPTER SIX

IT'S MY TURN TO DOMINATE!

该我上场带飞了

101.

“刚刚那是谁！”

“是十方俱灭吗？”

“大过年的，十方俱灭为什么会在你那里？”

“听声音就知道是个帅哥。”

“快让我们看看！”

“辛辛苦苦为你们加了一晚上的油，来个帅哥提提神。”

“我不管，露脸露脸露脸！”

方景行笑道：“不露，都早点睡吧……长得怎么样？长得比我好，真的，不骗你们。”他看着弹幕，失笑，“他将来打比赛的时候你们就能看见了，我骗你们有什么意义？”

正说着话，手机响了，是聊天群里有人在喊他。

他顺势下了播，打开手机一看，见那些人问他是怎么猜的王，便回道：“我们队有个火眼金睛，把前十的视频全看过一遍，分析出来的。”

群里最先圈他的，就是曾在游戏里不死心问过他的双刀大于二，闻言道：“扯吧，不信。”

方景行：“拿你举例，他说你对你们小队的某个人有好感，经常和她站在一起，只有打团的时候会分开，打团时谁在你的右后方，那大概率就是王。”

双刀大于二：“……”

玩家们顿时全被炸了出来。

“所以人家没说错？”

“有点厉害，谁啊？”

“是那个萌妹子吗？你们和离离那一局，她猜出离离是王也是有一定依据的吧？”

“哪个萌妹子？长得好看吗？”

方景行：“不是他，另有别人。”

他虽然不知道七号的身份，但曾经问过七号该怎么称呼。

七号当时回答说自己假名太多，让他们喊编号就行。方景行向来不笨，联想到姜辰曾说过有个病友情况特殊，再看七号这能力，心里就有数了，自然不会透露。

他说道：“不经过本人的同意，我暂时不能告诉你们是谁，反正不是我。”

听他这么说，众人便知道问不出东西了，话题转到封印师身上，让方景行把人带出来吃顿饭。

方景行：“等有空再说。”

“他什么时候打比赛？”

方景行：“保密。”

“这有什么可保密的？”

“他是我们战队的秘密武器，当然要保密，”方景行勾起一个好看的笑，“不过有件事可以告诉你们，我要回来打比赛了。大家早点睡，晚安。”

“我去——！”

“你说啥？！”

“别走，给我回来！”

方景行坏心地扔下一颗炸弹，随即把群一关，顺便屏蔽消息。之后愉悦地看向姜辰，见对方也正望着他。

姜辰：“你说真的？”

方景行上前握住他的手，眼里满是他的影子：“嗯，我想和你一起站在领奖台上。”

姜辰：“键盘模式，你状态行？”

方景行道：“应该可以。”他温柔道，“你来当核心，我给你打辅助。”

姜辰“嗯”了声，握紧了他的手。

这时，游戏里仍是一派热闹的景象。

七号顶着可爱的小萌音和众人打了声招呼，就下线睡觉去了。

红尘呀呛人原本在和几位朋友吹牛，忽然收到群里的消息，得知了某件大事，便挂机和他们一起去骂方景行。其余人则去了主城的广场放烟花，顺便拍视频发到论坛上，狠狠扬眉吐气了一把。

谁说我们辰星映缘没人？现在脸疼吗？

大佬前几天只是没认真打而已，不嘴贱，这第一原本是你们的。

活该!

黑子自然不会消停，纷纷回嘴。

24L：急什么，我正复盘他们的对局，要是让我找到作弊的证据，你们这第一就等着被撸吧。

28L：同在复盘，期待被撸。

34L：肯定作弊了，不然怎么解释每次都能猜中王？

39L：这一晚不知有多少人举报过，真有问题他们早被封号了，眼红就直说，输得那么难看。

46L：某职业群流出来的消息，方队说他们把前十的视频全看过一遍，分析行为模式得出的结论。

52L：扯吧，还能这么精准？

64L：这要是能分析出来，谁都能猜中啊。

72L：反正官方会核实，等着出结果吧。

89L：我去，大消息，方队有可能会复出！

92L：啥？爷青回了？

97L：真的假的，他打得动吗？

103L：他今年都26了，全息的话我还能信，键盘……他状态能行？

112L：说实话我不太想他回来，好不容易拿了国内和世界的双冠，退役刚刚好，万一回来搞得一身狼狈，这怎么办？

126L：方队的状态怎么不行了？去年拿冠军，他的手速依然是五百以上，哪怕不如巅峰时期，也能吊打大多数的职业选手吧？

话题快速被扯远了。

玩家们开始讨论方景行是失了智，还是因为全息模式才回归，抑或他复出的事是个假消息。

游梦官方则在抓紧时间核实排行榜上这些队伍是否存在作弊行为，包括对局途中有没有开过私聊、断开过设备等。

经过一晚上的努力，首先确定了前十名是没问题的，他们便发了一个公告，然后继续去查后面的。

消息传到论坛，黑子们再次惨遭打脸。

辰星映缘的玩家又一次扬眉吐气，忽然觉得粉十方俱灭是真的爽。

他这个人又冷又狂，不服就刚，还从没翻过车，他们跟在后面看热闹也是看得通体舒畅。

粉这样一个人，值得。

“值得”的人今天生物钟报废，十点多才起床。

二人吃完午饭，方景行便开车把姜辰送回家，之后陪他上了游戏。

他们昨晚是在竞技场下的线，于是上线后便并肩往外走，这时只见一条消息飘了上来。

[喇叭]辰星观察缘：报——！打起来了[截图]

二人一看截图，发现是如意门口，急忙赶回去，见已经围了不少人。

中间有四个人，全是陌生号，他们来的时候，这四人已经不打了，正不知道在聊些什么。

十号扒着门框向外望，看见偶像，便小跑着来到他身边，给他吹彩虹屁：“我看了昨晚的视频，真帅！”

围观群众昨晚没来得及夸大佬，闻言纷纷附和。

昨天和前十的小队对上，两位大佬联手秒人，那是秒谁谁死，特别痛快。

姜辰带着十号进门，问道：“这都是谁？”

十号：“渣渣的老相好，据说当年闹翻后他们就各奔东西了，都不在一个服，昨晚渣渣在王座之战和他们遇见，他们今天就买号找来了。”

姜辰懂了，迎面见榨紫要往外走，便停了停，打算看看，免得自家人吃亏。

情深长寿几人正跟着他，边走边聊。

情深长寿：“只要活得久，什么续集都能等到，你说实话，睡过几个？”

榨紫：“睡什么睡，我连你都没睡过。”

情深长寿：“是啊，你为啥不睡我？”

榨紫：“渣也是有原则的，兔子不吃窝边草。”

情深长寿：“得了吧，你有段时间对儒初有想法，当我没看出来！”

老梧桐发芽：“啥？”

苟盛：“渣，终于活腻味了？”

榨紫干咳：“我就是想想而已。”

他说着一步迈出大门，见那四个人围过来说想聊聊，问道：“咱们还有什么可聊的？”说完他往围观群众身上一指，“问问他们，舍得我吗？”

围观众人很配合，立刻回应。

“不舍得！”

“渣渣我爱你！”

“渣渣你是我的！”

榨紫一摊手：“看见没，为了不让大家伤心，我决定独自美丽，不过我终究念旧情，不能让你们白来。”

他说着扯过情深长寿，往前一推：“来，给你们介绍个对象，人帅性格好，我们帮会的特产。”

四人：“……”

围观群众：“……”

老梧桐发芽闭了一下眼，有点后悔跟出来。

苟盛也一脸不忍直视地别过了头，还送特产！

姜辰站在门内看着，有点好奇渣渣到底是怎么活这么久的。

他见情深长寿惊叹一了声，之后和榨紫理论起来，默默观望了一会儿，发现貌似打不起来，想起身边还有个熊孩子，觉得少儿不宜，便带着十号去玩赏金寻宝了。

十号很开心：“打赏金的时候让我来，你们教教我。”

姜辰对方景行道：“你来教。”

方景行笑道：“好。”

然而意识流不是那么好教的。

两个人坐在一旁看着十号和小怪对打，半天才把它弄死，全都沉默了。

十号自觉良好，问道：“怎么样？”

方景行夸道：“有进步。”

十号：“那假以时日，我是不是就能打职业了？”

方景行忍着笑：“这得再看。”

生活又回到了之前的样子。

除了榨紫那边热闹点，和平时没什么不同。

姜辰和方景行又玩了一段时间全息，便将训练提上了日程。

二人各自在家里配了两台电脑，要么是方景行来陪他，要么就是姜辰去方景行那里。

除此之外，方景行还把身体锻炼也写进了计划表，每周拉着姜辰跑三次步。姜辰一开始有些抗拒，但考虑到自己曾得过病，便坚持了下来。方景行看得很满意，打算慢慢把一周三次改成每天一次，除非是某些特殊原因不适合跑步才休息。

时间悄悄溜走，各战队陆续公布了春季赛的名单。

人们急忙看了看方景行的俱乐部，从头浏览到尾，没见着十方俱灭的ID或陌生的封印师选手，更没看见方景行的影子，便估摸十方俱灭可能是全息选手，方队要是真回来，搞不好也是打全息。

黑子们顿时又来劲了。

13L：就这还敢跟我离神放话说赛场见？

17L：给爷看笑了，这牛吹的，我眼睛都看瞎了也没在名单上找到人。

23L：我寻思着这谁都不服的架势，不弄个队长说得过去吗？还想瞻仰一下NXK的新队长，就这？

37L：只会打全息，算个啥啊[抠鼻]

43L：全息怎么了？以为多容易呢？你们连十方俱灭一根手指都比不上，哪来的脸嘲笑别人？

48L：只能打全息就是菜！

53L：粉丝急了？有本事你们让他上键盘狂个我看看啊！

65L：他要是能上键盘虐我离神，我跪下喊他爹。

67L：别说爹，他能带着NXK拿个冠军和MVP，我跪下喊他爷爷！

人红是非多，话题涉及十方俱灭，就会吵得热闹。

吃瓜群众原本以为这帖子会和以前那几个一样，吵一天就沉了，没想到盖的楼越来越高，他们好奇地点进去，找到了问题所在。

257L 暗冥：已截图。

289L 十方俱灭：跪下可以有，当我儿子和孙子就算了，这种货色的不乐意要。

帖子自此就炸锅了。

虽然无论后续人们说什么，两位大佬都没再冒泡，但依旧挡不住网友们的热情，帖子在首页飘了四五天才沉。

这个时候，国家医学研究院发布了最新消息。

人体冷冻技术取得新进展

年内，陈图和秦学真两位教授带领团队对三十年前因病冷冻的患者进行解封，成功救醒三人。

同一时间，论文发表。

全球震惊。

“人体冷冻技术”瞬间登顶热搜。

这个持续了几十年的争议项目，终于有了成功案例。

一时间全世界的目光都集中了过来，两位教授也接受了采访，回答了一些技术上的问题，坦然表示目前技术尚不成熟，但对后续研究提供了重要的依据和方向。

至于复活患者的相关情况，两位教授都没有透露太多。

比如世界上第一个做心脏手术的人、第一个接受全麻的人、第一个成功移植别人器官的人……换成他们的项目，就是第一个冰冻后苏醒的人，和普通患者没什么不同，所以他们不希望外界关注太多或去深挖患者的信息，只希望三位康复后能好好地生活下去。

不过陈教授也坦言，其中一位患者当年有一点点名气，可能还会回到自己熟悉的领域，就是不知道什么时候会回去。

这属于国家项目，有官方引导舆论，没多少媒体敢把那三个人的具体信息挖出来。

只有一些外媒不死心，表示“没见着活人，搞不好是假的”。

吃瓜群众则都在看热闹，看完还发起了一个讨论——你希望三十年前的谁复活？

后面一堆回复，涵盖了各种领域，说什么的都有。

这事实在太大，连游戏论坛也有相关的帖子讨论。

众人正聊得开心，冷不丁有人冒了泡。

38L：我希望辰辉兰乐能复活，过来吊打山寨。

45L：哈哈哈对，山寨不是说自己是辰辉兰乐的粉丝吗？看他还咋狂。

49L：……

50L：……

52L：……

56L：那啥，楼上几个，咱们想的是一样的吗？

58L：抽烟的手微微颤抖.jpg……兄弟们我有一个大胆的想法。

62L：粉丝做梦呢？据说十方俱灭可能内测就在玩了，想啥呢？

67L：就是，少往脸上贴金了。

异想天开的帖子没过多久就沉了。

这个世界每天有太多新鲜事物产生，新赛季开始，众人的目光便又挪到了那上面。

姜辰和方景行依旧白天训练，晚上玩全息。

七号和十号也已出院，前者似乎接了任务，已经半个月没上线了；后者见完了师门的人，目前的生活除了打游戏就是下棋，等着九月份开学。

他学《棋魂》里给自己取了一个名叫“sai”的ID，打算震惊棋坛，后来被师兄们按着虐了一顿，又把ID改成了“以下犯上”。

姜辰曾一时脑抽答应给他助威，在网上围观他们下棋，结果全程看得晕晕乎乎，勉强撑到结束，心想就这一次，以后再也不去了。

方景行失笑摇头，照例陪他训练，晚上玩一会儿游戏，之后便凑在一起看比赛。

一路从常规赛看到季后赛，NXK又一次止步四强。

粉丝们都有些担心，希望他们能做些调整。方景行安抚完粉丝和队员，等着转会窗口开启，便去俱乐部开会，宣布了两件事，一是他要回来打比赛，二是战队要换核心。

众人很惊喜，刚要点头，就听见他说核心不是他，问道：“谁啊？十方俱灭？”

“嗯，我给他打辅助。”方景行看看队员们的表情，说道，“他比我厉害，稳定手速五六百。”

众人：“……”

方景行道：“现在来谈谈新阵容。”

众人心头一凛，打起了精神。

阵容核心的更改，注定会有一些人不再合适。

不过这也无可厚非，如果保持现在的阵容，下赛季NXK拿冠军的希望并不大，也是时候做点改变了。而且方景行这个人人品一向有保障，不会卡合同，甚至还会帮他们去和别的俱乐部谈待遇，算是比较好的老板了。

转会阶段，不少战队都在进行人员调整，有的直接砸钱组了一支银河战舰。

NXK作为老牌战队，粉丝基数庞大，连续两赛季无缘决赛后，粉丝们都想知道他们会不会做出改变，结果就等来了他们卖了两个首发的消息。

粉丝们：“？？？”

这还不算完，紧接着买进的两个队员也让人看不懂。

他们正怀疑NXK是不是有什么大动作，却发现这就没然后了。粉丝们一头雾水，纷纷在论坛发帖，讨论方家是不是要破产。人家都在组银河战舰，方队却一点钱都不想砸，这是想放弃俱乐部？

姜辰没有理会论坛上的风风雨雨，而是在忙注册的事。

有联盟主席杜飞舟和上面的各种文件，他的程序走得十分顺利。

成功注册之后，姜辰便和方景行进了俱乐部。紧接着，NXK成了游梦联盟第一个公布秋季赛名单的战队。

粉丝们都绝望了。

他们还幻想着NXK有大招等着最后才发，没想到就是这样了。

这么一个阵容，进得去季后赛吗？

众人忍着心痛和各种吐槽打开公告图片，目光定在两行字上。

队长：辰辉兰乐（姜辰） 职业：封印师

副队长：高山仰止（方景行） 职业：暗冥师

众人：？？？

众人：！！！

这一天，整个游梦联盟沸腾了。

102.

辰辉兰乐是谁？

以前没人知道，更没人关注。

但自从十方俱灭在游梦火了之后，现在问这个问题，很多人都答得上来了。

辰辉兰乐是当年带队拿下游梦职业联赛第一、第二赛季冠军的人，是获得第二赛季MVP的人，是游梦联盟的初代大神。

游梦里三族领域的雕像广场，因他而建。

职业选手那句“琉光碎星赏金墙，今生不悔来游梦”的退役词，亦因他而起。

他是一代人的青春、无数人的遗憾，他走后三十年，游梦联盟再没出现过黑色封印师。

现在，他回来了。

电竞圈和游戏论坛同时炸锅。

论坛直接屠版。

《啊啊啊啊你们快去看NXK秋季赛名单啊啊啊我已疯》

《辰辉兰乐——！！！！！》

《十方俱灭就是辰辉兰乐啊我的妈》

《哈哈哈哈恭喜黑子得偿所愿》

《我去，NXK果然搞了一个大的啊啊啊》

《前不久一群人还天天给 NXK 开会，现在……这谁想得到？》

帖子一个接一个，没完没了，完全能看出人们有多疯狂。

平时能让论坛腥风血雨的“方队复出”，如今愣是一点水花都没有。最先发 NXK 秋季赛名单的那个帖子，更是已经盖起了高高的楼。

142L：我至今还觉得像做梦似的，谁掐我一把？

168L：这一波搞得也太大了！

174L：还是不敢信，NXK 会召开发布会吗？

179L：以前我还问过我爸妈知不知道辰辉兰乐，他们说当年看过他的比赛，刚刚我告诉他们这个消息，他们说也要去游梦看看，还说要带我去现场看比赛！扒一扒我和我爸妈粉了同一个人是种什么体验 [捂嘴哭泣]

186L：黑子们怎么不冒泡了？

195L：我记得黑子们一直嚷嚷着粉正版来着，现在正版来了，粉一个我看看。

206L：哈哈哈哈这反转给满分！

209L：粉十方俱灭是真的爽啊哈哈哈！

213L：报——！游梦联盟官方账号下场了，果然是真的！

围观群众急忙跑去看了看，见官方账号发了一个辰辉兰乐的视频剪辑。

厉害的操作、热血的对局、神仙的颜值、衬衣染黑的画面配着解说几乎破音的讲解，以及万人齐喝和金彩飞扬的现场，最后汇聚成一句话：辰辉兰乐，欢迎回来。

能让官方账号搞这一波，也就几个极其牛 × 的大神退役有这排面——比如方景行——但他们一般都是为了送别，而这一次是为了欢迎一个人的回归。

这还没完，紧接着几个有名的电竞品牌也下了场，转发说“爷青回”，并搞了一波抽奖。

再然后，几个八竿子打不着的品牌官博也冒了出来，纷纷表示他们老板以前是辰辉兰乐的粉，为了庆祝“爷青回”，要跟着抽个奖。

这事也不知是真是假，不过他们一开这个口子，后续加入的官博越来越多，场面十分壮观。

不到半小时，“辰辉兰乐复活”“人体冰冻技术”“爷青回”“全网为一个人抽奖”全上了热搜。

众人看得咋舌不已，跑回了那个帖子。

676L：这排面……牛 ×！

689L：我也和我妈说了这事，她的眼眶直接红了，我才知道她以前是辰辉兰乐的大粉，代入一下我感觉我也受不了 [哭泣]。我今年要努力赚钱，带妈妈一起去看现场！[握拳]

693L：三十年了，有这么夸张？

703L：不夸张，真心喜欢过一个人，得知他还活着，真的不会无动于衷！

715L：跪了，不黑了，黑不动，我和我们主任聊起这事，我说黑过他，他看了我一眼，虽然没说话，但我总觉得那是死亡凝视 [跪][跪][跪] 你们说我以后会不会被穿小鞋？

726L：兄弟你完了，赶紧去和你主任说你黑转粉了。

731L：涛一涛辰辉兰乐的影响力有多大？

733L：感觉很牛 ×，当年粉他的人有多少？如今可能是各行各业里的佼佼者。

736L：三十年了，搞不好人家都不粉了，天知道那些官博有多少是凑热闹的，所以这些不提，咱就说和圈子有关的吧，联盟主席杜飞舟都知道吧？据说和辰辉兰乐是拜把兄弟，另外一个兄弟，听说是游梦公司的副董。

737L：……

738L：……

739L：……

742L：×！

746L：我想知道其他战队都是什么心情。

其他战队的心情也只能用“我去”两个字来形容。

他们知道十方俱灭厉害，猜过他可能是别的项目转过来的，但一直都没扒出是谁，估摸是没什么名气，觉得就是个新人，没什么大赛的经验，大概率是全息模式才上场，因此都很淡定。

结果没想到，竟是一代传奇。

而且比他们出道都早，还拿过冠军，在赛场遇见，他们都得老老实实地喊声前辈。

这……方景行是真不做人啊！

于是，他们纷纷在群里让方景行滚出来。

方景行给了一句话：“忙，等会儿说。”

众人不干。

“你能忙什么？”

“你家封印师不忙吧？把人拉进来。”

“对，赶紧拉进来，让我们瞻仰一下传奇。”

然而方景行是真忙，根本没空搭理他们。

名单一公布，俱乐部的电话就被打爆了。

很多人挤不进来，便打了他和经理的手机。

其中有相当一部分是品牌商，想来赞助。

另外还有几家直播平台来抢人，当初十方俱灭火的时候，他们就想签人，可惜那时项目没公开，姜辰回绝了，说是以后考虑。如今身份公开，他们又来了。

再有就是无数的媒体，由于和冰冻项目有关，除了电竞圈，还有很多其他领域的记者，都想拿到第一手新闻。

好在方景行早已预料到了种种情况，提前找家人要了一个团队来帮忙，处理起来倒还算井井有条。

战队的其他成员默默瞅了一眼外面热火朝天的画面，然后一齐扭头看向他们的新队长，见他坐在沙发上，正慢条斯理地吃着一盒冰激凌。

察觉到他们的视线，姜辰看了过去：“怎么？”

几人齐刷刷摇头。

姜辰知道他们今天没心思训练，说道：“有什么想问的，现在问。”

几人都听说过他的脾气不太好，迟疑地又摇了摇头。

姜辰不置可否，没有再提。

反正为了磨合队伍，俱乐部是不放假的，他们有的是时间慢慢熟悉。

方景行终于抽空过来时，就见自家封印师刚吃完冰激凌，而其他成员则僵硬地坐在椅子上，便说道：“今天给你们放假，明天开始训练。”

几个人如蒙大赦，赶紧跑了，决定去缓缓。

方景行在沙发上坐下，说道：“直播平台呢，按咱们说好的签我那个，我让他们去谈合同。”

姜辰点头。

方景行道：“有几个品牌想找你拍广告，拍吗？”

“不拍。”姜辰现在一场比赛还没打，不想那么高调，他说道，“等我拿了冠军再说。”

方景行笑道：“好。”

说话间手机又在响，他便开始查看堆积的消息。

姜辰加的好友少，相比而言清静多了，闲着没事就去论坛上看了看。

论坛依然在屠版。

只是过了最初的一轮疯狂，大家渐渐有心思关注别的了。

《辰辉兰乐这个颜我真的很可啊啊啊》

《给你们看看方队和辰神的照片，我已经捂着鼻血倒地不起了》

《方景行上辈子一定拯救了银河系，这运气逆天了》

《涛一涛 NXK 的新阵容，谁敢说不是银河战舰》

《咋回事，黑子今天集体失声了？》

《期待一下 NXK 赛季夺冠》

《哈哈哈如意被人围了》

姜辰的手一顿，点了进去。

只见如意的帮会门口守着一群玩家，看楼主的叙述，是在等他和方景行上线。

他又淡定地退了出去，打算今晚不上线……这念头没等想完，手机就进来一条消息，是唐副董发来的，问他什么时候上游戏。

姜辰："不上，[截图]自己看。"

唐副董："没事，我们去你帮会找你，我要被他们打死了。"

姜辰："该。"

项目公开后，他原本是想告诉老当益壮的人的。

可姓唐的自己被震惊过一次，就也想让其他人现场来这么一下，便拦住姜辰，打算喊他们出来吃饭的时候说。只是大家都忙着养家，天南地北的根本没空，就商量着国庆聚会。再后来唐副董得知方景行的安排，觉得这样公布也行。于是，姜辰只告诉了几个前队友，其他不怎么熟的，就一直没说。

因此等这些人今天知道姜辰还活着，又听贝贝最可爱告密说是唐副董的主意，就把他打了一顿。

唐副董："赶紧的，他们都吵着要见你。"

姜辰没办法，和方景行打声招呼，去了宿舍。

他知道最近一段时间肯定会被盯上，不想被记者堵，所以就把行李搬来了，打算以后都住在俱乐部。

他翻出全息设备戴上，进了游戏。

苟盛他们都坐在帮会里消化这巨大的消息，猛地看见他的身影，惊叹一声，立刻围过来，一时竟不知道该怎么开口。

姜辰淡定道："下午好。"

苟盛几人下意识地道："嗯，下午好。"

不对，等等……他们问道："你真是辰辉兰乐？"

姜辰："真的。"

他说完就要联系姓唐的，却见一条消息飘了上来。

[喇叭] 辰星观察缘：谢承颜也转了，原来辰辉兰乐是他舅舅啊！

众人震惊，纷纷跑去围观。

姜辰一怔，也去看了看，对上一条状态。

谢承颜："小舅舅王者归来 [礼花][礼花][礼花]。"

谢承颜此刻通体舒畅，因为终于能向全世界宣告这件事了。

他愉悦地喝了一口水，重新打开手机，准备看看人们震惊的评论。

"？？？"

"啥？他是你舅舅？"

"他们队友都兄弟相称，万一方队也这样，你岂不是也要喊方队舅舅？"

"即将变成全联盟的外甥。"

"瞬间矮一辈，孩子真可怜，点蜡。"

谢承颜："……！"

103.

谢影帝以一己之力给他小舅舅的回归贡献了一个新热搜——谢承颜降辈分。

他气得要吐血，正跟助理吐槽说这届粉丝不行，就见助理神色惊讶地盯着手机，凑过去一看，发现一位圈子里的老前辈也转发了视频，配文说"欢迎回来"。

姜辰当年火的时候，也是和明星组队打过排位的。

虽说基本都是泛泛之交，但和其中一位是真的有些交情。

他们当时在饭局结识，对方是个来凑数的小演员，因为喜欢打游戏和姜辰聊得比较多，分开后便时不时地组队打几局，一来二去就熟了。

后来他母亲生了重病，是通过姜辰家里的关系得到悉心治疗的。姜辰生病退役后，他也特意飞来看过姜辰。

三十年过去，大浪淘沙。

那位默默无名的小演员如今成了老牌影帝，地位稳固，完全不需要蹭热度。他会转发，是真的在恭喜姜辰回来。

不过娱乐圈是个名利场。

姜辰现在流量爆炸，但凡和他有过牵扯的基本都冒了泡，还有姜辰根本不认识的 N

线明星，发文说“以前见过一面，还去看过比赛，得知他去世差点哭死，现在能回来太好了”之类的。

旁人却不明真相，只觉得是明星就很厉害。

于是他们看着这个架势，越发咋舌。

黑子们更加不敢吭声，一副“我是谁？我在哪儿？为什么会这样？”的模样。

他们原以为十方俱灭是个只会玩全息的小新人，看不惯他没打比赛就这么狂，更看不惯有那么多粉丝趋之若鹜，便想起什么骂什么，谁知他竟是个招惹不得的霸王龙啊！

可惜世上没有后悔药。

方景行和十方俱灭庞大的粉丝团，外加各种吃瓜群众，正在合伙翻以前的黑帖，把黑子们花式吹捧辰辉兰乐的截图汇总到了一个楼里，真——公开处刑。

别问，问就是脸疼。

粉丝们舒心极了，深深地觉得又过了一个年。

不过那些黑子什么都能掐，尤其方队还有相当一部分女友粉和唯粉，他们先前还担心等十方俱灭以后在赛场上犯错，会被这些人围攻，说他给方队拖后腿。现在看起来则稳了，反倒是如果方队状态下滑，无数人会骂他给大佬拖后腿……这么一想，他们又开始了新一轮的担忧。

身处暴风中心的人此时正站在帮会的院子里，身边围着一群老朋友。

姜辰听着他们的指责，淡定道：“冤有头债有主，我原本是想告诉你们的。”

众人一听就来气，又把唐某人按着打了一顿。

唐副董哀叫了声，从地上爬起来：“喊你们出来吃饭，你们不吃，怪谁啊！”

众人道：“你要是实话说辰辉兰乐还活着，我们能不吃吗！”

唐副董道：“直接说多没意思。”

你就是欠打。

众人摩拳擦掌，想着是不是再打两顿。

苟盛一行人默默在远处围观，盯着由于发现十方俱灭在线而疯狂的世界频道，继续消化这个信息。

苟盛：“咱们帮会真是藏龙卧虎啊。”

王飞鸟：“嗯……”

本宫最美：“原来颜颜和大佬是这个关系。”

情深长寿：“大佬当初说他比方队长得好，我还以为是假的，现在就很后悔，我要是能把握住机会就好了，这个颜是我的菜。”

榨紫：“醒醒，你不后悔也没用，根本追不上。”

老梧桐发芽：“阿逸是不是早就知道？”

逸心人：“没，我也是今天才知道，顺便还明白了两件事。”

几人一齐看向他：“啥？”

逸心人说道：“一是过年聚会，我们让景行带人出来见见，他为什么没带；二嘛……”

他笑了笑，没往下说。

几人刚要问，突然又看见一个熟悉的身影刷了出来，正是被大佬带进帮会的梦回大宋。

十号看见他们，挥爪打招呼：“嗨！”

苟盛几人赶在他跑去找偶像前一把将人薅住，秒懂了阿逸的未尽之言。

据说大宋和甜甜都是大佬的朋友，大佬是解冻的，那剩下这俩……

他们问道：“宋啊，看今天的热搜了吗？”

十号：“看了啊！”

苟盛：“你也是呗？”

十号很坦然：“是呀。”

几人微微吸了一小口气：“那甜甜？”

十号迟疑：“我不知道。”

成，妥了。

是就是，不是就不是，“不知道”的意思……很明显是不方便替人家回答。

他们把人放开，看着他颠颠地跑向大佬。

先前闹得满世界都沸沸扬扬的医学奇迹！三个复活人！竟然全在他们帮会里！

榨紫：“等等，我看过报道，不是说三个都是男的吗？”

老梧桐发芽：“有吗？我没印象。”

情深长寿：“好多国外机构都想挖咱们的技术，是不是故意模糊了信息？”

王飞鸟：“有可能！”

逸心人：“……”

频道依然在刷屏，都想让大佬说句话。

姜辰和老朋友们敲定了聚餐的时间，和苟盛他们打了声招呼，之后发喇叭告诉所有人这两天不会上游戏，让他们都散了。

发完这一条，他直接下线。

熟悉他的人知道他说一不二，于是帮忙在频道上科普。围观群众这才散开，没有再堵如意的大门。

紧接着，魔域成了打卡圣地，玩家们跑去和辰辉兰乐的雕像合了影，心满意足地发到社交账号和人分享，也不知图什么。

很快，有眼尖的人注意到游梦对雕像做了更改，以前貌似是有个辰辉兰乐的生卒年份，现在却没了，因为人还活着。

于是，继两个影帝的热搜后，“辰辉兰乐雕像”也冲进了热搜榜单。

玩家们看着这个势头，觉得以后人气王的评选活动，方景行和离神怕是都得靠边站。

极少数还想蹦跶的黑子从雕像上得到启发，突然找到一个掐点。

结果他们刚发完辰辉兰乐都四五十了，方景行那边带着团队忙到入夜，终于开了新闻发布会。

记者们看着姜辰慢条斯理地走过来，镜头齐刷刷对准了他。

那张脸全方位无死角，简直盛世美颜。

视频发到网上，看得粉丝嗷嗷直叫。

方景行知道记者会围攻姜辰，提前说道：“和战队无关的问题，不回答。”

众人噎了一下，其中一个举手：“有个和联盟有关的问题。”他看着姜辰，“辰神重回职业联赛，心情怎么样？”

姜辰：“挺高兴的。”

记者：“有没有什么话想对其他战队说？”

姜辰淡定道：“赛场见。”

参加发布会的记者方景行他们筛过一轮，把非电竞圈的都挡了，因此发布会进行得很是顺利。

姜辰把该回答的答完，告诉记者接下来他们会抓紧时间为秋季赛做准备，希望媒体朋友不要过多打扰，便结束了发布会。

把记者们都送走后，他就带着战队成员开了会，说了说后续的安排，最后宣布了一件事：“从今天起，十二点睡，八点半起，九点半训练，以后 NXK 不准日夜颠倒。”

众人：“……”

方景行微笑：“有意见吗？”

众人一齐摇头。

方景行很满意：“散会，都早点睡。”

说完他走到姜辰身边，勾着肩膀靠过去，低声道："累死了。"

姜辰任他搭着，和他回到了宿舍。

NXK 待遇很好，每个成员都有一个单间。姜辰和方景行二人没理会外面那些风风雨雨，洗漱完往床上一躺，睡了过去。

从这天开始，姜辰他们便进入了紧张的训练和磨合阶段。

网上热闹了两三天，终于渐渐消停了。

姜辰开了一个社交账号，发了句回归宣言便扔下不管了，直到直播合同跑完，平台那边联系他，他这才登录账号发布消息，等白天训练完，晚上便按照约定开了播。

开播瞬间，礼物就刷了屏。

新粉、不差钱的老粉、几大帮会和如意的人、与姜辰有过交集的主播和职业选手，以及谢承颜和方景行……短时间内太多人涌入，系统愣是卡了好几秒。

围观群众直接给跪了。

牛 ×，竟能把送礼系统给挤崩了，不愧是一代传奇。

姜辰说道："谢大佬们的礼物。"

粉丝顿感新鲜。

往常都是他们喊他大佬，这是第一次听他喊别人大佬。

姜辰扫了一眼弹幕："这有什么好意外的，签了合同，得有点职业的'恰饭精神'。"

"哈哈哈哈哈！"

"我的妈，忽然觉得大佬好可爱！"

"辰辉兰乐，欢迎回来！"

"辰辰，欢迎回来！"

"大佬能不能露个脸啊？我给你砸礼物！"

"对呀，我们给你砸礼物，露脸吧求求了 5555"

姜辰说道："只卖艺不卖身。"

他今晚播的是键盘模式，喊了方景行和几个职业选手，准备打个排位。

其中恰好就有红尘呀呛人，他进入队伍，看着封印师，干咳一声："前辈好。"

姜辰："你突然这么孝顺，我有点不适应。"

弹幕里再次笑疯。

一些熟知他们恩怨的粉丝便给路人进行了科普，说了说打赌认爹的事。

红尘呀呛人迅速找回一股熟悉的、想揍人的感觉，那点小别扭直接烟消云散。

他这个人记吃不记打，一边跟着他们排一边询问封印师：“你看过我们战队的比赛吗？”

姜辰：“看过。”

红尘呀呛人：“对我们战队有什么评价？”

姜辰：“听实话？”

红尘呀呛人：“那当然！”

粉丝们不由得有些担心，怕他太毒舌了招黑。

结果下一刻，他们就听大佬淡淡道：“兄弟齐心，两千多斤。”

观众：“……”

红尘呀呛人：“……”

弹幕死寂一瞬，又疯狂了。

没办法，这嘲讽实在太精准了。

大概是日夜颠倒，职业选手要么特别胖，要么就特别瘦，身材标准的占少数。

红尘呀呛人他们那个战队就属于全员特别胖的，加一起可不就是两千多斤吗？这是众所周知的事，有不少人都说过，姜辰嘲了也没什么。

这大佬看着脾气不太好的样子，没想到看他直播这么快乐。

一些围观群众都起了兴致，便加了关注，准备以后再看看。另有一些人则更关心姜辰在键盘模式中的实力，毕竟经过冰冻，谁知道会不会不如以前。

结果他们看了一晚，被大佬秀了满脸。

传说中辰辉兰乐稳定手速五六百果然不是吹的，真的溜啊！

黑子们这下彻底消停了。

很多人都有慕强的心理，相当一部分黑子当场倒戈，转粉了。

日子便在紧张的备战和快乐的直播中度过，直到秋季赛拉开帷幕。

104.

游梦常规赛不分组，就是每个队循环打，积分前八进季后赛。

秋季赛的赛程安排出来后，票务系统紧跟着上线，NXK 的场几乎秒没。

他们第一场是在主场打。

比赛当天，中午吃完饭，文城体育馆就排起了长长的队。

下午两点，场馆里已经座无虚席。两位解说看着现场热闹的气氛，暗道不愧是辰辉兰乐和联盟男神，这人气都快赶上季后赛和决赛了。

“大家好，我是解说阿慕。”

“哈喽大家好，我是解说小伊。”

“相信大家和我的心情一样激动，今天是辰辉兰乐复出的第一战。”

“嗯，同时也是咱们方队复出的第一战。”

“现在是不是应该叫方副队了？”

“哈哈哈有道理。”

两位解说一番逗趣，聊了聊双方的成员，很快等到导播的指示，便把画面交给了主持人。

主持人简单做完开场，请上了两个战队。

游梦联盟这里的规矩是先主后客，于是率先出来的是 NXK，只见姜辰穿着队服，走在了最前面。

导播给了他一个特写，现场瞬间尖叫四起。

直播间也是一片“啊啊啊”，大家都被这颜值给杀到了。这还没完，后面紧跟着的就是方景行，同样有一个特写。

联盟男神在役八年，粉丝无数，虽然退了一年，但无损人气，现场和直播间的尖叫立刻扬了一个度。

主场战队出场之后就是客场战队，NXK 的首轮对手是 EY。

EY 战队曾辉煌过，更拿过国际大奖，但倒霉的是出道即巅峰。老一批选手退役后，后续选手没能跟上，战队也没及时调整，导致之后一年不如一年，最近两年大换血才稍微有些起色，如今在联盟算是中等水平。

没有姜辰和方景行，NXK 对上 EY 的胜率就很高，现在加上两位大佬，赛前预测基本一面倒，没人觉得会爆冷门。

战队出场后主持人做了个简短的采访，之后双方入席，调整完设备就进入了比赛。

第一局擂台，KOF[1] 赛制，谁站到最后谁拿 3 分。

只见 NXK 这边给出了第一个出场的选手：辰辉兰乐。

上来就扔大招！

现场和直播间顿时全沸腾了。

1 KOF：格斗。

两位解说刚才闲聊时猜过这种可能，没想到竟然蒙对了。

“真第一个出场了？这是要王者归来？”

“我还以为他会守擂，让我们看看 EY 这边第一个打擂的是谁……大居客，双剑系的剑客，是个很有经验的老选手，大概是想开局稳一手。”

“结果撞上了辰辉兰乐。”

大居客心里也是很崩溃。

不过他们对上 NXK 本就没什么胜算，所以他的心态还算稳，快速选了一下装备。

比赛服的所有装备都是开放的，选手能根据自身的需求进行搭配。

游梦除去职业和体系与别的游戏不同，繁杂的装备也是一大特色，不同神器出来的效果是不同的。

“大居客选的神器是燃魄，是双剑系剑客最喜欢用的一件武器。辰辉兰乐选的神器是影钧，加施法距离和暴击。”

“我听说他在辰星映缘获得的第一件神器就是影钧，一直没怎么换过。”

“看来是很喜欢了……好了，地图已加载完毕。观众朋友们，您现在收看的是本年度游梦联盟秋季赛常规赛 NXK 主场迎战 EY 的比赛。”

“擂台赛第一场，辰辉兰乐对战大居客，来看看双方的刷新点……”

地图是一片森林，很是茂盛，一眼望不到头。

二人的位置刷在一南一北，几乎同时向前走去，顺便打了声招呼。

[公屏]大居客：前辈好。

[公屏]辰辉兰乐：你好。

[公屏]辰辉兰乐：我以前最喜欢打剑客。

[公屏]大居客：……

观众和直播间的人狂笑。

“我家崽崽真可爱！”

“想采访一下大居客，压力大不大？”

“一个大魔王告诉你‘我最喜欢虐你这种类型’，你说压力大不大？”

“点蜡。”

“给辰辰以前虐过的剑客也点一根，虽然不认识你们，但你们辛苦了。”

被虐过的唐副董坐在观众席，想起了过去不堪回首的日子，对身边的杜飞舟道：“你说他还是个人？”

杜飞舟笑了笑，没有评价，依然看着大屏幕，只见双方在地图中间相遇了。

唐副董说道："希望他不要直接冲过去，稍微迂回点。"

话音一落，大居客就冲向了姜辰。

近战打脆皮，自然是要砍得对方没办法读条才行。

然而下一刻，他就发现角色动不了了。

唐副董闭了一下眼。

直播间顿时刷了一排 666。

解说道："好快！"

"应该是只封了行动，这个距离大居客打不到他。"

"神器影钧的优势，辰辉兰乐能安心放技能。"

地图里，姜辰像打木头桩似的，往他身上轰了好几个技能。

双方都在等着定身倒计时，时间一到，姜辰一个封印符过去，又把他的技能给封住了。

大居客："……"

太狠了。

站着挨完打，好不容易能动了，却只能用普攻。

他心里悲愤，提剑就砍，想着用普攻也要砍掉你的血。

姜辰扭头就走，仗着施法距离长，开始放他风筝。

五秒后，技能封印也结束了。

大居客起手一个突刺，瞬间拉近彼此的距离。

姜辰早已料到他会这么干，提前退了几步。大居客自然不会放过他，拔腿就追。两个人绕着三四棵树追逐，刚跑了两步，大居客猛地发现自己又不能动了。

观众："……"

大居客："……"

我去！

解说震惊："刚才那一下是怎么放的？"

"我也没反应过来，"另一个解说道，"中间隔着两棵树呢！"

"是啊，这是在一个所有人都没想到的位置放的技能。"

"这里必须得有个回放！"

EY 的选手也纷纷讶然。

大居客是老选手，吃过一次亏便会加倍小心，结果这么快竟再次中招，只能说明对方太恐怖。

太恐怖的人又开始打木头桩了。

等大居客恢复行动，姜辰封法术的技能早已冷却好，不客气地给了他一击。

对局仿佛一个轮回，剑客的血是厚，但经不住这么磨，没坚持多久就扑街了，而姜辰的血还有足足 90%。

大屏幕同时给出回放，辰辉兰乐和大居客中间是隔着两棵树，看似能挡住对方，但其实是有一条直线的。

镜头给了特写，只见黑色的封印符从辰辉兰乐手指上的神器中飞出，擦过其中一棵树，紧接着又擦过另一棵，倏地打在剑客的身上——竟是从这个缝隙里穿过去的。

众人："天啊！"

直播间直接炸锅了。

两位解说也惊得差点爆粗口。

"我的天，这……这你去哪儿说理？"

"我鸡皮疙瘩都起来了，职业选手都是非人类啊！"

"听说辰辉兰乐当年在赛场能封到人自闭，这换谁不自闭？大居客不冤枉啊！"

"可怕的是，他还有 90% 的血，一穿二[1]肯定是有了吧？"

"自信点，我觉得可以把'吧'字去了……好，我们来看看 EY 第二位上场的选手，是个游箭，比封印师的手长。"

"不知道能不能扳回一点劣势。"

游箭的话很少，没像队友那样打招呼，而是闷头往前走。

眼看要到地图中间，他停了下来，藏在树后架起箭，观察前面的动静。

这时一条消息飘了上来。

[公屏]辰辉兰乐：这个时间点，你应该已经到了，对吧？

游箭不吭声，做一位合格的猎人，专注地寻找猎物。

[公屏]辰辉兰乐：出来，我都看见你了。

游箭不为所动。

[公屏]辰辉兰乐：就在你身后。

游箭猛地回身，发现没人，心头一跳，急忙转回来，赶紧又换了一棵树，继续找他。

EY 的人集体闭了闭眼，不忍直视。

因为辰辉兰乐开场绕了一个圈，真的绕到他身后去了。

姜辰蹲在草丛里，看着他如惊弓之鸟般不停地换位置，慢慢要换到自己附近，抬手

1　一穿二：一个人打赢敌方两个人。

一个封印符——自此奠定了胜局。

不过游箭到底手长，而且玩的又是侧重群攻的体系，有很多大面积的群攻，不容易躲，姜辰弄死他的时候自己还有 46% 的血。

这十分牛 × 了。

直播间不禁刷起了“一穿三”，这时只见 EY 的守擂选手出场了，是他们队的王牌傀儡师，ID 野火。

大概是性格的原因，他心态很稳，脸上甚至带着几分笑意，进游戏就打了招呼。

[公屏] 野火：前辈好呀。

[公屏] 辰辉兰乐：嗯。

[公屏] 野火：前辈刚刚说以前最喜欢打剑客，现在呢？

[公屏] 辰辉兰乐：傀儡师。

[公屏] 野火：……

众人笑抽，见野火又冒了泡。

[公屏] 野火：为啥？我还以为你会说暗冥师。

[公屏] 辰辉兰乐：你很快就知道了。

“很快”的意思是双方一见面，野火便迅速召唤出两个攻击傀儡，把大佬追得满地图跑，见两个不够，他又召唤出了第三个，要把对方围住一口气弄死。

解说说道：“这……辰辉兰乐是不擅长打傀儡师？”

“或许？毕竟是后期新加的职业。”

“不对，我那天看他直播，他们队伍里是有傀儡师的，私下里肯定 PK 过。”

“但他都没打掉傀儡多少血……等等，我知道了！”

几乎同一时间，野火也想明白了，脸色微变，急忙召唤出解控的傀儡。

但就在这一瞬间，只见“砰”的一声，其中一只傀儡的身上炸开一团血雾，紧接着爆破声响成一片。

[公屏] 辰辉兰乐：因为我发现傀儡的身上能叠封印符，多可爱。

不仅可爱，还比普通玩家迟钝，他能放心大胆地叠。

爆裂风暴每炸一次，冷却时间就会缩短一点，并且在炸的同时还能再往上叠。

野火知道这个机制，原本想操控傀儡解控，但刚要出手，一个封印符便突然飞过来，直接封住了他的技能。

姜辰不和他客气，开始炸他的守护傀儡。

等野火封印结束，就见守护傀儡在他面前化为了灰烬。但这还不是最惨的，姜辰炸了这么多下，爆裂风暴技能已经瞬发[1]了。

一个瞬发的70级大招，据说当年秒谁谁死。

虽然现在已经99级，但爆裂风暴的机制是伤害叠加，傀儡师是个脆皮，根本吃不起，野火急忙后撤拉开距离，结果又是一个封印符，姜辰定住了他的行动。

耳边只听“砰砰”的声音炸响。

封印符在他身上连成一片，伤害层层拔高，血条眨眼间清空。

“扑通——”傀儡师身体前倾，扑倒在地上。

刚召唤出来的傀儡一点点风化，消散在空中。

封印师收手站定，斯文地推了一下眼镜。

金色的“胜利”二字闪出来，几乎要飞出屏幕。

一穿三！

105.

观众齐齐尖叫鼓掌。

直播间也是一片欢腾。

辰辉兰乐复出战，首局擂台一穿三。

“啊啊啊辰辰真帅！”

“牛×，一穿三！”

“决定了，我要去玩攻击系的封印师！”

“醒醒，真那么好玩，为什么三十年都没有黑色封印师？”

“看看科普吧，稳定手速五六百才能有这个程度的操作，而且叠的时候既有时限还不能断，断了就前功尽弃了，你去试试在对方移动过程中叠封印符，能叠五个以上我就服你。”

“跪了……”

“还以为擂台叠不出这么高的封印符，没想到啊……以后傀儡师看见他怕是得绕道走。”

擂台只打三场，NXK率先拿到3分。

1　瞬发：瞬间触发。

双方离席，姜辰慢悠悠地回到己方阵营，见方景行迎了过来。

方景行笑道："爽吗？"

姜辰："还行。"

方景行笑着对他抬起手臂。

姜辰看一眼，上前两步抱住了他。

镜头恰好转到他们这里，把这一幕忠实地记录了下来。

观众席死寂一瞬，之后再次爆发了疯狂尖叫。直播间也纷纷开启截图模式，粉丝们欢天喜地，觉得终于吃了一回真人糖。

被围观的两人只抱了一下就分开了，回到了座位上。

第二局是联盟这些年新加的3V3小团战，十五分钟内无限复活，谁拿的人头多谁赢。赢下本局得1分，此外拿1~2个头加1分，3~4个头加2分，以此类推，杀得越多得分越高。

不过一局能杀5~6个人就是很厉害的了。

因为地图大，队伍集合就会费些工夫，而每次死亡会随机刷新位置，得重新找人，所以实际上十五分钟能做的事有限。

但不得不说，小团的加入让比赛有了更多的可能性。

方景行就曾经在擂台失利的情况下，带队在小团上硬是把比分反超了。

屏幕上很快给出了双方的出战选手。

NXK派的是这两个赛季经常打小团的铁三角，经验丰富。EY那边同样如此，算是中规中矩。

六个人在地图中随机刷新，观众顿时鼓掌。

因为从上帝视角可以看见NXK的三个人挨得比较近，会合的路线上也没有对方的人。

解说说道："这叫什么？主场buff[1]加成？"

"哈哈，也可能是复出buff，NXK这边可是两个大神一起复出。"

"说得有道理，就很玄学。"

"其实EY还好，会合的时候小心一点应该就碰不见他们……哎呀！"

"EY的粉丝可都听见了，要找找他，这不是我奶的。"

地图里，EY的一名队员不知是怎么想的，游过小湖换了一条路。NXK的两个人刚碰头，迎面就撞见了他。

二打一，没悬念。

---

1 buff：增益。

打斗中第三个队友赶到，合伙把人干掉，拿到了一个人头。

死的人这次总算没那么倒霉，刷新到了队友附近，也顺利会合了。双方一番激战，NXK 把优势保持到了最后，成功拿下这一局，并拿到四个人头，共计 3 分。EY 则拿到两个人头，加 1 分。

比分 6 ∶ 1，进入最后 5V5 的团战推水晶。

游梦的团战走的不是 MOBA[1] 的风格，整张地图只有一座水晶和四座防护塔。玩家要做的就是先把防护塔拆了，再推水晶——不拆塔也行，但水晶会非常难打。

每座防护塔 1 分，水晶 3 分，虽然水晶和防护塔分布在地图的不同位置，但两边要走的路程长度是相同的，不会偏向某一队。该怎么打，得玩家自己考虑。

双方成员出场，EY 那边没悬念，是打团的主力。NXK 这边则是姜辰、方景行外加人族战神、妖族的特有职业妖术师和魔族奶妈。

弹幕立刻刷了屏。

“辰神和方队一起上，66666！”

“提前恭喜 NXK 拿下团战。”

“恭喜 NXK 开门红，拿下首轮胜利！”

“恭喜！”

解说则开始介绍双方的阵容和可能会有的打法。

其中一位突然道：“等等，方队选的武器是月时？”

“没错，是月时，能缩减技能冷却时间，但攻击会削弱，他很少选这把武器。”

“这是想配合辰神走快攻路线？”

“有可能。”

两位解说说话的工夫，选手的装备已调整完毕，等倒计时一结束，就刷新到了地图的两边。

起始点共三条路，一条通往水晶，剩余两条各有岔路，分别通往四座防护塔，其中还会有一到两条死路。

一般情况下，团战赛双方前期遭遇的概率不高，都会各自友好地推一到两座塔。

但今天也不知是 NXK 的 buff 加成太灵，还是 EY 那边太倒霉，两个队开局竟然选了同一座塔，在地图中相遇了。

NXK 的战神二话不说冲了过去，横枪一扫，把 EY 的前排抡在了地上。

---

1 MOBA：多人在线战术竞技游戏。

他身后紧跟着妖术师，手里的武器已经抬了起来。EY队长顿时眼皮一跳，那句“撤”刚说出口，便见紫色的弧光从武器上弹了出来。

这装备被玩家戏称为弹弹圈，聚怪[1]用的。

弧光兜着EY的治疗和一个后排，“呼啦”圈到了前面。

下一刻，鬼魅的雾气和犀利的封印符一起迎面而来。

黑暗侵袭、十方俱灭！

暗冥师和封印师的技能完美盖住对面的五个人，定身加锁技能，谁都别想动。

方景行手握月时，仗着冷却时间少，快速压对方的血线，重点照顾奶妈和辅助。

姜辰紧随其后，开始爆手速叠封印符。战神和妖术师也没闲着，前者帮着暗冥师压血线，后者扔了两个法术，给队友增益的同时也为对手套了层减益。

只见EY全队的血条“唰唰”地往下掉。

直播间全在刷6，解说也说：“看来NXK已经磨合得非常好了，这波配合给满分。”

“定身效果马上要解除，不知EY这边会怎么应对。”

“怕就怕……”

话未说完，一个封印符飞了过去。

EY的奶妈刚要给队友抬血[2]，直接就被封了。

奶妈：“……”

其余队员：“……”

解说“嘶”了声：“我就说吧。”

“这赛季要是让各战队奶妈投票选个最讨厌的选手，辰神八成是没跑了，这可怕的反应速度。”

“更可怕的是他身边还有个方队。”

几乎是在姜辰扔封印符的同时，方景行一招打断了对方的辅助，不让他读条解控。

NXK的奶妈法杖一扬，给他们套了层免控，瞬间一声爆炸响起，迅速连成一片。

[战斗]辰辉兰乐击杀雾连峰，首杀！

[战斗]辰辉兰乐击杀横渡月桥，双杀！

EY的队长急忙叫道：“撤撤撤！”

辅助和奶妈全挂，没人能解身上这堆可怕的封印符，必须撤。

---

1 聚怪：把攻击目标物聚集在一起攻击。

2 抬血：快速治疗加血。

然而方景行的武器不是白拿的，又一次把他们定住了。

[战斗] 辰辉兰乐击杀弯转，三杀!

[战斗] 辰辉兰乐击杀降落风筝，四杀!

[战斗] 辰辉兰乐击杀大居客，五杀!

EY 团灭!

封印师的暗纹渐渐浮现，即将连在一起。

解说说道："黑了黑了黑了，就差一点，今天有没有可能看见黑色封印师?"

"概率非常大，这才是第一波团战!"

事实证明解说说得没错，两个队很快在打第四座塔的时候又撞见了。

有方景行带队辅助，姜辰得到的是最佳的输出环境，谁挡谁死。

[战斗] 辰辉兰乐击杀横渡月桥，六杀!

[战斗] 辰辉兰乐击杀雾连峰，七杀!

暗纹首尾相连，白色的身影彻底染黑。

三十多年过去，游梦赛场上终于又出现了黑色封印师。

直播间的老粉眼眶全都热了。

来看现场的观众则起身鼓掌，唐副董和前队友们红着眼，大声呼喊"辰辉兰乐"。

他带回的不仅仅是黑色封印师的传奇，还有他们那一段珍贵的青春和热血岁月。

解说也激动道："黑色封印师！传说中的黑色封印师！"

"帅啊！爱了爱了！"

"这可怕的收割人头速度，EY 再次团灭！"

"NXK 拿下第四座防护塔！"

观众全都疯狂了，直播间的弹幕刷得几乎看不清字。

"啊啊啊啊啊！"

"亲眼见证和看视频不是一个感觉啊！"

"从今以后你就是我男神！"

"爱死了啊啊啊，怎么能这么帅！"

"大神收下我的膝盖！"

"我不管我要去玩封印师，谁都别拦着我！"

第四座塔打完，NXK 直奔中央水晶。

导播同时切了他们的队内语音，想让观众听一听选手之间的交流。

只听联盟男神用那让无数粉丝"苏"倒的声音含笑说道："辰神真帅。"

姜辰淡定地“嗯”了声。

方景行：“我表现怎么样？”

姜辰：“厉害。”

方景行：“就厉害？”

姜辰：“帅。”

方景行：“还有吗？你知道我最想听什么。”

队友们：“方队，你还记得这些是要录音的吗？”

经过这段时间的相处，几名队友知道姜辰只是看起来脾气不好，其实对人还不错，胆子早就大了：“小心他们赛后听见了给你曝光……”

语音就播到这里，直接给切了。

观众席安静两秒之后，哄堂大笑。

解说也笑得不行。

“答应我，以后 NXK 再比赛，不真到生死攸关的关键局，别播他们的语音。”

“就是，你还我刚刚黑色封印师带来的悸动！”

“其实我还是有点想知道他到底喜欢听什么的。”

观众也纷纷表示想听，弹幕再次刷得飞快。

比赛在这样欢乐的气氛下结束，没有悬念，NXK 成功推掉了水晶。

解说员道：“恭喜 NXK 拿下首轮胜利！”

“接下来是赛后采访，咱们一起听听方队到底想听什么。”

“哈哈哈哈！”

比赛结束，姜辰带着队员们去和对方握手，然后一字排开来到舞台中央。

观众席掌声雷鸣，主持人笑着把话筒递给姜辰和方景行：“恭喜 NXK 获得首轮胜利，而且是大比分获胜。”

方景行一副温文尔雅的样子：“谢谢。”

主持人自然不会放过某件事，一上来就问：“方队知不知道刚刚现场播了你们的队内语音？”

方景行神色不变：“是吗？”

主持人道：“是，就在你们快推水晶的时候，所以我们都想知道一个问题，你最想听的某句话是什么。”

方景行看向姜辰。

姜辰一脸淡定："请他吃饭。"

众人："……"

呸，谁信？

方景行看了一眼主持人的表情，笑道："真的，不信你问他们。"

被点名的队员一齐点头。

主持人和方景行打过交道，知道问不出东西了，便聊起了这局比赛。

方景行一一做了解答，滴水不漏。

主持人把能问的问完，再次恭喜他们，这便结束了采访。

NXK的队员对着观众鞠躬，之后准备回去收拾设备。

这时台下突然传来一声大喊，所有人都听得清清楚楚。

"辰辉兰乐！"

姜辰脚步一停，望向声源。

比赛结束，观众们陆续离场，那边立着的一个人便十分显眼，虽然看不清具体样貌，但能看出似乎不年轻。

他对他挥了挥手。

那人一顿，想要再喊，却见周围的人都在看他。

上了年纪，到底不是毛头小子，刚刚那一声喊出了所有的勇气，他不由得把话又咽了回去。

然而下一刻，只听别处也响起一声大喊。

"辰辉兰乐！"

今天现场有少部分老粉，能再看见黑色封印师，都恍然有种找回青春的感觉。

姜辰的几位前队友都还没走，听到喊声，一时被触动，也跟着喊了出来。

"辰辉兰乐——！"

不再年轻的大老爷们儿，共同叫着一个名字。

嘶吼的尾音带着沙哑，像是要把一腔的情绪全部喊出来。

这种感情太有渲染力，第一个年轻的声音加入了进来，而后是第二个、第三个……零星的声音汇聚到一起，如江河入海，荡气回肠。

姜辰静静看着，察觉手被握住，立刻握了回去。

方景行在他耳边道："辰神，欢迎回来。"

姜辰极轻地"嗯"了声。

他再次对着观众鞠了一躬，抬头望着鼎沸的人群，勾起一个清浅的笑。

“我回来了。”

106.

NXK首轮第一局，来现场的不只有杜飞舟和唐副董他们，还有同在文城的谢承颜、儒初和逸心人。他们等姜辰和方景行忙完，便跟着这二人回了俱乐部，准备到点一起吃顿饭。

唐副董见自家兄弟背着外设包，和过去一样青春洋溢，心里着实有些羡慕，伸手往他肩膀一搭：“三郎啊。”

姜辰看向他，等待下文。

唐副董问道：“最想听的是哪句话？”

姜辰：“滚。”

几位前队友和逸心人顿时笑出了声，都觉得今天这事特有意思。

谢承颜则盯着发小，让他以后注意点。

方景行神色无辜：“我想听他说请我吃饭，有什么可注意的？”

谢承颜：“你骗鬼呢！”

方景行：“别没大没小的。”

谢承颜：“……”

你还是个人？

逸心人再次失笑。

方景行见好就收，没有再逗自家发小。

他喊了一个人带他们参观俱乐部，自己放下外设包，和姜辰一起回宿舍换衣服，往他肩膀一搭：“喊一声。”

姜辰：“起开。”

最近这段时间方景行也不知抽什么风，特别喜欢听他喊“哥”。

姜队神仙颜值，拒不承认自己四五十岁，所以第一次也就没有拒绝，谁知方景行竟听上瘾了。

二人换好休闲服出门，和唐副董他们闲聊了一会儿，便叫上队友一起去聚餐。

等饭的过程中刷了刷手机，他们发现“黑色封印师”冲上了热搜。

唐副董啧啧道：“你这排面可以啊。”

话是这么说，但他一点都不意外。

作为目前唯一被大众所知的冰冻项目志愿者，姜辰本身就自带热度，更别提“黑色封印师”是一代人的青春，他三十年后重现游梦，话题度当然会高。

视频把几个击杀画面都剪了进去。

激昂的音乐混着爆炸的轰鸣，斯文的封印师白衣染墨，场面看着热血极了，评论里全是在“啊啊啊”大叫的人。

唐副董心想姜辰这次复出，肯定又会招一群新粉丝为他疯狂，再次“啧啧”了两声，问道：“你们下场的对手是谁？”

姜辰说道：“NAM，红尘那个队。”

某人不经念叨，话刚说到这里，他就在群里冒了泡，圈了姜辰，询问他下场是不是还第一个上。

姜辰：“不是。”

方景行设置了姜辰的特别关注，听到提示音进群看了看，补充道：“我来。”

红尘呀呛人不乐意了：“谁愿意和你打，让辰神来。”

姜辰：“成，那我下场指挥。”

红尘呀呛人：“……”

其余人都被“炸”了出来。

虽说这样的闲聊没人会当真，但姜辰以后会做指挥，这是肯定的，他们也早已猜到了，毕竟他当初曾带队拿过冠军，战术思路不会差，再说……光看之前打网游的风格也知道这是个骚操作不断的人。这两个人实力强也就罢了，还都一肚子坏水，简直不给人活路。

“咱们还有没有点爱了？”

“大家都是兄弟，何必呢？”

“今天你爱我一点，明天我爱你一点嘛……”

“就是，和谐点不好吗？”

姜辰：“那你们主动认输。”

“认输多没面子，咱们roll点吧？”

“哈哈哈这个可以有！”

“很难不支持。”

经过这段时间的直播和相处，差不多全联盟的人都知道姜辰roll点运气不好了。

姜辰和方景行几乎同时回复。

姜辰：“可以。”

方景行："我 roll[微笑]"

众人："……"

姜辰见饭菜陆续上桌，不再理会他们的哀号，扔了句"在吃饭"便关上了群。

唐副董余光能扫见他的聊天界面，没有偷看，只知道那是战队群。

他不由得想起他们当年总在群里互损，不由得追忆了一下自己回不去的青春，好奇道："这些战队哪个对付起来比较麻烦？"

姜辰："能打进季后赛的都麻烦。"

但是没关系。

他看了一眼身边的方景行。

方景行恰好也在看他，眼里带着柔柔的笑意，神色是同他一样的自信和坚定，他们一路赢下去就好。

整个常规赛，NXK 只输过三场，以一种势不可挡的姿态进入季后赛，神挡杀神，佛挡杀佛，顺利挺进决赛。

今年的总决赛就在文城举办。

天还没暗，文城最大的体育馆外就聚满了人。

来现场的大部分都是 NXK 的粉丝，除了年轻男女，还有相当一部分中年人，里面不少还是亲子档，都是冲着辰辉兰乐来的——全联盟，只有 NXK 的比赛会出现这种场面。

此刻，广场的一角，有一群人正在慢慢集合。

一面大旗迎风招展，上面印着龙飞凤舞的四个字：辰星映缘。

白龙骨："这谁的主意？"

飞星重木："不知道，你问问。"

镜中人："我的，这样醒目，节省时间。"

木枷锁："聪明。"

朝辞："值得夸一夸。"

柳和泽："总算靠谱了一回，看来你们帮主没少费心。"

幸天成挂着谦虚的微笑，暗中把某人带来的唢呐又往包里塞了塞。

靠谱什么！他要是不拦着，等一会儿天色暗下来，一曲唢呐怕是就要吹上了。

他问道："金竞联盟和如意的还没来？"

木枷锁："应该快了。"

白龙骨伸手一指："那个是吧？"

众人一齐望过去，见不远处来了两队人。

为首的两个人都穿着修身的风衣，风格各不相同，但都是一副霸道总裁的模样，这么走在一起，不像是来看比赛的，倒像是来进行商务洽谈的，看着就像儒初和孤问。

果然，二人望见旗子，向着他们走了过来。

一行人寒暄几句后，便站着等其他人。

周围的玩家好奇地打量着他们，见儒初的身后有两个长相出挑的年轻人，一个正搭着另一个的肩说悄悄话，另一个静静听着，偶尔一笑，顿时风流无限。

玩家们暗中吸了一口气。

那个人若有所觉地看向他们，漂亮的桃花眼一弯，给了他们一个飞吻。

众人："……"

得，不用问，八成是大名鼎鼎的渣渣。

另一个搭肩的应该是如意特产——情深长寿。别的不说，至少这"人渣组合"的皮相确实不错，看着就很养眼。

镜中人他们也在观察如意的队伍。

从头看到尾，他们实在没忍住，凑近了一点。

镜中人："影帝今天来吗？我还没见过活的明星。"

金十六："甜甜来吗？"

苟盛一一解答："都来，影帝是亲属，去后台看辰神他们了，会直接从那边去观众席。甜甜开车去接小宋了，说是马上到。"

镜中人羡慕了："我也想去见大佬。"

苟盛说道："比完赛会聚餐，到时候就见着了。"

金十六则有点发酸："甜甜和小宋的关系很好？"

苟盛："姐弟。"

金十六的一颗心顿时稳了。

十分钟后，只听一阵"嗒嗒"声由远及近，一位身材高挑的女孩走了过来。

她踩着长靴，身穿米色风衣，长发烫卷，脸上涂着淡妆，十分漂亮。身边还跟着一个十六七岁的少年，不知为何神色有些飘忽。

二人走到近前，女孩大方地笑道："嗨。"

镜中人问道："你们是？"

女孩道："香草甜甜。"

周围的人齐刷刷扭头，轰动。

我的妈，游戏里那么软萌的甜甜，现实中竟是个艳丽的大美女啊！而且长得还很高，这反差！

金十六听见声音跑过来，对上了比自己高半个头的甜甜，沉默。

七号看向他："你是？"

金十六咽咽口水，自报家门。

七号立刻对他一笑："啊，十六哥。"

金十六脆弱的小心脏被这声"十六哥"救回来一点，看着她和其他人打完招呼后溜达到逸心人的身边，便找到自家帮主，万分惆怅："帮主，你说我还有戏吗？她会喜欢比自己矮……矮一点的吗？"

孤问："不知道。"

金十六："我如果穿上增高呢？"

孤问的语气半点不变："不知道。"

金十六："你咋啥都不知道？"

孤问冷冷地盯着他，正想让他滚远点，就发现能进场了。

一群人结束闲聊，结伴往门口走去。

逸心人余光扫了眼身边的人，保持微笑，从嘴边挤出极低的两个字："真行。"

七号敏锐地捕捉到这句话，轻轻撩了一下头发，笑道："做人要有始有终嘛！"

逸心人在他撩头发时竟看见了发根，低声道："你这不是假发？"

七号用手指夹起一缕卷发递过去，显摆道："新接的。"

逸心人："……"

够可以的。

二人结束这个话题，进场找到座位，等着比赛开始。

解说也很快就位，开始了赛前唠嗑环节，分析两边的实力。

分析完一轮，他们觉得 NXK 的短板实在太不明显了，都比较看好 NXK 夺冠。

两个大佬一联手，对面什么核心都能眨眼间秒掉。

而且别的队对上他们，还得提前猜猜指挥是谁。

除去两位大佬，先前方景行退役后带领 NXK 两次打进季后赛的那位选手也是个指挥天才，这多让人头疼！更别提他们逆天的擂台赛能力了。

"还有一个点是大家很期待的，最近讨论得也比较多。"

"对，这个赛季是游梦最后一届键盘模式的比赛，明年就换全息了，辰辉兰乐在第一赛季拿过冠军，如果最后一届再拿到冠军，那游梦键盘模式横跨三十多年，始于他，终于他，想想就让人激动。”

“也只有一个辰辉兰乐了，没别人了。”

“嗯，另外无论 NXK 今天结果如何，综合上半年的赛季积分，他们都能拿到世界赛的参赛名额，还能打最后一届键盘模式的世界赛。”

“之后还有第一届的全息比赛，要是都拿冠军……天哪，他今年才二十岁，全息还能打好几年，我想象不到他会获得怎样的成就。”

“快别奶了，再奶粉丝就要把咱们撕了。”

“哈哈哈，好了，让咱们把画面交给主持人。”

场馆里，观众望见主持人上台，知道选手马上要出来了，齐齐尖叫起来。

这一赛季 NXK 打得太热血，圈了很多新粉，外加以前的粉丝基础，整个场馆几乎全是“NXK”的呐喊声。

山呼海啸，激荡人心。

方景行站在姜辰的身边，听着场内的动静，恍然想起上次决赛也是差不多的场景。

那时他已做好退役的打算，以为自己是最后一次站在游梦的赛场上，没想到世事难料，他遇见了一个令人心动的封印师，自此萌生了回来的念头。

想想两次宿命般的相遇，他不由得笑了一下。

姜辰看向他。

方景行问道：“紧张吗？”

姜辰很淡定：“不紧张。”

“是吗，我紧张。”方景行靠近了一点，用开服那天两人重逢的语气调笑道，“大佬，求带飞。”

话音一落，工作人员看了过来，示意他们上台。

姜辰看了眼方景行，握住他的手，转身向前走去。

前方人声鼎沸，星光灿烂。

冠军奖杯立在舞台中央，折射出淡淡的微光。

他们的荣耀，从这一步开始。

“走，”他说道，“带你飞。”

【该我上场带飞了·完结篇·正文·完】

EXTRA CHAPTER

AFTER WINNING.

夺冠之后

107.

当年秋季赛，NXK 夺冠。

当晚整个网络沸腾，除了“冠军之夜”“NXK”等相关词条，“辰辉兰乐”这个名字又一次进了热搜。

曾经少年身患绝症，不得不在巅峰时退役，成了无数人的遗憾。

如今他奇迹归来，再次斩获冠军，这事一听就让人觉得热血，加之他恰好参与的是游梦联赛键盘模式的第一届与最后一届，首尾呼应，实属难得，因此连不懂电竞的路人也关注了几分。

粉丝就更不用说了。

他们跟了一个赛季，随着对姜辰的了解，越来越喜欢他，也越来越为他疯狂。

毫无疑问，他已成传奇。

不过“传奇”本人这个时候却无暇关注网上的东西。

他们开完新闻发布会，便要和朋友一起去庆祝。

朋友有两拨，一拨是电竞圈的，一拨是逸心人他们。每拨的人都不少，就干脆选在同一家会所，要了几间包间。

几位队友和游戏里的那些朋友不熟，所以他们主要还是和电竞圈的人玩。

姜辰和方景行则是两拨都熟，只能来回应酬。二人在电竞圈这边喝了几杯酒之后，就起身去找早已带队过来的逸心人他们。

刚走到包间，只见房门先打开了，走出一位高挑的美女。

方景行：“你是？”

七号没有刻意变声，而是压着声音笑眯眯地问道："你们猜。"

姜辰："……"

方景行："……"

好极了，是他。

也不知是化妆的关系，还是因为脸上贴了东西，乍一看竟然看不出原先的影子。

姜辰心想不愧是专业人员，沉默地盯着他看了好几秒，没有忍住，问了一个直击灵魂的问题："去厕所怎么办？"

七号笑道："下午没怎么喝水，看比赛的时候没去厕所。这包间有单独的洗手间，男女通用，所以不麻烦，"他说着让开房门，"都在等你们呢，进去吧，我去打个电话。"

二人目送他踩着长靴"嗒嗒嗒"地走远，背影还有些风姿绰约，又沉默了一下。

方景行忍不住问："他到底是干什么的？"

姜辰："其实我也说不好。"

两个人开门进屋，顿时听到了欢呼声。

来聚会的大都是如意和几大帮派的人，经过一晚的相处已经混熟了，此刻见两位大佬进门，便鼓掌恭喜。

"冠军来了！"

"恭喜大佬夺冠，今天打得真霸气！"

"我看得热血沸腾的！"

"恭喜恭喜！"

方景行笑得愉悦："谢谢。"

逸心人站起身，帮着他们做了介绍。

二人边听边打量。

孤问和儒初的气质差不多，属于霸道总裁的类型；白龙骨、飞星重木是中等偏上的帅哥，各有各的特色；柳和泽微胖，朝辞和木枷锁都戴眼镜；幸天成是个豪爽的男人，镜中人刚好相反，长得很清秀，据说是个艺术生。

而如意这边最值得关注的就是"人渣组合"，颜值都非常能打。

尤其是榨紫，一双桃花眼满是笑意，风流倜傥，显然现实中也是个祸害。

"人渣组合"看着两位大佬，有点咋舌。

虽说他们知道这俩大佬长得好，但面对面看的感觉还是不一样，冲击更大。于是他们热情地招手，喊两位大佬过去坐。

方景行和姜辰刚好打完一圈招呼，便到了如意这边。

谢承颜给他们让了位置，激动地抱了舅舅一把。十号落后一步，等影帝抱完，也跟着抱了一下。

片刻后，七号打完电话，回到如意的队伍。

几位帮主粗略一扫，感觉人齐了，便招呼大家举杯，既为两位大佬夺冠，也为他们的第一次线下见面。

“做兄弟，一辈子！”

“干！”

几大帮会的人都很激动。

姜辰、方景行、谢承颜……这都是什么人啊？普通人想见都见不到，就因为打个游戏，他们竟能在一起喝酒，这游戏太好玩了！

他们刚开始还有些拘谨，后来几杯酒下肚，也就放开了。

镜中人喝得有点多，在帮主的包里找出自己的唢呐，跑到前面给他们吹了一曲，吹得众人风中凌乱，赶紧把他拉了回来，想用玩牌转移他的注意力。

“玩……玩什么牌啊！”镜中人一拍桌子，“聚会哪少得了真心话大冒险？尤其是有心上人的，比如你，金十六！我这是在给你机会！”

金十六惊叫一声：“我不是，我没有，别瞎说！”

镜中人：“骗鬼呢，谁不知道你喜欢……唔唔……”

金十六一把捂住他的嘴，把人扔给了幸天成，示意他管管。

幸天成无奈，接手了自家蠢货。金十六擦了把冷汗，下意识地往甜甜那边看了看。

金竞联盟的人见状道：“喜欢就追呗。”

“没听过一句话吗？做人心里要有点AC数。”金十六咕咚咕咚喝光一杯酒，惆怅道，“我比她矮，长得也就是一般偏上的水平，还是个打工人。你们瞅瞅我，再瞅瞅逸心人，一个矮矬穷一个高富帅，谁更配？”

金竞联盟的人来回看了两圈，也觉得自家兄弟够呛，但做人不能丧气，便说道：“她和逸心人要成早就成了，没成就是没那个意思，万一她就喜欢你这样的呢？”

金十六郁闷：“可能吗？我这不是癞蛤蟆想吃天鹅肉吗？”

然而酒壮尻人胆，又喝了几杯，他心里那点“AC数”就没了。

眼见聚会结束，一群人要往外走，他见如意的人走在最后，便趁着众人差不多都出去了，上前拦住了甜甜，说道：“我有话想告诉你！”

金竞联盟的人急忙拉住他，解释道：“他喝醉了，别理他。”

“我没醉！”金十六挣开同伴，看着甜甜，“我……我喜欢你！”

嘶……金竞联盟的人倒吸一口气，一时竟不知该不该把人拉走，便也看着甜甜。

七号眨眨眼，为难道：“不好意思。”

金十六虽然喝醉了，但也很懂：“你有喜欢的人？”

“这倒没有。”七号扭捏着道，“主要是咱们性别不合适。”

姜辰等人顿时一齐看向他。

十号也瞪大了眼，他七哥难道要自曝？

结果下一刻，他们就听七号说道：“我……我喜欢女孩子。”

姜辰一行人：“……”

金竞联盟一众：“……”

金十六表情呆滞。

他想过很多被拒的理由，唯独没想过是性别对不上。

七号歉然：“你的心意我领了，但是对不起。”

金十六：“哦，没关系。”

他说着挥了挥手，转身离开。

金竞联盟的人在后面跟着，见他一路沉默，连孤问都多看了一眼。

熟悉他的金十八说道：“他每次喝醉了都不记得自己干过什么，我原本想着要是甜甜拒绝了，就说他是喝醉了闹着玩，然后不告诉他也就得了，现在……你们说要不要告诉他？”

其余人异口同声：“告诉吧，让他知道不是他的问题。”

金十八道：“好。”他也意外极了，“没想到甜甜竟喜欢女生。”

其余人道：“嗯……没想到啊……”

“喜欢女生”的七号拒绝完一个追求者，见周围的人都看着自己，神色无辜：“怎么了？”

知情的人暗道一声真行，一齐摇头，也开始往外走。

苟盛为缓解这种若有若无的尴尬，没话找话：“甜甜最近还忙吗？”

七号：“忙，我只有一个礼拜的假。”

苟盛：“冬天也要进山？”

七号：“是呀。”

苟盛：“真辛苦。”

七号很谦虚："做研究嘛，值得。"

十号在旁边听着，沉默不语。

他七哥之前总是不上线，借口说是要进山搞地质研究，最狠的是他们在游戏里偶然遇见了一个学地质的大学生，七号和这人聊了一整条街，他七哥竟能说得头头是道，一点错也挑不出来，搞得他对七号肃然起敬——这人设是真的不崩啊！

他余光扫见七哥的手腕上还戴了条亮晶晶的手链，越发佩服，恭敬地给大佬拎包。

人设不崩的七号踩着高跟鞋溜溜达达下楼，笑着和帮会的人道别，开车带着十号走了。剩余成员也在逸心人的安排下各回各处。

方景行和姜辰要去找电竞圈的那些人，半路便和他们分开了，之后又喝了一轮酒，这才回俱乐部。

方景行是回宿舍才发现自家封印师不对劲的。

姜辰神色冷淡，看着和平时一点区别都没有，直到他回宿舍进了洗手间，见姜辰跟进来，站在他身边动也不动，才看出问题。

方景行问道："怎么？"

姜辰想了想，沉默。

方景行看了他两眼，把手擦干："一加一等于几？"

姜辰："二。"

方景行："二加二呢？"

姜辰："四。"

方景行："四加四？"

姜辰："八。"

方景行暗道妥了，这是喝醉了。

不然正常情况下听见这种幼稚的问题，姜辰绝不会是这个反应。

他笑道："喊声哥。"

姜辰："哥。"

方景行赞赏地摸了把头，得寸进尺："喊爸爸。"

然而姜辰平时谁也不服，向来是让别人喊爸爸，拒绝喊别人爸爸，因此哪怕喝醉，对这句话也有本能的反应："滚。"

方景行哭笑不得，说道："睡吧。"

姜辰"哦"了声，转身要走。

方景行叫住他："辰神。"

姜辰回头看他。

方景行笑着伸出双臂："抱一个，谢大佬带飞。"

姜辰看他一眼，上前两步，给了他一个拥抱。

108.

NXK拿到冠军后，商务合作如雪花般飞来。

有方景行把关，姜辰不需要费心。

他看了看筛选完的几份工作，觉得没什么问题，便签了合同，接着安排好后续的行程后，去了一趟墓园。

上次扫墓，他对他妈说拿到冠军后来看她，现在要兑现承诺。

方景行自然是跟着一起去的，结果往那里一站，他就看见了旁边姜辰的墓，眼皮狠狠一跳："这怎么还没清掉？"

姜辰："忘了。"

先前清明节和中元节时，姜康乐也说要清掉这块墓，姜辰看老爸年纪大了，就把这事揽在了身上，结果后来一忙就忘了。家里其他成员同样是大忙人，每次都是看见墓碑才会催他。就这样，清墓碑的事被他一直拖到了现在。

方景行光是看着碑上的照片和名字就有些受不了，说道："现在解决。"

姜辰没意见。

反正赛季结束了，最近刚好是假期。

两个人便立刻开始处理这事，忙完了才回去。

大概和这个有关，方景行当晚梦到了自己的少年时期。

那时他还是个高一的学生，清明节跟着长辈过来扫墓。

谢家的墓也在这边，他和谢承颜说好了一起走，完事后便去找对方。过去时见谢承颜正抱着两束白菊要去别处，问道："去哪儿？"

谢承颜："我妈出差回不来，让我去看看外婆和小舅舅。"

方景行便陪着他过去了。

当时天气阴着，空气里的水汽很浓，即将下雨。

二人走了约莫两分钟，拐进一条小路，很快找到了地方。

两块墓前摆了几束花，显然，姜康乐他们已经来过了。

他们到的时候，这里正站着一个男人，看着严肃又沉稳。

谢承颜一怔："您是我小舅舅的朋友？"

杜飞舟看他一眼，"嗯"了声，简单对他们点点头，转身走了。

方景行望着谢承颜把两束花放好，目光转到一旁的墓碑，对上了一张精致而锐气逼人的脸，不由得看了一眼名字。

姜辰

1999 年出生，

享年 18 岁。

才 18 岁……他问道："他是怎么去世的？"

"癌症。"谢承颜示意发小看下面的字，说道，"我小舅舅是电竞选手，游梦联盟第一、第二届的冠军。"

游梦火了这么多年，方景行自然是听过的，"嗯"了声。

谢承颜说道："前几天我去找你，你们班女生对着直播嗷嗷叫唤说好帅的，记得吗？"

方景行记得。

因为当时谢承颜刚决定当演员，闻言以为是哪个明星，便好奇地凑近想知道究竟有多帅，结果发现是一个胖子，为此还对方景行吐过槽。

谢承颜道："她们看的就是游梦比赛。"说着啧了声，"就那还帅呢，你看哪有我小舅舅帅？"

方景行再次看向照片。

少年神色冷淡，目光里透着一点桀骜不驯，是个极其耀眼的人。

谢承颜道："我妈说他是个电竞天才，当年粉丝一大堆，可惜那么年轻就去世了……"

小雨终于淅沥沥地下了起来。

二人祭拜完，便离开墓园，无忧无虑地去过剩下的清明假期，等到快开学了才又凑在一起写作业。

那时正值游梦春季赛开打，班里几个玩游梦的同学每天都在讨论相关话题，上着课也在偷偷看比赛。

方景行的同桌就是一位狂热粉丝，他无聊时跟着看了两眼，问道：“有这么好看？”

同桌：“你不懂。”

方景行笑了笑，不置可否。

同桌说着看向他：“哎，你要不要玩玩？进我们帮会，我们固定队刚好缺个人，你过来，我带你打竞技场和赏金墙。”

方景行：“好玩吗？”

同桌：“好玩啊，没听过一句话吗，琉光碎星赏金墙，今生不悔来游梦。”

方景行：“没听过。”

同桌噎了一下：“也是，你不玩游戏。”他科普道，“这是特经典的一句话，游梦的电竞选手退役时不说再见，只说这个，好像是从第一代就传下来的……你等我查查。”

他说找就找，很快把手一横，让方景行看自己手机的搜索页面：“看，我没记错，第一代传到现在。”

方景行简单扫了一眼，目光微微一顿，看见了一个名字——辰辉兰乐（姜辰）。

哦，他心想。

原来是从承颜的小舅舅开始的。

他看了看资料，得知姜辰是在巅峰时期不得不退役，不禁有点惋惜。

同桌大概是觉得他似乎有一些感兴趣了，也不想错过这么一位队友，于是搜了一堆游梦的介绍给他：“试试呗，挺好玩的。”

方景行觉得反正闲着也是闲着，便同意了。

他当晚下了游梦的客户端，研究了一遍职业设定，选了魔族的暗冥师，取名高山仰止。

同桌收到消息过来找他，就见他正在广场上看雕像，面前矗立的是位封印师。

方景行见到同桌，便收回视线，打字问他去哪儿。

同桌把他拉入语音频道：“走，带你升级。”

方景行笑着说了声好，跟着走了。

当时还是菜鸟的未来联盟男神，从此开始了他的游梦之旅。

窗外天光大亮，方景行睁开眼缓了一会儿，起床洗漱。

姜辰早晨一开门，就见方景行靠着门框，一脸淡笑地望着自己。

他问：“怎么？”

方景行：“梦见你了。”

姜辰“哦”了声：“梦见什么了？”

方景行："当年和承颜去给你扫过墓。"

姜辰："……"

方景行笑道："真的，我会玩游梦，好像有一部分是因为你。"他回忆道，"我那时一是没事干，二是恰好看完你的资料，想知道游梦是个什么样的游戏，就去玩了。"

后来他渐渐被游戏吸引，也就忘了姜辰的事。

不过命运是个神奇的东西，他第一次玩游梦时在姜辰的雕像前站过，几年后第一次进全息，就遇见了站在自己雕像前的姜辰。

他以为是粉丝，随口问了句原因。

结果对方扔给他两个词：健康、命硬。

他一时好奇折回来——自此开启了他们的故事。

109.

年关将近，一大堆新年活动又上线了。

姜辰他们拿完赛季冠军没休息多久，就进入了紧张的世界赛准备阶段，基本没空进全息。如今打完比赛，终于能玩了。

结果他和方景行前脚刚出帮会大门，后脚就被围了。

因为拿了最后一届键盘模式的世界冠军，现在他们正是人气爆棚的时候。看到两个人站在一起，粉丝们沸腾了。

方景行试图维持秩序，发现没什么用，人群根本不散。

他们好不容易放个假，自然不想被这么多人围观，便决定买个号。

然而问了一圈，只有一对情侣号是辰星映缘的，而且是一男一女。

游戏工作室的店员打字打得飞快："就剩这两个了，老板说不拆开卖，您最好抓紧时间决定，要不再过一会儿这两个号也没了。"

方景行："这么抢手？"

店员："那当然，方队和辰神知道吧？"

方景行："知道。"

店员："他们是辰星映缘的玩家，明年比赛换成全息模式，他们过年期间肯定要进全息，粉丝都想近距离接触偶像，所以辰星映缘的号全没了，不信可以去其他工作室看看。"

已经去其他工作室看过的方队和辰神盯着这行字，沉默。

店员："我们后续的号还要四五天才能满级，现在接受预定，您不急的话就等几天，急的话……实在不想要情侣号，可以进游戏再花钱改名嘛，或者买其他服的号，再花钱转服。别的号我们给您打九折。"

二人对视一眼，都明白了彼此的意思，几乎同时开口。

姜辰："PK。"

方景行："抽签。"

方景行回复店员，付钱买号，然后再次看向姜辰。

双方各退一步，三局两胜猜拳定输赢。姜辰本以为自己会输，谁知竟然赢了，顿时满意地拿了男号。方景行无奈地笑笑，登录女号，和他回到了辰星映缘。

情侣号 ID 为亡梦伴侣、救赎情人。

一个战神一个奶妈，都是魔族，走的是暗黑路线。他们之前的下线地点为魔域的大藤树，是个不错的约会圣地。

方景行笑道："要截图留念吗？"

这声音偏妖娆，猛地响起，二人都沉默了一下。

紧接着方队充分学习了七号的精神，调笑道："哥哥，你觉得人家的声音怎么样？"

姜辰："……换回去。"

他的声音偏冷酷，倒是挺符合角色形象。

方景行："那你也换。"

姜辰没意见。

二人决定独处的时候用原声，有外人在时再切系统声音。就这样一边往外走，一边看了看新年活动。

上次新年活动，游梦让玩家偷年货，这次则一百八十度大转弯，变成了吃团圆宴。

每个帮会能邀请一到两个帮会组成联盟，共同准备年货，然后选择任意的地点进行晚宴。不想邀请或玩家个人之间组联盟也行，反正年货收集得越多，获得的奖励也就越高，如何选择，全看玩家自己的意愿。

方景行联系了逸心人，让他把他们拉进去。

如意加的都是自己人，不像大帮会那样人多嘴杂，不会出卖他们。而且他们可以把帮会名字隐藏，这样走在外面也不必担心被认出来，能安静地玩游戏了。

二人进帮会时，如意的人正在商量联盟的事，见到新人，他们都停了下来。

情深长寿："嚯，情侣号。"

榨紫：“羡慕。”

苟盛：“这次的新人是谁介绍来的？”

方景行笑道：“你猜。”

方队的声音太有辨识度，众人立刻就听出来了，想想他们今天被围的事，便懂了他们的用意，只是没想到方队会玩女号。

苟盛笑道：“恭喜，你成了咱们帮会第一个玩人妖号[1]的人。”

方景行笑了笑，正要回一句，便听见一个熟悉的可爱声音响了起来：“大家好久不见呀！”

众人的注意力顿时转移：“甜甜来了？”

七号刚上线，根本不知道他们在聊什么话题，说道：“嗯，我们放假啦。”

众人听闻都很高兴。

上次聚餐后，甜甜就没再上过线，现在终于回来了。

过年团圆，不仅是现实中和家人团圆，他们帮会的人也齐了。

这样一来，话题便又回到了联盟上。

七大帮会里，木枷锁的焚天成员最多，幸天成的问缘次之。

经过商量，人数少的如意和焚天结盟，问缘和不习惯打 PVE[2] 的金竞联盟结盟，剩余的帮会两两组队。至于地点，则统一选在主城的广场上。

苟盛想了想那个画面：“够热闹。”

逸心人笑道：“他们说想凑在一起吃个团圆饭。”

王飞鸟：“那到时候全服的玩家都会过来吧？”

榨紫：“没事，能提前占位。”

方景行看向姜辰：“主席他们来吗？”

姜辰：“我问问。”

说完他就联系了杜飞舟。

老当益壮帮会的人拖家带口，过年期间都忙，游戏活动只是简单做一做就不管了。去年他们只偷了菜，其余的活动基本没玩，估计今年也一样。

果然，杜飞舟很快回复，说他们没什么空玩游戏。

不过一起吃饭倒是可以，活动说的是任意地点，他们哪怕只收集了一种年货，也能

1　人妖号：指游戏中，男性玩家创建的女性角色。

2　PVE：player vs environment，玩家对战环境。

来主城开宴。

杜飞舟说道："我去开个地方，到时候他们谁有空谁就上来吧。"

姜辰："那我让他们帮忙留个空位。"

杜飞舟："好。"

姜辰和他聊完，便切断通话，开始看后面的活动。

去年的王座之战比较有意思，今年则是赏金活动很吸睛，游梦为此新开了一张地图，取名龙影岛。

龙影岛坐落在大陆的西海上，据说终年雾气弥漫，没人能找到确切的位置。但凡出海去找龙影岛的人，要么是苦寻无果，无奈折返，要么就是在海上迷失方向，再也没能回来。它有很多传闻，总结起来无外乎两种：一是危机重重，不能去；二是藏着宝物，能让人一夜暴富。

资料就这些，很简洁。

显而易见，本次赏金活动是要玩家从NPC那里接任务，慢慢找到去龙影岛的线索。到时候岛上有什么，一看便知。

大概是去年有玩家抱怨赏金寻宝太休闲，今年的赏金活动采取积分制——每完成一环任务，除了基础奖励外，还会获得一定的积分，积分能用来换取高级奖励。玩家能得多少积分，全看自己的努力。

当然，新年仍是以送福利为主，因此时装所需要的积分没有设定太高，能确保大部分玩家都可以获得。

活动目前还没开，要一个星期后上线。

相较于去年年后才开，今年的活动开始时间提前了不少，显然难度也比去年有所增加。

姜辰和方景行看完全部的活动内容，关了公告。

由于他们是新买的号，装备很一般，便暂时没和如意的人会合，而是组队去打赏金墙。

赏金墙的任务越难，得到的积分就越高。二人打了一天的双人赏金，各换了套不错的装备，这才去找逸心人他们。

如意和焚天的人这时正在组队筹备年货。

今年由于帮派之间能结盟，收集年货的难度也相应提高了。

玩家能筹备普通年货，也能组队打活动的专属怪。专属怪名叫福禄兽，死亡会掉落年货礼，它有低、中、高级之分，玩家能自主选择打什么。今天是活动上线的第一天，玩家们热情高涨，都在打福禄兽。

大帮派自然是要打高级福禄兽。

它每晚固定时间刷新，每天只能打一只，打过就不能再打了。

姜辰和方景行在集合的路上，就见镜中人他们也在打，便站在旁边围观了一下，目睹他们被憨态可掬的福禄兽从这边轰隆隆地撵到那边，又从那边轰隆隆地撵过来，一派人仰马翻的景象。

镜中人痛心疾首："孤问，能不能让你的人别抢仇恨！"

孤问："没抢。"

金十六："别什么都找我们，我也是打过副本的人，我们的伤害量根本没超你们帮主，仇恨还在他身上，现在会乱仇恨，我觉得是boss攻击机制的问题，咱们应该先摸清它的机制。"

金十八："有道理！"

五步杀一人："副帮主可以啊。"

金十六很谦虚："没有，略懂，略懂。"

"我真是谢谢你们了！"镜中人崩溃，"战神的山崩斩和剑客的独善都能抢仇恨，不信你们自己看！"

金竞联盟全体："……"

仇恨值转移的福禄兽不和他们废话，扑过去一通撕咬把他们全弄死，抖着毛雄赳赳气昂昂地仰头"嗷呜"一声，然后溜溜达达地走了。

姜辰和方景行终于等来一个结局，在心里给他们点蜡，也跟着离开了，很快找到了如意的人。

如意和焚天也在打福禄兽。

他们不像孤问的人那么不靠谱，而高级福禄兽虽然难打，但没难到大帮派也打不过的地步。二人观望了一会儿，觉得不用帮忙，便去打低级福禄兽了。

低级福禄兽要五人组队打。

不过它的攻击不高，实力强的话，两个人勉强也能打，只是得慢慢磨。姜辰和方景行的组合更虐，因为方景行是个奶妈，攻击技能有限，所以只能姜辰来。

姜辰已经玩了一天全息模式的战神，技能施放早已信手拈来，于是拎着长刀冲向一只低级福禄兽，开了怪。

方景行负责给他加血，见他犀利的操作和战神的招式结合，显得霸道不已，又见附近的玩家很快也被他秀到，于是顶着系统声音，笑着给他打call："真帅真帅。"

姜辰今天断断续续听了好几次这个妖娆的声音，很是淡定。

方景行："加油加油。"

姜辰觉得他是真的闲，说道："有本事换点新鲜的。"

方景行便搜了搜土味情话，忍着笑说道："亡梦，你个芳心纵火犯。"

姜辰："……"

方景行："你知道吗？太帅也是违法的。"

姜辰："别吵。"

不吵是不可能的，方景行又搜到了花式表白集合，再次换了风格，操着妖娆的声音，一边鼓劲一边"示爱"，逼走了好几个单身狗。

谢承颜和儒初路过的时候，就见这边零星站着六七个人，中间有两个人在打怪，并且能听见有女玩家在助威。

他原本没在意，却见儒初扫了一眼就走了过去，问道："你要看？"

儒初："单人扛福禄兽。"

谢承颜这一路走来，见到的都是一群人在打怪，能单人扛的，显然是个高手。

他也有些好奇，走到近前一看，见战神动作十分流畅，看上去和官方宣传片似的。

耳边同时传来玩家的讨论。

"这个角度也能躲掉！"

"你们注意奶妈没有？我看了五分钟，技能一次都没放空过。"

"啥？"

"真的，战神的角度再刁钻，她都能奶上。"

"羡慕了，我也想要这样的妹子。"

"这两个人什么来头？职业的？"

"说不好……"

说话间，只见福禄兽哀号一声，倒地扑街。

方景行上前给了自家封印师一个拥抱，低声调笑："怎么样亲爱的，新鲜吗？"

除去最开始的土味情话让人难以接受，后面的话姜辰都听惯了，说道："挺新鲜的，再接再厉。"

方景行失笑，揉了把他的头，准备去摸尸。

结果一转身，他就看见了谢承颜和儒初。姜辰同时发现他们的身影，沉默。

谢承颜看清了他们的ID，也跟着沉默。

两秒后，他切入队伍频道，轻飘飘地道："我记得你说我舅舅他们买了情侣号，叫什么亡魂？"

儒初道："亡梦。"说完他也看了一眼ID，说道，"就是他们。"

谢承颜："……"

这肯定是方景行的锅，他舅舅才不会这样！

四目相对，方景行率先回神，摸完厂把年货收好，笑着打招呼："儒初帮主好。"

他隐藏了帮会信息，装得特别像一回事，回头道："亲爱的，是如意的帮主，咱们加如意吧？听说方队和辰神都在如意。"

儒初拉着谢承颜，扭头就走。

方景行抓着姜辰追了过去，想要说服儒初加他们，就这样成功把围观的人给糊弄了。

四个人越走越远，很快走出了围观众人的视野。

但这没什么用，因为等他们折回逸心人那里时，附近已经围了不少人。这些人大概是猜到他们会买号，又听说如意晚上要打福禄兽，就都在这里守着了。

姜辰和方景行好不容易清静一点，自然不想再被围观，眼见逸心人那边要打完了，方景行便给他发了条私信，之后和姜辰一起撤了。

不一会儿，一条消息上了频道。

[喇叭]逸心人：不用守了，他们去度假了。

[世界]即兴风流：我不信[托腮]

[世界]落~叶：那他们啥时候回来？我特意买号来看大神的[哭泣]

[世界]他不懂你：我也是[大哭]

[世界]恰瓜：粉丝后援的不管管？

[世界]爱的one：管不了[沧桑]

[世界]男神的挂件：都说了不要来打扰两位大佬，把人逼走了，现在高兴了吧？

粉丝基数一大，就会有各种各样的人。

有些是在世界赛被圈粉的，有些则是一时兴起，压根不理会粉丝那一套，只想来看大神，谁知大神跑了，他们顿时哀号不已。

被惦记的两人这时已经迈进传送阵，远离了围观大军。

他们许久没来全息，白天那会儿光顾着打赏金墙了，都没怎么停过，此刻便不想再玩别的了。两人来到一处风景不错的地图，并肩散步，一直逛到深夜才下线睡觉。

随着越来越多的人放假，游戏里也越发热闹。

围观大军里有很多人只是一时兴起，见两位大神不在，便走了。其他人试图去查如意的资料，发现成员信息都是不公开的，只好也放弃了。

五天的时间一晃而过，赏金活动上线，所有人的注意力都移了过去。

姜辰和方景行依然没有去找逸心人他们，而是组队自己玩。二人找到赏金墙的NPC，接到了第一环任务。

赏金活动的任务和其他环数的任务不同，大部分都需要玩家击杀目标，少部分是搜寻宝物。

这对姜辰和方景行而言很容易，二人势如破竹，砍瓜切菜式地过了十环，拿到了一块地图碎片。

他们把进度分享到帮会频道，成员们都冒了泡。

苟盛："十环才一块碎片？"

方景行："不一定。"

老梧桐发芽："NPC没说别的？"

方景行："没有，只有一个奖励。"

七号："地图长什么样？"

方景行把图片发到频道里，一边听他们讨论一边和姜辰继续做任务。

他们又高效率地过了六环，拿到第二块碎片，同样发进频道。他们拿着两块地图碎片研究了一下，发现暂时还拼不上。

姜辰："去年就是给地图，今年不是说改了吗？"

方景行猜测："搞不好不给全的？"

一语成谶。

他们打了三天只拿到五块碎片，后面一连打了十环，都没再获得过碎片。

这次赏金活动共一百环任务，难度一环比一环高。

他们目前打到四十八环，于是干脆又打了两环凑个整，发现依然没有碎片，便把这五块挨不上的地图放在一起看了看，找到一个有点眼熟的地方，去实地考察了一番，发现果然是这里，便喊来如意的人开始去找剩余四块地图的对应位置。

一行人找了大半天，终于把五个地点都标了出来。

五个地点的坐标各不相同，整体看着像五角星似的。他们来到五角星的正中央，见这里是一片湖，湖中心有一座小岛。

苟盛："说好的在海上呢？就这？"

王飞鸟："这岛才多大？"

方景行："和我当年被烟花突突的那个岛差不多大。"

姜辰："……"

七号和十号顿时好奇："啥突突？"

谢承颜今年又要春晚彩排，这几天一直在忙，今晚终于得空上来，闻言道："我来讲，我那天就在现场。"

众人便一边往湖中心游，一边听谢承颜讲这段旧事。

姜辰和方景行落在队伍的最后，想到他们的绯闻就是从"突突"开始的，不由得对视了一眼。

这时，一条血红的鱼突然从他们中间游了过去，那颜色红得不正常。他们不约而同地伸手抓住，只觉眼前一花，瞬间被传送到了一个港口。

眼前有一艘简陋的船，一个衣着破烂的老人坐在船头，见到他们，嚯了声："竟然有人能找到这里，你们是要出海？"

姜辰是队长，系统自动接话："对，我们想去龙影岛。"

老头咧嘴一笑："确定？小心有去无回。"

姜辰："确定。"

老人："上来吧。"

二人上了船，看着船驶出港口，雾气眨眼间蔓延了上来。

另一边，影帝仍在滔滔不绝地讲述某人的丢脸事迹，意犹未尽："就是这样，从那天起烟花就多了一个用途，是吧？"

他说着回头，想看看一直没吭声的发小，却发现人没了。

下一刻，一条金色的消息传遍全服。

[系统]恭喜玩家亡梦伴侣、救赎情人成功登陆龙影岛！

如意的人："……"

啥情况！

全服也炸锅了。

[世界]镜中人：？？？

[世界]生死与共：？？？

[世界]强者无敌：啥情况？活动才第三天就有人登岛了？

[世界]西红柿鸡蛋：是啊，不是说加了难度吗，这是咋打的？我才打到30环。

[世界]藏书：36

[世界]金十六：45

[世界]负一米：42

[世界]情字当头：44

[世界]我的大小姐：这么看，大帮派骨干都是40多环，那50多环应该是极限了，这两个人肯定没打完100环。

[世界]取名废：所以不需要打到100环就能登岛，或者是可以走捷径?

[世界]恰瓜：这剧情有点熟。

[世界]眼泪不值钱：嗯，某两个人特别喜欢干这种事……

[世界]彩虹豆：是你们吗两位大佬?

[世界]爱吃火锅：这ID真的秀。

[世界]绿豆莲子呀：我想知道谁用的女号[笑哭]

频道里越说越热闹，都在扒两位大佬的马甲。

然而方队作为一个曾把马甲穿成透明色都能不认的狠人，这次自然也不会认。于是，不等众人喊他们冒泡，他就主动出来了。

[喇叭]救赎情人：我们不是大佬，我也不知道怎么就登岛了[困惑]

[世界]镜中人：装，再装。

[世界]此门皆吾友：别说了，截图。

[世界]渣男退散：懂了，方队玩的女号。

[世界]恰瓜：毕竟辰神不是这个风格[笑哭]

[世界]救赎情人：真的不是……

下一刻，只见一长串的公告刷了出来。

方景行在糊弄众人的同时，把关键条件告诉了如意的人。

结果缺德游戏不做人，每个登岛玩家都会给一个公告，只是不会再像首次登岛那样全服播报，而是单纯的系统消息。

[系统]恭喜玩家香草甜甜成功登陆龙影岛!

[系统]恭喜玩家榨紫、情深长寿成功登陆龙影岛!

[系统]恭喜玩家儒初、青盐成功登陆龙影岛!

……

[系统]恭喜玩家梦回大宋成功登陆龙影岛!

如意帮会，集体登岛。

姜辰：“……”

方景行：“……”

[世界]镜中人：哈哈哈哈哈!

[世界]白龙骨：说好的无辜玩家呢？脸疼吗？

[世界]飞星重木：不容易，难得见你当场翻车。

[世界]朝辞：[笑哭][笑哭][笑哭]

[世界]幸天成：这次要说巧合了呗？

[世界]柳和泽：我觉得是。

[世界]木枷锁：+1

[世界]孤问：2

几位帮主都被炸了出来，频道上更热闹了，像过年似的。

方景行不为所动，笑着又发了消息。

[世界]救赎情人：我们帮会的人能登岛是我把过程讲了一遍，可我们是偶然才加入如意的，当时有几个玩家看见了，不知道他们在不在线。

[世界]镜中人：继续编。

[世界]清泉箭：咳……我当时在场，他们和儒初确实是刚认识。

[世界]飞星重木：万一是故意演戏呢？

[世界]恰瓜：你们小心被他卖了还帮他数钱。

[世界]救赎情人：唉，我就知道你们不信，算了不说了，我不再冒泡了，关私聊准备专心玩游戏，再见了各位[挥手]

[世界]亡梦伴侣：嗯。

两条消息一发，立刻就有人反应了过来。

[世界]木枷锁：我信你！

[世界]朝辞：我也信，这和方队的风格一点都不像！

[世界]飞星重木：对！

[世界]镜中人：你们疯了，鼓把劲啊，他们好不容易翻车。

[世界]幸天成：上面那个不代表本帮意见，他这两天被砸到头了，说话不作数，趁着现在人多，便宜甩卖了，谁要？

[世界]生死与共：自己留着吧[抠鼻]

[世界]柳和泽：我也觉得不像方队，可能真是巧合。

[世界]白龙骨：首次登岛就被全服质疑，多不好，咱们别冤枉普通玩家了。

[世界]金十八：就是！

[世界]恰瓜：你们敢不敢再没下限一点……

和登岛条件比起来，节操和下限全都能扔。

几大帮派纷纷给两位大佬搭台阶，一口一个“他们冤枉了人”。

然而这事本就没有实锤，一些直肠子的玩家很快就信了，一些继续持怀疑态度，另一些则坚信那就是两位大佬。不过几大帮派义正词严地递梯子，这一幕也挺喜闻乐见的，旁观者们看得简直笑到不行。

两位罪魁祸首对此很满意，通过了几位帮主的好友，说了说登岛的事。

谢承颜在旁边看着，有心想说一句能不能要点脸，但转念想想自家小舅舅也冒过泡，便把话咽了回去。

新年活动上线，论坛每天都有相关的讨论帖。

辰星映缘的事自然也被发到了论坛上，赏金活动仅开三天，龙影岛就被发现了。

5L：来了来了，熟悉的感觉它来了！

13L：得了，首杀肯定又是辰星映缘的了。

18L：这感觉好怀念。

21L：策划肯定也觉得怀念 [笑哭]

24L：这次终于能喊一声职业玩家欺负人了吧？

32L：哪个服没有职业的？

37L：实力摆那儿了，羡慕不来。

42L：爷青回，坐等辰星映缘通关。

49L：哈哈哈哈所以现在都默认那是两位大佬的马甲了吗？

53L：怎么会呢，那是普通玩家。

58L：到底是不是，我要去围观啊啊啊！

62L：不是，人家是误打误撞的。

64L：对，别打扰普通玩家玩游戏。

两位“普通玩家”这时已经带着如意的一群人进了岛。

龙影岛飘着雾气，但没有海上的浓，只是薄薄的一层。

众人抬头一望，可见远处层峦耸翠，朦朦胧胧，也不知这张地图具体有多大。

苟盛：“这才是岛。”

王飞鸟：“我不懂，为啥得摸鱼？”

谢承颜：“那片湖是五角星的中间，设计成鱼的话，很自然吧？”

老梧桐发芽：“我觉得是五张地图的位置本来就挺难找了，要是换成树林，把花设计成机关就更难了，感觉游戏不会这么难为人，所以就是鱼了，试问一条血红的鱼总在身边游，谁不想摸？”

情深长寿：“我不想。”

榨紫：“除非是个美人。”

老梧桐发芽：“你俩起开。”

七号：“或许后面的任务会有相关提示？”

方景行：“很可能，游梦的故事一般很讲究逻辑，不会无缘无故弄条鱼。”

逸心人：“要不要先把队组上？”

十号：“要，偶像我要和你一个组。”

姜辰：“嗯。”

如意的人很多还没凑齐五块碎片，今天出来是帮两位大佬找地图的位置，都是在帮会频道里交流的，也就没有刻意组队。现在发现不凑齐也能登岛，他们自然要认真往下打。

然而他们很快就被现实泼了盆冷水。

在岛上，环数不同的玩家是不能组队的。两位大佬目前打到了 50 环，没人能和他们一个队。

姜辰说道：“等等你们？”

谢承颜说：“不用等我，我最近没空。”

他一直在忙春晚，才打了十环，幸亏开了赏金任务，不然他都没办法登岛。

谢承颜看向儒初：“你去和他们打吧。”

儒初和他是一个队的，说道：“我等你。”

谢承颜：“不用，我年前不一定有空玩。”

儒初：“没事。”

说话间只见又是一串系统消息，几大帮会的人也登岛了。

如意的人顿时一齐看向两位大佬，示意他们不用等人了先去打，拿个首杀什么的。

姜辰和方景行拿过太多首杀，其实无所谓。

但游戏玩得就是这个，他们见如意的人回去打赏金了，只得转身继续往前走，很快遇见了一个 NPC。

NPC 衣着破烂，身上带伤，看着十分憔悴。

见到姜辰和方景行，他立刻冲了过来：“你们……是游梦大陆的吗？”

姜辰：“我们是。”

NPC 急忙问道：“船呢？”

姜辰：“已经走了。”

NPC 惊道："什么？！有没有办法叫回来？"

他的情绪太激动，半天才冷静下来，说起了岛上的事。

龙影岛上有一个部落，里面的人个个骁勇善战，族长更是厉害得不行，但凡侥幸来岛上的人全被他们抓了，要么被杀死，要么就成为他们的奴隶给他们干活。

"我昨天才找机会逃出来，他们肯定都在找我，"他说着哽咽起来，"我死了不要紧，求你们救救我弟弟，他生了病，再不治就不行了。"

姜辰和他对了几次话，接到了第一个任务，给他弟弟找草药。姜辰示意他躲好，自己和方景行完成任务去了。

岛上的任务同样有环数，只是比较少，只有十环。他们轻轻松松推过去，结果卡在了第十环上。

最后一环是要和族长打。

游梦在这一点上考虑得很全面。

像赏金墙分单人、双人和多人一样，这次的赏金活动也是如此。

它最多可以五人组队，小怪和 boss 都会根据队伍的人数调整难易，因此一些独狼赏金猎人也能打。

按这个规则的话，姜辰和方景行组在一起，boss 应该是双人赏金的难度。

但他们打了三次，每次都是没坚持多久就扑街了。方景行把已知的线索过了一遍，推测道："可能和环数有关。"

姜辰点点头，和他一起往回折，中途偶遇几大帮派的人，便告诉他们"还得回去打"。

几位帮主自然信他们，把岛上的任务条清掉，走到最后一步也折了回去，这个时候两位大佬已经试出来了。

白龙骨问道："多少环？"

方景行说："60 环，这环打完会给个小湖的提示，还会获得一个道具，能削弱 boss 的攻击。"

几位帮主了然。

如果不是两位大佬，他们怕是要打到 60 环才会去小湖找线索。

不过这不是重点，镜中人诚恳道："咱能换个声音吗？"

方景行认真说道："我开的原声。"

几位帮主服气，见他们要回小岛，觉得首杀没跑了。

事实如他们所想，不出半小时，族长被击杀的消息就刷了上来，全服撒花。

[世界] 酒肉穿肠：啊，这熟悉的推土机。

[世界]给你一首歌：是大佬[星星眼]

[世界]板蓝根：普通玩家这次是运气好?

[世界]最强傀儡师：这次估计要说本来就是高玩，不然怎么能打动儒初加入如意呢?

[世界]追一只鹿：有道理!

消息同步传到论坛，其他服的玩家都木了。

果然是推土机，当天登岛当天首杀，策划的速效救心丸又能吃起来了。

“推土机”摸了尸，拿完奖励，了解了一下部落的历史，发现以前确实有个部落，但之后来了一群海盗，把部落的人全杀了，然后便鸠占鹊巢了。

换言之，这些人其实是海盗后人。

姜辰说道：“鱼的事没说。”

方景行：“明天把那些环数全打完试试，睡吧。”

姜辰早已困了，道声晚安，下了线。

转天上午，二人离开龙影岛，回到游梦大陆开始打后面的环数。

后面的一环比一环难，他们用了两天的时间才打完，打到最后一环时，只见NPC定定地看了他们一眼：“龙影岛啊……千万不能去，据说百年前曾在大陆肆虐的恶龙就被封印在那里。”

姜辰：“……”

方景行：“……”

NPC上了年纪，喃喃念叨着“这世界是你们年轻人的天下咯”，转身走了。

剩下的二人对视一秒，再次去了龙影岛。

首杀拿完，攻略便发了出来，如今很多玩家都在岛上做任务。

有大帮派的骨干看见他们，笑着打招呼：“普通玩家来岛上度蜜月啊？”

“普通玩家”默默瞅了一眼他们，没有说某件大事。

他们走到部落查看一圈，果然发现了不少关于龙的图腾。

方景行说：“如果传说是真的，那原先的部落或许是为了看守这条龙才住在岛上的。”

姜辰“嗯”了声，依然没找到鱼的资料，只能往另一个方向上想：“鱼和龙有关？”

方景行：“去找找就知道了。”

能让鱼游出去，必须得有水。

二人顺着岛上的小溪进了山，在山里走了大半天，终于发现一个山洞。他们谨慎地迈进去，曲曲折折走了二百多米，看见了一只被封印起来的龙。

恶龙通体血红，身前有个水池，里面是和它的颜色一般无二的鱼。

很显然，这些鱼淡水咸水都能活，它们被恶龙施了法，游过大海到了内陆，成了传送的关键。而最后关卡的老人不知是什么身份，搞不好知道这一切，所以弄了这么个百环任务。

但这不重要了。

重要的是，恶龙竟然会说话，它看见他们，顿时大笑："来得好，我被关了五百年，今天刚冲破封印，你们就来给我送点心了！"

金色的公告刹那间传遍全服：烈焰焚天，恶龙现世！玩家亡梦伴侣、救赎情人发现恶龙炎迪斯！请各位英雄前往镇压！

全服玩家："……"

啥？不是都拿完首杀了吗？咋就突然打龙了啊！

[世界]镜中人：我去！

[世界]生死与共：天！

[世界]我的大小姐：龙！

[世界]恰瓜：游梦大陆出现的第一条活生生的龙！

[世界]白龙骨：长什么样？

[喇叭]救赎情人：这样[截图]

众人急忙看了看。

为贴合游戏的风格，这里设定的是西方世界的龙，背生双翼，看着威严霸气。结合公告，应该是火属性的龙。

每个中二少年都做过打龙的梦。

他们见大佬喊人帮忙，立刻前往，过去时见两位大佬已经扑街，而恶龙正立在山头眺望着远方，好像随时都能飞走。

姜辰和方景行见到他们，便原地复活了。

逸心人问道："能加几个人？"

姜辰："一百。"

懂了，跟世界boss似的。

几位帮主心里有了数，利落地点齐人进队，由玩着战神的姜辰开怪，杀气腾腾地冲向它。

二十分钟后，打龙大军扑街。

尸体摊了一地，尤为壮观。

飞星重木："太狠了！"

苟盛："这攻击也太高了！"

情深长寿："要不大家躺着聊聊天？"

榨紫："这个可以有。"

木枷锁："起吧，继续。"

众人爬起来，再次冲过去。

半小时后，全员扑街。

由于这是第三次阵亡，系统给了一个通知，说是恶龙刚冲破封印，身体虚弱，如果四十八小时之内还没被镇压，那它就会飞向游梦大陆，到时候具体在哪儿，就是未知数了。

众人立刻顾不上聊天和抱怨了，起身总结经验，开了下一场。

然后是一场又一场……打龙太热闹，大部分玩家都跑过来围观了，连杜飞舟和唐副董等老当益壮的人也上了岛，论坛则开了同步直播的帖子，分分钟盖了几百楼。

打龙大军这个时候要开第七场。

虽然这条恶龙比世界 boss 难打，但他们毕竟有方队和辰神，其他帮会大佬也都在队伍里。于是他们第六场时已经摸到了血红机制，现在只差最后一哆嗦。

"激动，要不要说点什么？"

"说什么？"

"比如喊点口号之类的？"

"辰星映缘，勇往直前，这样？"

"太尬了！"

"说什么说，打就完了！"

姜辰伴着他们抽风般"杀呀"的呐喊，上前开了怪。

后续部队在方队的指挥下有条不紊地杀怪，攻击全部砸在了恶龙上。

终于只听一声怒号，恶龙在全服玩家的注视下逃回了山洞，紧接着那位老者 NPC 从天而降，把恶龙重新封印上了。

金色的公告再次传遍全服，众人一齐欢呼。

"成功保护了游梦大陆，感觉自己干了件大事！"

"嗯，虽然我是围观的。"

"哈哈哈我也是，见证一下也好。"

"热搜预定。"

“这回普通玩家还能赖账吗？”

“别，人家真是普通玩家，不要阴谋论嘛。”

“明天就除夕了，提前祝大家新年快乐！”

“主城开宴，不见不散啊！”

大年三十，主城开宴。

姜辰中午吃饭时喝了点酒，睡了一下午，晚上就精神了。

一家人照例坐在一起吐槽春晚，姜辰看完谢承颜的节目，收到方景行的消息喊自己上线，便回房间进了游戏。

他们来的时候，广场上已是人山人海。

几大帮派都在这里开了宴，其他帮派的人也闻讯赶来，场面十分热闹，带着满满的年味。

二人没有用小号，封印师和暗冥师并肩而来，醒目极了。

逸心人笑着招招手，望着他们过来，一人塞了一杯酒。

木枷锁：“两位大佬来了，干一杯。”

游戏里的食物都是加状态的，姜辰喝得很豪爽，仰头就干了，然后看向逸心人：“还差谁？”

逸心人：“差我哥和承颜，他们今晚也会来。”

姜辰点点头，和方景行找地方坐下了。

十五分钟后，谢承颜和儒初上线。

众人已经说到除了家人健康之外的新年愿望了，姜辰和方景行的愿望自然是拿到第一届游梦全息模式的冠军。谢承颜走近一听，说道：“我要再拿个影帝。”

苟盛：“暴富。”

本宫最美：“越来越美！”

老梧桐发芽：“换老板。”

十号：“希望我追的坑全填完！”

七号：“愿世界和平。”

金十六：“真伟大！”

榨紫和情深长寿异口同声：“脱单。”

老梧桐发芽：“我收回之前的愿望，新年愿望是希望两个‘人渣’内部消化。”

众人顿时大笑。

除夕夜，本该到点回家睡觉的NPC也都到了街上，碎星城一如既往的热闹。

琉光河波光粼粼，静静听着玩家们的欢笑，带着这份快乐流向了远方。零点来临，玩家们停下手里的动作，开始倒计时："五、四、三、二、一……新年快乐！"

无数烟花在天空炸开，漫天流火。

天空归于安静的那一刻，只听人群中传来一声大喊："琉光碎星赏金墙！"

其余人不约而同地一齐喊出声，接上了后半句——

"今生不悔来游梦！"

EXTRA
CHAPTER

JIU SHI.
九石

王座之战落下帷幕，新年活动也到了尾声。

新的赛季即将开始，各战队陆续公布成员名单。黑子们没有发现十方俱灭的名字，纷纷在论坛开嘲，姜辰冒过一次泡就没再搭理他们。他静静等着项目公开，和方景行过上了白天“复健”训练，晚上玩全息的日子。

今年的年兽首领是九石，按照惯例，他会成为新一年的世界boss。玩家们等了一个月，终于等来了人物资料。

九石是人族与魔族的混血，作为孤儿，他从小备受欺凌和歧视，后来在一次濒死的处境中觉醒了魔族血脉，杀了霸凌他的人，逃离所在的小镇，自此在大陆流浪。

他头脑聪明，外表很有欺骗性，不仅当过部落族长，还曾在主城的神殿工作过，履历非常丰富。只是他不走正路，为了变强不择手段，并有摧毁一切的念头。他目前已制造了很多血案和悲剧，如果任由其发展，后果将不堪设想，因此请各位英雄共同讨伐。

公告一出，全服都热闹了。

[世界]恰瓜：欺骗性是有多欺骗？

[世界]板蓝根：我也想知道，为啥要戴个面具？让我们看看正脸啊。

[世界]藏书：打的时候他会自己摘下来吗？

[世界]渣男退散：面具下露出的半张脸有点帅啊，我还以为是个糟老头。

[世界]小金鱼：月辉那个类型的？

[世界]我的大小姐：多帅我都要弄死他！

[世界]我是个杀：对，敢欺负我的大小姐！

[世界]我的大小姐：……

[世界]追一只鹿：哈哈哈哈哈！

[世界]镜中人：你这ID真喜感[笑哭]

[世界] 恰瓜：问缘那天要抢世界 boss 吗?

[世界] 镜中人：必然啊。

[世界] 糖葫芦：两位大佬也打?

[世界] 镜中人：不知道，还没问。

新年过后，两位大佬上线的时间就少了，白天基本不在，也不知在忙些什么。几大帮会的人等到晚上，看见他们的身影，便迎了过去。

姜辰正一边往赏金墙那边走，一边翻看最新的公告。

公告上有九石的人物形象，他仍穿着件黑袍，脸上戴着半面漆黑的面具，看着神神秘秘的。

方景行也看了看公告，余光扫见几大帮会的人来了，笑着问："是为 boss 的事？"

木枷锁："嗯，你们打吗？"

方景行看向姜辰。

姜辰对世界 boss 的兴趣只在刚玩游梦的那大半年，之后就觉得没什么意思了，说道："不想打。"

镜中人说道："你们通关了好几个跟他有关的剧情和副本，怎么能不打？来打呗，狠狠虐他一顿。"

方景行笑道："我们打了，奖励怎么分？"

镜中人张嘴就来："谁打的归谁啊。"

方景行挑眉："真的？"

镜中人一怔，回过味儿了。

几位帮主异口同声："假的！"

开玩笑！万一这两位大佬有什么骚操作，把 boss 拉走杀了，他们到时候都得傻眼。虽然如意的人少，打 boss 有些费劲，但能和别人合作啊！

——等等，合作可以有。

几位帮主念头一转，紧接着就放弃了。

因为自己能想到，其余几位同样能想到，为了拉拢两位大佬，他们肯定会不断加码，最后得不偿失，所以两位大佬还是不参与的好。

于是他们立刻不劝了，连镜中人都老实下来，把这两个"大杀器"送走了。

姜辰和方景行继续前往目的地，刚到赏金墙，就听帮会频道传来了讨论声。

作为打过 [灵槐] 和 [繁花] 剧情的人，苟盛他们都对九石恨之入骨，现在九石现身，他们必然要打。

方景行说道：“你们抢不过那几个帮会。”

荀盛：“知道，我们就是去打几下。”

王飞鸟：“为小姐姐们报仇！”

榨紫：“毕竟他渣得我都看不下去了。”

情深长寿附和：“我也是。”

方景行多问了两句，确认他们只是为了享受打九石的过程，并不关心结果，便随他们去了。

与此同时，一向不参与打世界 boss 的金竞联盟也在商量这事。

金十八一脚踏上会议室的椅子：“别的 boss 也就罢了，这个绝不能袖手旁观，当初咱们可是亲自打的 [繁花]，拿的首杀！”

行走赏金说道：“大小姐多可怜。”

金十六当初没和他们一起打，但后续和帮会成员组队也过了剧情，知道是怎么回事，说道：“妹子被虐得那么惨，不打一顿罪魁祸首实在说不过去。为妹子扫清心理阴影，让她以后能安心生活，这才是爷们儿该干的事！”

金十八鼓掌：“说得好！”

一群人便齐刷刷看向帮主。

孤问面无表情地回望。

众人说道：“帮主，这个必须打！”

孤问表示拒绝，冷冷道：“你们打得过？”

“开荒，他们也不会打，咱们可以搜搜其他 boss 怎么打，摸个基本规律嘛。”

“就是，打不死也没关系，重在参与。”

“我们就只打这一个世界 boss，老大！”

孤问沉默几秒，又一次容忍了这群二货。

一星期的时间眨眼过完。

这天游戏进行了更新，晚上七点四十五分，上线的玩家们直奔鲁迦山，等待九石刷新。

和其他世界 boss 一样，九石的刷新点也不固定，只给了几个备选的区域，而具体是区域里的哪一处，还需要玩家们自己搜索。

这些地点里有鲁迦山，经过 [不归林] 的副本，人们都知道九石藏在山上，因此大多数玩家都觉得他会在这边刷新。另有一少部分想赌运气，去了别处蹲守。几大帮会的则比较奢侈，每个点都派了人。

数支队伍集合完毕，几位帮主不约而同地扭过头，看向了孤问。

镜中人诧异："金竞联盟也打？"

孤问冷着一张脸，不太想说话。

金十八说道："我们主要是想出口恶气。"

金十六接话："[繁花]的首杀有我们的份，[不归林]也是我们最先打出来的，不过来打他一顿，合适吗？"

几位帮主一想也是，点点头，不再多问。

八点整，boss刷新。

大部队只找了两分钟就发现了九石的身影，大概因为是第一次刷新，官方没有刁难玩家，九石的刷新地点就在概率最大的鲁迦山。

姜辰和方景行在打赏金墙的途中恰好路过，见状也凑了一下热闹，只不过没有靠近，而是找了一处高点观望。

只见九石站在山脚下，似乎刚从山上下来。

这里和副本里站的不是一个方向，虽然四周有树，但地势相对平坦，没那么多障碍，方便玩家站位和攻击。

几位帮主带着人上前，暂时都没动。

数支队伍在场的情况下，世界boss可不是先打的有优势，因为一不小心就会被"黄雀在后"。他们相互看看，正要开腔，只听一阵呐喊响起——金竞联盟的人杀气腾腾地冲过去，开了boss。

几大帮会的人："……"

高处的姜辰和方景行："……"

金十六一边攻击一边回头，问道："镜子他们怎么不动？"

孤问也发现了这一点，总觉得他们又得当一次智障，冷淡道："别问，快打。"

早点死完，早点结束。

金十六："打世界boss，是哪个队的伤害量高，最后归属哪个队，早点打有什么不对吗？"

金十八："是想等咱们残血了弄死咱们？"

千人斩："呵，咱们死了也能爬起来继续打，和咱们比杀人，找死。"

行走赏金："除非他们一起上。"

队伍频道瞬间安静，众人不由得开始想象那些人一起上的画面。

这时只听又一阵喊杀声传来，他们一个激灵回头，发现不是大帮会的人，而是普通玩家的队伍，冲在最前面的赫然是如意帮会。

金十六看着队伍里熟悉的身影，有些心碎："甜甜，你要来杀我们？"

七号一怔，说道："不是啊，我们是来打 boss 的，我还没打过世界 boss。"

苟盛紧跟着说道："放一百二十个心，我们不搞偷袭那一套，就是想打九石爽一爽。"

其余玩家道："没错！"

隐藏剧情的奖励很高，PVE 的玩家基本都打过，自然也恨九石。何况有大帮会在，他们抢 boss 的希望很渺茫，便想怎么痛快怎么来。

金十六很感动，热血沸腾："人渣得而诛之，冲！"

榨紫和情深长寿几乎同时开口："能把'人渣'两个字换了吗？别侮辱人渣。"

众人大笑，喊道："冲呀！"

金十六又喊了声"冲"，随即颠颠地跑到一旁："甜甜，你们要不要加我们的队伍，咱们一起打？"

如意里一群咸鱼，今天来打 boss 的只有不到二十个人，无所谓和谁组队，于是便哗啦啦全加了金竞联盟的队伍。

附近的一个十人亲友队见状道："把我们也加进去吧，给你们打白工，活得久，能多打他两下。"

其余人也道："对！"

金十六豪爽地一挥手："来，都是兄弟！"

孤问沉默地看着越来越壮大的队伍，忽然觉得他们帮会这次搞不好能成事。

几大帮会把这一幕尽收眼底，见他们气氛融洽，根本没有拼个你死我活，顿时坐不住了，也冲了过来。

众人心头一凛，警惕他们的同时开始疯狂输出，争取多打一点伤害量。

苟盛知道金竞联盟的德行，提醒道："注意仇恨值，别乱了。"

金十六道："知道，我们都懂。"

苟盛点点头，多给了一句："有些技能是能加仇恨值的，这你们也知道吧？"

周围的人太多了，金十六一时没听清，问道："啥玩意？"

苟盛沉默一下，正要重复一遍，就见几大帮会的人到了近前。金十六身为金竞联盟的骨干，顿时转移了注意力，开始盯着这些人。

大帮会并没有一上来就开团，而是也在打 boss。

但不是一个队的人，是能吃到攻击伤害的。他们都是老玩家，自然很懂，于是只见技能的光影亮成一片，全是群攻。

“刷刷刷”，离 boss 最近的几个人没扛住，直接扑街。

金竞联盟的人一看就知道这是故意的，立刻要打回去，顺便吩咐奶妈看好战神的血。

负责拉怪的战神刚刚也被技能波及，此刻就剩一丝血皮，好在被奶妈及时加了回来，堪堪捡回一条命。他呼出一口气，骂道：“这也太不是东西了！”

孤问安慰道：“拉好怪，其他的交给我们。”

战神道：“好，你们就放心吧。”

他话音刚落，只见九石扔下他，猛地冲向一旁的剑客，一个技能砸过去，只有三分之一血的剑客惨叫一声，成了尸体。

金竞联盟全体：“……”

如意和普通玩家小队：“……”

战神叫道：“这啥情况？他咋忽然就暴走了？”

没人回答他，九石弄死剑客后便快速冲到别处杀人，所到之处顿时一片人仰马翻。

苟盛一行人：“……”

好极了，乱仇恨了。这群货真不靠谱！

几大帮会的也看出来了，急忙道：“他们乱仇恨了，快把 boss 拉过来！”

主力战神纷纷从各自的队伍里跃出，直奔 boss。

然而乱仇恨的 boss 不是那么好安抚的，他追着金竞联盟的人，一副要把吸引他仇恨的人全弄死的样子。苟盛等人一脸血，听着金十六他们嗷嗷乱叫说这不科学，却没空给他们科普技能的问题，只能跟着抱头鼠窜。

如今一群人全挤在一起，金竞联盟被追得慌不择路，其中一个恰好跑到大帮会的队伍里。九石正追着他，抬手就轰了出去，并且还是个群攻。

满级世界 boss 的群攻，谁扛谁知道。

几大帮会刚刚打 boss 的时候也吃了伤害，这一招轰的又都是脆皮，瞬间只见一道光闪过，“哗啦啦”躺倒了一大片。

金竞联盟：“……”

几大帮会：“……”

金竞联盟的人眨眨眼反应两秒，突然 get 到了乱仇恨的新玩法，喊道：“快，都往这边跑！”

几大帮会也一脸血了：“这是人干的事吗！”

金竞联盟：“谁让你们阴人的！”

几大帮会："我们是在打 boss，误伤而已！"

金竞联盟："呸！"

几大帮会："别过来！我们这就替 boss 送你们上路！"

什么"做兄弟一辈子""珍惜这段缘"，在这一刻统统都得扔。

姜辰看着下方鸡飞狗跳的画面，深深地觉得不打 boss 是正确的选择。

方景行看热闹看得十分愉悦，笑道："你说谁会最先抢到 boss？"

姜辰想了想："如果幸天成不死，问缘吧。"

这话说完没多久，九石便不再四处暴走，显然是被人拉住了。两个人仔细一看，发现果然是问缘的队伍。

但这没什么用，因为周围有一群人虎视眈眈，虽然刚才死了不少，但他们能复活。

孤问站起身，暗道先前能成事的想法实在很傻很天真，看着自家的一群二货，冷冷道："玩够了吗？"

金十六等人异口同声："没有，血战到底！"

孤问盯着他们跑远的身影，想着把副本和boss加一起，他们帮会一年撑死也就打三次，因此决定忍了。

苟盛等人跟着这群 PVE 白痴，心有余悸："打 boss，还是杀人？"

金竞联盟不忘初心："打 boss 啊！"说完他们话锋一转，"但打之前得先报仇，老虎不发威，当我们是病猫！"

金竞联盟，一个全员玩竞技场和赏金墙的帮会，PVP 简直是家常便饭，说完直接冲过去撸袖子就干。

问缘遭受着各方势力的攻击，很快也步了金竞联盟的后尘，地上再次躺满尸体。

几位帮主是最先被复活的，起身相互看了看。

白龙骨："都是兄弟，何必呢？"

飞星重木："就是，有意思吗？"

幸天成："打我的时候你们可不是这么说的。"

木枷锁："就让咱们专注 boss 吧。"

朝辞："你的人正拉着 boss，你当然这么说，孤问什么看法？"

孤问："没看法。"

柳和泽："怎么着，还打？"

镜中人也爬了起来："打就打！"

负一米："然后再扑街？"

行走赏金："扑呗，有什么大不了的？"

七号天真无邪："嗯，顶多就是论坛上一群人嘲讽辰星映缘打了一晚上 boss 都没打死罢了，咱们这两天不上论坛就好啦！"

所有人："……"

死一般的寂静后，众人集体冲向了九石。

虽然队伍间还是会有摩擦，但相比刚刚故意弄死对方，这次大家的关注点多是放在了 boss 身上。

第一次打九石，攻击机制都是未知数，他们又扑街了几次，终于把 boss 耗到了血红。

只见九石把黑袍一脱，露出了带着法咒的胳膊，接着一抬手，摘了面具。

众人瞪眼。

九石不像月辉。

月辉走的是斯文败类的路线，九石则是清秀款，漆黑的双眼看着十分无害，是很容易让人心疼的类型。

"果然有欺骗性！"

"他竟然长这样！"

"策划不当人，好好的一张脸，为啥给他安上？"

"就是，暴殄天物！"

暴殄天物的九石默念咒语，振臂一挥，一定范围内所有玩家的攻击和防御全都减半。

众人顿时一振，继续包围他，合力解决了血红的 boss。

山坡上的两个人见九石脱衣，知道是到了下一阶段，方景行笑着问："要不要赌最后谁拿下首杀？"

姜辰："不赌。"

方景行："可以多选，一人一个的。"

姜辰："赌注？"

方景行摸摸下巴："输的人答应对方三件事？"

姜辰："一件。"

方景行笑道："行。"

姜辰："问缘。"

方景行："焚天。"

姜辰思考两秒，赌了朝辞的帮会："天晚楼。"

方景行："千里银光。"

姜辰："还剩三个，怎么分？"

方景行："空一个出来。"

姜辰看着下方的队伍，赌了一个冷门，选了金竞联盟。方景行笑了笑，选了飞星重木的帮会。

几句话的工夫，山下的战局已到了关键阶段。

帮主们眼睁睁地看着九石倒下，齐齐屏住呼吸，不清楚自己的队伍是不是伤害最高的。

下一刻，金色的公告传遍全服，击杀 boss 的帮会是白龙骨的千里银光。

白龙骨："……"

其余帮主："……"

白龙骨先是一愣，接着哈哈大笑，拱手道："承让，承让。"

几位帮主一齐盯住他，微笑："恭喜，咱们现在可以继续友好地切磋了。"

白龙骨和几位骨干二话不说，急忙逃命。

其余帮众目送他们被人追杀，默默在心里给他们点了根蜡，然后走到 boss 身边摸了把尸，替帮主把箱子收了起来。

山坡上，姜辰扭头就走，有点后悔。

就他这个运气，到底是哪来的自信和方景行打赌？

方景行笑着追了过去。

"哎，愿赌服输。"

"想让我干什么？"

"这得好好想想，得把利益最大化。"

"……方景行。"

"嗯？"

"做个人。"

一声轻笑愉悦地响起，很快消散在了风中。

【番外篇·完】

图书在版编目（CIP）数据

该我上场带飞了．完结篇／一世华裳著．
—武汉：长江出版社，2021.6
ISBN 978-7-5492-7670-7
Ⅰ．①该… Ⅱ．①一… Ⅲ．①长篇小说—中国—当代 Ⅳ．① I247.5
中国版本图书馆 CIP 数据核字（2021）第 082345 号

该我上场带飞了·完结篇／一世华裳 著

出　　版　长江出版社
（武汉市解放大道 1863 号）
选题策划　林　璧
市场发行　长江出版社发行部
网　　址　http://www.cjpress.com.cn
责任编辑　江　南
特约编辑　林　璧
印　　刷　北京盛通印刷股份有限公司
版　　次　2021 年 6 月第 1 版
印　　次　2021 年 6 月第 1 次印刷
开　　本　700mm×1000mm　1/16
印　　张　23.5
字　　数　500 千字
书　　号　ISBN 978-7-5492-7670-7
定　　价　52.80 元

24.互相爆料一件日常臭美的事。
姜辰：每次出门得照半天镜子。
方景行：广场雕像，为辰组合，他都有偷偷去合照过。
25.如果有人找你聊天发59s的长语音或视频，你的反应？
姜辰：得看是谁。
方景行：同上。
26.辰神为什么这么热衷于找游戏里的各种bug？
姜辰：都是巧合。
方景行：主要是想法奇特。
27.问方队，如果有人托你帮他跟辰神表白，你会怎么办？
方景行（微笑）：哦，辰神说了告白的一律推掉。
28.辰神对于外甥颜值不如自己还能当影帝这件事怎么看？
姜辰：他靠得是演技。
方景行（笑）：他值得。
29.最近有本非常火的书叫《该我上场带飞了》，如果要带书里的一个人去荒岛，你们会选择带谁去？
姜辰：七号，有他能逃生。
方景行：同上。
30.互相给对方提一个犀利的问题并现场回答。
姜辰：咱俩PK谁厉害？
方景行：你厉害。
方景行：晚上想吃什么？
姜辰：火锅吧。
方景行：好。

快问快答

1.打游戏还是逛街？
姜辰：打游戏。
方景行：打游戏。
2.运动还是做家务？
姜辰：运动。
方景行：运动。
3.住家饭还是外卖？
姜辰：俱乐部有人做饭。
方景行：嗯。
4.吃还是睡？
姜辰：睡。
方景行：睡。
5.裸睡还是穿衣服？
姜辰：穿衣服。
方景行：哦，穿衣服。
6.平躺还是侧躺？
姜辰：平。
方景行：侧。
7.送手办还是送花？
姜辰：手办。
方景行：手办。
8.公主抱还是壁咚？
姜辰：谁出的题？
方景行（笑）：壁咚。
9.键盘还是全息？
姜辰：都行。
方景行：都可。
10.女装还是卖萌？
姜辰：都不选。
方景行：非要选一个的话，卖萌。
11.常规赛MVP还是最佳搭档？
姜辰：最佳搭档。
方景行：最佳搭档。
12.姜辰/方景行还是谢承颜？
姜辰：方景行。
方景行：姜辰。
13.有没有互相穿过对方的衣服？
姜辰：有。
方景行：有。
14.有没有偷偷点进粉丝的微博看自己的彩虹屁？
姜辰：有。
方景行：没有。
15.有没有看过自己的同人文？
姜辰：……
方景行：我替他回答，不仅看过，还读过。
16.会不会经常在社交软件上搜自己的名字？
姜辰：会。
方景行：不会。
17.上学的时候有没有收到过情书？
姜辰：有。
方景行：有。
18.有没有觉得自己比对方帅？
姜辰：有。
方景行：五五开吧。
19.相册里有没有不能给别人看的照片？
姜辰：没有。
方景行：有，他的照片一律不给看。
20.对以上问题有没有撒谎？
姜辰：有，你猜是哪个？
方景行（笑）：同上。

主持人曰：

欢迎大嘎收看赛后采访环节，今天邀请到的是我们的辰神和方队接受采访。阿呆准备了许多犀利问题，以及默契大考问，不知道在赛场上默契十足的金牌搭档能否顺利过关呢？让我们拭目以待吧！

赛后采访

主持人：阿呆

1.互相说下对方的身高/体重？
姜辰：188/76公斤。
方景行：183/70公斤。
2.对方最喜欢的食物？
姜辰：苹果。
方景行：豆角。
3.最讨厌的食物？
姜辰：丝瓜。
方景行：香菜。
4.对方的口头禅？
姜辰（迟疑）：宝贝？
方景行（笑）：菜。
5.对方最害怕的东西？
姜辰：没有。
方景行：没有。
6.对方的鞋号是多大？
姜辰：44码。
方景行：43码。
7.对方闲暇时喜欢做什么事？
姜辰：看书，运动。
方景行：看剧，喂鸭子。
8.互相说一说对方的优点。
姜辰：聪明体贴。
方景行：聪明漂亮厉害毒舌温柔体贴豁达，才华与美貌……
姜辰：差不多得了。
9.觉得自己的身材怎么样？
姜辰：标准。
方景行：标准。
10.有看过自己的应援语吗？是什么？
姜辰：没有。
方景行：有，春和景明伴辰星，鲜衣怒马少年行（笑）。
11.听到过最让人振奋的一句粉丝表白是什么？
姜辰：为了打出完美剧情开了二十个小号。
方景行（笑）：我要玩黑色封印师。
姜辰：……
12.你们战队聊天群的群名叫什么？
姜辰：吃喝玩乐的一家人。
方景行：同上。
13.谁是你们朋友圈里最有趣的人？
姜辰：镜中人和红尘。
方景行：同上。
14.什么情况下会考虑换发型？
姜辰：看心情。
方景行（笑）：依然同上。
15.如果一觉醒来发现自己秃了，第一反应是什么？
姜辰：不可能。
方景行：做梦了，躺回去再睡一觉。
16.辰神自从回来之后，有没有看过什么影视作品让你印象深刻？
姜辰：有，很多。
方景行（插嘴）：都是承颜拍的。
17.现实中有没有尝试过女装？想尝试吗？
姜辰：没有，不想。
方景行：没有，可以试试。
18.两位毕竟有30年的物理年龄差，平时会明显感觉到有代沟吗？
姜辰：没有。
方景行：没有。
19.如果辰神被发现熬夜打游戏，方队会怎么惩罚？
姜辰：嗯？
方景行：辰神那么自律的一个人，怎么会熬夜打游戏呢？熬夜伤肝，变丑又会秃，他不会做的。
姜辰：……
20.觉得游梦这个游戏的机制，哪一点最没人性？
姜辰：roll点。
方景行（笑）：不能摘封印师的眼镜。
21.粉丝都说比赛镜头里辰神的皮肤很好，是有做专门的保养吗？
姜辰：没有。
方景行：我做证。
22.辰神这次回归，觉得现在的队友比起当年的兄弟们水平如何？
姜辰：都很强。
23.是希望自己颜粉多一点还是事业粉多一点？
姜辰：颜粉。
方景行：颜粉吧，有这张脸至少不会被人骂。